JN409132

어머니의 방

이동조 소설집

다솜출판사

어머니의 방

2025년 11월 20일 인쇄
2025년 11월 25일 발행

지은이 | 이동조
펴낸이 | 박중열
펴낸곳 | 다솜출판사
부산광역시 중구 대청로 135번길 10-1
TEL.(051)462-7207~8 FAX. 465-0646
등록번호 1994년 4월 22일 제325-2001-000001호

값 25,000원
* 저자와 협의에 의해 인지를 생략합니다.

ISBN 978-89-5562-824-1 03810

어머니의 방

서문

살고 있는 곳은 경상남도 양산시 평산동이다. 그리고 다니고 있는 직장은 부산시 부산진구 전포2동이다. 거리로 치면 약 30km이고 출퇴근에 소요되는 시간은 1시간 20분 정도. 집 앞에서 61번 버스를 타고 일단 노포동역에 내린 다음, 지하철을 타고 부전역에 도착. 부전역에서 직장인 동의중학교까지 걸어오는데 소요되는 시간은 15분 남짓이다.

흔히 인연(因緣)이라면 사람과 사람 사이의 연분 또는 사람이 상황이나 일, 사물과 맺어지는 모든 관계를 아우른다. 내가 출근을 위해서 걷는 부전역에서 직장까지의 이 길과 나와의 인연은 예사롭지 않다. 나의 부모님은 내가 태어난 지 1년도 채 되지 않아 이 곳 전포동에 정착해서 살았다. 그리고 이후 결혼을 해서 신혼살림을 차리기 직전까지 이곳이 나의 삶의 터전이었다.

출근을 위해 거의 매일 이 길을 걸으며 나는 옛 추억에 젖어들곤 한다. 부전역에서 내려 8번 출구 계단을 나와서 얼마 걷지 않으면 롯데캐슬 정문을 오른쪽으로 끼고 횡단보도를 건넌다. 롯데캐슬 정문 앞 도로는 복개된 것이다. 지금도 그 아래로 개천이 흐르고 있다. 내가 초등학교를 다닐 때는 개천 양 옆으로 미군들이 출입하는 빠(BAR)가 있었다. 거기에는 당시만 해도 보기 드문 네온간판이 어린 나에게 신기하게 다가섰다. 심심찮게 군복을 입은 미군들을 볼 수 있었다. 때로는 대낮부터 술에 취해 머리를 노랗게 물들인 한국인 젊은 여성을 양 옆구리에 끼고 비틀거리는 것을 보았다. 송상현 광장이 있는 곳은 선친이 재직해 있던 덕원고무공업사가 있던 자리다. 초등학교 저학년 때, 나는 오후반이 되면 어머니 심부름으로 아버지 도시락을 그곳까지 갖다 드리러 갔다. 성전초등학교는 본래 소를 도축하는 도축장이 있던 곳이다. 나는 그 곳에서 정말 소가 우는 것을 보았다. 고삐에 묶여 잘 따라오던 소가 그 도축장 정문 앞에서는 앞발을 뻗정다리를 하며 꽤 오랫동안 버티었다. 도축장 담장 아래로 작은 도랑이 있고 그 아래로 도랑물이 흘렀는데, 때때로 그 물빛이 붉은색이어서 신기한 생각이 들었다. 나중에서야 소를 도축하고 나서 나오는 피를 그곳에다 방류해서 그렇다는 것을 알았다. 새마을금고 앞을 지나면 작은 도로가 나오는데 그곳은 우암선 철로가 놓여 있던 곳이다. 기차에 매달려 가다가 발이 디딜 곳을 찾지 못해 자칫 아래로 떨어질 뻔한 아찔한 순간이 몇 번 있었다. 약국을 끼고 오른쪽으로 돌아 교회 앞을 지나 계속 올라가다 보면 내가 살던 동네가 나온다. 내가 열일곱 살이 되던 해 겨울, 아버지가 약주를 드시고 발을 헛디뎌서 그 옆 도랑에 빠진 적이 있다. 소식을 듣고 부리나케 달려간 나는 급한 대로 아버지를 들쳐 업었다. 그때 당시 아버지는 나보다도 몸무게가 훨씬 많이 나갔고, 두터운 겨울 외투를 입은 데다 물에 젖어서 여간 무겁지 않았다. 그렇지만 어떻게 해서든지 빨리 아버지를 집으로 모셔야 한다는 생각에 안간힘을 써서 비탈길을 치달았다. 이후, 아버지는 그때 입은 동상으로 꽤 고생을 하셨다.

논어를 접한 지가 어느 덧 15년이 되었다. 그리고 올해 처음으로 논어가 그저 단순한 이론서가 아니고 실천 학문인만큼, 그 가르침대로

한번 살아보자고 결심을 한 원년이기도 하다. '子在川上曰 逝者如斯夫인저, 不舍晝夜로다. 子罕〈16〉'

첫 창작집 '세월이야 흐르는 강물인 것을'이 2,000년도에 출간 되었다. 그동안 축정문학회와 한뿌리문학회에서 발간하는 문집에 투고한 소설을 모아 보니 분량이 꽤 되었다. 그래서 이참에 소설집을 한번 내어 보기로 했다. 첫 창작집을 낼 당시 세 살이던 딸은 어느덧 대학생이 되었다. 일흔 넷이던 어머니는 재작년 여든 아홉을 일기로 유명을 달리 하셨다. '공자께서 냇가에 계시면서 말씀하셨습니다. 가는 것이 이와 같구나, 밤낮을 쉬지 않는구나!' 돌이켜 보면 세월은 정말이지 밤낮없이 잘도 흘러간다.

2017. 7.

눈 오는 날

꿈을 꾸었다. 여러 사람들이 함께 산길을 오르고 있었다. 단순한 산행은 아니었다. 혹은 과일 바구니를 들었고, 혹은 떡 상자를 들었다. 아무래도 어디 묘제라도 지내기 위해 가는 것이 틀림없다. 일행의 꽁무니를 잘도 따라 가다가 갑자기 이탈하여 혼자서 옆길로 새어 오리나무숲을 향하여 걸었다. 첫걸음은 힘 있게 내딛었으나 갈수록 아랫도리에 힘이 풀려 허위적 허위적 걸었다. 평소 가까웠던 사람은 안타까운 나머지 돌아오라고 손짓하였고, 대부분의 사람은 배를 움켜쥐고 웃었다. 또 어떤 사람은 어리석은 자라면서 손가락질하며 비웃는 모습도 보였다. 걸어갈수록 사면이 어두워졌고, 그 어떤 알지 못 할 두려움이 엄습하는 것을 느꼈다. 지금이라도 돌아갈까 하다가 계속 앞을 걸었다. 드디어 눈 앞에 거대한 강이 가로 놓여 있었다. 이럴 때 헤엄이라도 칠 줄 안다면 좋으련만. 이런 생각을 하다가 눈을 떴다.

잠이 오지 않았다. 밤 사이 불면으로 머리가 두 배는 커진 듯하다. 그냥 부피만 늘어난 게 아니라, 무게도 훨씬 무거워졌다. 잠자리에서 일어났을 때 마치 목뼈가 내려앉은 듯 건들건들하였다. 숫자를 거꾸로 센다든지 하는 것은 기본이었다. 논어의 학이편을 암송하였다. 그래도 소용이 없었다. 꼴딱 밤을 새우다시피 하다가 새벽녘에서야 잠시 눈을 부쳤다.

문회 총무를 하는 7년 동안 내내 행복했다. 가정사를 등한히 하고 바깥으로 나돌아 다닌다고 아내로부터 불평이 쏟아졌지만, 보람도 있었다. 그 동안 강파르고 메마른 세상에 혼자 던져진 존재가 아니었던가? 피붙이가 있어 어우렁더우렁 한데 어울려 산다는 것이 커다란 즐거움을 안겨 주었다. 멀리서 바라보면 아름다운 것이 가까이서 들여다보면 반드시 그렇지 않다. 문중 일에도 막상 직접 참여하여 보니 문제점이 하나 둘이 아니었다. 그 중 하나가 문회 종말론이었다. 언젠가는 문회라는 것이 없어진다는 주장이었다. 사회 일각에서도 '화려한 싱글'이라는 말이 나돌 정도로 결혼이라는 것이 의무가 아닌 선택이라는 의식이 팽배해졌다. 그런데다 설사 결혼을 하더라고 자녀를 딸, 아들 구분 없이 하나 아니면 둘을 낳다 보니 종원이 급격히 줄어드는 게 눈에 들어왔다. 모임에 나가보면 한마디로 경로당이었고, 경로잔치라는 생각을 떨칠 수가 없었다.

–내가 죽더라도 자식이 살아 있으면 반쯤은 살아 있는 것 아닌가?

늙은이들이 서로 모이면 이런 말을 주고 받았다. 그리고 모임이 있을 때마다 스스로 원로라고 자처하는 사람들은 늙은이 혼자만 오지 말고 아들이 있는 사람은 아들의 손을 잡고 함께 데리고 오라며 그나마 온 사람을 들볶았다. 그렇지만 막상 모임에 가면 늘 노인네 혼자였다. 어쩌다 따라온 젊은이들도 제 아비를 모임 장소까지 차로 모셔다 놓고는 무슨 볼 일이 바쁜지 인사를 하는 둥 마는 둥 하고 휑하게 오던 길로 가 버렸다. 시대가 변하면 모든 패러다임도 발 빠르게 달라져야 하지만 문회는 그렇지가 못했다.

바로 어제였다. 정기총회는 고향 마을에서 약간 떨어진 무슨 가든이라고 하는 고깃집에서 열렸다. 개회를 선언하고 선위에 대한 묵념을 마쳤다. 업무보고, 재무보고를 마치고 바로 기타안건에 들어갔다. 작심을 하고 이야기 했다.

–어찌 된 일인지 이 문회는 오랫동안 종손이 회장을 맡아 왔다. 이런 나쁜 관행이 문회를 좀 먹는 독소라고 생각한다. 그러니 이 폐습을 바꾸자. 종손은 일본이나 영국의 국왕 자리처럼 문회를 대표하는 상징적인 자리로 두고, 실질적인 업무는 회원 중에 유능한 사람을 회장으

로 선출하고, 일은 회장에게 맡기자.

이원화에 관한 내용이었다. 음식점에서 커피점으로 장소를 옮기며 마라톤 회담을 하였지만, 소위 말하는 문회의 원로들은 요지부동이었다. 문회의 회장 자리가 봉사가 아니라 힘을 발휘하는 작은 권력이라고 생각하는 모양이었다. 참으로 곡진한 마음으로 간청을 넣었건만 무산이 되자 화가 치밀어 올랐고, 참지 못해 탕-하고 탁자를 내리쳤던 것이다. 커피가 엎질러져 몇몇이 옷을 버리는 사태가 발생했다. 이 제도가 바뀌지 않으면 더 이상 총무직을 수행하지 못하겠다고 선언했다.

-저, 저 놈이 버르장머리 없게스리.

뒤통수에 쏟아지는 온갖 욕설을 뒤로 하고 커피점 문을 박차고 나왔던 것이다.

비칠거리며 일어나 베란다 쪽으로 난 창문을 바라보았을 때, '어이쿠-' 하고 오른손으로 이마를 쳤다. 눈이 소복하게 내렸기 때문이다. 온천지가 흰색이다. 하필이면 졸업식이 있는 날에. 간부 학생들을 시켜서 안내지를 나누어주는 일과 졸업식장 안에서의 질서지도를 차질 없이 해달라는 교장의 지시가 떠올랐다. 차가운 유리문을 통해 H아파트를 올라가는 가풀막진 도로를 한동안 응시하였다. 거북이 걸음일지라도 저 도로를 따라 몇 대의 차가 다닌다면 하는 바람을 가져 보았다. 그렇지만 차는커녕 그림자조차 얼씬거리지 않았다. 바싹 마른 가로등이 추워 보였다. 가로등은 잔뜩 몸을 떨며 날이 샐 때까지 마지막 책임완수라도 다하려는 듯, 도로에 희미한 빛을 던지고 있었다. 어릴 때는 보료처럼 깔린 저 눈 위를 마음껏 구르고 싶었던 적도 있었다. 여기에 오고 나서 눈으로 예기치 못한 결근을 하였다. 뿐인가, 빙판 위를 걷다가 엉치뼈를 크게 다친 적도 있다. 미운 자식 대하듯 눈이 싫었다. 인터넷으로 S교통의 전화번호를 알아 내었다.

–여보세요, S교통이죠?

–예, 그런데요.

–오늘 ○○번 버스 다니나요?

–눈이 많이 와서 다니지 않습니다.

–요 아래 농협사거리에도 오지 않는가요?

–예, 그렇습니다.

'제기랄–', 무뚝뚝하기 이를 데 없다. 제 스스로 머리를 거실 벽을 향해 쿵쿵 박았다. 화를 풀 데는 아무데도 없다. 쇠창살 안의 맹수처럼 으르렁거리면서 거실을 왔다 갔다 했다. 저 악덕업주 같으니라고. 눈이 와서 버스를 운행 시키지 않는다는 것은 언뜻 보면 승객의 안전을 위한 것처럼 보인다. 그러나 막상 내막을 보면 그렇지 않다. 그럼, 눈이 오는 날 이 지역 사람들은 어떻게 출근을 하고, 학생들은 어떻게 등교를 하란 말인가. 발이 꽁꽁 묶여 저마다 동동 구르고 해도 아랑곳 않겠다는 뜻 아닌가. 그 버스 회사 사무실 앞에 붙어 있던 플랜카드의 구절이 떠올랐다. '언제나 내 가족처럼 정성으로 모시겠습니다.' 내 가족 중에 눈으로 인해 출근을 못하고, 아이들이 등교를 못하고 있는데 안전을 이유로 마냥 손을 놓고 있을 것인가. 시와 연계해서 제설차를 동원시키고, 염화칼슘을 뿌려서 도로를 정비하고, 바퀴에 스노우 체인을 감고, 운전기사들에게 눈길에서의 안전 운전에 대해 교육을 시켜서라도 운행을 했어야 하는 게 아닌가. 주절주절 욕설이 마구 쏟아질 판이다. 아아, 출근을 포기해야 하나. 마지막 희망은 살아 있다. 이 신새벽, 눈길을 헤치고 20분 정도를 걸어서 울산버스를 타는 것이다. 평소에

이 지역민을 대상으로 수입을 올려 밥을 먹던 부산과 경남버스는 손을 아예 놓아버렸지만, 울산버스는 운행을 하였던 것이다. 울산버스들은 평소에 불친절 했지만, 적어도 오늘처럼 눈 오는 날은 구원의 천사였다. 아내가 부스스한 얼굴로 일어나 물어왔다.

–우산은 챙겼어요?

–응.

–마스크는?

–마스크도.

–후드를 머리에 쓰세요.

–응, 그러지.

아내는 관심이지만, 간섭처럼 들렸다. 마치 출전이라도 하는 듯, 비장한 각오로 나서는 남편을 배웅하는 얼굴에 짙은 그늘이 내려져 있었다. 그리고 말은 하지 않았지만, 그 눈길의 저편에 잔뜩 웅크리고 있는 냉소와 원망의 마음도 함께 읽어야 했다. '그러니까, 제가 뭐랬어요. 부산으로 이사를 가자고 그렇게 졸랐건만.' 이라고 말하고 있는 것 같았다. 2년 전, 지금의 딸아이가 중학을 들어갈 때이다. 무엇보다 여기는 교육환경이 열악하고 학교에 대한 선택의 폭이 좁다. 2세 교육보다 중요한 것이 어디 있을까? 바로 코앞인 부산에 이사를 가지 못할 이유가 무어냐? 사생결단을 하듯 덤벼들던 모습이 떠올랐다. 끄트머리에 남편의 노고에 대해서도 마치 끼워팔기를 하듯 겨우 한 마디 했다.

–대중교통을 이용해서라지만 1시간 30분이라는 출근 소요시간이 점차 나이를 들어가는 당신에게도 녹록한 일은 아니잖아요.

우산을 펴는 대신 후드를 깊숙이 눌러 썼다. '괜히 사서 고생이야' 아내의 비아냥이 귓바퀴를 따라 맴돌다가 귓속으로 쏙 들어왔다. 주장이 전혀 근거 없지가 않다. 최근 영국 통계청에 의하면 출근시간과 삶의 만족도에 대한 조사가 나왔다. 출근시간이 길수록 삶의 만족도가 떨어지기 시작해서 60분을 초과하게 되면 현격하게 행복감이 떨어진다는 것이다. 그때 3년 후를 기약했다. 고등학교 입학을 할 때, 그때 가서 부산으로 이사 하는 것을 진지하게 생각해 보자. 그렇게 아내를 달래 놓았다. 그래 놓고 벌써 속절없이 2년이 훌쩍 지나가 버렸다. 딸 아이가 이제 고교 입학을 결정해야 될 시기도 1년이 채 남지 않았다.

밤 사이 함박눈이 지나간 후 눈은 끝물인지 입자가 훨씬 작아지고 성기었다. 엷은 바람에도 마치 하루살이처럼 이리저리 마구 어지럽게 흩날리었다. 내일이면 입춘. 손목에 찬 시계를 바라보았다. 어느덧 6시 25분을 가리키고 있지만, 사위는 완전한 어둠 속이었다. 눈이 발목에까지 차 올랐다. 눈앞에 앞서 간 사람 발자국이 여러 개 찍혀 있었다. 그 누구인지는 몰라도 세상에는 훨씬 빡빡한 일상에 쫓기며 강팍한 삶을 사는 사람도 있구나. 시간이 좀 지났는가 보다. 드물게 경사진 길을 내려오는 차들이 보였다. 용기를 내어 도로까지 몰고 나왔지만 사고가 걱정되지 않을 수가 없는 지 거북이보다 느린 속도로 운행을 했다. 맞은 편 대운산이 머리에 하얀 모자를 쓰고 안스럽게 지켜보고 있었다. 미끄러운 곳에서는 가드레일을 붙잡고 조심스럽게 걸어야 했다. 하긴 눈이 무슨 죄가 있는가. 이 쌓인 눈들은 마치 냉동 보관한 생활용수와 같은 역할을 해 준다. 이제 곧 봄이 되면 조금씩 녹아 저수지나 하천으로 흘러 들어 간다. 그렇게 되면 농사꾼들은 한 해의 농사를 무난하게 시작할 수 있을 것이다. 그러니까 지금 내리는 눈은 4~5월이면 찾아오는 봄철 가뭄을 해소해 주는 고마운 눈이다.

큰길 버스정류소까지 나오는 데는 성공했다. 의외로 도로에는 제법 많은 차량들이 나와서 조심스럽게 운행을 하고 있었다. 버스의 예정 도착시각을 알리는 전광판에는 곧 울산버스가 올 것이라는 것을 한글과 영어 자막이 번갈아 나타나며 알리고 있었다. 작년 이맘때도 눈이 많이 와서 큰길까지 걸어 나왔다. 그렇지만 버스는 사람들로 넘쳐나서 위험하게도 개문발차를 하였다. 결국 버스타기를 포기했다. 그날 걸근을 했었다. 오늘도 제법 많은 사람들이 버스를 기다리고 있었다. 10여 분을 기다렸을까? 멀리서 이마 양쪽에 환한 불을 켜고 달려오는 차가 있었다. 울산에서 부산 노포동까지 가는 버스가 틀림 없었다. 버스가 눈에 미끄러져서 정류소를 훨씬 지나 저만치서 멈추었다. 작년의 트라우마 때문인가. 미친 듯이 마구 뛰어 버스에 올랐다.

버스는 거의 절반이 빈 좌석이었다. 자신도 모르게 얼굴이 달아 올랐다. 뒤쪽으로 가서 눈이나 붙일까 보다. 왼쪽에는 쇼트를 해서 머리끝이 목에 착 감기도록 바짝 붙인 20대 후반의 아가씨가 앉아서 휴대폰을 만지작거리고 있었다. 오른쪽에는 허벅지가 어지간한 아이 몸통만한 건장한 청년이 세상 모르고 잠을 잤다. 아가씨 옆에 앉기 위해서는 큰 용기가 필요하였다. 양 무릎을 쩍 벌린 청년의 옆에 조심스레 앉았다. 단잠을 깨웠다가 무슨 봉변이라도 당할까 저어하였다. 추운 바깥 날씨와는 달리 버스 안은 훈훈하였다. 히트장치는 쉭쉭 소리를 내며 끊임없이 더운 공기로 실내를 채워 주었다. 등과 목을 등받이에 살며시 기대 보았다. 사르르 눈이 감겼다. 모든 게 편안했다. 비로소 안도의 한숨이 절로 나왔다. 자신도 모르게 빙그레 미소가 얼굴 가득하였다. 휴대폰을 꺼내어 아내에게 문자를 날렸다. '노포동행 울산버스 무사히 탑승 성공!' 이라도 짤막하게 보냈다. 활짝 웃음을 머금은 이모티콘과 함께였다. 그렇지만 그 행운은 그다지 길지 않았다. 혜인병원

앞을 지난 차가 덕계사거리에 왔을 때였다. 휴대폰을 만지작거리던 쇼트머리가 난데없이 소리를 버럭 질렀다.

—이 가시나가 머라카노?

—어데, 창기에?

—머라꼬, 트럭하고 승용차하고, 그래서? 차들이 꼼짝을 못하고 있따꼬?

토막난 말들을 대충 끼워 맞추면 이렇다. 창기에서 교통사고가 났고, 교통체증이 심각하다는 이야기였다. 그래, 팔자에 이런 적이 일찍이 없었다. 서서 가도 흔감해 할 처지에 이렇게 편안하게 앉아서 가다니. 버스가 서서히 느림보 운행을 하는가 싶더니 메가마트 앞에서 숫제 멈춰버린 듯하다. 드디어 옆에서 세상 모르고 잠만 자던 40대의 주걱턱의 남자가 부스스 잠에서 깨어났다.

—아저씨, 이 차가 노포동까지 갑니까?

용기를 내어 물었다. 다들 침묵하고 있어서 갑갑증이 났던 것이다.

—아마도 갈 걸요?

—아니요, 아마도 못 갈걸요.

쇼트머리가 지갑에서 껌을 꺼내어 딱딱 씹으며 대답했다. 그래도 갸름한 달걀 모양에 해반주그레한 얼굴을 지니고 있어서 보아줄 만한 얼굴이었다. 적어도 우리들 대화에 불쑥 끼어든 것이 밉보일 정도는 아니다

—아가씨는 그 사실을 어떻게 알아요?

옆에 주걱턱이 물었다.

—앞 서 가는 버스에 탄 친구가 알려줬어요. 교통사고가 나서 차들이 옴쭉달싹을 못 하고 있다고. 이미 인터넷에 사건기사에는 떴다는데.

주걱턱은 재빨리 휴대폰을 꺼내어 마구 터치를 해대었다.

–그런데 운전기사는 왜 우리에게 그 사실을 안 알려주는 거야.

칠십은 좋이 되어 보이는 얼굴에 살집이 두텁고 키가 작달막한 노인이 뒤에서 이야기를 듣고는 신경질적으로 내뱉었다. 그런데 그 말이 끝나기가 무섭게 기다렸다는 듯이 운전기사가 차내방송을 통해 창기에 교통사고가 생겨서 이 버스는 상설시장까지밖에 못 간다는 이야기를 했다. 쇼트머리는 거 보란 듯이,

–그죠, 내 말이 맞죠?

하면서 마치 신이 난 듯이 주걱턱을 쳐다 보았다.

아뿔사! 그렇다면 정말 큰일이다. 긴 탄식이 흘러나왔다.

–어딜 가나 그 졸업생 뒤풀이라는 게 문제입니다. 후배에게 물려 주면 좀 좋아요. 그 3년 동안 입어 온 교복에 계란을 던지고, 밀가루를 뿌려서 범벅을 하질 않나. 에이, 몹쓸 친구들.

재직하고 있는 학교의 아이들이 비교적 착하다. TV에 나오는 것처럼 알몸으로 달린다든가 하는 막가는 행동은 처음부터 없었다. 3년전에 딱 한번 밀가루와 계란을 소지하고 있어서 빼앗은 일은 있었다. 책임자가 되면 걱정하는 정도도 다른 사람의 두 배가 되는 법이다. 눈꼬리가 올라가고 미간에 주름살이 깊게 패인 교장이 '쯧쯧–' 하며 혀를 차는 소리가 바로 옆에서 들리는 듯하다. 설마 학교를 못 가는 일이 있을까? 스스로의 마음을 다독거렸다. 시간이 흐를수록 차 안은 더운 공기를 뿜어내어 사람이 노긋노긋해져 축 늘어지도록 만들었다. 전면유리를 통해 본 시가지의 도로는 커다란 주차장을 방불케 할 만큼 많은 차량들로 꽉 채워져 있었다. 갑자기 쿵쿵거리며 차체를 울리는 소리가 났다. 정류소에서 문을 열어주지 않자, 기다리던 사람들이 화가 나서

문을 열어달라고 소리를 치며 주먹으로 문짝을 두들겼다. 운전기사는 끝까지 문을 열어주지 않았다. 드디어 상설시장에 도착했을 때, 운전기사는 본사와의 전화를 마치고 옆에 있는 마이크를 들었다.

—승객 여러분! 안녕하십니까? 이 차의 운행을 책임지고 있는 담당 기사로서 본사와의 통화내용을 말씀 드리고 여러분에게 양해를 구해야겠습니다. 여러분들이 짐작하신대로 장기 쪽에서 교통사고가 났고, 부산 노포동으로 가는 모든 하행선이 막혔습니다. 그래서 본사 사무실에서는 여러분들을 상설시장 앞에 내려드리고, 울산으로 돌아오라는 명을 받았습니다. 여러분들께서는 이 점을 충분히 이해하여 주시고 지금부터 질서 있게 차례차례 하차하여 주시면 고맙겠습니다.

이 말이 마치자마자 여기저기서 아우성이 터져 나왔다.

—그렇다면 애초부터 태우지 말았어야 하는 거 아냐. 이 차 믿고 부산으로 출근하려는 사람은 어떻게 되는 거야.

—안돼, 누구 마음대로? 태울 때는 마음대로 태워도, 내리는 거는 마음대로 못 내리게 한다, 이거야!

—어이—, 기사 양반 사람들이 이렇게 화내는 이유 못 알아 듣겠어?

—다른 선택이 없어, 죽어도 가야 돼!

'죽어도 가야 돼'라는 이 말에 과장이 있었다는 생각이 들었던지, 쇼트머리는 '쿡—' 하고 웃었다.

—에이, 아가씨는 이런 판국에 왜 웃고 그래요? 사람 짜증나게.

주걱턱이 못 봐주겠다는 듯 한 소리를 했다.

—아니, 웃는 것도 마음대로 못 웃어요. 남 웃는 걸 가지고 다 참견이야.

조금 전의 극심한 사투리와는 달리 완벽한 표준어였다. 쇼트머리는 사투리와 표준말을 놀라울 정도로 능숙하게 넘나들었다. 그래도 버스 안에 있으면 언젠가는 노포동에 도착한다는 희망이라도 있지만, 상설 시장에 내려서는 아무 것도 안 된다. '창기까지만 가도 노포동까지 걸어갈 수가 있다. 창기까지만.' 혼잣말처럼 중얼거렸다.

오래 전에 부산에서 이곳의 눈길을 걸은 적이 있다. 벌써 40여년 전이다. 작은아버지 환갑잔치 때였다. 공고를 졸업하고 조선회사에 다녔을 때였다. 모처럼 휴가를 내었다. 그때도 눈이 많이 와서 교통이 두절되었다. 범어사 어름부터 걷기 시작하였을 것이다. 드디어 덕계를 지나 명곡에 당도했다. 작은집 굴뚝에는 쉬임 없이 연기가 꼬리를 물고 피워 올랐다. 시골 마당에는 꽹과리와 징, 버꾸가 동원되었다. 사촌 형이 몇 년 전에 홀로 되신 큰어머니를 업고 마당을 휘– 한 바퀴를 돌고, 큰형이 작은 아버지를 업고 풍물 소리에 맞추어 덩실덩실 춤을 추면서 또다시 한 바퀴를 휘이 돌았다. 여고생인 사촌누이는 땀을 흘리며 가마솥에 소고기국을 떠서 손님들에게 퍼 나르기에 여념이 없었다. 그때에도 마당에 마치 봄철 꽃잎처럼 눈이 마구 휘날리었다. 세상 참 많이도 변했다. 요즘은 칠순도 하지 않는 세상이 아닌가. 환갑을 그렇게 거창하게 하던 시절이니. 상쇠가 치는 리듬이 단순하게 들려서 쉽게 할 수 있을 것 같았다. 꽹과리를 쥐고 있던 집안 아재에게 직접 한번 해보겠다고 했다. 반대하는 사람도 있었지만, 누군가가 요즘은 젊은 사람 중에도 쇠를 잘 치는 사람이 더러 있다며 한번 맡겨 보자고 했다. 결국, 창피만 당했다. 꽹과리만 혼자 칠 것이 아니라, 다른 악기와 호흡을 맞추어야 하는데 그게 제대로 안 되었다. 용기만큼은 가상했다고 해야 하나, 지금도 그때 생각만 하면 얼굴이 화끈 달아 오른다.

–에이–, 시장 노무 새끼! 무어 인구 30만 도시로 만들자고? 사는데

불편함이 없도록 해 놓고 30만을 모으든지 40만을 모으든지 해야 할 것 아냐?

-TV에 보니까 서울에는 그렇게 눈이 많이 와도 밤새도록 전 공무원들이 제설차를 동원해서 눈을 치우고, 염화칼슘을 뿌리고 어쩌고 난리를 치는데 어찌 된 판인지 이 놈의 동네는 공무원은커녕 개미 새끼 한 마리 얼씬하지 않으니. 도대체 시청은 누구를 위해서 있는 거야.

버스는 30 분이 지났지만, 아직 월평삼거리도 채 가지 못 했다. 회사의 지시를 어기고 버스 운행을 하고 있는 기사를 향해 무슨 불평을 늘어 놓을 수도 없었다. 사람들은 만만한 시장과 공무원을 향해 냅다 욕을 해대었다.

-아니, 부장님 이건 천재지변이라고요! 천재지변으로 회사에 출근을 하지 못하는 걸 나더러 어떻게 하라는 겁니까?

주걱턱이 버스가 떠나갈 듯이 고함을 질렀다. 그의 얼굴이 참혹하게 일그러져 있었기 때문에 누구도 소리 지르는 것에 대해 토를 달지 못했다. 오히려 깊은 염려와 공감이 얼굴에 씌어져 있었다.

-그런데 왜 부산에는 여기처럼 이렇게 많은 눈이 안 온다냐? 정말 세상 안 고르지. 응, 그래. 오늘 아침 집을 나서는데 안 그래도 엄마가 나보고 미안하다고 했어. 이렇게 눈이 한번씩 왕창 와서 출근하기 힘든 동네에 이사를 왔다고.

쇼트머리가 휴대전화기를 들고 누군가를 향해 소리를 질렀다. 조금 전의 발랄함은 온데간데 없이 갑자기 우울한 표정이었다.

많은 사람들이 물어왔다. 직장은 부산인데 왜 이곳 덕계에 사느냐고? 별 뜻 없이 물어오면 귀찮다는 듯 상투적인 말로 '공기 좋고 물이 좋아서'라고 얼버무렸다. 시간적인 여유가 있고, 제법 진지한 자세로 물어오면 대답이 달라진다. 이 곳이 내가 태어나 자란 곳은 아니지만, 아버지의 고향이고, 그 아버지의 아버지 고향이고, 300여년 전부터 입향조가 자리잡은 동네라고 설명해 준다. 집을 흔히 말하는 거주개념이 아닌 소유개념으로 받아들이는 사람은 고개를 갸우뚱한다. 그래서? 그 조상이 당신을 부자로 만들어 주었느냐? 하는 식이다. 재산증식을 위해서라면 일년에 몇 번이라도 이사를 할 수 있는 사람의 입장에서 본다면 도저히 이해가 안 되는 일이다. 지금이 어느 시대인데 조상과 고향을 운운하느냐고 한심하다는 듯 혀를 찬다. 하기사 한 솥 밥을 먹고 산 지 25년이 된 아내도 이해 못 하는 일이니까 어쩌면 당연한 반응이다.

그럴 때마다 마음 속으로 그렇게 항변했다. 그렇다. 당신네들이 쿤타 킨테를 알 턱이 있느냐? 아는 사람은 알듯이, 쿤타 킨테는 저 미국 작가 알렉스 헤일리의 소설 '뿌리'에 나오는 주인공이다. 흑인 작가인 그는 자신의 조상이 쿤타 킨테 라는 아프리카 사람이라는 사실을 우연히 알게 되었다. 쿤타 킨테가 살던 곳은 아프리카의 캄비 볼롱고 라는 곳이었다. 그는 아프리카어를 전공한 사람으로부터 '볼롱고' 라는 말이 '강'을 뜻하고 '캄비 볼롱고'란 '감비아 강'을 가리킨다는 사실을 알게 되었다. 그는 몇 차례의 죽을 고비를 넘기며 아프리카의 캄비 볼롱고를 상류에서부터 하류까지 훑어 내려온다. 드디어 '주푸레'라는 곳에 당도해서 '그리오트(기억에 의존하여 그 마을의 내력을 말하는 사람)'를 통하여 어느 날, 쿤타킨테 라는 자신의 오래된 조상을 만나는 것이다. 소설이 베스트셀러가 되면서 영화로 제작되었다. 1977년 당시 우리나라에서도 방영되어 뿌리찾기에 일대 센세이션을 일으키기도 했다.

나도 나의 뿌리를 찾아서 이 곳에 왔다? 그렇지만 사실 내막을 알고 나면 이 말도 맞지가 않다. 이 곳이 일가들이 모여 사는 집성촌이라는 사실도 이곳에 와서 알게 된 것 아닌가? 적어도 이 곳에 올 때는 아무것도 모르고 왔다. 나만의 속사정은 따로 있었다. 결혼을 하고 신혼생활을 할 방을 구하러 다녔다. 노포동에서 지하철을 타고 오면서 역마다 내려 부동산 소개소를 찾아 다녔다. 그러다가 부산 장전동 어린이 놀이터 옆에 단칸방을 얻었다. 그곳에서 아쉬운 데로 신혼생활을 2 년여 잘 보냈다. 2 년이 되어도 집주인으로부터 재계약하자는 말이 없었다. 법에 따라 자동으로 재계약이 성립된 것으로 알고, 그냥 아무 생각없이 그렇게 지냈다. 계약기간이 만료되고 한 달쯤 지났을 것이다. 우리 부부가 잠자리에 들 시각에 주인 남자가 방문 했다. 입에서 약간의 술 냄새가 났다. 이야기인 즉, 자신의 아들이 수 일 내로 결혼을 하는데 당장 거처할 방이 없다. 천상 우리가 쓰는 방을 아들 내외에게 주어야겠으니 그 전에 좀 나가 주었으면 한다는 것이었다. 우리 부부는 완강하게 거부 했다. 법적으로도 계약기간이 만료 되고 집주인이 말이 없으면 재계약이 성립된 것으로 간주한다고 되어 있다. 당신들이 하는 행동은 예의도 아니고 도리도 아니고 아무 것도 아니다. 세상에 이런 법은 없다. 집주인은 버럭 화를 내었다. 그러면 집세를 대폭 올릴 수밖에 없다고 으름장을 놓았다.

그가 갑이었고 우리는 을이었다. 물러서지 않고 끝까지 법대로 밀어부칠 작정이었지만, 아내가 '엎질러진 물이다, 그래 봐야 우리만 불편하다. 그러니 내일부터라도 새로 살 방을 구하러 다녀보자.'고 하였다. 기왕지사 좀 나은 방을 구하려 하니 돈이 부족했다. 작은누나에게 돈을 빌릴 데가 있는지 알아봐 달라고 전화를 걸었다. 작은누나는 그때 이미 부산에서 이곳 덕계로 시집을 와서 십 년도 넘게 살고 있는 중이었다.

-너희들이 얻고자 하는 방값에다 돈을 조금만 더 보태면 여기서는 새로 분양하는 아파트를 살 수가 있단다. 일단 내 집이라고 장만해서 살면 나가라는 소리도 안 듣고 좀 좋으냐?

귀가 솔깃하였다. 처가에서 돈을 얼마 빌리고, 은행에 보증인을 앞세워 돈을 얼마 빌리고, 그렇게 해서 장만한 것이 지금의 아파트이다. 와서 산 지, 한 달도 채 지나지 않았을 것이다. 어느 날 이상한 경험을 했다. 전입신고를 하러 이장을 찾아갔는데(그때는 양산시가 아니고 양산군이었다) 그가 서류를 보더니 나를 먼저 알아보고 일가를 만나서 반갑다고 악수를 청했다. 농협에 저축을 하러 갔는데, 그 곳 조합장이 나를 자기 방으로 데리고 들어가더니 우리 사이가 촌수를 쳐서 열 촌을 넘지 않는 사이라며 여간 살갑게 구는 것이 아니었다. 아니, 진작에 이곳에 일가붙이가 몇몇 살고 있는 것은 알았지만. 이곳이 본래 그런 곳이었나? 속으로 약간 놀랐다. 이미 여기에서 태어나 학교까지 마친 사촌 형을 따라 소문중 모임에 갔는데 참석하는 회원 수가 불과 서너 명이었다. 그 해 겨울방학 때 두문불출하고 족보를 꺼내어 놓고 세계도를 그려 나갔다. 안방 복판에다 달력을 여러 장 붙여서 장판지를 커다랗게 만들었다. 제일 위에서부터 시조를 적고, 그 아래로 2대 3대를 써내려 갔다. 누구는 누구를 낳고, 또 누구는 누구를 낳고. 끝없는 생몰이 되풀이되었다. 드디어 현대 어느 날, '나'라는 존재가 세계도 그 끄트머리에 달라붙어 있었다. 다른 일을 하면서 자투리 시간을 내어 그 작업을 했기 때문에 무려 20 일도 넘게 걸렸다. 세계도가 완성되는 날, 나는 미묘하고 야릇한 기분에 사로잡혔다. 그것은 이런 상상이었다.

지금부터 300여 년 전, 한 넉넉하지 못한 살림을 하던 시골 선비가 있었다. 어느 날 온종일 낮에는 농사일에 매달리다가 저녁에 밥상을 물리고 글을 읽었다. 설거지를 끝내고 차를 달여온 아내와 담소를 나누다가 젊은 아내의 손이 하도 고와서 살며시 잡았다가 자신도 모르게 춘정을 느끼었다. 그날 밤 부부는 참으로 곡진한 마음으로 서로를 배려하며 마음껏 운우지정을 나누었다.

그날 밤 그 소산으로 생겨난 사람이 나 자신이고 나에게 전입신고 도장을 찍어준 그 할배고, 농협에서 대출을 해준 그 아재이다. 세계도를 완성하고 난 다음 집안 사람들이 예전보다 훨씬 더 친근하게 다가왔다. 그야말로 도타운 정이 샘물처럼 솟아나는 것을 느꼈다. 조사한 결과 우리 소문중에만 40여 가구에 결혼한 성인 남자만 주소가 확인된 사람이 무려 60여명이 되었다. 형제들의 도움을 받아 처음으로 어느 식당에서 문회 창립총회를 열었다. 처음 참석자는 스무 명 정도 되었다. 그래도 큰 소득이었다. 서너 명에서 스무 여남은 명이 되었으니 참석자가 무려 10 배 가까이 증가한 것이다. 주위의 권유에 의해 내가 초대 총무를 맡았다. 총무를 7년여 해오며 보람 있는 일도 많았고 아쉬운 점도 있었다. 시작할 때는 30대 초반이었지만, 그만 둘 때는 40이 다 된 나이였다.

–어머, 저것 좀 보세요!

쇼트머리가 창에 김이 서리는 것을 닦기에 여념이 없다가 밖을 내다보며 말했다. 쇼트머리의 옆 좌석에 앉은 중년의 아줌마는 곤히 잠들고 있었기 때문에 특정한 사람을 두고 하는 말이 아니었다. 이때 그녀가 가리키는 쪽으로 한번쯤 눈길을 돌리지 않는다면 젊은 숙녀에 대한 예의가 아니지. 낡은 기와가 얼기설기 엮어진 시골집이 눈에 들어왔고, 마당 한 켠에 개 집이 있었다. 털이 하얀 진돗개 한 마리가 너부죽이 엎드려 있고, 태어난 지 얼마 되어 보이지 않는 새끼가 한 마리, 두 마리, 세 마리가 젖을 빨기에 여념이 없었다. 세상 천지가 하얀 가운데 하얀 짐승을 발견하기란 쉬운 일이 아니었다. 자칫 놓치기 쉬운 장면을 그 쇼트머리는 용케 발견해 내었다. 저 멀리로 천성산 줄기의 한 자락임에 틀림없는 산이 보이고 그 아래 눈을 하얗게 뒤집어 쓴 시골집이 보였다. 그 앞에 하얀 털을 가진 어린 짐승이 이 세상에서 가장 평화롭고 아늑한 어미의 품 속에서 아침 식사에 열중하는 것이다.

끓어 오르던 화증이 착 가라앉아 일시에 정화가 되는 것을 느낄 수 있었다. 그때였다. 차가 월평삼거리를 지나고 있었다. 여기서부터는 부산광역시에 속한다. 차 안의 정적을 깨는 고함소리가 들렸다. 그곳은 버스정류소도 아니었다. 아마도 어떤 일행이 무작정 기다리기가 다급한 나머지 노포동을 향해 걷다가 버스를 발견하고는 달려온 모양이었다.

–도대체 왜 문을 안 열어 주는 거요?

차체를 내려 앉힐 듯 거칠게 두드리는 소리가 들렸다. 중년 남자의 옆에는 팔순이 훌쩍 넘어 보이는 할머니와 중학생으로 보이는 아들이 서 있었다.

–차를 타도 어차피 노포동까지 못 간다고 말씀 드리지 않습니까? 도대체 몇 번을 말씀 드려야 알아 듣겠습니까?

운전 기사는 참으로 답답하다는 듯이 허공에 대고 '후–' 하고 한숨을 내쉬었다.

–오늘 우리 아이 졸업식이 아니면, 이렇게 매달리지도 않소. 11시에 졸업식인데 그 전에 어떻게 해서든지 학교에 도착을 해야 된단 말이요.

양복에다 빨간색 넥타이를 매었지만, 넥타이 끝이 배 위쪽으로 달랑 올라 붙어 개그 콘서트에 등장한 사람처럼 우스꽝스럽게 보였다. 그는 운전석이 있는 창 쪽으로 다가가 버럭 소리 질렀다.

–좋소! 정 당신이 그런 식으로 나오면 승차거부로 경찰에 신고를 하겠소.

–흥! 신고를 하든지 말든지 당신 마음대로 하세요.

그렇다. 기사의 입장에서 보면 하등의 책 잡힐 것이 없다. 본사에서 이미 회차 하라고 지시를 내리질 않았는가. 승객의 요청을 거절할 수 없어 회사의 지시를 어기고 어쩔 수 없이 운행을 하고 있는 처지다. 지금 이 마당에 승차거부가 뭐 대수로운 일이겠는가. 그때였다.

–당신은 집에 가면 나이 드신 부모도 없소! 우리 어머니가 내년이면 나이가 여든이요. 마지막이 될 지도 모르는 손주 졸업식 보겠다고 길에 나섰다가 이렇게 추위에 떨고 있는데. 목적지까지 못 가도 좋으니 이 추위나 좀 피할 수 있게 해 주오.

빨간 넥타이는 조금 전의 당당함은 온데간데 없이 거의 울상이었다. 그의 옆에 빨간색 내의를 입기는 했지만 공단으로 된 얇은 옥색 치마 저고리를 입고 있는 키 작은 할머니가 서 있었다. 손끝이 시린 듯 입을 호호하며 녹이고 있는 모습이 애처롭게 다가왔다. 드디어 버스 문이 열렸다. 할머니가 제일 먼저 오르고, 여느 졸업생과는 달리 스포츠형으로 옆과 뒷머리를 바싹 친 중학생이 올랐다. 마지막으로 중년의 남자가 탔다. 차에 오르자 그는 운전기사 쪽으로 눈길을 힐끗 한번 주고는 이내 차창 밖을 응시했다. 소기의 목적을 이루었으면 그만이지 지금에 와서 새삼 따져서 무엇 하겠는가? 그런 태도였다. 구름 사이로 해가 얼굴을 내밀었는지 차창이 서서히 밝아져 오기 시작했다. 아닌

게 아니라, 시계는 벌써 9시를 훌쩍 넘어서고 있었다.

–아니, 사장님. 저더러 뭘 어쩌란 말입니까? 차 안에 갇혀서 오도가도 못 하는데. 그래서 조금 전에도 말씀 드리지 않았습니까? 이건 천재지변이라고요. 글쎄 언제 도착할 지는 제가 어떻게 압니까? 여기 기사 아저씨도 장담을 못 하는데. 아니, 제가 어디에 살건 그건 뭣 하러 말씀하십니까? 대한민국은 거주이전의 자유라는 게 있지 않습니까? 그걸 두고 사장님이 뭐라고 말씀 하시면 안 되죠.

–예, 부장님. 예, 그래요. 사고차량이 수습이 되고 나면 곧 뚫리지 싶어요. 예, 노포동만 도착하면 지하철로. 예, 예, 1호선만 타면 환승 하지 않고, 곧바로 도착할 수 있겠습니다. 예, 예, 그럼 그때 봬요. 예, 예.

주걱턱과 쇼트머리의 통화가 끝나자, 그제서야 생각이 났다는 듯, 사람들은 저마다 다니는 직장에 지각에 따른 통보를 해 주었다. 같은 생활지도부 K선생에게 전화를 걸었다. K는 벌써 학교에 도착해 있었다. K 뿐만 아니라 많은 직원들이 이미 등교를 마쳤다고 K가 말해 주었다. 눈이 왔고 그로 인해 차가 미끄러져 교통사고가 났다. 그래서 차가 막혀 버스가 꼼짝 못 하고 있다고 말해 주었다. 그리고 본인이 없더라도 졸업식 안내와 뒤풀이에 다른 불상사가 생기지 않도록 만전을 기해 달라고 부탁을 했다. 그럼에도 불구하고 잠시 후, 교장으로부터 전화가 휴대폰으로 걸려 왔다. 교통사고가 났다고 이야기 하자, 어디 다친 데는 없느냐고 물었다. 다른 차가 접촉사고를 일으켰고 그래서 차가 정체되어 갈 수 없다고 말했건만, 잘 수습하고 천천히 오라고 말했다. 그래 놓고 마치 들으라는 듯이 큰 소리로 "어허–, 이거 하필이면 졸업식 날에 낭패인 걸." 하고 말했다. 그럴싸해서 그런지 거기에는 무언의 책망이 담겨 있는 것 같았다.

컬러링 곡인 예라이샹이 울렸다. 종손이자 문회장이었다. 그는 진작에 일흔을 훌쩍 넘긴 나이였다.

–야 이 사람, 성암.

성암은 그의 아호이다. 언제부터인가 나이가 마흔 줄이 넘은 사람에게 이름을 막 부르기가 뭣하다며 제각기 호를 지어 부르기 시작했다. 오래 전에 서예를 배울 때에 원장이 지어준 아호가 있어 그것을 호로 삼았다.

–야, 이 사람, 성암. 내 이야기 듣고 있나?

그의 목소리는 은근하고 부드러웠다. 사람들 사이에 말이 있었다. 문회 총무 자리라는 게 잘하면 본전이고, 못하면 욕을 바가지로 얻어먹는 자리라고. 수 틀리면 그 따위 총무 안 하면 그만 아닌가.

–예, 회장님. 말씀하십시오.

–어제 성암이 이야기 하던 그 문제는 우리가 시일을 두고 차차 생각해 봄세. 그렇다고 해서 그렇게 책상을 치고 자리를 박차고 일어나면 어떻게 하나, 이 사람아. 거기 앉아 있는 사람들이 전부 아재 아니면 할배인데. 원 사람도.

–제가 어제 처음 그 문제를 끄집어 낸 것도 아니고, 벌써 서너 차례는 될 텐데. 아직도 시일을 두고 보자고 말씀하십니까? 도대체 언제까지 두고 보자는 말씀입니까? 이번에도 그 문제가 해결되지 않는다면 더 이상 저도 총무직을 수행할 수가 없습니다.

–뭐? 총무를 못하겠다고? 본인 마음에 다소 차지 않더라도 집안에 원로가 이렇게 점잖게 이야기 하면 일단 '예–' 라고 대답해 놓고 그 다음을 생각해야지. 그래, 감히 내 앞에 하는 말이 못하겠단 말 뿐이란 말이지? 그 따위 식으로 하려면 그만 둬. 자네 아니면 어디 사람이 없나.

곧바로 통화가 끊기었다. 하얗게 노기에 차서 입으로 화를 마구 뿜어내는 것이 시퍼렇게 보이는 것 같았다. 아침 햇살이 창에 쨍 하고 비치었다. 바로 옆으로 경광등을 번쩍거리며 견인차가 지나가고 곧이어 삐뽀삐뽀 소리를 내며 구급차가 지나가는 것이 보였다.

—사고 난 지가 언젠데, 저 놈들이 이제서야 나타나는 거야!

군모 노인이 소리를 질렀다.

—이제서야 눈이 조금씩 녹고, 구급차는 운행을 하더라고 안전하다고 판단 했겠죠.

누군가가 군모 노인의 말에 맞장구를 쳤다. 아닌 게 아니라 버스 지붕 위에 쌓여 있던 눈이 서서히 녹기 시작하는 모양이었다. 눈이 녹아 흘러 내린 눈물이 차창 위로 눈물처럼 주르륵 쏟아졌다. 안에서 바깥을 보면 마치 비가 오는 듯한 착각을 불러일으켰다. 젊은 새댁의 품에 안겨 있던 예닐곱 살 난 사내 아이가 "엄마, 지금 밖에 비 와요. 햇볕은 드는데 비가 오고 이상해요." 라고 말했다. 문회 총무를 7년이나 했으면 많이 한 편이다. 그러잖아도 이 해에 그만 두려 마음을 먹었었다. 가벼운 중이 떠나야지, 절을 옮기라고 할 수가 있나.

—내가 죽어도 자식이 살아 있다면 반쯤은 살아 있는 거야.

원로가 하던 말이 떠올랐다. 그리고는 '과연 반쯤은 살아 있기라도 한 건가?', '내가 죽으면 모든 상황은 종료가 되는 것이 아닌가?' 하는 의구가 일어났다. 버스가 창기에 당도 했을 때, 도로는 거짓말처럼 말끔하게 치워져 있었다. 서서히 기지개를 펴던 버스가 제 속도를 내기 시작 했다.

—예, 정말이다. 차가 쌩쌩 달려. 아니 정말이라니까. 응, 그래. 그냥 달리는 것도 아니고 쌩쌩 달린다니까, 쌩쌩. 아니, 그러니까 나도 믿기

지 않아.

쇼트머리는 마치 중계를 하듯, 누구에겐가 끝없이 쫑알거렸다. 도로는 아직 눈이 그대로였다. 단지 차들이 지나가며 남긴 바퀴자리만 평행선을 그으며 까맣게 아스팔트를 드러낼 뿐이었다. 바닥에서 눈의 높이가 실히 한 뼘은 되어 보였다. 노포동을 지나자 부산은 거짓말 같이 눈이 내린 흔적이 발견 되지 않았다. 그제서야 다들 안도의 한숨을 내쉬었다. 이때, 누군가가 손뼉을 치기 시작했고 그것이 신호탄이 되어 너나 할 것 없이 모두가 일제히 손뼉을 쳤다.

–이 박수 소리는 저를 위해 치는 박수가 맞죠?

운전기사가 입가에 미소를 머금고 우스개 소리로 말했다.

–우리 내친 김에 기사 아저씨를 위해 박수를 한번 제대로 더 칩시다.

–맞아요, 기사 아저씨가 회사 지시대로 상설시장에서 우리를 내려놓고 돌아가 버렸다면 아직도 도착 못했을 것 아니에요?

우르르–, 우레가 울리 듯 박수소리가 쏟아져 내렸다.

–아저씨, 태어나서 이렇게 많은 박수 받기는 처음이죠?

쇼트머리가 버스에서 내리면서 쌩긋 웃는다.

–아가씨도 시내버스를 이렇게 장시간 타 보기가 처음일 걸요?

기사 또한 웃으며, 고생했다며 덕담으로 화답했다.

–여기, 할아버지 할머니 먼저 내리시도록 해요.

중년 남자가 소리쳤다.

–순서대로 내리면 되잖아요. 그게 더 빠를 것 같은데?

–당신도 나이 들어 보슈. 이 할머니 아직 세 시간 동안 요강을 못 비웠단 말씨. 아마 반은 팬티에 흘렸을 걸.

이 말이 끝나자 마자 마치 운동회 때 색종이 바구니가 터지 듯 와르르 또 한번 웃음이 터져 나왔다.

그 동안 쿤타 킨테를 참 많이도 팔았다. 세월이 아무리 변해도 변하지 않는 것이 있다. 그 중에 하나가 뿌리의식이다. 그런 확고한 신념이 있었다. 그렇지만 그것은 생각이 짧았다. 무상! 이 세상에 변하지 않는 것은 아무 것도 없다. 그 중에 하나가 조상에 대한 뿌리 의식이다. 적어도 지금보다는 많이 축소가 되고, 엷고 가는 물줄기처럼 앞으로 겨우 명맥만 유지 되어 갈 것이다. 누군가로부터 왜 덕계에 사느냐고 물으면 당신네들이 쿤타 킨테를 아느냐고 속으로 반문했다. 오늘 이 시점에 갑자기 의문 하나가 떠올랐다. 그럼 너는 쿤타 킨테를 아느냐? 고. 이제는 그렇다고 자신 있게 말할 수도 없게 되었다. 플랫포옴에 경쾌한 음악이 흐르고 어둠을 가르며 두 눈을 빠안하게 뜬 채 저 멀리서 전동차가 달려오는 것이 보였다. 무려 7 년이란 세월 동안 모든 것을 헌신해서 매달리던 일을 하루 아침에 패대기 치듯 포기할 수 있나? 전동차가 도착하기 전에 그 답을 내려야 한다는 강박이 찾아 들었다.

폐선, 혹은 헌 구두 몇 켤레

해가 넘어지는데
슬리퍼를 끌고 천천히 바다로 내려갔다.

늘 보는 풍경이었는데
없다. 아 뿌리가 없다.
떠 있는 것, 떠 도는 것.

山은 나무로 떠 있다가 기울어진다.

파도 끝에 걸려 있는 폐선은
다만 西편으로 기울어 있는데
내 몸이 자꾸 기울어진다.
– 하늘로 뿌리를 올리니까 그런거야.

구름 몇 오라기만 흩어진 서녘을 보며
돌아오니 계단에 절름발이로 서 있던 헌 구두가
날아오려는 몸짓을 해 보인다.

멀미 기운이 보여, 누워도 엎어져도
낫지 않는다.
너무 오래 떠 있었을까?

(이철호 詩: 폐선 혹은 헌 구두)

헌 구두 1.

–키가 얼마나 돼요?

여자가 움찔 놀라며, 비로소 고개를 든다. 갸르스름한 얼굴이 시리도록 차다.

–왜요?

상반신을 반쯤 부엌으로 난 쪽문을 향해 내 민 창우에게 오히려 되묻는다. 순간, 당황한다. 그 평범하기 짝이 없는 질문을 가지고 반문하리라고는 전혀 예상치 못한다.

–아니, 저어 그냥…….

창우의 얼굴이 홍조를 띠며 붉게 물들어 가는 것을 보고 여자도 비로소 경계를 푼다.

–일 미터 오십 구 쯤 되려나…….

프라이팬에 올려놓은 가지가 어느새 거무스름한 빛깔로 변한다. 여자는 익숙한 솜씨로 간장과 소금을 적절하게 섞어가며 간을 맞춘다. 그리고 접시에 담아 깨를 뿌리는 것까지 잊지 않는다.

–찬이 없어서 어쩌죠…….

스스로 미안해 할 이유가 없는데도 여자는 송구스러워하는 기색이 얼굴에 역력하다. 그 미안함을 웃음으로 막음하려는 듯 순간, 입술이 벌어지며 배시시 웃는다. 대문니 두 대가 유난히 드러나 보이고, 사이가 크게 벌어진 대문니가 여자를 다소 바보스럽게까지 보이게 한다. '저 못생긴 치아만 아니면 경아 엄마도 얼마든지 미인 축에 끼일텐데…….' 여자가 들여놓은 상 위에는 방금 무친 가지 나물과 계란 후라이, 구운 김, 간장 한 종지 그리고 어젯밤 어머니가 끓여 놓고 간 시락국이 놓여있다. 이만하면 진수성찬이다. 창우는 새삼 여자에 대한 고마움을 절실하게 느낀다. 여자가 창우의 아침상을 차려줄 이유가 없다. 집주인과 세 들어 사는 사람의 사이가 무슨 상하관계가 아니다. 당당하게 방세를 물고 생활하는 것이다. 한번씩 퇴근을 해서 어머니가 계신 큰방에 들어와 보면 여자가 함께 있었다. 아제 첫 돌이 막 지난 경아에게 우유를 먹이기도 하고, 어떤 때는 어머니가 하는 바느질을 옆에서 거들기도 했다.

–요즘 여자가 아니야. 요즘 여자들하고는 확실히 달라.

그 점에 대해서는 굳이 어머니가 말을 하지 않더라도 창우도 인정한다. 며칠전 어머니의 심부름으로 새로 담근 김장 김치 한 사발을 갖다주러 간 적이 있었다. 열려진 방문 틈으로 흘낏 방안의 정경을 엿 볼 수 있었다. 자개로 장식된 농이기는 하지만 이미 문짝이 제 자리를 지키지 못하고 이탈되어 개어 놓은 요와 이불 쪽으로 비스듬히 기대어 있었다. 그 아래로 백발이 성성한 시체 하나가 누워 있었다. 덮어놓은 이불이 한번씩 요동치는 것으로 보아 시체는 아니었다. 때마침 업었다가 내려놓은 경아가 거무튀튀한 얼굴 부위를 손으로 덮치려 하고 있었다. 업드려서 걸레질을 하고 있던 여자의 풍만하고 허연 젖통이 이따금 출렁거리는데 창우에게는 그것조차도 어쩐지 안쓰럽고 안타깝게 다가왔다.

–경아엄마가 금년에 스물 셋이니 창우 네 보다 오히려 한 살 적겠구나. 정식 결혼도 아니고 동거생활 하면서 남편 배 타러 가고 없는데 어린 딸에다 병든 시아버지까지…….

그렇다. 그 말은 정말 사실이다. 아무나 할 수 있는 일이 아니다. 아니, 어쩌면 요즘 세태에 견준다면 누구도 할 수 없는 일이다.

─……. 그래서 이야긴데, 김노인을 네 방에 달린 다락방에다 모셔 놓는 게 어떻겠니?

일주일쯤 되었나, 공장에서 퇴근해서 집에 들어와서 밥상을 받자마자 어머니가 물어왔다. 그 끔찍한 광경을 안 봤다면 또 모르지만, 보고 난 다음에는 거절하지 못할 것이다. 그럽시다. 흔쾌히 승락했다. 어머니는 독실한 불교 신자라서 인근 절을 하나 정해 놓고 행사 때마다 가신다. 특별한 행사가 없더라도 일요일이면 법당 청소도 하고 찾아오는 신도들과 이야기나 나누시겠다면서 올라가셨다. 워낙 새벽에 나가시기 때문에 휴일 늦잠을 자는 창우로서는 아침상 차림을 으레 자신의 몫으로 알았다. 그런데 오늘 아침 상차림을 겸아 엄마가, 아니 여자가 봐 준 것이다. 여자의 호의는 어쩌면 창우가 김노인을 다락방에 모시도록 허락한 답례인지도 모른다.

헌 구두 2.

금붕어가 인공으로 만들 수초들 사이를 헤집고 유영하고 있다. 그 중 유독 굵은 놈 한 마리가 길다란 배설물을 뒤꽁무니에 매달고 종횡무진 휘젓고 다닌다. 그리고 2~3 여분 지났을까 드디어 그 배설물이 몸체에서 떨어져 나와 마치 별개의 생물체인 양 스스로 움직인다. 그렇지만 그것도 잠시 마침내 바닥에 가라앉고 만다. 분명 무생물이지만 탄생과 죽음의 짧은 생애를 목격한 듯한 착각이 든다.

─우리 학교 구내 식당에 일하는 아줌마가 있어요. 서울 명문 E여대를 졸업했는데 지금은 식당 종업원입니다. 직업에 무슨 귀천이 있느냐면서, 중요한 것은 어떤 일을 하느냐가 아니고, 하고자 하는 일을 얼마

나 열심히 하느냐가 아니냐고 되묻더군요. 글쎄, 저로서는 그걸 어떻게 받아들여야 할지…….

여자가 물었다. 창우와는 세 번째 만남이다. 이 여자는 적어도 키에 한해서만큼은 창우를 속였다. 얼른 보기에도 경아 엄마보다 턱없이 작은 키에도 불구하고 먼저 창우의 키를 묻고 자신의 키가 일 미터 육십이라고 했다.

–제 생각으로는 그 식당 아줌마의 말에 대해서 두 가지 해석이 가능하다고 생각합니다. 우선 자기의 화려한 학력에 비해 형편없는 직업을 갖게 된데 따른 자기 변명 내지는 합리화라고 볼 수 있겠고, 두 번째는 정말 그렇게 생각하니까 그렇다 라고 말하는 진솔한 일면이지요.

창우는 어항 속의 금붕어를 보며 적이 실망감을 감추지 못했다. 겉은 금빛 찬란한 무언가 특별난 붕어. 그렇다면 배설물까지 금빛은 아니더라도 여느 동물의 배설물과는 달라야만 했다.

–그쪽하고 통화하는 게 왜 그렇게 힘들죠? 전화가 통화 중일 때가 많고, 연결되더라도 3~4 분씩을 기다려야 하니까 짜증날 때가 많아요.

여자가 인상을 찌푸리며 할 말을 해야 직성이 풀린다는 듯, 말했다.

–지난번에 제가 말씀드리지 않았던가요. 제가 사무실이 아닌 현장에서 일한다고 말입니다. 그리고 경황이 없어 휴대폰을 아직 장만하지 못했습니다. 이런 일이 자주 발생되면 조만 간에 마련해야겠는데요.

–사람이 밤하늘의 별을 세면서, 이슬만 먹고 살 수 없다는 점에 대해서 어느 정도는 인정해요. 그렇지만 돈, 명예, 직업, 부귀, 학력……. 이런 것들은 껍질에 불과한 것이 아닌가요. 중요한 것은 본질이지, 형식이나 껍질이 아니잖아요. 그런 측면에서 본다면 그 쪽은 상당히 호

감이 가는 사람이에요. 거짓 없고 순수해 보입니다.

여자가 턱으로 창우를 가리키면서 자못 진지하게 이야기했다. 사실 스물 넷이라는 나이가 어중잽이다. 물론 경아 엄마처럼 이미 자식 놓고 사는 빠른 축도 있지만 앞에 여자처럼 겨우 대학교 졸업반이 되어 진로를 미처 정하지 못한 경우도 있다. 물론 지금 당장 좋은 사람 만나 동거라도 해서 경아 엄마처럼 못 살 것도 없지만……. 물론 스물 넷에 남녀가 만나 3~4 년 사귀다 결혼하면 이상적이지만, 그렇다고 결혼을 전제하기도 그렇고, 안 하기도 그렇다.

–참, 학교는 어디를 나왔다고 그랬던가요?

여자는 대수롭잖은 듯 묻는다.

–말씀드리지 않았던가요. 공고를 졸업했다고.

–그걸로 끝이에요?

그러면서 여자의 얼굴에는 실망의 빛이 역력했다. 앞에 사람이 알아차리는데 전혀 힘들지 않는 낙담과 한숨이 새어나온다.

–통신대학이나 산업체 특별 전형도 보지 않았어요?

실망이 어느새 연민으로 바뀌어져 있었다. 여자는 마지막 기대의 아슬한 끈을 놓치지 않으려는 듯 안타까운 심정이다. 그 순간 창우는 아침에 가지나물을 무치며 배시시 웃어주던 경아 엄마의 대문니가 무척 친근하게 다가와 사무치는 그리움으로 승화되는 것을 느낀다.

–'결혼은 미친 짓이다.' 읽어 보셨어요?

창우가 물었다.

–영화는 본 것 같은데요.

여자가 답했다.

–책을 읽었는데 거기에는 먼저 전제가 되어야 할 것이 있더라고요.

그게 뭐냐면 '조건' 같은 것이죠.

—뭐라구요?

실내 음악이 발라드에서 강한 비트의 음악으로 바뀌다 보니 여자가 미처 못들은 모양이었다.

—조건이요. 그러니까 '조건을 앞세워서 하는 결혼은 미친 짓이다.'라는 거죠.

헌 구두 3.

페미니스트들의 주장을 속속들이 모른다. 도대체 배운 사람들의 말은 어렵다. 말이야 사실이지 알 수도 없다. 말을 하면 알 듯도 한데 신문에 글을 써 놓은 걸 보면 도통 모른다. 말을 그대로 옮겨 놓은 것이 글일텐데도 글은 더더욱 난해하다. 몇 시간 전에 만난 한 지수라는 여대생의 경우만 해도 그렇다. 말로 하면 서로가 의사소통이 원활한데 그 여자가 화장실에 간 사이 슬쩍 넘겨본 노우트는 온통 어려운 낱말들 투성이었다. 헤어질 때는 좋게 헤어졌다. 다음에 또 연락 주세요. 네. 기다릴게요. 그러나 창우는 안다. 바보가 아니다. 두 번 다시 연락할 일도 없고 연락하더라도 연결되지 않으리라는 것을……. 여자의 마지막 얼굴에서 그것을 읽어 내렸다. 아무튼 페미니스트들의 주의, 주장은 모르지만 적어도 어느 한 부분에서 우리 사회 구조가 남성 위주로 되어있는 남녀 불평등 구조로 짜여져 있다는 점은 인정한다. 방금 한 여자와 헤어지고 또다시 금방 거리의 여자를 떠 올린 오늘 같은 날에는……. 창우는 자정을 넘긴 시각에 거기에 도착했다. 유리 상자에 들어 있는 여자는 단 둘이다. 낮에 다방에서 어항 속의 금붕어를 너무 오래 지켜 본 때문인지 유리 상자 속이 마치 용궁이고, 여자들이 마치 용궁 속의 시녀들처럼 한결같이 맵시가 화려하다. 한복을 입고 키가 다소 작은 여자는 얼른 보기에도 나이가 이십대 후반으로 늙어 보인다. 화장도 별로 하지 않고 수수한 얼굴이다. 그 옆에 여자는 대여섯 살 어려 보인다. 흰 드레스로 한껏 성장을 하고 무척 도도해 보이는데 키도 훤칠하다. 보자기로 얼굴을 감고 두 손을 잠바 호주머니에 푹 찌른 힙빠리 아줌마가 뒤따라 와서 누구를 선택할 것인지 묻는다. 마음은 키가 크고 젊은 여자에게 끌린다. 그러나 빛 좋은 개살구일 개연성이 너무 높다. 좀 늙어 보이는 여자를 손가락으로 가리킨다. 그런데 어쩐지 아닌 것 같다. 여자는 썩 달가워하지 않은 눈치로 이층으로 향하는 계단으로 앞장선다. 그리고 염려는 바로 현실로 나타났다.

–어휴, 이 지독한 냄새. 이 발구린내 좀 보아.

정면에 평면 유리로 된 중형 HD TV가 보이고, 그 옆에 유명회사 제품의 오디오가 마련되어 있다. 사실 기가 좀 죽기는 오디오 아래 칸에 비치된 CD를 보고 나서다. 영어로 되어 있지만 대충 읽어내려도 '오케스트라'나 '심포니'그런 클래식이 주종을 이룬다. 방이 무척 정갈하게 꾸며져 정돈 되어 있기 때문에 저절로 미안한 마음이 든다.

–미안해서 어쩌죠?

진실로 몸 둘 바를 모를 정도로 미안한 마음이다.

–무얼 어쩌긴 어째요. 씻고 들어오셔야지.

세면대에 온수꼭지가 있지만 여전히 찬물이다. 어디선가 찬 공기가 화악 끼쳐와 세면대가 있는 구석을 훑더니 사라져 버린다. 몸이 떨리며 한기가 훅– 끼쳐 든다. 대충 씻고 들어가려니 여자가 방문 앞에 우뚝 서 있다가 무언가를 건넨다.

—예, 이거 저어기 이층 계단 올라오는 복도 한 켠에 세워주세요.

받고 보니 바로 창우가 신고 온 구두다. 냄새를 풍긴 진범으로 지목 당한 것이다. 못내 아쉬워한다. 그러나 더 이상 말도 못한다. 핼쑥하게 빛을 잃은 구두는 먼지만 켜켜이 쌓인 채, 복도 구석에 얌전하게 기대어 있다. 그나마 위안인 것은 한 개가 아니라 한 짝이라는 점이다. 서로를 위로하며 휴식이나 취할 수는 있으려는지……, 동사(凍死)를 하지는 않으려나…….

언젠가 저 구두를 신고 밤중에 주택가 골목길을 걸은 적이 있었다. 발걸음을 옮길 때마다 구두에서 리드미컬한 반주음이 들렸다. 한참을 걷고 나서야 알았다. 구두 뒤창이 구멍나서 그 속에 돌이 들어가 구르며 내는 소리라는 것을……. 뒷창만 깔고 먼지를 떨어내고 약만 바르면 아직도 신을 만하다. 요즘따라 여자를 만날 때마다 '만약 저 여자가 내 아내라면…….'하고 상정 해 놓고 생각하는 수가 많다. 그럴 때마다 비교 기준이 되는 여자가 있다. 바로 경아 엄마다. 창우는 한번도 경아 엄마가 짜증을 부리거나 화를 내는 것을 본 적이 없다. 그녀만큼 황량하고, 고단한 삶을 살아온 여자도 드물 것이다. 그 힘은 도대체 어디서 나오는 것일까, 수양의 결과도 아니고 천상 천성(天性)이라고 밖에 말할 수 없다. 아무래도 안 되겠다. 저 구두의 신세가 너무 처량하고 불쌍해서 안되겠다. 창우는 슬리퍼를 질질 끌고는 좀 전에 세워 두었던 구두가 있는 곳으로 간다. 그리고 그 구두를 다시 신고는 여자가 있는 방문 앞으로 가만히 다가가서 들고 온 슬리퍼를 조용히 내려 놓는다. 인기척을 느끼고 바깥을 내다보던 여자가 무슨 영문인지 몰라 멀뚱하게 쳐다보고는 놀란 토끼 눈이 된다.

—여보세요, 여봐요.

여자가 그제서야 상황을 읽고는 소리쳐 보지만, 창우는 도망치듯 빠른 걸음으로 유리상자로 된 용궁을 빠져 나온다.

헌 구두 4

순영은 커다란 고무 대야에 먼저 찬물을 붓고 그 다음에 뜨거운 물을 부었다. 그리고는 손을 휘휘 저어 보았다. 적당하게 미지근하다. 스무 해를 넘게 살아오는 동안 단 하루라도 모진 바람으로부터 자유롭게 놓여난 적이 있었나? 하다 못해 어릴 적 시골 둔덕길을 가다가 거센 바람이 불면 아래로 내려가 마른 풀숲에 몸을 기댈 만큼 그런 찰나적인 안식도 없었다.

–엄마, 밥빠.

경아가 자꾸만 우유를 달라고 보챈다. 바켄츠의 뜨거운 물 속에 넣어 뒀던 젖병을 꺼내 아이에게 물린다. '죽음'이란 단어를 처음으로 떠올린 때가 언제였나?

–정말, 미안하다.

읍내 중학의 합격통지서를 들고 사십 리 길을 나는 듯이 집까지 뛰어 왔다. 철 이르게 핀 동백꽃도, 푸드득– 땅을 차고 나르던 산꿩도 자신을 축하하는 행위에 다름 아니었다.

–정말, 미안해서 너를 볼 면목이 없구나. 나를 믿고 돈을 빌려 줄 사람은 이 세상에 아무도 없었어. 학교로 찾아가서 입학금 납입 날짜를 하루만 연기해 달라고 했는데 안 된다 하더구나. 남을 가르치는 데 일한다는 사람이 어찌 그리 차가우냐? 나는 이제부터 네 오빠도 아니다.

후두둑–, 굵은 빗방울이 지나가 듯 오빠의 눈에서 뜨거운 눈물이 솟구쳐 방바닥에 떨어졌다. 아버지가 돌아가시고 실질적인 가장 노릇을 하던 오빠가 그때 낮에는 점원하고 겨우 야간고등학교 3학년이었다. 들길에 봄날 아지랑이가 어른거리듯 죽음이란 단어가 순영에게 처음으로 일렁거린 것이 그때부터였나.

영감의 옷을 벗기었다. 하긴 옷이래야 누런 런닝 셔츠 하나와 때에 절은 사각 팬티다. 마치 손가락만한 달팽이가 지나가며 자국을 남긴 듯 살이 허물어져 군데군데 진물이 흐른다. 등창이다. 등창이 나지 않도록 성가실 정도로 목욕도 시키고, 자고 있는 사람을 깨워 모로 눕도록 유도도 했다. 작년 여름이었나. 가출해서 수년 간 종내 무소식이던 영감의 작은 아들이 찾아 왔다. 적어도 외모만큼은 경아 아빠와는 달리 후리후리한 키에 이목구비가 뚜렷하고 어린아이만큼이나 매끈한 피부를 지닌 귀공자 풍이었다. 그러나 술에 잔뜩 취한 그 날 저녁 그의 행동은 한마디로 개차반이었다.

–야이, 이년아. 우리 아버지 왜 이렇게 만들어 놨어. 야이, X할 년아. 왜 우리 아버지를 누워서 똥이나 싸는 동네 똥개로 만들어 놨어. 야, 영감 니가 말해봐. 낮빤대기 하며, 니 꼴이 이게 뭐야. 왜 이렇게 되었어?

시동생이라는 젊은 사내는 자신의 머리를 벽에 처박으며 미친 듯이 울부짖었다. 으흐흐흐–, 끼득끼득 울다가 울음 삼키기를 몇 번이나 반복했다. 부엌 부뚜막에 있던 찬장의 문짝 네 개가 순식간에 떨어져 나간 것도 그때였다. 순영은 두려움, 공포, 분노가 뒤범벅이 되면서 일시적으로 몸을 피했었다. 친구가 자취하던 방에서 이틀인가를 보내고 집에 왔을 때에 그 사이를 견디지 못하고 영감의 등어리에 등창이 나 있었다.

—ㅇㅇㅇㅇ—.

흰 가아제 수건으로 등어리의 진물을 소독할 때마다 고통으로 소리지르는 신음. 약을 바르고 다른 가아제로 물을 적신 뒤 손이 사추리 밑으로 간다. 흰 거웃과 검은 거웃이 뒤섞여 보인다. 처음 한동안 다른 곳은 다 씻어도 그 곳은 방치했었다. 차마 싫었다. 곧 얼마 지나지 않아 그기에서 곰삭은 젓국 냄새가 나더니 견딜 수 없는 악취가 진동을 하였다. 고개를 돌려 씻다가 지금은 만성이 되어서 덤덤하다. 한정 없이 작게 쪼그라들어 마치 어린 아이의 것인 양 초라한 고기방망이가 한 때는 잘 나갔던 영감의 젊은 시절과 대비되며 측은하기만 하다. 처음 순영의 손이 거기에 닿으려 할 때 영감도 화급하게 손사래를 쳤던 기억이 난다. 파장이 가라앉은 호수의 물결처럼 모든 것이 지금은 무연함 그대로다.

서울로 올라가서 친구가 먼저 취직해 다니고 있던 봉제공장에 취직했다. 거기서 미싱 수리를 하던 영만씨, 지금의 경아 아빠를 만났다. 당시 연애 비슷한 감정이 없었던 것은 아니지만 무엇보다 마음을 기울게 한 것은 황막한 서울 한 복판에서 홀로 감내해야 했던 외로움과 쓸쓸함 때문이었다. 처지가 그렇기는 영만씨도 마찬가지였다. 사슴처럼 서로의 목을 비빌 또다른 하나의 길고도 따듯한 목이 필요했다. 그래도 그때는 혼자였기에 홀가분하기라도 했지만, 지금 그는 기름과 연탄을 구하러 떠났고 이제 두 개의 사슬만 남았다. 물론 그 중 하나는 경아이고 하나는 영감이다. 모든 게 가라앉아 있을 때에는 왜 사누? 그 생각만 난다. 죽지 못해 살지. 아니 정확하게는 죽을 용기가 없어서 살지. 정말 그렇게 용기가 없나 하고 자문하면 스스로에게 울화가 치밀게 되고 온몸 구석구석 뻗쳐져 있던 뜨거운 것이 하나의 분화구를 만들며 가슴으로 치받아 오르는 것을 느낀다.

–힘들지?

따르르– 전화가 걸려온다. 형구엄마다. 무슨 이야기인지 뻔하다. 형구엄마가 순영에게 전화를 하는 이유는 오직 하나. 춤추러 나오라는 이야기다.

–오늘 밤 갈 거지?

안 가고 못 배길걸. 확신에 찬 어투다. 간다. 가고 말고다. 그나마 이런 위안이 없었더라면 화병에 걸려 죽던지……, 어쨌든 더 이상 이 세상 사람이 아닐 것이다.

–경아가 잘 자다가도 한밤중에 엄마를 찾는데 어쩌지……

순영이 말 끝을 흐린다. 의례적인 의무감에서라도 이런 말 한 마디는 던져야 할 것 같다.

–내가 지난 번에 뭐라던? 김이 무럭무럭 올라오는데 뚜껑을 꽉 막고 있으면 종국에는 폭발하고 만다지 않아. 조금씩 뚜껑을 열어 줘서 김이 빠지도록 해줘야지. 아닌 말로 그 상황에서 경아 엄마 정신이 어떻게라도 되어봐. 가장 큰 피해자는 아무래도 경아와 영감이 될걸…….

–……

실어증이 찾아든 듯, 갑자기 순영은 말을 잃고, 송장처럼 누워 있는 영감과 경아만 묵연하게 바라다본다.

헌 구두 5

'새벽시장'이라는 명칭에 걸맞게 지금 시각이 오전 11시. 분위기는 이미 파장이다. 골목 여기저기에 떨어져 나간 배추나 무의 부스러기들이 어지럽게 널브러져 있고, 사람들은 그림자조차 눈에 띄질 않는다. 골목 안을 들어서면 맞은편 저쪽이 흰 블럭 담이 맞닥들여져 마치 막힌 길이다. 그렇지만 가까이 가면 오른쪽으로 휘어진 곳에 사람 둘이 횡으로 서서 교차할 수 있는 좁은 길이 나타난다. 거기서 조금 더 가면 무슨 공장과도 같은 붉은 이층 건물이 있다. 그곳 지하가 바로 지금 순영이 가고자 하는 곳이다. 햇살이 따사롭게 내리쬐고 있어서인지 순영의 붉은 뺨이 유난히 싱그럽다. 집을 떠나서 지하철 화장실에서 갈아입은 얇은 분홍빛 드레스가 몸에 착 달라붙어 끝자락이 바람에 나풀거린다. 건물 앞에 선 순영은 습관적으로 '휘익-' 뒤를 돌아다보고는 쏜살 같이 쪼르르 지하로 미끄러져 간다. 문을 열자. 어느새 안면이 있는 검은색 칼라의 붉은 상의를 입은 보이가 반갑다는 듯 넉살 좋은 웃음을 짓고 있다. 홀 중앙에 휘황찬란한 샹드리에가 눈에 들어오고 늘 그랬듯이 사방에 하나씩 오색찬란한 사이키 조명이 어지럽게 돌고 있다. '되었다 — '. 순영은 왠지 모를 안도의 한숨을 길게 내쉰다. 입구에서 얼마 안 걸으면 오른쪽으로 어두운 조명 아래 긴 소파가 놓여져 있다. 주로 여자들이 듬성듬성 앉아 있는데 그 중 한 여자가 긴 머리채에다 얼굴을 흔들어 뒤로 젖히며 연신 흘러내리는 땀을 손수건으로 콕콕 찍어내고 있다. 득의에 찬 모습이다. 탱고 리듬이 끝나자, 이번에는 블루스다. 어디선가 남자들이 우르르 몰려나온다. 춤을 청하자 어느새 쌍쌍이 되어 시나브로 중앙홀 쪽으로 마치 바닷물이 밀려가듯 흘러 들어간다. 물론 순영에게도 몇몇 남자의 제의가 들어오지만 정중하게 거절한다. 그리고 고개를 쑤욱 빼어 들고 사방을 둘러본다. 그래도 발견되지 않는지 숫제 자리에서 일어나 누군가를 찾는다. 아, 저기 있구나.

온다. 저기서 온다. 무엇이 그리 좋은지 연신 입가에 웃음을 벙싯거리며 그가 온다. 오, 나의 은총. 구원의 남신(男神). 그와 처음 이곳을 나와 맥주집에서 노래방으로, 또 다시 밤늦게 여관에 들렸을 때였다. 순영이 대뜸 샤워를 마치고 나오는 그를 향해 직업이 뭐죠? 하고 물었다. 그때 그의 대답이 걸작이었다.

–제빕니다.

그야 말로 저공 비행하는 제비처럼 낮고도 빠르게 말했다. 떳떳하지도 않는 직업을 가지고 그렇게 당당하게 밝힐 수 있느냐고 물은 듯하다.

–당당하게 밝히지 못할 건 또 뭐 있습니까? 저요, 그래도 흥보 제빕니다.

무작정 사람 좋아 보이는 그가 좋았다. 끼득끼득 웃으며 기분 좋게 접근하는 그의 넉넉한 가슴에 순영은 한치의 미련 없이 얼굴을 파묻었다. 후에 목격한 사실이지만 그의 행동은 확실히 특이했다. 대부분의 캬바레 남자들이 젊고 용모가 반듯하고 능숙한 춤 솜씨의 삼박자를 고루 갖춘 여자 파트너를 구하는 반면에, 그는 그 중에서도 가장 값이 덜 나가는 늙고 볼품 없어 다른 사람이 별로 찾지 않는 여자를 먼저 택했다. 물론 그의 용모가 빼어나고 춤 솜씨가 탁월했기 때문에 많은 잘 생긴 여자들이 다투어 역으로 그에게 춤 신청은 했다. 그는 비어있는 시간이면 그런 요청도 마다하지 않았다. 순영이 언젠가 그에게 왜 그런 행동을 하느냐고 물은 적이 있다. 그는 자신이 불교신자 임을 강조했다. 그리고 자신의 행동도 육바라밀의 하나인 '보시'의 일종이라고 말했다.

–지금 나오는 저 곡 이름이 뭔 줄 알아요? '외로운 가로등'이라는 노

래의 곡이예요.

귓속말로 그가 소근거린다. 더운 김이 뜨끈하다. 악단 중에서 일체의 악기가 휴식을 취하고 있는 사이 오로지 섹스폰만이 은은하게 새벽안개처럼 깔리어 홀 안을 굽이쳐 퍼져나간다. 어느새 남자는 곡에 맞추어 나직하게 노래를 읊조린다.

외로운 거리에서 외로운 거리에서
울리고 떠나간 그 옛날을
내 어이 잊지 못하나.
…….

그러면서 그는 춤을 출 때에 반드시 그 춤곡의 노랫말을 혼자서 음미한다고 한다. 기분적으로 분위기를 편승해 마음이 한껏 무르익고, 그래야만 율동이 부드러워 진다고 한다.

–잘은 모르지만 순영씨는 외로운 가로등이예요. 오직 혼자이지요

그 말 한마디에도 일순 순영은 감상적이 되어 울컥 설움이 복받친다. 문득, 창우씨의 다락에 누워 있는 영감과 어딘가 험한 바다와 싸움하고 있을 남편과 자신이 정말 시장에 간 줄 알고 빨리 돌아오기를 학수고대하고 있을 주인아줌마와 경아가 초고속 필림을 돌려 놓은 것처럼 빠르게 지나간다. 잊으려는 듯 고개를 절레절레 흔든다. 그래 나는 외롭다. 외롭고 고달픈 한 마리의 양이다. 지금 네가 생각하는 것보다 몇 곱절로……. 그렇다면 네가 나의 나의 풀밭이 되어다오. 만약 그 풀밭마저 나에게서 앗아가 버린다면 이제 더 이상 나를 지탱할 힘은 없다. 남편 또한 내가 중압감에 못 이겨 극단적인 선택을 하는 것을 원치는

않을 것이다. 아쉽지만 이런 상황을 어디까지나 일시적인 것이다. 탈선이 길진 않을 것이다. 아니, 어쩌면 길어질 수도 있다. 이미 이 남자로부터 통제 불능의 상태에 돌입 했는지도 모른다. 남자는 그동안 꾸준히 2박 3일 정도의 밀월 여행을 요구해 왔다. 있을 수 없는 일이다. 경아 문제도 그렇고 모든 여건이 불가능이다. 하지만 어쩌면 딱 한번은 가능할 수도 있다. 여행을 다녀와서 주인 아주머니에게 용서를 구하는 것이다. 도저히 견딜 수가 없었어요. 어디론가 멀리 달아나고 싶었습니다. 그렇지만 결국 달아날 수 없었습니다. 어머니의 자리가 무엇이길래, 아내의 자리와 무엇이길래……. 말이야 사실이지만 며느리의 자리만큼은 눈곱만큼도 생각 들지 않았습니다. 그 아주머니가 누구인가, 관세음보살을 아들 이름 부르듯 하고 일주일에 한번씩은 절에 가는 독실한 불교신자 분이 아니신가. 마침 오늘은 은행에 들렀다가 오는 길이기 때문에 돈은 있다. 그가 오늘 또다시 요구해 온다면 기꺼이 수락하자. 그때다. 어디선가 늘어지는 곡조에 뒤섞여 순영에게 물어오는 소리가 들린다. '키가 얼마예요?' 그리고 수줍음에 스스로 달아올라 발개지던 얼굴. 바로 창우씨다. 이런 염병할, 이 순간에 그 얼굴이 떠오를게 무어람…….

폐선

–이 여자가 미쳤나, 시장 가서 뒈졌나.

창우가 공장에서 돌아왔을 때 어머니가 어린 경아를 업고 툇마루를 오가며 패악치 듯 소리를 질렀다. 아무래도 경아의 몸이 정상이 아닌 듯 했다. 손을 대어 보니 이마 뿐만 아니라 손과 발을 비롯해 온몸에 열이 올랐다.

–아침 10시에 가서 아직 안 온다. 채소를 밭에 가서 캐어서 오나? 연락도 없고…….

'미친년',하며 연신 거품을 문다. 창우는 아무래도 무슨 사고가 나지 않았는가 의심 되었다. 그렇지 않고서는 이렇게 종내 무소식일 턱이 없다. 제발 아무 탈만 없기를……. 창우는 자신도 모르게 기도하는 마음이 된다. 저녁상을 물릴 때 쯤. 아랫목에 누워 잠자던 경아의 칭얼거림도 점차 잦아지더니 이윽고 깊은 수면 속으로 빠져든다. 겉옷을 벗기고 반복해서 찬 수건을 이마에 대고 훔쳐서 인지 열도 좀 내린 것 같다.

–너는 무슨 이상한 낌새라도 눈치 채지못했냐?

TV 일일 연속극 보다가 문득 어머니가 묻는다.

–낌새라뇨?

눈을 크게 홉뜨며 창우가 되묻는다.

–아무래도 이상해. 시장 간다고 하면서 바구니 안에 웬 옷 보퉁이를 담더라고……. 화장실 간 사이 얼른 풀어 보니까 옷이 알록달록 한 게 집에서 입는 옷이 아냐. TV에서 가수들이 나와서 춤 출 때 입는 옷 같았어. 어쩌면 오늘밤 안 들어올지도 모르겠다. 어쩌면 영영 안 들어 올 수도 있겠고……. 그러면 정말 큰일인데……."

어머니는 어느새 긴 한숨을 내 쉬었다.

–영감님, 춥지 않으십니까?"

창우는 다락문을 열고 계단을 두어 칸 밟고 올라서서 캄캄한 어둠의 저 편을 향해 묻는다. 사람 머리하나 정도 들락거릴 수 있는 조그만 봉창을 통해 하얀 달빛 새어 들어왔다. 그리고는 어느새 영감의 창백한 얼굴을 파랗게 비춘다.

–음……. 부엌…에서, 훈…기가… 올…라…와

영감이 차마 잇기 힘든 말은 사력을 다해 끼어 맞춘다. 더 이상 무얼 묻는 다는 것이 결례인 듯 싶어 그만 두었다. 말로 형용하기 어려운 지독한 냄새가 물씬 코 끝을 찔러 온다. 못해도 하루에 서너 차례는 자리를 보아주어야 하는데 오늘은 아침에 딱 한 번 있고 진종일 없었다. 따뜻한 자신의 방으로 모셔 같이 자고 싶다는 빈 말이 쑥 들어가 버린다. 그러고도 계단을 밟고 내려 다락문을 닫을 때만큼은 제례에서 합문을 하듯 조심스레 닫는다.

비가 내린다. 엄청난 폭우다. 땅에서는 지열로 인해 하얀 김이 무럭무럭 쏟아 오른다. 창우는 어느 낯설고도, 으슥한 선창가에 서 있다. 높다란 철선의 선두와 선두 사이로 바다가 열려 있다. 바다 저편 아스라한 섬이 마치 전설의 성(城)처럼 아득하고 신비하다. 물 위를 걸을 수만 있다면 금방이라도 달려가고 싶다. 언젠가 꼭 한번 가보고 싶은 무릉(武陵)인 듯도 싶다. 그래, 이 철선을 타고 가자. 철선이 처음으로 세상에 태어나 진수식을 갖던 장면이 떠오른다. 넓은 광장에 말쑥한 정장을 차린 귀빈들이 삼삼오오 모여든다. 드디어 하얀 제복에 갖가지 붉고 노란 휘장과 소매에 여러 겹의 테를 두른 근엄한 모자의 선장이 손도끼로 닻줄을 자른다. 동시에 비둘기 수 천 마리가 하늘을 덮는다. 오색실을 담은 바구니가 열린다. 빨간 유니폼에 빨간 모자를 예쁘게 쓴 여학생들이 우렁차게 팡파레를 울린다. 누구라 할 것 없이 '와 —' 하는 함성이 동시에 터져 나온다. 차가운 빗줄기 때문에 다시금 창우는 눈을 부릅 뜬다. 녹이 슬어 낡아서 갈라진 선체의 벽에서 물이 새어 나오고 있다. 자세히 보니 물이 아니고 땀이다. 배가 더 이상 바다에 떠 있는 것이 괴로운 듯, 할딱이며 가쁜 숨을 몰아 쉬고 있다. 숫제 식은 땀이 수도꼭지를 틀어 놓은 듯 '주르륵 —' 하고 소리내어 흐른다. 안스러운 마음에 더 가까이 가서 바라본다. 그렇다. 저건 더 이상 땀이 아니다. 눈물이다. 배가 울고 있다. 저 철선이 하염없이 울고 있는 것이다. 무언가 하소연을 말하려 하지만 말이 되어 나오질 않는다. 투명한 눈물의 빛깔이 변해서 어느 듯 붉다. 아니, 저것은 어쩌면 피눈물. 그렇다. 피다. 피를 토해 내는 토사곽란이다. 결핵이다. 폐결핵이다. 중증이다. 이제 더 이상 돌이킬 수 없다. 다시 바다로 나아가는 것은 도저히 불가능이다. 창우는 문득 배 아래 쪽으로 시선을 돌린다. 파랗던 바닷물이 어느새 붉게 점염 되어가고 있다. 그 속에는 이미 썩어 낡아빠진 널빤지. 어디서 흘러 들어 왔는지 모를 낡은 야구공 한 개. 여자들의 쓰다만 생리대. 털이 벗겨져 몸체가 하얀 쥐 한 마리가 둥둥 떠 다니고 있다. 오오, 그리고 저어기 바닷물을 너무 마셔서 크게 부풀어 올라 총탄 자국처럼 구멍난 배를 드러내 보이고 있는 것은……. 마치 창우의 지체의 일부인 양 오랫동안 따라 다니던, 너무도 친숙한……. 그렇다 저건 바로 창우의 구두다. 애석하게도 그들은 모두 화탕지옥에 빠졌다. 이제 그 모든 것들이 한꺼번에 허우적거리면서 살려 달라고 아우성을 친다. 썩은 쥐가 야구공을 끌어안으면 생리대는 널빤지에 기어오른다. 구두는 구두대로 끝없이 탈출을 도모하고 나머지 것들이 구두 저 혼자 떠내려 가도록 내버려두지 않는다. 창우가 아우성에서 헤어나려는 듯, 양 귀를 막자 갑자기 강한 요기(尿器)가 일어난다. 눈을 뜬다. 꿈이다. 꿈을 꾸었다. 기분이 어쩐지 섬뜩하다. 방 안에 요강이 있지만, 창우는 마루를 통해 마당에 있는 화장실을 가려고 마악 몸을 일으키려고 한다. 바로 그때다. 무언가 이상한 예감에 다시금 자리에 눕는다. 이 느낌은 무엇 때문인가? 이 익숙치 못한 정적(靜寂). 그렇다. 라디오 소리다. 라디오 소리가 들리지 않았다. 한밤중에 그 소리를 처음 들었을 때 꼭 쥐 소리인 줄 알았다. 아니었다. 영감은 24 시간을 라디오를 틀어 놓고 지낸다. 그것 때문에 영감에게 넌지시 잘 때만큼이라도 꺼 줄 수 없겠느냐고 청을 넣은 적이 있다. 막무가내였다. 차라리 자신보고 다락방을 비워 달라고 하는 얘기와 같다고 했다. 영감의 분신과도 같은 그 라디오 소리가 지금 이 시간 뚝 끊겼다. 너무도 익숙해 있던 소리가 들리지 않아서 오히려 그것이 이상하다. 끝없는 적막과 고요. 무슨 일이 일어날 것만 같다. 극도로 긴장되며 괄약근이 조여드는 이 불안감.

얼마나 시간이 지났을까, 쿵쾅거리면서 무엇인가 다락에서 굴러 떨어지는 소리가 들린다. 육중한 무엇인가가 또 한 바퀴를 굴러서 이제는 부엌문이 열리며 그 아래로 떨어진다. 손바닥이 땀으로 흥건하다. 이젠 일어나야 한다. 그러나 생각 뿐, 무엇인가 강하게 짓누르는 듯 몸이 천근 만근이다. 그릇과 그릇이 맞부닥치며 이따금 달가락거리는 소리가 들린다. 무엇인가 찾고 있다. 드디어 금속을 시멘트 바닥에 긁는 '쇄액 — '하는 소리가 울린다. 창우는 널판에서 차고 오르 듯 벌떡 몸을 일으킨다. 부엌문을 이미 열려 있다. 스위치를 찾아야 한다. 부엌 백열등의 스위치가 어디 있더라. 옳지 여기 있구나. 손을 더듬어 스위치를 찾는다. 스위치를 올린다. 훤해진 부엌 정경 속에 붉은 물체가 하나 서 있다. 영감이다. 영감이 화들짝 놀라 눈을 둥그렇게 뜨고 창우를 쳐다본다. 그러고는 손에 쥐고 있는 것으로 냅다 배를 향해 내리 꽂으려 한다. 칼이다. 시퍼렇게 날이 선 부엌칼이다. 아아, 말려야 한다. 어서 가서 손목과 팔을 붙들어야 한다. 영감의 눈에서 무엇인가 후두둑 떨어져 부엌 바닥에 번진다. 눈물이다. 아니다. 색깔이 붉다. 핏물이다. 창우는 영감의 눈 속에서 한 척의 배를 발견한다. 바로 꿈에 본 그 배다. 온 몸과 마음을 사로잡고도 남을 한없는 비애를 불러일으키던 바로 그 배다.

어머니의 방1

1

눈을 떴다. 아 지금 여기가 어디지? 칠흑같이 깜깜한, 어둠의 입자들이 고요히 떠 있다. 아무 것도 보이지 않지만 직감적으로 우리집이라는 것을 깨닫는다. 몸은 물을 잔뜩 먹은 폐선처럼 심연 속에 가라앉아 있다. 어디선가 찬바람이 휘익 불고 서늘한 기운이 이마며 두 뺨 위에 가라앉는다. 지금 저 벽 쪽에 모로 누운 것이 아버지, 그 옆에 엄마, 그 옆이 형, 방문 제일 가까운 곳에 누운 것이 사람이 나다. 부스럭부스럭 어디선가 소리가 나는 걸 보니 우리 중 누군가 일어나려나 보다. 아마도 소변이라도 보려는 게지. 아 그런데 지금 등을 보이고 부엌을 향해 미끄러지듯 가는 저 여인은 누구지. 허리까지 오는 머리를 풀고 흰 치마 저고리를 입고 소복한 저 여인은? 보이지 않아도 전연 낯 선 여인이다. 부엌으로 난 쪽문으로 가기 위해 허리를 숙이자 여인의 머리가 빗살처럼 좌르르 떨어진다. 그 빗살 머리의 틈새로 무언가 칼날 같은 날카로운 빛이 반짝했다. 여인이 허리를 숙이고 고개를 축 늘어뜨린 채 돌아서서 그를 바라보고 있다. 아니, 저 얼굴은 어…머…니….
꿈, 꿈이다. 동석은 꿈속에서도 꿈이라고 외쳤다. 그래 이건 꿈이야. 분무기로 얼굴을 뿌려 놓은 듯 땀방울이 방울방울 맺혀 급기야 커다란 덩어리를 만들어서 뺨을 미끄럼 타 듯 베갯잇 속으로 흡수된다. 눈을 떴다. 그래 흰 연꽃이 무리 지어 흐드러지게 피어 있는 천장. 초침 가는 소리는 또렷하게 들려주면서 아주 오래 전에 추의 기능을 상실해 버린 저 벽시계. 서서히 사면의 정물들이 친숙하게 다가선다. 그는 일어나 앉는다. 어질머리가 평소의 두세 배의 중량으로 불어난 듯 무거움을 지탱하지 못해 건들건들 한다. 그는 다시 자리에 누웠다. 요즘 들어 몸이 허약해졌나, 아니면……? 어제 동료 교수들과 너무 과음을 한 탓이다. 드릴로 머리를 뚫어오는 동통이다. 차라리 머리를 벽면에 쾅 부딪혀 짓이기고 싶은 충동이 생긴다. 그런데 방금 그 꿈은…… . 어머니가 악귀가 되어 그를 향해 달려드는 그 꿈은…… . 한동안 없던 일이다. 몇 년 만에 또다시 이런 꿈을 꾸다니, 어릴 때는 심하게 가위에 눌려 헉헉거리면서 숨조차 못 쉰 적이 많았다. 그나저나 어제 단란주점에서 어떤 경로를 거쳐 집으로 돌아오게 되었는지 도무지 기억이 나질 않는다. 마흔을 넘어선 요즘 따라 자주 일어나는 현상이다. 마치 클로즈업되는 영상처럼 딱 한 장면이 확연하게 떠오른다. 그가 소속해 있는 사학과에서 회식이 있었다. 그동안 7년여 시간강사로 있던 김흥태가 교수들의 만장일치로 드디어 전임강사로 승진하였던 것이다. 총장의 최종 결정이 있어야겠지만 어디까지나 그건 형식적인 절차였다. 일식집인데 가부좌로 앉는 것이 아니라, 상(床) 아래로 구덩이가 파여져 있었다. 발을 편하게 내려뜨릴 수 있도록 만들어진 것이다. 처음에는 건강을 생각한다며 다들 매취순인가 하는 비교적 약한 술을 마셨는데, 사단은 단골인 그곳 사장이 자신도 그냥 있을 수 없다며 양주를 다섯 병을 가지고 폭탄주를 제조해 내어놓는 데서 발생했다. 주거니 받거니, 권커니 취커니 하다가 자리의 주연인 김흥태가 갑자기 한가지 제안을 하였다. 즉석에서 3분 이내로 그동안 자신의 지도교수이며 둘도 없는 은사로 모셔왔던 선병호 교수를 울리지 못하면 손에 장을 지지겠다는 것이었다. 물론 그것은 술이 여러 순배를 돌고 모두가 알콜 기운으로 얼굴이 불잉걸처럼 달아 오른 뒤에 일어난 일이었다. 그 가능성에 대해 반신반의하는 가운데 학과장을 지내고 비교적 연로한 배수오 교수가 말했다.

–우리 나이가 되면 누구나 한 시절 눈물 젖은 빵을 먹어 본 경험이 있고, 그 때의 상흔은 제대로 아물지 않는 상태이고 지금이라도 건드리면 또다시 피가 나게 마련이지.

–그런 건 아니고 저만이 알고 있는 비책이 있습니다.

김흥태가 자신 있는 어조로 말했다.

모두의 시선이 김흥태 쪽으로 쏠렸다. 물론 선병호 교수는 쓸데없는 소리 말고 술이나 마시라며 김흥태의 목덜미를 쥐고 앞뒤로 마구 흔들었지만,

–노랩니다, 노래. 이 노래만 부르면 우리 선교수님은 끓어오르는 눈물을 참지 못합네다.

김흥태가 요즘 개그에 자주 나오는 북한말 버전으로 말했다.

–아하! 그러고보니 나도 언젠가 선교수와 대작하는 자리에서 그 뭔가 으응, 지금도 그 사람이 생각이 나요, 행복을 빌어주며 떠나간 사람…… 어쩌고저쩌고 하는 노래를 부르며 눈물을 흘리는 걸 본 적이 있지, 5공 시절 언론 통폐합으로 지방 유력 일간지 부장 자리 내놓고 학원가를 전전하며 부르던 노래라나 뭐래나 하면서…….

눈물 젖은 빵을 이야기하던 학과장은 선교수의 생애에 있어서 가장 춥고 쓰라렸다는 시절을 연상하며 거의 틀림없다며 확신하듯 말했다. 그렇지만 막상 선교수가 눈물을 흘리는 장면을 보았을 때 대부분 사람들은 어이없어 했다. 명색이 나이가 반 백년이 넘은 대학교수라면서 그 꼴이 무언가? 추태임에 틀림이 없었다.

–이 제안을 가지고 너무 질질 끄는 것은 선배님이나 존경하는 스승님을 모신 자리에서 도저히 예의가 아닌 것 같고, 자 그러면 시작합니다.

그리고 김흥태가 행동에 돌입한 것은 참으로 실소를 자아내는 '어머허님에 소늘 노코 도라아 썰 때에에엔 부엉새도 울었다오오오 나도 울었소…….'하는 유행가 나부랭이었다. 물론 김흥태의 연기력은 놀라운 것이었다. 선교수를 울리기 위한 필사의 노력의 산물이라고 할 수 있는 —코 안에 흥건하게 괴여오는 콧물—을 훌쩍 시차를 두고 연속적으로 들이키었다. 어느새 눈까지 벌겋게 충혈 되어 왔다. 처음에는 김흥태의 선창으로 시작된 노래 소리가 노래 중간쯤 와서는 좌석에 앉은 다섯 사람의 모두의 제창으로 이어졌다. 일개 유행가가 중장년의 일치된 코오러스로 합창되어 나오자 일견 장엄하게 들리기도 했다. 노래 제목에 대구 어디 근처에 있는 지명이 들어 있고, 어머니가 돌아본다는 전설을 지녔다는 그 노래. 드디어 선교수가 끼고 있는 안경이 뿌옇게 흐려졌다. 노래가 끝날 무렵 선교수는 조용히 안경을 벗고 휴지를 서너 겹 접어 눈자위를 찍어냈다. 그것도 모자라 막판에는 팽– 하니, 코를 서너 차례 세차게 풀었다. 그 날 선교수는 이 세상에서 가장 값싼 눈물을 흘려 이 나라 교수의 체모를 손상시켰다는 죄목을 덮어쓰고 고스란히 2차 단란주점으로 직행해 술을 샀던 것이다. 선교수가 벌주를 사도록 하는데는 누구보다도 그가 가장 앞장섰다. 아무리 생각해도 어머니란 존재는 흔히 말하듯 이 세상의 모든 사랑을 모아 놓은 결정체가 아니다. 무릇 어머니에 대한 개념도 너무 과대포장 되어 기존의 도덕적 관습으로 사회화 시켜온 느낌이 없지 않다. 지금은 없어졌지만 무슨 TV 프로에 군인들이 나와서 칸막이 저 편에 있는 분이 누구의 어머니인지 맞히는 게임이 있었다. 한 군인이 드디어 자신의 어머니임을 확신하면 서서히 장막은 걷혀지고 '엄마가 그리울 땐 엄마 사진 걸어놓고 엄마 얼굴 바라보면 눈물이 납니다. 어머니, 내 어머니, 보고 싶은 내 어머니…….'하며 시그널송이 나오면 모자가 힘껏 포옹하고 그 다음 카메라는 열을 지어 앉아 있는 장병들 중 눈물이 그렁그렁 맺혀 있는 장병들 중 가장 눈물이 많은 나약한 군인 한 명을 찾기에 다급해진다. 그 많은 장병들 중 눈물 흘리는 장병이 어디 한둘 있겠는가. 오히려 눈물을 흘리지 않는 장병이 대다수다. 단지 화면 꽉 차게 눈물을 가장 많이 흘리는 장병만 화면 가득 클로즈업시키니 시청자들이 보기에는 거기 모인 모든 장병들이 눈물을 흘리는 것이 아닌가 착각하는 것이다. 실제로 우리 주변에는 친어머니가 자식을 학대하거나 심지어 살해까지 하는 사례가 심심찮게 일어나고 있다. 얼마 전에는 죽기 싫다는 자식을 아파트 복도 밖으로 내던지 비정한 어머니가 형사구속 되는 일도 있지 않았던가. 이제 세상도 많이 바뀌었다. 어머니는 무조건 거룩하고 숭고하고 신성 불가침의 영역이라는 인식도 바뀔 때가 된 것이다.

2

왜 최근 10여 년 동안 통 그런 꿈을 꾸지 않다가 오늘 새삼스럽게 노모(老母)가 악귀가 되어 자신을 향해 달려드는 꿈을 꾸게 되었는가. 아무래도 어제 있었던 회식 자리와 무관하지 않는 듯 했다. 선교수가 눈물을 닦는 순간 거짓 위장한 악어의 눈물이라는, 가식의 눈물이라는 의구심을 떨궈 낼 수가 없었다. 일종의 역겨움 때문이라도 뺨이라도 한 대 후려치고 헤어지고 못한 것이 내내 서운할 정도였다. 그렇다면 그 자리에 있던 다른 동료 교수들의 우울한 눈빛은……. 그를 제외한 거의 교수들이 한순간 사모(思母)의 념(念)에 한껏 젖어 있는 듯 했다.

어쩌면 내가 잘못 되었을 지도……. 그는 그 사실을 부정이라도 하려는 듯 세차게 도리질을 했다. 그리고 쐐기라도 박으려는 듯 서서히 떠오르는 유년의 한 장면을 반추하고 있었다. 초등학교 4,5학년쯤 되었을까, 여름철 오랜 장맛비 끝에 날이 개었다. 지붕, 담벼락, 형제처럼 어깨를 나란히 하던 장독대의 항아리들……. 어느 하나 비춰오는 햇살에 눈이 부시도록 번쩍거리지 않는 것이 없었다. 그 날 아침에 새 옷을 갈아입고 우리는 일주일 남짓 좁은 방안에서 뒹굴던 걸 생각하며 좀이 쑤셔 더 이상 앉아 있을 수가 없었다. 마루에 걸터앉아 운동화 끈을 고쳐 매고 있는 그에게 어머니는 외출을 금한다는 명령을 내렸다. 물론 새로 갈아입은 옷 때문이었다. 당신께서 빨래하기가 귀찮다고 해서 일주일 동안 옥살이를 해 오던 아들에게 또다시 옥살이를 연장시키시다니……. 아무래도 그건 너무 가혹하다. 골목에 나섰을 때에 역시 그의 기대에 부응하듯이 많은 아이들이 나와 있었다. 그들은 담벼락에 기대어 서서 그동안 집안에 갇혀 있어야 했던데 따른 저마다의 고충을 토로하고 있었다. 그러다가 그들 중 누군가가 돌연 뒷산에 올라가서 병정놀이를 할 것을 제안했다. 여남은 아이들이 한결같이 좋다며 의기투합하였다. 말이 놀이이지 당시의 병정놀이는 실제훈련에 버금가는 혹독한 것들이었다. 초등학교 6학년인 부대장들은 그때 이미 사나이다움을 강조하면서 몇 겹으로 층층이 이루어져 있는 다랑이 밭을 오르내리게 했다. 그것도 그냥 오르내리는 것이 아니라 언제 있을지 모를 아랫동네 패거리와의 싸움을 대비해서 연탄재를 두세 장 씩 가슴에 안고 오르내리는 것이었다. 비가 와서 미끄럽기 짝이 없는 붉은 황토계단을 맨몸도 아닌 연탄재를 두세 장씩 가슴에 안고 뛴다고 생각해 보라. 만약 그 과업을 수행하지 못하면 영원히 그 집단에서 추방되는 것이다.

1학년은 이등병, 2학년은 일등병…… 이런 식으로 정해지는 계급은 참으로 엄격했다. 그러나 먹을 것이 원체 귀하던 시절이라 때때로 과자나부랭이와 같은 뇌물에 의해 계급이 뒤바뀌기도 하는 부정이 저질러지기도 했다. 성격이 급한 그는 한번씩 그 부당성을 이야기했고, 미운털이 박혀 일시적으로 그 집단에서 쫓겨나기도 했다. 그리고 얼마 후 또다시 그 정당성이 인정되어 재편입 되기도 하는 우여곡절을 겪었다. 그에게 있어 훈련시간만큼은 누구보다도 감투성이 뛰어나다는 것을 보여줄 수 있는 절호의 기회였다. 밭에서 뛰어내리다 정강이에 피가 철철 흘렀지만, 그는 지지않기 위해 에나멜 빈 깡통을 치는 소리에 따라 뛰고 또 뛰었다. 마지막으로 오늘의 일등 용사를 뽑는 차례. 에-, 오늘의 일등용사는…… 모두들 고개를 푹 수그리고 열중 쉬엇형으로 저마다 돌부리나 나뭇가지를 차는 시늉을 하고 있었다. 이동석 병장! 드디어 그의 이름을 불렀다. 아, 해내었구나! 주변 아이들이 부러운 시선으로 그의 손을 잡거나 포옹을 해 왔다. 그러나 기쁨도 잠시였다. 일순 그의 얼굴에는 수심이 가득 어렸다. 입고 있는 옷이 황토로 반죽을 한 듯 떡칠이 되어 있었던 것이다. 달랑 팬티만 걸친 채 냇가에서 흐르는 물에 씻어보았지만 황토자국은 오히려 더욱 옆으로 번져나기만 했다. 거의 체념의 상태로 집 대문에 들어섰다. 혹시나 싶었지만 역시 어머니는 집에 있었다. 어머니의 화는 극도를 치닫고 있었다. 그의 덜미를 왁살스럽게 쥐고는 안방으로 거칠게 밀어 넣었다. 그리고는 아예 도망을 못가도록 방문을 안쪽에서 잠그고 장석 고리에다 숟가락을 꽂아 놓았다. 얼마나 맞았는지 온몸에 멍투성이었다. 방빗자루가 금방 파삭파삭 떨어져 나가 그 파편이 여기저기에 너저분하게 어지럽혀졌다. 오늘의 일등용사로서는 참으로 굴욕적이지만 무릎을 꿇고 두 손으로 싹싹 빌었다. 사정을 봐 주기도 하련만……. 그날은 전혀 그럴 기미가 보이지 않았다. 그 마당빗자루가 어느새 몽당빗자루가 되고 더 이상 손을 잡을 곳이 여의치 않자 어머니는 문을 열고 새로운 매를 구하러 나섰다. 바로 그 틈을 이용해 동석은 탈출에 성공할 수 있었다. 그때 마침 노모의 손에 끝이 뾰족한 불쏘시개가 들려 있었는데 도망가는 그를 향해 던졌고 어김없이 그 쇠로 된 불쏘시개는 동석의 허벅지에 꽂혔다. 얼마나 다급했던지 그 사실을 동석은 모르고 적어도 2,3백여 미터는 족히 도망을 간 듯하다. 지금도 그의 대퇴부에는 그때의 상흔이 뚜렷하게 남아 있다. 아마 노모가 귀신이 되어 나오는 꿈은 그때가 최초인 듯하다. 그 날 이후로 그는 거의 몇 개월마다 정기적으로 노모가 머리를 산발을 하고 자신을 향해 달려드는 꿈을 꾸었다. 그리고 그 즈음 형이 그를 두고 이따금 장난삼아 이야기한 망태장수 이야기가 사실이라고 굳게 믿게 되었다. 망태장수가 망태를 팔러 다니다가 어느 집에 들렀더니 그 부모는 없고 한 잘 생긴 젓먹이 아이만 가마니를 깔아놓은 마당 위에 놀고 있었다. 그래서 망태장수는 집어 갈 것이라고는 없고 해서 아이 없는 부잣집에 팔기 위해 그 아이를 망태에 슬쩍 담아서 도망 나왔다. 그런데 막상 팔려고 하니 살 사람도 없고 괜히 짐스럽고 부담만 되었다. 그래서 우리집 대문 앞에 던져 놓았다. 그때 그 망태아이가 바로 너다. 그걸 주워서 키운 사람이 바로 지금의 부모님이다. 사실을 말하면 지금의 부모님은 너의 친부모님이 아니다. 부모님의 친아들은 나 혼자 밖에 없다. 누구의 씨앗인지 모르는 아이를 당장은 불쌍해서 키우지만 양식만 축 낼 뿐 아니라 이래저래 속만 썩이니 어찌 밉지 않겠는가. 그 사실을 확인하는 순간, 이 세상에 나 혼자 뿐이라는 적막감이 한없이 밀려오면서 플란다스의 개에 나오는 아이처럼 끝없이 세상을 떠돌고 싶은 마음만 뭉게뭉게 솟아나는 것이었다. 그 후 성장하면서도 오랫동안 그는 자신의 출생에 대해서 더 이상 의심의 여지가 없다고 생각했다. 중 2학년 때였을 것이다. 큰방과 작은 방이 연결하는 쪽문에 귀를 대니 큰방에서 누군가 두런거리는 말소리가 들렸다. 여자면서도 남자처럼 칼칼한 걸로 보아 주로 말하는 사람은 어머니였고, 듣는 사람은 아버지였다. 내용인즉, 그의 중학에서의 학교 성적이 시원찮으니 살림도 어려운 때이니 중퇴를 시키고, 철공소에나 보내자는 것이었다. 동석으로서는 모든 것이 사실이었기 때문에 무어라 대꾸할 말도 찾지를 못했다. 그러나 자신도 모르는 애잔한 슬픔이 가슴을 싸아하니 적셔오는 것은 어쩔 수 없었다. 그리고 한마디 변명은 하고 싶었다. 그때 당시 그는 학교를 마치고 집에 바로 올 수가 없었다. 집에서 조그만 신발가게를 운영했기 때문에 야간 대학교에 가는 형을 대신해서 가게를 봐야했다. 주독야경(晝讀夜耕)인 시절이었다. 한마디로 남들이 공부할 시간에 가게를 봐야하기 때문에 성적이 좋지 않았다는 것이었다. 한번은 틈을 봐서 그가 다 기어 들어가는 목소리로 힘들게 그가 그 이야기를 노모에게 했을 때, 노모는 '흥—'하고 코웃음을 쳤다. 자신에게 입을 놀리듯 학교에서 똑똑하게 처신을 해보라고 했다. 그러면 성적이 쑥쑥 올라갈 것이라고…….

3

—여보게, 이교수 기상은 했는가?

뚜우우—, 뚜우우— 어디선가 전화가 걸려와 신호음이 꽤 오랫동안 울리는 데도 아무도 전화를 받지를 않는다. 그러고 보니 안사람과 아들녀석이 이번 주 일요일부터 아침 등산을 할 거라는 이야기를 들은 듯 했다. 그는 끄응—, 하며 한층 무거워진 엉덩이를 질질 방바닥에 끌며 전화기 앞으로 다가섰다. 목소리를 들으니 얼마 전에 문중회장으로 피선 된 당숙이었다. 일주일 전에 시조인 충숙공 이예 선생의 졸기에 대한 한글 번역을 부탁해 왔던 것이 떠올랐다. 다 되었으면 그것을 돌려 받기 위한 전화였다. 그는 학과 교수들 중에서 자신보다도 훨씬 그 방면에 탁월한 배수오교수에게 다시 의뢰를 했었다. 이틀인가 지나서 배교수로부터 자신의 교수실에 들러 달라는 연락이 왔다. 배교수의 교수실 문을 열고 들어서자마자 배교수는 대뜸 우리 이교수 정말 훌륭한 선조를 두셨더군 하며 만면에 웃음을 띄었다. 그의 말에 의하면 조선왕조실록을 통털어 일개 아전 출신으로서 정2품인 자헌대부, 동지중추원사, 세자좌빈객이라는 자리에 오른 사례가 무척 드물다는 것이었다. 더더군다나 왕조실록에 그 졸기가 실리는 경우는 좀체로 없는 사례라고 했다.

–우리 이교수가 성장과정이 가히 입지전적이라는 것은 진작 알고 있었지만, 그 핏줄을 선조에게서 진작에 물려받은 것인 줄 꿈에도 몰랐구먼. 이교수가 참으로 강파르고 신산스런 삶을 살아왔지만 이예 선생에 비할 바는 아니야.

고교를 입학하고 대학을 졸업할 때까지 그는 거의 고학이었다. 식구 중 누구도 그의 배움에 도움을 준 사람은 없었다. 정상보다 고교입학이 일이 년 늦은데다 졸업 후 한 5년 직장생활을 하던 그가 뒤늦게 학업을 계속하겠다고 선언하자, 온 식구들의 얼굴 표정에는 오히려 가정의 주수입원이 끊기는데 따른 불안감이 역력했다. 대놓고 반대하지는 못했지만 어머니를 비롯한 식구 대부분이 그 뜻을 철회해 주기를 강력히 희망하는 눈치였다.

–시조인 이예선생은 73년의 생애에 세 번의 결정적인 죽음의 순간을 맞이하지. 그 처음이 태조 6년인 1397년이야. 공이 25세 되던 해인데 왜구 3,000여명이 무리를 이끌고 와서 울산군수인 이은을 잡아갈 때였어. 대부분의 군리(軍吏)들은 하나밖에 없는 목숨을 보존하기 위해 뿔뿔이 도망을 갔었네. 그러나 공은 오히려 쪽배를 타고 뒤를 쫓아가 왜구가 창칼로 위협하는데 의연히 대처하고 이은과 동행하기를 청했다네. 닥치는대로 살육을 자행하는 당시 상황에서 적의 소굴을 뛰어든 것은 죽음 그 이상의 거룩한 행위였다고 생각이야.

그 날 그가 본 배교수의 표정은 그 어느 때보다도 자못 진지한 태도였던 것으로 기억이 된다.

–두 번째 죽음의 위기는 역시 첫 번째 위기를 넘기고 일본 대마도 화전포라는 곳에 끌려가 있을 때였어. 왜인들이 군수인 이은을 독살시키려 독초를 먹이는 찰나 그것을 빼앗아 스스로 입안에 넣고 정신을 잃었던 것일세. 물론 의로운 인물의 갑작스런 죽음 앞에 놀란 왜인들이 감초 등 여러 약재를 써서 다시 살려놓긴 했지만…….

–그렇다면 세 번째는?

그가 물을 찾는 사람처럼 갈급해져서 물었다.

–세 번째는 훨씬 후대인 세종 15년 1433년에 있었던 일이야. 회례부사로 일본에 가셨다가 풍랑을 만나 배가 바다 한 가운데 좌초하여 창졸간 위급한 때에 또다시 홀연 해적선 35 척이 나타난 상황이었어. 이때도 천신만고 끝에 주위의 도움을 받아 본국으로 돌아올 수 있었다네.

그리고 그가 이야기를 다 듣고 번역된 글을 들고 막 배교수의 연구

실을 나오려고 할 때였다. 문득 배수오 교수는,

–이교수 여길 보아.

라고 말했다

'……藝八歲爲倭所虜歲庚辰請于朝隨回禮使尹銘日本三島覓母家搜戶索不得…….'(당초 예가 8세때 모친이 왜적에게 포로가 되었는데 경진년에 조정에서 청하여 회례사 윤명을 따라서 일본의 삼도에 들어가서 어머니를 찾았는데 집집마다 수색하였으나 마침내 찾지 못하였다.)

동석은 "아, 예 — 당숙어른"하고 얼른 대답을 해놓고 집사람이 놓고 간 듯한 자리끼의 물을 벌컥벌컥 들이마셨다. 아무래도 어제는 너무 과음이었던가 보다.

–여기, 번역은 다 해뒀습니다만…… 그런데 8세 때 공의 모친께서 왜적에게 포로가 되었다고 나오던데…….

–그러게 말일세. 물론 이후 공의 아버지께서 새 장가를 드셨는지 확인할 길은 없지만, 어쨌거나 경진년에 그렇게 조정에 간청을 하여 윤명을 따라 삼도를 들어간 것이나, 낯 선 이국 땅에서 이 잡듯이 어머니를 찾아 나선 것을 보면 공의 사모곡이 오죽 사무쳤겠나 말일세. 육당 최남선 선생도 그런 이야기를 했지만, 조선시대를 통 털어서 기네스북에 오를 정도로 일본에 내왕이 가장 많았던 분이 바로 우리 시조 어른이라는 사실일세. 책에 보면 사행의 주된 목적이 왜구의 노략질 행위를 근절하기 위한 것으로 나오지마는 내가 보기에는 어머니에 대한 그리운 정이 워낙 사무치는 데서 온 것이라는 사실을 쉽사리 짐작할 수 있음이야. 세종 20년 4월에 경차관이 되어 문인제도(文引制度)를 정약하고 돌아오는데 문인제도란 다른 것이 아니고 오늘날로 말하면 입국

증명서 같은 것을 발행하여 왜의 교통을 통제하려 하였음이야. 대마도 정벌이나 계해조약 때의 활약은 차치하고서라도 왜 공이 그렇게 대일 외교에 몸을 아끼지 않으시고 평생을 매달리셨겠나? 여러 분석이 나올 수 있겠지만 내가 짐작으로는 더 이상 왜구로 인해 어머니를 잃고 그 정을 받아보지 못하고 외롭게 성장하는 당신과 같은 아이가 없도록 하기 위함이 아니었겠나 말일세.

4

한때 유행가 가사 중에 '그대 앞에만 서면 나는 왜 작아지는가' 하는 노래가 있었다. 어릴 때 동석은 어머니 앞에만 서면 죄인이 되었다. 학교에서 미술 재료를 사오라고 해도 죄인, 회비를 가져오라고 해도 죄인, 심지어 집에서 연을 만들기 위해 방을 어질러도 죄인, 마당에서 스케이트를 만들어도……. 지난번처럼 놀다가 옷을 더럽혀도 어머니 앞에 서면 두 손을 모으고 어깨를 움츠리고 고개를 숙여야 했다. 사실 따지고 보면 그 모든 것은 동석의 잘못이 아니었다. 학교에서 수업을 위해 미술 준비를 해오라는 것은 지극히 당연한 일이었고, 집이 가난해서 그것을 마련해 주지 못한 부모가 도리어 자식 앞에 죄스러워해야 했다.

–어머니, 저……오늘……미술 준비를 해가야 되…는…데.

말이 채 끝나기도 전에 어머니는 윗니로 아랫입술을 꽉 깨물고 당장이라도 쥐어박을 듯 종주먹을 휘둘렀다.

–그냥, 안 갈끼가?

그 말 한 마디면 그야말로 찍 소리 못하고 물러 나와야 했다. 번번이 그러기 일쑤여서 그 날 미술시간이 되면 그는 자신의 잘못이 무엇인지 영문도 모르고 꿇어앉아 하마 종이 울릴까 목타게 기다려야 했던 것이다. 그때 이미 스무 살 청년이 다 되어 가던 형에 의하면 조그만 신발공장에 다니던 아버지가 벌어오는 돈은 우리 여섯 식구가 20일 정도 생활하면 딱 맞아떨어지는 돈이라고 했다. 그 나머지 10일은 아무런 대책이 없었다. 초등학교 3학년 때였을 것이다. 그 날도 동석은 기성회비를 내지 못해 학교에서 쫓겨났다. 집에 오니 어머니가 마당 복판에서 빨래를 하다말고 멀뚱하게 쳐다봤다. 허구헌 날 뺨을 맞고 쫓겨나는 동석으로서는 그날만큼은 마음을 굳게 먹었다. 기성회비를 빌려서라도 주던지 아니면 다른 근본적인 해결을 해주기 전에는 돌아가지 않겠다고 굳게 결심을 한 터였다. 어서 학교에 가지 않느냐고 빗자루라도 들고 쫓아오면 저 멀리 내쳐 도망갔다가 어머니가 돌아서서 집 쪽을 향하면 또다시 흥흥거리며 진드기처럼 달라붙었다. 그렇게 내쫓고 도망갔다가 다시 달라붙기를 수 차례 반복하다가 끝끝내 어머니의 화는 극도에 달했다. 이번에야말로 쫓아오는 것이 그냥 돌아설 모양새가 아니었다. 학교까지 10여 리가 되는 길을 어떻게 달려왔는지 모른다. 교실문을 발칵 열고 한참 숨을 고르느라 어깨를 들썩여야 했다. 스무 살 남짓 되었을까? 물 먹은 오징어처럼 손이 예뻤던 여선생은 집에 갔다 오지도 않고 다녀 온 척 거짓말한다며 왼손으로 동석의 오른쪽 뺨을 잔뜩 틀어쥐었다. 그리고 독기 오른 눈초리로 쏘아보면서 오른손을 들어 막 때릴려고 하던 참이었다. '꽈당—'하고 교실문이 거세게 열리는 소리가 났다. 어머니였다. 검정 몸빼에다 아버지가 입는 흰색 반팔 런닝셔츠를 입고 틀어올렸던 옆머리가 흘러내려 목언저리에 어지럽게 감겨 있었다.

–그 손 당장 내리지 못할끼가?

영락없이 꿈에 본 귀신의 형상 그대로였다. 여선생은 얼굴에 핏기가 싹 가시면서 익어 가는 탱자처럼 노랗게 떠 버렸다. 아이들 보기가 부끄러우니 한사코 복도에라도 가서 이야기를 하자는 여선생과 당장 이 자리에서 아이들을 때리지 않고 말하지 않으면 안 되는 이유를 대라고 버티는 어머니 사이에 한참 동안 실랑이가 벌어졌다. 마지막으로 타협을 본 곳은 교실 뒤편이었다. 교실 뒤편으로 장소를 옮기자 100여 개의 아이들 눈이 일제히 뒤로 향했다. 한바탕의 활극을 기대하듯 흥미로운 표정을 잃지 않고 있었다. 일순 여선생은 더욱 당황해서 어쩔 줄 몰라 했다. 여선생이 아무리 자습하라고 윽박질러도 막무가내였다. 결과는 여선생의 참담한 패배였다. 말에 있어 실수를 한 것이다. 아마도 어머니는 집이 가난한 사람은 어디 서러워서 학교를 다니겠느냐고 이야기했고, 여선생은 학교를 안 다니면 그만 아니냐며 맞받아 친 모양이었다. 그때 당시 무지했던 어머니의 머릿속에도 어렴풋이 초등학교는 의무교육이라는 인식이 자리하고 있었고, 곧바로 니가 뭔데 나라에서 법으로 정한 것을 학교를 다니라 마라냐?며 거의 전매특허로 되어 있는 '더러븐', '못된' 등의 저급한 용어를 마구 쏟아내었던 것이다. 흰색 블라우스에 검정 치마를 입었던 여선생은 두 손으로 얼굴을 감싸쥐고 그 자리에 퍼질러 앉아 마구 눈물을 흘렸다.

대학을 다니며 그가 김해, 원동, 물금, 웅상……등지로 건축현장 함바에서 먹고 자고를 예사로 하며 막노동에 시달릴 때도 어머니는 무기력하였다. 하기사 이날 입때껏 무슨 직장이라고는 문턱에도 가 본 경험이 없었다. 언젠가 둘 만이 있을 때, 무슨 어줍잖은 일로 다툼이 일어나 그 점을 따지듯 추궁한 적이 있었다.

—내가 와 취직할 마음이 없었겠노? 꿀떡 같았제. 그렇지만 너거 아부지가 못하도록 했다 아이가?

여기에도 당시 나이가 어렸던 그로서는 형의 보충설명이 있고서야 이해가 되었다. 열 여섯에 시집오기 전, 어머니는 근동에 소문이 자자할 정도로 미모가 빼어났었다고 했다. 만약 정신대와 같은 시집 안 간 처녀를 마구 잡아가는 그런 일만 없었다면 이제는 돌아가셨지만 작고 새까만 볼품 없는 아버지와 같은 사람에게 시집을 오지 않았다는 것이다. 그의 말에 의하면 아버지는 어머니가 집밖을 나가는 것을 극도로 싫어했다고 한다. 주변에서는 일종의 의처증으로 의심하는 사람도 있었다고 한다. 물론 어머니는 부부라도 은밀하달 수 있는 그런 부분에 대해서는 침묵 일관이었다.

5

등산을 다녀온 아내는 목욕탕에서 곧바로 샤워를 했다. 조반을 마치고는 동창회에 가야 된다며 성장(盛裝)을 하고는 외출을 했다. 집안에는 이제 초등학교 3학년인 아들 녀석과 그만 남았다. 해장국으로 끓여놓은 무국으로 억지로 밥을 한술 떠서인지 정신이 좀 돌아오는 듯 했다. 그는 이예선생의 졸기 해석부분에다 몇 가지 자신의 의견을 피력했다.

…… 우리 이예 선생은 일개 기관이라는 직책에서 정2품인 동지중추원사, 세자좌빈객, 자헌대부라는 높은 벼슬에 이르렀다. 그야말로 허준이나 장영실을 능가하는 입지전적인 인물이다. 대일외교에 있어 유능함을 인정받아 71세에 노구를 이끌고 대마도에 체찰사로 파견되었

다. 그리고 무사히 임무를 완성하고 돌아 오셨다. 그 가공할 만한 힘의 원천은 무엇인가? 한 마디로 모성부재이다. 어머니가 왜구에게 잡혀갔다는 사실은 이미 젊은 날에 평생을 두고 그가 해야 할 일이 무엇인가 하는 좌표를 뚜렷하게 확정지어 주었다. 그리고 홀아비 슬하에서 성장하던 그는 온전하지 못한 가정으로 인해 주위의 따가운 시선을 의식하지 않을 수 없었을 것이다. 그렇지만 그는 그 모든 아픔을 안으로 안으로 채찍질하여 급기야 사회를 향한 자신의 에네르기로 변환시키는데 성공했던 것이다.

대충 이런 내용이었다. 다시 말하자면 이예 선생의 '어머니 없음'이 그에게 확고한 삶의 가치관을 설정하는 동기부여가 되었고, 그 '어머니 없음' 즉, '모성부재'가 평생을 두고 엄청난 힘을 분출할 수 있는 원동력이 되었다는 것이다. 이 세상에서 가장 좋은 것은 온전한 것이다. 그 다음 차선은 반만 있는 것이 아니라, '아예 없음'이다. 어설픈 것은 차라리 '아예 없음' 보다 못하다. 집을 지을 때 보라. 기초가 부실한 집은 아예 허물고 새로 지어야 한다. 집 짓는데 약간이라도 일해 본 경험이 있는 사람은 적어도 집을 새로 짓는 것보다 허무는 작업이 훨씬 더 힘들다는 것을 알고 있다. 차라리 어머니의 '아예 없음'이 오늘날 위대한 이예 선생이 계시도록 한 것이다.

살고 있는 아파트는 정남향이다. 중국집에 전화를 걸어 면종류를 주문해서 적당하게 점심을 해결했다. 배란다 창문을 통해 들어오는 가을 햇살이 마치 최음 효과를 일으키는 약제를 넣었듯 집요하게 그를 붙잡고 졸음 속으로 몰아가고 있었다. TV를 켜 놓고 보는 듯, 마는 듯 했는데 언뜻 눈에 익은 자막이 지나갔다. 자세히 보니 귀를 번쩍 뜨이게 하는 것이었다. 조선 통신사 행렬 재현, 관련 행사 광복동, 남포동 등지에서 일제히 열려……라고 했다. 조선 통신사라면 회례사, 경차관, 체찰사…… 등의 다른 이름으로 이예 선생께서 역할을 맡으신 바로 그 직책이다. 해마다 이때쯤이면 열리는 모양인데 미처 정보를 입수하지 못해 번번이 기회를 놓치고 있었던 것이다. TV 내용으로 보아 근년 들어 몇 해째 열렸던 모양인데 그는 까맣게 모르고 있었다. 마침 오늘이 마지막이다. 서둘러야 했다. 살고 있는 구서동에서 지하철로 가더라도 40여 분은 족히 걸린다. 막상 외출을 하기로 하자 떠오르는 얼굴이 있었다. 그가 살고 있는 집에서 차로 5분 이내의 거리에 있는 입석마을 형님댁의 어머니였다. 결코 앙금이 사라졌기 때문은 아니었다. 객관적으로 보았을 때 자신이 살아갈 날보다 어머니 당신께서 살아갈 날이 훨씬 적다는 사실이 어느 날 그로 하여금 어머니를 대함에 있어 관대하게 만들었다. 더 이상 과거지사를 가지고 어머니와 왈가왈부한다는 것이 성가시고 귀찮다는 생각도 들었다. 겨우 한 달에 한번 꼴로 방문을 해 오던 중이었다. 그것도 얼마 안 되는 돈을 용돈이라며 갖다 드릴 때였다. 그때마다 그의 늙은 어머니는,

–니가 만약에 이 용돈마저 안 갖다 줬다 카믄 더 이상 내 아들도 아니다.

라며 돈에 강한 집착을 보였다. '도대체 어머니 당신께서는 이 자식들에게 해 준 게 무어 있다고 그만큼 당당하게 자식의 도리를 요구하십니까?'하는 말이 목구멍까지 솟구쳤다가 애써 가라앉혔다. 우리 어머니는 동네에 한 복판에 있는 느티나무처럼 늙지 못하고 동물원 우리 속의 이빨 빠진 호랑이처럼 추하게 늙으셨구나. 노추(老醜)가 이만저만 심한 것이 아니로구나.

–어머니, 제 깐에는 이것도 노력하는 것이니 너무 닦달하지 마세요.

마음 속으로 몇 번이나 곱씹고 삭히며 순화되어 나온 말이 겨우 그 정도였다. 언젠가 형제끼리 모인 술좌석에서 역시 술기운 때문이었으리라. 딱 한번 그는 자신의 애면글면 신산스러웠던 과거지사를 들먹이며 어머니에 대해 원망 비슷한 말을 한 적이 있었다. 기다렸다는 듯 그때 어머니는 다짜고짜 펄펄 뛰었다.

–저런 썩어 빠진 생각으로 대학에서 학생들을 가르친다꼬? 하이구 동네사람들아 여기 좀 와 보소. 여기 와서 쟈 좀 보소…….

하고는 눈물을 뿌리며 넋장거리를 하고 손바닥으로 방바닥을 마구 쳐대며 장탄식을 하였다. 이후 그 데면데면한 사이가 평상 얼굴로 회복하는데 오랜 시간이 걸렸다. 다음 만날 때 좀 더 편하기 위해, 이유는 그것 밖에 없었다.

–어머니, 저예요. 동석입니다.

형네식구들은 모두 어딜 가고 노인네 한 분만 덩그러니 집을 지키고 있는 모양이었다.

–와? 무신일고?

여기서부터 숨통이 콱– 막혔다. 다른 어머니들처럼 별 일 없느냐? 아이는 잘 있고? 뭐 그 정도까지는 아니더라도 아들이 어머니에게 전화를 거는 꼭 무슨 일이 있어야 하는가. 당장이라고 수화기를 쾅– 하고 내려놓고 돌아서버리고 싶었다. 끄응, 대며 꾹 눌러 참는다.

–오늘 시간 있으세요? 광복동과 용두산 공원에 무슨 행사가 있다고 하는데…….

–데리러 오면 가고…….

이런 제안에 대해 최근에 거절하는 것을 본 적이 없다. 툭하면 관절이 안 좋다고 하시면서도 말이다. 그만큼 아파트 생활이 갑갑하다는 반증이기도 하려니…… 이해하고 넘어간다. 마침 사회과목 숙제 내용과 일치한다며 아들녀석도 이번에 새로 산 감색 긴 팔 티셔츠를 입고 따라 나선다.

6

세 사람을 태운 차가 남산동에 있는 역세권 주차장에 섰다. 아무래도 지하철이 빠를 것 같았다. 그런데 지하철이 부산진역을 지나자 갑자기 당황해지기 시작했다. 시계가 이미 오후 4시를 넘어섰기 때문이다. 거리의 행사는 이미 끝났을 것 같았다. 그렇다면 용두산공원에서 있다는 공연을 보는 것만 남았다. 그런데 용두산공원을 가려면 어느 역을 내려야하는지 가물가물하다. 남포동역에서 내려 광복동을 거쳐 계단을 올라가자면 아무래도 노인네에게는 무리일 듯 싶다. 좀 걷더라도 가파른 계단이 적은 중앙동 쪽이 나을 듯 싶었다.

–야야, 니 어데 내릴라카노. 마 남포동역에 내리가 1번 출구로 나가믄 안되나?

아니, 이 노인네가? 순간 동석은 소스라치게 놀랐다. 그의 본가는 본래 지하철 노포동역에서 30여 분은 족히 걸리는 입석이라는 마을이었다. 신석기 시대의 선돌이 있는 곳이었다. 10여 년 전 그가 분가해 나오고 지금은 그곳에서 영지를 재배하는 형 내외와 어머니만 살고 있다. 어머니께서 지하철을 타고 나올 일은 아무리 머리를 씻고 고쳐 생각해 보아도 없다. 더군다나 여기 남포동까지는……,

–올라가는 계단이 가파를 텐데요?

–야야, 요새는 엘레베탄강 먼강 잘 돼 있다 아이가.

1번 출구를 나와 왼쪽으로 꺾어 들어가 좁은 골목길을 지나자 과연, 용두산 공원으로 가는 골목길이 나타났다. 그러고 보니 그도 이곳에 온 지 꽤 오래된 듯 싶었다. 같은 부산에 살아도 별로 이곳까지 올 일이 없었다. 플라스틱으로 된 돔형 지붕에 벽체는 유리로 된 엘리베이터가 올라가는 것만 설치되어 있었다. 가다가 보니 머리에 수건을 동여 맨 한 할머니가 새점을 치고 있었다. 새장 속에는 십자매 다섯 마리가 주인이 시키는대로 부지런히 번갈아가며 점괘가 들어 있는 종이 쪽지를 물어 나르고 있었다. "자, 재미로 치는 새점 보고 가세요." 아예, 주인이 '재미'라고 이야기해 맞고, 안 맞고를 따지는 것은 무의미하다. –구시월은 구름이 벗어지고 해가 나오니, 앞길이 열린다. 시월, 십이월은 실무수가 있으니 주의하라. 불도 조심하라.

정말 구시월에 좋은 일이 있으려나? 이후에는 조심하라고? 하긴 조심해서 나쁠거야 없지.

엘레베이트가 끝난 자리에 벤취가 있고, 접이 바둑판 여남은 개가 놓여 있었다. 구경꾼들이 서너 배는 더 많았는데 한 군데에서는 자기네들끼리 멱살잡이를 하며 싸우고 있었다. 피부가 까무잡잡하고 이마에 보석을 박은 여자 일행이 대여섯 지나갔는데 한 사람은 인도 사람이라 하고 또 다른 사람은 인도네시아 사람이라고 했다. 왼편으로 뉘엿뉘엿 해가 지고 있었는데 공연은 막바지로 치닫고 있었다. 무대에 등장하는 여인네들이 전부 일본 여자들이라 이야기 전개가 어떻게 되는지 알 수가 없었다. '초우'라는 제목의 공연 때에는 마지막에 배우들이 찹쌀떡을 싸서 바구니에 담아 던져주는 장면이 있었다. 지나치게 민감한 것이 아닌가 싶기도 했지만, 동석은 문득 어릴 적 '헬로우 기브미 츄잉검'이 생각나 팔짱을 끼고 오불관언하는 태도를 취했다. 앞 쪽 저만치, 앞

좌석 서너 칸 앞에 어머니는 먼저 주우려는 사람이 못 줍도록 한쪽 팔꿈치를 잡은 채 노구를 움직여 손수 당신께서 주웠다. 그리고는 정확하게 반을 쪼개어 손주와 정답게 나누어 먹는 것이었다. '저 노탐, 저 노추……' 그는 자신도 모르게 누가 볼세라 붉게 달아오르는 얼굴을 감싸 쥐었다. 두 번째 공연이 '사자의 낭하(廊下)'라는 연극이었다. 어미사자가 새끼사자를 절벽에서 밀어 떨어뜨리지만 새끼사자는 꿋꿋하게 잘 자라 나중에 어미를 찾아온다는 내용이었다. 그는 그 연극을 보며 자신도 모르게 빙그레 웃음이 나왔다. 어쩌면 바닷길을 두고 서로 떨어져 있고, 역사와 문화가 다른 데도 생각해 가는 본질적 관념은 한결같이 일치하는지……. 그 새끼사자가 진작 어미의 곁을 떠나 홀로서기를 했기에 망정이지 만약 성질 사나운 어미사자와 더불어 살았더라면 자기처럼 주눅이 들어 그야말로 라이언 킹은 되지 못했을 거라는 생각이다. 우리 속담에 '도 아니면 모'라는 말도 있고, 이와 유사한 소위 '앗쌀하다'라는 일본식 국민성을 잘 드러낸 연극이었다. 어떻게 눈에 넣어도 아프지 않는 자식을 절벽 아래로 떨어뜨릴 수 있단 말인가, 그것도 사랑이라고 이름 붙일 수 있는가, 그것은 사랑을 빙자한 아동학대에 지나지 않는다. 보란 듯이 꿋꿋하게 살아났기에 망정이지 그 자리에서 죽어버렸다면 영아살인, 존속살인……. 이런 단어들이 떠올랐다. 한참 생각에 잠겨 있다 보니 문득 어머니와 아들녀석이 보이지 않았다. 저 멀리 충무공 동상 아래에서 연을 날리고 있었다. 아들녀석은 돈이 없는 것이 분명하고 제 할머니가 사 준 것이다. 아무리 자식사랑은 두 벌 자식이라지만 어머니가 어릴 때 자신에게 대하던 것과 비교하면 이것은 차라리 가증스럽기조차 하다. 그가 어릴 때는 연을 살 돈이 없어 그 여린 손으로 직접 만들어야 했는데 그것조차 못보아 주던 어머니가 아닌가? 저 이중성. 뜻대로 연이 잘 날지를 않자 아들 녀석이 연을 그에게로 가져왔다. 바람을 제대로 등지고 연줄을 자꾸만 추스린다. 맥없이 가라앉으려는 걸 재빨리 앞쪽으로 달리니 드디어 연이 떠오른다. 한번 떠오른 연은 강렬한 힘으로 저쪽 공기 속으로 흡입되어 빨려들어 갔다. 연실이 술술 풀려나가며 한순간 연은 까마득하게 점으로 보였다. 연줄 사이로 비둘기떼가 무리를 지어 오갔다. 그가 아득한 어지럼증을 느끼는 순간, 아들녀석을 보니 겁을 잔뜩 먹은 표정이었다. 알지 못할 불안감이 엄습해와서 연줄을 힘껏 다시 되감기 시작했다. 조선통신사 한일교류 기념행사도 거의 막바지에 접어들고 있었다. 모든 파장이라는 것이 그렇듯이 황량하고 쓸쓸한 느낌이 들었다. 그리고 씁쓸했다.적어도 사학을 전공해서 가르치고 있는 그의 입장에서는 조선통신사라는 말도 잘못 되었다. 우리나라의 입장에서 본다면 일본으로 가는 통신사 즉 '일본 통신사' 혹은 '일본 신사'라고 불러야 옳았다. 조선에서 온 통신사 즉, '조선 통신사'란 철저하게 일본의 입장에서 표기된 것이다. 한일 월드컵을 공동주최 했을 때 'Korea-Japen'이냐 혹은 'Japen-Korea'냐를 두고 양국이 민감하게 반응했던 것이 떠올랐다. 이 행사를 집행하는 우리쪽 사람들도 이런 저간의 사정을 속속들이 알고 있기나 한 건지……. 공연이 끝나고 관객들도 대야에 떨어뜨린 물감처럼 서서히 흩어져 사라지고 있었다.

7

이만하면 바람을 쐬었다고 할 수 있다. 그는 아들에게 연을 거두어 쥐게 하고는 왔던 길을 되돌아가기 위해 계단 쪽을 향했다.

—니 어데로 갈라카는 기고? 갈 때는 중앙동역으로 가서 타는 기 났제.

아무래도 노모에게는 이 길이 초행이 아닌 듯 싶었다. 그렇지 않고서야 이렇게 금년에 희수(喜壽)가 되는 노인네가 손바닥 들여다보듯이 길을 읽고 있을 턱이 없는 것이다. 제 1호 매점을 왼쪽으로 끼고 내려가는 계단이 있었다. 할머니와 손자는 무어가 그렇게 즐거운지 시종 입가에 웃음을 달고 있다. 남들이 그를 바라보면 언뜻 시샘할 지도 모른다. 삼대가 나들이 나오기가 쉽지 않거니와 어린 아들이 나이든 할머니를 싫다 않고 유친한다는 것이 아들된 입장에서 얼마나 반가운 일인가. 그러나 그는 썩 기분 나쁘달 수도 없지만 그렇다고 기분이 좋은 것도 아닌 좀 떨떠름한 기분이었다. 계단 중간 쯤에 와서는 조손간에 숫제 가위, 바위, 보를 하며 연신 웃음이 끊이질 않았다. 참으로 낯간지러운 장면이었다. 어느 적에 저 노인네에게 저런 알콩달콩한 면이 있었나? 노모는 그를 대할 때마다 무릎 관절의 통증을 하소연했다. 근래 들어 그를 대하는 어머니의 기분은 항상 흐림이었다. 오늘의 외출의 무엇이 저 노인네를 저토록 즐겁게 하나? 드디어 계단을 다 내려 왔을 때 날은 서서히 땅거미가 밀려오고 있었다. 저녁시간이었다. 어디 적당한 식당을 골라 식사라도 하고 노인네를 큰댁으로 모셔드려야 한다. 근처 공원이 있어서인지 여기저기 음식점들이 즐비해 있었다. 워낙 다양한 메뉴에 가격도 천차만별이었다. 어느 집에 들러야 할지 몰라 그가 잠시 멈칫거리고 있을 때, 노인네가 더 이상 시간 끌 필요가 없다는 듯 앞장서서 성큼성큼 걸었다. 골목을 몇 굽이 돌아 드디어 노모가 멈추어 선 곳은 무슨 원조 추어탕 집이었다. 아니나 다를까, 그가 미닫이문을 열자, 노모를 알아 본 주인 여자가 반색을 했다.

–아이구, 이게 얼마만이에요 글쎄?

뜻밖이었다. 오십 중반을 넘어섰지만 젊은 시절 꽤 미인이었음을 여전히 드러내 놓고 있는 여자였다.

–바로 이 분이 그때 늦게 대학에 들어갔다던 그 막내 아드님……?

하면서 그에게도 다정하고 따뜻한 눈길을 보내 주었다. 그 여주인은 진작부터 그를 알며 지내오기라도 한 듯 친동기간처럼 서슴없이 대했다.

–지금은 교수님이시라지요. 그래도 할머님은 그때 고생한 보람이 있으셔요. 아드님이 이렇게 훌륭하게 성장해주고…….

–앗따, 수다 고만 떨고 맛있는 이 집 추어탕이나 세 그릇 퍼뜩 내오소. 얼라 꺼는 양을 적게 해 가지고…….

여주인은 노인네의 말에는 아랑곳하지 않고, 주방에 들어가 펄펄 끓는 솥에 있는 국을 족자로 떠면서도 말하기를 멈추지 않았다.

–허이구—, 그때 생각하면 지금도 마음이 짠해져와요. 우리 아드님은 아실래나? 바람이 칼로 얼굴을 짓찢을 만큼이나 차갑던 한겨울이었지. 대한 소한 다 지나면 얼어 죽을 사람 없다는데 그해 겨울은 왜 그리 추웠던지. 바로 요 건물 모퉁이를 싸악 돌아서면 인력시장이 있었어요.

인력시장. 동석도 그 정도는 알고 있다. 대학시절 등록금을 맞추어야 하는데 아르바이트 자리는 없고, 이리저리 알아보다가 마지막으로 달려간 곳이 바로 조방앞에 있는 인력시장이었다. 나무로 된 포장상자를 뜯어서 드럼통 안에 불을 피우고 언 몸을 녹이고 있으면 어디선가 그 날 필요한 사람 한두 사람씩 뽑아서 갔다. 그때 그도 안 해 본 일이 없었다. 공사가 한창 벌어지고 있는 도로상에서 교통 통제하는 일부터

해서 일일주차관리원은 비교적 수월한 일이고, 노가다 현장에서 목수, 미장이, 벽돌공 시다를 비롯해서 전봇대 위로 올라가 전기애자를 바꾸는 일은 지금 생각해도 위험하고 아찔한 순간들이었다. 아침형 인간은 부자로 산다는데 그들은 모두 아침형 인간인데도 그 날 벌어서 그 날 풀칠하기가 바쁜 사람들이었다. 그래도 일이 있으면 그나마 다행이었다. 나이가 육십이 넘으면 그 세계에서도 이미 퇴물이었다. 잘 써 주지를 않았던 것이다.

—여기서는 주로 식당일이었어요. 빠릿빠릿한 젊은 여자들도 많은데 육십이 넘은 할머니를 누가 써 주나. 희부윰하게 날이 밝아 올 때 쯤 되면 저 할머니가 드럼통 옆에 쪼그리고 앉아 넋을 잃고 계셨지. 애꿎은 담배만 뻑뻑 빨면서……. 나도 저만한 연세에 친정어머니가 서울에 살고 계신다고 생각하면 어찌나 안되었던지……. 모셔와서 우리집에 일을 시켰지.

대학 때 장학금을 받고 아르바이트를 해서 회비는 스스로의 힘으로 장만했다. 그렇지만 책값이며 소소한 용돈이 만만찮게 들어갔다. 그럴 때마다 얼마 안되는 돈이었지만 노모가 어디엔가 꼬깃꼬깃 감추어 두었다가 슬그머니 그에게 꺼내 놓았다. 장날에 텃밭에서 가꾼 채소를 팔아 번 돈인 줄 알았다. 그러고 보니 인근에 어디 5일장이 서지 않는 날에도 새벽같이 졸음에 겨운 눈을 비비며 대문 밖을 나서는 걸 여러 번 보고 의아해 한 적이 있었다.

—아빠, 왜 그래? 얼굴이 벌개 가지고 안 흘리던 식은땀을 흘리고…….

갑자기 목이 매캐해지고 서너 차례 기침이 났다. 뿐만 아니라 눈이 따끔거리며 코 안에 콧물이 흥건하게 고여 왔다. 황급하게 일어서서

카운트 쪽에 휴지를 찾는데 아들 녀석이 어느새 쪼르르 달려가 서너 장 뽑아와 건네준다.

–아빠, 어디 병원에 가 봐야 하는 것 아냐? 안색이 영 안 좋은데?

하면서 제우쳐 물었다. 그는 '팽–'하고 세차게 코를 풀자 귀가 멍해지면서 갑자기 어지럼증이 생겨났다. 그는 어쩔 줄 몰라 자신도 모르게 휘적휘적 쓰러질 듯 화장실로 발걸음을 옮기었다.

어머니의 방 2

1

캄캄한 어둠 속을 애오라지 자동차 헤드라이트에 의존한 채 앞만 보고 달린다. 이따금 마을을 지날 때마다 을씨년스러운 바람을 맞고 서 있던 가로등이 잠시 아는 체를 하고는 백 미러 저 멀리로 사라진다. 현민은 운전을 하면서도 아까부터 힐끗힐끗 곁눈질을 하며 아내의 눈치를 본다. 아내는 여느 때보다 기분이 좋아 보인다. 낮에까지만 해도 굳게 경직 되었던 얼굴이 지금은 물 오른 복사꽃처럼 환하게 핀다.

–여보, 고마워요.

–무얼, 당연한 일을 가지고…….

현민 또한 여느 때보다 대범한 듯하다. 오늘은 장인어른의 기제사가 있는 날이었다. 그동안 네 번의 기제사가 모두 방학 중에 있어서 참여하는데 그다지 어려움이 없었다. 음력으로 꼽다 보니 공교롭게도 올해는 방학이 끝난 뒤에 있었다. 제사를 지내는 시각을 처가에서도 자정 이후로 못 박다 보니, 제사를 다 지내고 음복이라도 한잔하고 제삿밥이라도 먹고 나서면 못해도 새벽 1시 반이었다. 집까지 오는데 1시간 잡고 집에 와서 씻고 잠을 청하면 못해도 3시는 훌쩍 넘길 판이었다. 다음날 근무에 이만저만 지장이 아니다. 이 때문에 낮에까지만 해도 아내와 일찌감치 이번 제사는 부득이 불참하기로 가닥을 잡았던 것이다. 아내의 마음이 바뀐 것은 오후 등산을 다녀오고 난 이후였다. 같이 등산을 다니는 분 중에 연로하신 분이 말씀하시기를 친정어머니가 살아 계실 때에 자주 친정 걸음이 되지 친정어머니가 돌아가시면 자주 가던 걸음도 뜸해 지면서 잘 안 되더라는 이야기를 들은 것이다. 아내가 간청하듯이 하도 매달려서 현민도 못이기는 체 시각에 맞추어 차를 몰고 나섰던 것이다. 못 올 줄 알아서인지 장모와 처남도 무척 좋아라 했다. 바리바리 봉지에 싼 제사 음식을 챙겨서 기분 좋게 남창을 출발한 차가 광천골을 지나 용당 고개를 마악 넘을 때 쯤이다. 현수는 여태껏 가슴에 묻어 놓고 있던 말을 기어이 꺼낸다.

–수야…….

'수'는 아들 '경수'를 일컫지마는 어느 해부터인가 현민은 아내를 은근히 부를 때 사용하는 호칭으로 바뀌어 있다. 떨려 나오는 현민의 목소리가 예사롭지 않다는 것을 아내도 감지한 듯 갑자기 긴장된 표정으로 멀뚱하게 남편을 바라본다.

–내 무슨 부탁하나 해도 되겠나?

어둠 때문에 영희는 현수의 얼굴을 볼 수가 없지만, 떨려나오는 목소리에서 현민의 마음이 심하게 요동치고 있음을 알 수 있다. 실제로 현민의 눈은 곧 터지면 좌르르 흘러내릴 물풍선처럼 잔뜩 부풀고 왼쪽 입술이 아래로 쳐져 얼굴 전체가 잔뜩 일그러져 있다. 여자의 직감이라는 건가? 아내는 번개같이 현민이 앞으로 말할 것이 무엇인지를 알아차린다.

–오늘 선경 형님에게서 전화가 왔죠?

여기서 말하는 선경 형님이란 두실 선경아파트에 사는 현민의 형수를 말한다.

–그래, 솔직히 말하면 오늘 하루만 아니라 어제, 그제까지 포함하면 벌써 3일째 왔었어.

–지금이 어느 시댄데 그런 미신을 믿는단 말이에요?

–미신은 핑계일 뿐이고 스스로 힘드시다 보니까 그렇겠지.

–그렇지만 처음부터 우리가 모셨으면 모를까, 어머님과는 모든 게

생소한 것 뿐인데…….

순간, 현민은 가슴이 탁한 연기로 가득차면서 프레스 기계로 짓누르는 답답증을 느낀다.

–그럼 당신 결론은 뭔가?

–죄송해요, 여보.

처음부터 아내에게서 쉽사리 동의를 얻어 내리라 생각한 것은 아니었다. 그러나 지금의 태도로 보아 바늘 하나 꽂을 자리가 없이 꿈쩍도 않을 태세다. 아내는 눈치를 챘는지 어땠는지 모르지만, 그 짧은 찰나에 현민은 어뢰를 맞아 좌초되는 함정처럼 이제는 영영 헤어날 수 없는 해구의 깊은 심연으로 깊게 가라앉는 것을 느낀다.

2

불과 이태 전만 하더라도 현민은 스스로 복 받은 놈 중에 하나라고 생각 했다. 맹자의 인생삼락 중에 적어도 절반 정도는 획득한 삶이라고 자부 했던 것이다. 선친께서 성년이 되기 전에 돌아가셨기 때문에 무어라 말하기가 곤란하고 어머니께서 팔순을 넘긴 연세에도 건강하셨다. 그리고 두 형제 중에 맏이인 형님도 평소에 등산과 배드민턴으로 단련된 몸이라서 오히려 과신할 정도였다. 현민 또한 마라톤을 해서인지 감기약조차 먹어본 일이 아득했다. 영재인지 아닌지는 모르지만 어쨌든 제자들 중에 서울 명문대에도 꽤 많이 들어갔으니 교직자로서의 보람도 없지 않다. 그렇지만 마른 하늘에 날벼락이라는 말은 바로 이 경우에 딱 들어맞을 것이다. 그날도 6교시 마지막 수업을 마치고 교무실에 돌아왔을 때였다. 충전을 시키기 위해 코오드에 꽂아 놓은 휴대폰에 문자가 들어와 있었다. 형수로부터 날아온 것이었다. '삼촌, 이 문자 보는 즉시 전화 부탁해요. –형수가–'라고 씌어져 있었다. 현민은 그 즉시 전화를 걸었을 때, 형수가 전화를 받은 곳은 병원이었다. 형님이 오후 늦게 복통을 호소해서 병원으로 왔는데 의사 소견이 아무래도 대장암인 것 같다는 것이었다. 흔히 우리가 '기가 찬다'라는 표현을 쓰는데 바로 이런 경우에 쓰는 말이었다. 왜냐하면 그날 아침에 선영 벌초 문제로 상의할 일이 있어 형님에게 전화를 걸었는데, 그 때까지만 해도 배드민턴을 잘 치고 집으로 가는 중이라고 했기 때문이다. 형수를 통해 지금까지의 경과를 들어보면 이랬다. 암세포에 혹이 생겨 음식물이 지나가는 통로를 막았고, 그로인해 변이 대장에 차곡차곡 재어져 있었다. 그리고 변이 썩어 들어가면서 대장에 구멍이 났다. 1차 수술은 부산에 있는 C병원에서 했다. 장을 깡그리 잘라내고 소장에서 바로 직장으로 연결하였다. 그리고 2년 가까운 항암치료. 담당의사는 모든 것이 잘 되어 가고 있다고 이야기 했다. 마지막 정기검사를 하러 갔을 때도 별 이상 징후가 보이지 않는다고 했다. 내시경은 물론 조직검사에서도 오케이 사인이 떨어졌다. 형님은 안심해도 좋겠다는 의사의 이야기를 듣고 의기양양해져서 집에 돌아왔다. 돌아오자마자 의사로부터 전화가 왔다. 아무래도 이상해서 내시경을 다시 봤는데 기분이 찜찜한 게 발견되었다는 것이다. 그러면서 내일 암세포에만 반응을 보이는 가장 정확한 페트검사라는 걸 해보라고 권장하였다. 결과는 재발이었다. 이번에는 직장 쪽에서 그 놈의 암세포가 똬리를 틀고 있었다. 이번에는 잘 아는 병원 원장을 통해 수술 잘 한다는 서울 S병원에 갔었다. 그날은 현민도 수술실 옆 보호자 대기실에서 초조하게 결과를 기다렸다. 12시 50분에 시작된 수술이 점심시간을 훌쩍 넘겨 2

시 45분이 되어서야 종료되었다.

–잘못되면 인공 항문을 차고 대변을 몸 밖에서 받아내어야 할 지 모르겠습니다. 그렇지만 그럴 확률은 현재로선 백분의 일 확률입니다. 예전에 수술한 그 아래로 개복을 하였는데 수술이 잘못된 경우 피가 배어나올 수 있습니다. 물론 그렇게 될 확률은 백분의 십의 확률로 아주 저조합니다. 예상대로 정낭 쪽에도 약간 튕겨서 잘라내었습니다. 성기능이 다소 저하될 수 있습니다만 지금은 그런 걸 생각할 때가 아니라고 생각합니다. 어쨌든 염려했던 췌장 쪽은 튕겨가지 않아서 다행입니다. 직장을 불과 5센티미터 정도 남겨 놓고 잘랐기 때문에 앞으로 대변을 보는데 더 불편해질 겁니다. 전반적으로 수술은 잘 끝났습니다.

화법의 특색은 겁을 잔뜩 줘 놓고 확률은 백분의 일, 백분의 십이라고 안심시키는 방식이었다. 회복실에서 나올 때에는 4시를 훌쩍 넘겼다. 회복실에서 나와 복도에서 엘리베이터를 기다리는 동안 수술이 잘되었다고 하자, 형님은 그 와중에 악수를 하기 위해 현민에게 손을 내밀었다. 형제라는 것이, 핏줄이라는 것이 무엇인지……. 현민은 가슴 밑바닥을 치고 뜨거운 것이 꿈틀꿈틀 끓어오르는 것을 느끼며 그 손을 꽉 쥐어 주었다. 1,2차의 수술을 하는 동안 현민은 형수가 형님을 무척 사랑한다는 것을 확인 했다. 형님의 대기업에 근무해서 수입에 상관없이 진작에 차린 화원 일에 연중무휴일 정도로 열성적이었다. 식물이라는 것이 하루만 관심을 소홀히 해도 대번에 표시가 났다. 수술 때문에 서울을 오갈 때는 물론이고, 항암치료를 받을 때에도 먼 친척에게 가게를 맡기거나 이도저도 안 되면 이삼 일씩 문을 닫기 예사였다. 모성도 강인하지만 아내도 강인하다, 형수를 보면서 현민은 그런 생각을 했다.

3

불행한 일은 한꺼번에 찾아온다고 하던가. 형수가 조금씩 무너지기 시작한 것은 어머니에게까지 돌발사고가 난 이후였다. 집 근처에 있는 동네 미용실에 염색과 파머를 하러 가셨는데, 미용실 주인의 말에 의하면, 함께 이런저런 이야기를 조곤조곤 나누던 노인네가 갑자기 고개를 앞으로 숙이고 고꾸라지더라는 것이다. 경황이 없는 가운데 119에 전화를 해서 재빨리 병원으로 모셨다. 응급실 침대에 눕자마자 거짓말같이 의식이 돌아왔다. 심전도 검사, 심장초음파 검사, 뇌 CT 촬영, MRI……. 할 수 있는 검사는 다 해 보았다.

–이런 경우, 원인은 30가지가 넘습니다. 이 중에서 우리 병원에서 찾을 수 있는 방법은 5 가지 정도입니다.

처음에는 20가지 정도가 된다고 하더니 나중에는 30가지 정도라 했다.

–심장 초음파 검사에서 심장 판막에 협착이 생기는 의미 있는 문제를 발견했습니다. 물론 그게 원인 되어서 일어난 일인지는 차차 두고 봐야 알겠습니다.

그때 이후로 어머니는 자주 쓰러지셨다. 길을 걷다가도 쓰러지셨고, 버스를 기다리다가도 쓰러지셨다. 그때마다 병원에서는 심장과 뇌 양쪽을 모두 의심하였지만, 그들 말대로 발병 원인이 하도 많아서인지 제대로 규명해 내지를 못했다. 어머니가 쓰러지셨다는 말을 듣는 순간 현민은 병원으로, 어머니가 사시는 형님댁으로 쫓아다니기에 급급했다. 그날 토요일 오후도 어머니는 인근에 홀로 사시는 할머니댁에 놀러를 가셨다가 쓰러지셨다. 그 집에서 베개를 베고 방안에 누웠는데 난데없이 방바닥이 일어나 얼굴을 때리더라고 했다. 친구 되시는 할머니는 깜짝 놀라서 114에 전화를 걸었고, 병원 응급실에 실려 갔다. 어머니의 발병의 원인은 순환기계나 신경계인데 당직의사는 명찰을 보니 정형외과였다.

–이런 경우 90%는 귓속에 달팽이관에 문제가 생기는 것입니다.

우리는 지난번에 정신을 잃고 쓰러져 구토를 한 것과 같은 심장관련의 순환기계의 질병인 줄 알았다. 부정맥의 일종이 아닌가 의심했다. 이번에는 귀에 이상이 있어서 생긴 것이다. 자동차를 십년 넘게 오래도록 몰아본 사람은 안다. 갈아야할 부속품이 한두 가지가 아닌 것이다. 엔진오일은 필수고 팬밸트, 브레이크 라이닝……심지어는 타이어까지도. 이른바 총체적으로 문제가 발생되는 것이다. 이미 팔순을 진작에 훌쩍 넘어 사용한 사람의 인체는 거의 모든 기관에서 고장을 일으킨 것이다. 바로 이때 현민은 형수로부터 그 이상한 말을 들었다.

–저는 삼촌이 이런 미신을 믿지 않는다는 것을 잘 알아요. 그렇지만 알고는 계셔야 할 것 같아서 말씀드리는 거예요. 저도 평소에 잘 믿지를 않지만, 갑자기 불행한 일이 겹치니 하도 답답해서 얼마 전에 이웃에 용하다는 데를 찾아갔습니다. 우리 집에 범띠가 셋이 있잖아요. 제가 범띠고, 그리고 경수가 범띠고, 그리고 어머님이 범띠랍니다. 그런데 경수 아빠가 토끼띠잖아요. 우리 집 모습이 마치 범 세 마리가 토끼굴 앞에서 눈을 토시고 아가리를 벌리고 있는 형국이랍니다. 그래서 영수 아빠가 대장암에 또다시 직장암까지 재발 되었다는 거예요. 저도 미신을 전적으로 믿는 것은 아니지만 기왕지사 좋은 게 좋은 거니까, 어머님 한 분이라도 영수 아빠와 떨어져 사는 게 좋다는 게 점쟁이의 이야깁니다. 삼촌 그러니 어머니를 당분간만이라도 삼촌집에서 모시

는 게 어떨까 싶습니다.

이 말을 듣는 순간 현민은 형수가 밉지를 않았다. 어쩌면 당당한 요구일 수 있었다. 요즘 세상에 맏이가 어디 있고, 막내가 어디 있는가. 형님이 그동안 어머니를 모신다고 여간 고생이 많은 게 아니었다. 형님이 암에 걸려 힘들어 할 때, 동생으로서 당연히 그 짐을 나누어 질 줄 알아야 한다. 그것은 응당한 도리였고 의무였다. 문제는 안사람이었다. 도대체가 꿈쩍을 하지 않는 것이다. 어제는 형수로부터 또다시 전화가 와서 삼촌 '도와 주세요', '부탁해요'라는 말을 여러 번 했다. 속이 상해서인지 평소 마시지 않는 술을 마셔서 혀가 꼬부라진 목소리였다. 그동안 쉰이 다 되도록 어려운 일도 참 많이 겪고 잘 헤쳐 왔다. 하지만 이번 일 앞에서는 현민 또한 어두운 늪에 빠져 허우적거리며 헤어 나오지 못하는 자신을 발견하고 가슴을 치며 신세를 한탄 했다.

4

무릎 관절에서 오는 동통은 밤새도록 을순을 불면의 나락으로 밀어 넣었다. 둘째가 늦깎이로 대학을 들어갔을 때 나름대로 어떤 결단을 하지 않으면 안 되었다. 모든 수입원이 단절 된 상태에서 벌이에 나설 수밖에 없었는데 그것은 마늘을 까서 반찬 제조공장에 제공하는 일이었다. 그때 이미 예순을 훌쩍 넘긴 나이에도 마늘 자루를 머리에 이고 십 리도 족히 되는 길을 걸었다. 그때에도 아무 탈 없이 잘 견디던 무릎 관절이었다. 그런데 석 달 전부터 계단을 오를 때마다 이따금 '앗-' 하는 통증이 일어나더니 지금은 밤만 되면 을순을 괴롭혔다. 동통은 언제나 시계의 초침소리와 함께 같은 간격으로 고통을 주었다. 새벽에 들어서야 까무룩 잠에 들 수 있었다. 을순은 꿈을 꾸었다. 그토록 기다리던 사촌 오빠가 나타난 것이다. 을순은 그 오빠를 무려 46년간 기다려왔다. 그런데 결과는 허황한 것이었다. 그 오빠는 검은 옷을 입고 을순이 누워 있는 모습을 측은한 눈빛으로 물끄러미 바라보기만 했다. 그리고는 아무 말 없이 사라졌다. 을순이 "오라배!('오빠'의 방언)" 외치며 따라가려 했지만, 입안에서 뱅뱅 맴돌 뿐 말이 되어 나오질 않았다.

어릴 때 자라나던 친정인 신기(新基)마을에 아홉 살 많은 사촌오라배가 있었다. 어려서부터 어찌나 영특하던지 작은아버지는 아들의 이름을 수재(秀才)라고 지었다. 그 오라배가 스물 셋인가 되던 해에 작은아버지가 돌아가셨다. 원인은 문둥병이었다. 그런데 그 다음해에 이 오라배에게도 몹쓸 문둥병이 찾아들었다. 대운산 산신령을 향한 작은어머니의 백일 기도도 아무런 효험을 보지 못하고 그도 그해에 죽었다. 그런데 정말 신기한 일은 그가 죽고 난 다음에 일어났다. 그는 죽기 전에 백일 기도로 고생한 어머니를, 돈을 많이 벌게 하여 부자로 살게 하도록 해 주겠다고 유언 했다. 그리고 거짓말 같이 작은 어머니에게 아들의 신이 들었고 어머니는 아들의 혼백이 시키는 대로 말했을 뿐인데 백발백중이었고, 인근에 용하다는 소문이 짜하게 났었다. 복채로 받은 돈을 가지고 닥치는 대로 논밭을 샀다. 그래서 몇 년 되지 않아 정말 근동에 제일가는 부자가 되었다. 그런데 을순에게도 딱 한번 꿈에 이 수재 오라배의 혼령이 나타났다. 내를 하나 건너 이웃 마을에 열다섯에 시집을 갔다. 아홉 살 많은 총각인데 당시 마구잡이로 잡아가던 정신대에 쫓겨서 경황없이 한 결혼이었다. 남편은 결혼한 지 얼마 되지 않아 징용으로 끌려 갔고, 시댁은 원래부터 찢어지게 가난하였다. 그나마 믿고 의지하던 시아버지마저 중풍으로 돌아가셨다. 그해에 첫째 아이가 태어나 돌이 막 지났고, 둘째는 뱃속에서 석 달째 자라고 있었다. 굶어 죽지 않고 목숨을 부지하기가 힘들었다. 무밥, 시래기밥, 등겨밥, 송진밥, 또 무슨 밥……. 그마저 다 떨어져 을순의 눈앞에도 드디어 사신(死神)이 어룽거리었다. 밭을 매고 오는 길에 못이 하나 있었다. 허위적 허위적 못을 향해 걸어 들어갔다. 이웃집 여인이 인근에서 밭을 매다가 쫓아와 말리었다. 저편 못 안쪽에 떨어지는 폭포수 위를 넋을 잃고 쳐다본 적이 한두 번이 아니었다. 지금도 기억에도 생생하다. 그때쯤 수재 오라배가 비몽사몽간에 나타났다. 끝도 보이지 않는 까마득한 벌판이었다. 사방은 금세라도 소나기가 퍼부을 듯이 컴컴하였다. 왠 구름장은 그렇게 낮고 무겁게 깔리었던지……. 그런데 난데없이 까마귀가……. 하늘을 온통 다 덮고도 남을 만큼 수많은 까마귀가 땅 위에 내려앉았다. 그리고는 얼마 안 있어 일제히 하늘로 또다시 치솟아 올랐는데, 까마귀가 비켜난 자리에 수재 오라배가 있었다. 얼굴도 어디 곪거나 얽은 데가 없었다. 갓을 쓰고 도포를 입었는데 헌헌장부였다. 을순을 만나러 왔다고 했다. 을순이 차마 고생하는 것을 볼 수가 없어 데려 가기 위해서 왔다고 하였다. 그때 오라배는 을순의 손을 잡고 앞으로 당기었고, 아이 둘 때문에라도 갈 수 없다며 을순은 앙버티었다. 두 다리를 질질 끌며 남은 한 손으로 오라배의 손가락을 하나씩 끌러 나가며 벗어나려 하였다. 손아귀에서 벗어나자 을순은 눈물을 흘리며 오라배의 바짓가랑이를 잡고 통사정을 했다. 아이 둘을 키워 놓고 그때 찾아온다면 반드시 따라가겠다고……. 그날 이후로 수재오라배는 더 이상 꿈에 나타나지 않았다. 그런데 그 오라배가 어제 꿈 속에 나타난 것이다. 그런데 멀뚱하니 쳐다만 보다가 그냥 돌아가 버렸다. 어디선가 이야기를 들은 듯하다. 저승의 혼령도 어느 시기가 지나가면 더 이상 능력을 발휘할 수가 없다고……

아침에 눈을 떴을 때, 늦은 시각이라 이미 햇살이 방 안 깊숙이 자리를 차지하고 있었다. 집 안은 물방울 떨어지는 소리 하나라도 감지할 수 있을 듯 고요하였다. 아들 내외는 꽃가게로 갔을 것이고, 손자들은 이미 학교로 등교를 한 모양 아무런 인기척을 느낄 수가 없었다. 아들은 암이 발병한 이후 직장을 그만 두었고, 지금은 소일 삼아 아내의 일을 도와주고 있다. 그런데 요즘 따라 며느리가 을순을 대하는 태도가 냉랭하다. 2 년 전 대장암 수술을 하고 현재까지 열심히 항암치료를 받고 있다. 지금까지 이상 없이 잘 견뎌오고 있지를 않은가! 그러고 보니 달포 전의 행적이 수상하다. 아침 일찍부터 며느리와 어디 여행을 다녀온다고 해 놓고선 일주일 만에 귀가 했었다. 그런데 검은빛 얼굴이 반쪽이었다. 나이가 쉰 중반이라 젊어서 그랬는지, 그동안 항암치료를 받는 환자라는 느낌이 들지 않을 만큼 발병하기 이전의 모습과 거의 차이가 없었다. 그런데 지난번 여행을 다녀온 직후부터는 뼈만 앙상하게 남아 있었다. 그리고 수시로 통증을 호소하며 심지어는 119에 전화해서 야밤에 앰블런스에 실려 간 적도 있었다. 그때쯤 해서 아침에 싱크대 수저통을 보면 설거지 거리가 수북하게 쌓여 있었다. 그동안 며느리가 차려 놓고 간 상보를 들치면 된장찌개에 정갈하게 만들어진 밑반찬이 항상 서너 가지가 놓여져 있었다. 그런데 요 며칠 전부터 아예 식구들이 먹다 치우지도 않은 밥상 그대로가 덩그러니 놓여 있었다. 처음에는 바빠서 그러려니 생각 했다. 무릎 관절의 통증 때문에 운신하는 것이 여간 어려운 것이 아니었지만, 아픈 다리를 이끌고 싱크대로 가서 그 많은 설거지를 다 했다. TV를 틀었지만 이렇다 할 재미있는 프로를 하지 않았다. 어린이 놀이터 옆에 벤취가 있다. 그곳은 을순이 유일하게 바깥 나들이를 할 수 있는 곳이었다. 경로당에 갈 수도 있었지만 그 곳에서 늙이이들하고 화투치기가 못마땅하였다. 늙어가면서 점잖지 못하고 서로 주고받는 걸죽한 농담이 못마땅했고, 화투치기에 참여하기 싫으면 이따금 먹을 것을 사 오라는 그들의 요구를 내내 거절하기도 귀찮았다. 내 육신이 멀쩡할 때는 그런 것들도 즐거움의 대상이었지만, 몸의 운신이 힘든 지금은 그런 일조차 성가신 일 중의 하나였다. 그럴 때면 어린이 놀이터 옆 긴의자가 좋았다. 아이들이 노는 모습이 보기에 좋았고, 그 아이들을 보며 자신의 어린 시절을 반추할 수 있어 좋았다. 바깥 기운이 다소 쌀쌀했지만, 직사광선으로 내리 쪼이는 가을 양광이 천천히 을순의 몸을 어루만져 주었다. 미끄럼틀로 올라가는 계단 옆에 능소화가 한 그루 있었다. 어릴 때 친정아버지에게 들었는데 예전에는 중국에 간 사신이 귀하게 얻어온 것이라 했다. 그래서 일반 여염집에서는 구경하기 힘든 꽃이라 했지만 지금은 아무데서나 볼 수 있는 흔한 꽃이 되었다. 이미 무수히 떨어진 꽃의 잔해들이 여기저기 나뒹굴어져 있었다. 마치 절개를 지키는 선비의 모가지가 뎅겅 잘리듯 꽃대 그대로 떨어져 있다. 이래서 사대부 집안에서 추앙받는 꽃이라는 말도 있다. 뒤늦게 떨어져 발치에 있는 능소화 한 송이를 을순은 주워들었다. 지금 을순에게 어떤 소망이 있다면 이 능소화처럼 딸깍 떨어져 자는 잠에 가만히 가는 것이다. 노인네가 빨리 죽고 싶다는 말이 흔히 가장 뻔한 거짓말에 분류된다지만 이번만큼은 아니다. 금쪽 같은 자식이 암에 걸려 몸이 반쪽으로 졸아들었다. 내내 골골거리면서 검은빛 얼굴로 목숨을 보존합네 하고는 산을 헤매고 다니는 것을 보는 것은 여간 고통이 아니다. 을순은 속으로 또 한번 빌었다.

'저 부지불식간 떨어지는 능소화의 목숨을 거두어 가듯이 늙어 아무 필요 없는 나의 이 목숨을 한시바삐 거두어 가소서.' 한숨 대신 입안에서 나오는 관세음보살에게 하는 말이기도 하고, 어제 꿈 속에 본 수재 오라배를 향한 애원이기도 하고, 지하에 있으며 사람의 목숨을 관장한다는 염라대왕에 빌어보는 간청이기도 하다.

–여기서 뭐 하노? 한참을 찾았네.

바로 아래 1층에 사는 기찰댁이었다. 나이가 같은 팔십인데도 체구가 왜소하고 체중이 얼마 안 나가서인지 걸음걸이도 가볍고 아직도 정정하다.

–친구야! 그 말이 사실이가?

기찰댁은 을순의 옆에 바싹 앉더니 낮은 소리로 재빠르게 물었다.

–……?

–와, 모리나! 아들이 암에 걸린 게 집안에 범띠가 셋이 있어서라며?

이 무슨 뜬금없이 뚱딴지 같은 소리인가? 을순으로서는 처음 듣는 이야기인지라 깜짝 놀란다.

–표정을 보니까 몰랐던가베? 친구가 범띠고, 며느리가 범띠고, 큰 손주가 범띠라면서 그래가주고 토끼띠인 아들을 셋이서 한꺼번에 토시는 바람에 이번에 아들이 암이 생긴 거라며.

순간, 아득한 현기증을 느끼며 옆으로 쓰러지려는 몸을 간신히 추스른다.

–경로당 영감 할마씨들도 다 알고 있는 이야기를 우째 정작 본인인 친구 혼자 모르고 있었노? 하기사 경로당 출입을 끊은 지가 좀 됐제.

이 무슨 청천벽력인가! 을순은 긴의자에서 일어나려고 상체를 앞으로 당기었지만, 몸이 말을 듣지를 않았다. 겨우 몸을 일으켰지만, 이제는 다리에 힘이 풀려 철퍼덕 그대로 주저앉고 말았다.

—눈에 안 봐도 뻔한 보이는 거 아이가? 그래 되면 며느리가 대하는 것도 예전과는 다르게 쌀쌀 맞기 짝이 없을 끼고…….

방법은 하나밖에 없다. 그 집을 나오는 거다. 나와서 몸이 불편해도 독립하는 기다. 작은 며느리가 있다지만 모시고 살던 사람도 내칠 판인데 한번 살아 보지도 못한 작은 며느리가 시어머니를 모실라 카겠나?

온몸에 기운이 빠져 달아나 걸을 기운도 없다. 허위적허위적 을순은 기찰댁의 손을 잡고 함께 놀이터를 걸어 나왔다. 1층에서 기찰댁이 아파트 문을 열고 제 집에 들어가는 것을 보고, 다시 아픈 다리를 어기정어기정 끌고 인근 동네 슈퍼에 갔다. 그리고는 페트병에 든 되들이나 됨직한 소주를 한 병 사 가지고 들어왔다. 몇 십 년만에 입에 대어보는 술이던가. 도저히 멀쩡한 정신으로는 이 순간을 견디기 힘들다는 생각이 들었다.

5

현민은 어머니가 계신 두실로 가기 위해 차를 몰았다. 낮에 형수로부터 전화가 왔었다. 대장암에 이어 직장암 수술을 한 형님의 장에 탈이 났다는 거였다. 119를 불러 지금 급하게 서울에 있는 큰 병원으로 이송 중에 있으니 어머니가 걱정 된다는 것이다. 그러니 시간 나면 어머니가 계신 아파트로 방문해 달라는 것이 전달 내용의 전부였다. 고급 외제 승용차 하나가 앞차와의 비좁은 틈을 비집고 끼어들기를 시도했다. '빽—' 경적소리를 울리었다. 최근 들어 어머니의 거처가 불확실해 지자 현민은 자신이 정서적으로 불안정해 있음을 인지했다. 낮에 학교에서도 교과 담임이 출석부에 출석 체크가 안 된 것을 두고 소리를 지를 것까지 없었다. '우리반 출석부에 선생님께서 출석을 체크 하는 것을 잠시 깜빡하신 모양입니다.'라고 하면 될 일을 소리부터 지르고 말았다. 여느 때 같으면 끼어들기를 시도하면 순순히 허용했을 것이지만 마구 욕설을 퍼부으며 소리부터 내질렀다. 이렇게 신경이 예민해진 것은 전적으로 어머니 때문이라는 데는 의심의 여지가 없었다. 솔직히 말하자면 현민에게 있어 어머니가 언제나 애틋한 그리움의 대상은 아니었다. 오히려 어릴 때엔 끔직한 악몽을 꾸면 언제나 거기에는 머리를 산발한 어머니가 등장 했다. 어머니는 작은 잘못을 두고 매를 들고 심하게 다그치고 나무랐다. 물론 어머니로서는 할 말이 있었다. 그것은 아예 처음부터 나쁜 길에 빠지지 않도록 사전에 차단하기 위해서라고 했다. 아버지의 주벽 때문에 온 가족이 힘들어 하는데 마흔이 넘어서 어머니는 그 술에 입을 댔다. 무엇보다 현민이 다들 힘들다는 K고에 우수한 성적으로 합격했음에도 빚쟁이들 때문이라고는 하지만 끝끝내 입학금을 장만해 주지 못했다. 그리고는 그해를 건달처럼 떠돌이로 지내도록 한 것은 두고두고 섭섭한 일이었다. 누군가가 현민을 향해 말했다. 현민이 어머니를 저토록 챙기는 것은 어머니에 대한 미운 정 고운 정이 다 녹아 있기 때문이라고……. 직선의 끊임없는 사랑보다 오히려 애증의 교차점에 더욱 진한 사랑이 솟아난다고 했는데 현민은 정녕 알 수 없는 일이다. 정말이지 사람에게 미운 정도 세월이 흐르면 고운 정으로 바뀔 수 있는 것인가? 차를 아파트 주차장에 세우고 어머니가 계신 9층으로 올라가는 엘리베이터 앞에 섰을 때까지도 그 질문은 의문으로 남았다. 그때 휴대폰이 울렸다. 발신자 이름에 아내의 이름 석 자가 선명하게 박혀 있다.

–여보! 지금 거기 어디에요?

어디라고 밝힐 것인가, 말 것인가를 가지고 잠시 망설인다.

–왜, 어디 약속이 있어 좀 가는 일인데…….

–경수가 고열이 나고 구토가 있는데 당신이 좀 와 줄 수 없어요? 퇴근시간은 이미 지났잖아요?

지금 바로 위층에 아마 어머니가 계실 것이다. 아아, 어머니가 바로 코 앞에 계신다. 그러나 어차피 어머니를 뵙고 바로 나올 수도 없는 형편이다. 적어도 두세 시간은 앉아 있어야 한다. 그렇다면 다시 차를 타고 집에 갔다 오는 것도 나쁘지 않다. 그런데 그때 문득 얄팍한 생각이 지나간다. '어머니는 과거고 경수는 미래다.'라는 생각……. 과거지향적 삶보다는 미래지향적인 삶을 살아야 하듯 생활의 무게 중심을 부모보다는 자식에게 더 크게 줄 수밖에 없다는 생각. 언젠가 인터넷 검색에서 알게 된 사실이지만 공자와 그의 제자 사이에 부모가 죽고 1년상을 할 것인가, 아니면 3년상을 할 것인가를 두고 논쟁을 하는 장면을 접했다. 그때 공자는 3년 상을 치러야 하는 이유로 자식이 태어나서 제 혼자 힘으로 온전하게 일어나 생활하는데 3년이 걸리기 때문이라고 했다. 그렇다면 효라는 것도 알고 보면 부모로부터 받은 부채를 탕감하는 일이 아닌가. 사랑 받느니보다 사랑할 수 있어서 행복하다는 말처럼, 사랑에는 아무 조건이 없어야 하지만 어쩐지 효라는 것이 마냥 순수한 것만 아니라는, 뭔가 찜찜한 구석을 떨쳐 버릴 수 없다. 어쨌든 현민은 바로 어머니의 아파트 엘리베이터 앞에서 자식의 병을 내세워 차를 집이 있는 양산 덕계 방면으로 돌렸다. 아내와 경수 두 사람을 태우고 병원에 갔을 때, 의사는 경수가 공부를 지나치게 해서 과로로 생긴 감기 몸살이라는 진단을 내렸다. 두 사람을 다시 집에다 데려다 놓고 어머니가 계신 아파트에 들어섰을 때 거실과 방안 모두 불이 꺼져 있었다. "어머니-"라고 불렀지만 아무런 기척이 없다. 그때 큰 방 저 구석에 어머니가 쪼그리고 앉아 있는 모습이 흐릿한 바깥 불빛을 타고 보였다. 스위치를 올리니 그제서야 온전하게 어머니의 모습이 보였다. 환하게 잘 닦여진 너른 방 구석에 궁상맞게 웅그린 어머니의 모습이 너무나 작고 초라해서 현민은 왈칵 눈물이 쏟아지려는 것을 겨우 참고 목으로 삼키었다. 어머니의 입에서 술 냄새가 났다. 마흔에 시작된 음주는 예순을 넘기면서 더 이상 볼 수가 없었다. 자연스럽게 어떤 계기가 있었는지 끊은 것이다. 그런데 오늘 또다시 어언 20년 만에 입에서 술 냄새를 풍기었다.

-어머니, 어쩌자고 술을 드셨어요?

현민이 왁살스럽게 흔들며 원망하듯 다그쳤지만, 어머니는 못가에 떠 있는 물풀처럼 마냥 흔들리고는 아무런 반응이 없었다. 현민이 요를 깔고 어머니를 그 자리에 뉘이었다. 봇물처럼 어머니의 눈에는 하염없이 눈물이 끓어올랐다. 현민이 할 수 있는 일은 수건을 가져와 꼭꼭 누르며 그 눈물을 훔쳐내는 일밖에 없었다.

-찬물 한 그릇만 가져다 다오.

한 시간여 지났을까, 어느 정도 진정이 되신 어머니는 현민에게 찬물을 청했다. 냉장고에 있는 찬물을 한 사발 다 들이키신 어머니는 이윽고 입을 열었다.

-내, 나가서 혼자 살 수 있도록 방 한 칸 얻어다오.

도대체-, 왜, 갑자기 그런 생각을 하게 되었는지 현민이 물었지만 묵묵부답이었다. 그저, 이 집에 오래 살았다고 말했다. 그리고 갑자기 형님댁이 싫어졌다는 것이다. 이제는 혼자 생활하고 싶다고 하셨다.

현민으로서는 무언가 짐작되는 바가 없지 않았지만 확인하기도 그렇고, 확인하려 든다한들 속내를 있는 그대로 드러낼 리도 없었다.

6

현민은 근무지에서 얼마 멀지 않는 거리에 어머니가 살 방을 얻어야 했다. 토요일 오후 따사로운 햇살을 이마에 맞으며, 교문을 나섰다. 하학길에 조무래기 중학생들이 삼삼오오 짝을 지어 걸어가다 현민을 알아보고는 인사를 했다. 여느 때 같으면 "어이-, 그 놈 참 인사 잘 한다."라든가, "같이 사이좋게 걸어가는 모습이 보기 좋은데……."라며 한두 마디 쯤 했을 법도 하지만 이 날은 아니었다. 방이 구해지는 대로 당장 내일이라도 이삿짐을 옮기고 어머니를 그리로 모셔야 했다. 큰길가에서 산기슭을 끼고 마냥 언덕 위로 걸어 나갔다. 도랑에는 메말라 물기라고는 찾아볼 수가 없었다. 예전에 물이 많아 동네 이름도 물만골이라 불리던 곳이었다. 60, 70년대에 유행하는 슬레트 지붕이 심심찮게 눈에 뜨이는……. 마치 타임머신을 타고 40, 50년 전의 세상으로 되돌아온 듯한 느낌이 드는 동네였다. 이곳이 재개발 지구로 책정되어 마침 빈집이 많았다. 일을 추진하다가 어떻게 잘못 되었는지 더 이상 철거는 되지 않고, 살 사람은 살고 떠날 사람은 떠났다. 그 비율이 반반씩은 되었다. 빨간 페인트로 빈집마다 흉흉하게 X자를 치거나 큼지막하게 번호를 매겨 놓았다. 호랑가시나무를 울타리로 삼고 마당에 땅채송화가 마구 기어다니는 자그마한 집 문 앞에 '달세 방 1 칸(일부 전세 가능)'이라고 씌어져 있었다. 나무로 된 대문을 밀치고 들어서면 또 다시 좁은 통로가 나타난다. 왼편 담벼락을 끼고 계속 들어가다 보면 저 켠 안쪽 구석에 방이 있었다. 작고 초라하다고 할 수 있지만, 청소하기도 힘들고 보면 혼자 살기에는 오히려 그쪽이 더 나은 편이었다. 벽보 아래에 씌어 있는 전화번호대로 휴대폰을 누르니 주인이 헐레벌떡 하면서 한 달음에 달려 왔다. 수수하게 사람 좋아 보이는 60년 초로의 남자였다. 일사천리로 모든 게 진행 되었다. 내일 당장 이사해도 좋다는 승낙을 받았다. TV도 있어야 하고 급한대로 냉장고도 있어야 했다. TV는 낮에 전자상에 가서 적당한 걸로 주문을 했다. 냉장고는 인근에 아는 사람이 새 냉장고로 교체하느라 중고 냉장고를 처치 곤란하다고 해서 그것을 알아보는 중이었다.

–어이–, 김선생! 정말 그 냉장고를 조건없이 가져와도 되는 거요?

하고 현민이 묻자, 지인은 갑자기 웬 중고 냉장고가 필요하게 되었느냐고 되물었다.

–아, 어머니가 독립을 선언해서 그 집에다 들여 놓을까하고 알아보고 있는 중이야…….

라고 답했다. 그 말을 옆에 있던 어머니도 듣고는 빙그레 웃었다. 물론 쓴웃음과도 같이 어쩐지 쓸쓸함이 배어 나오는 웃음이었다.

이튿날에는 어머니의 짐을 가져오기 위해 두실에 있는 선경아파트로 갔었다. 현민은 자신이 왠지 허둥지둥 서두르는 것을 느꼈다. 마음이 착 가라앉지 못하고 달뜨는 듯 들썽들썽하는 것을 어쩌지 못했다. 장롱과 식기들을 다 싣고 나올 때 형수는 눈물을 글썽이며 조그만 단지 두 개를 내어 놓았다. 고추장과 된장이 각각 들어 있는 항아리였다. 마지막으로 현민은 어머니가 10년 넘게 계시던 방안을 휘이 둘러보았다. 이제 더 이상 예전의 정감이 가는 방이 아니었다. 사람의 들고 남이 이토록 기분이 반전 되도록 영향을 주리라 감히 생각이나 하였겠는

가. 짐이 얼마 되지 않아 현민의 승용차에도 얼마든지 실을 수 있었다. 나머지 가져온 짐을 차곡차곡 제 자리를 찾아 다 넣고, 빗질에 걸레질까지 마치고 나니 사방이 어두워져 있었다. 일찌감치 저녁을 해결하기 위해 쌀 20KG 들이를 포대로 사 와서 내일 아침까지 드실 양으로 밥솥에다가 앉혔다. 조금 있으니 밥솥에서 '쉬이–'하는 소리를 내며 김이 모락모락 올라 왔다. 아쉬운 대로 가져온 상에다가 준비한 반찬을 차려 놓았다. 노란 콩잎, 열무김치, 갓 담은 배추김치(이것은 형수가 보내온 것이었다), 현민이 직접 만든 동태찌개, 김 등이 올라앉아 각기 제 자리를 잡고 얌전하게 시식자를 기다리고 있었다. 상이 워낙 작아 두 사람이 동시에 음식을 떠 넣기 위해 고개를 숙이다가는 이마를 마주칠 뻔하였다. 말없이 현민은 어머니를 향해 웃어 주었고, 어머니도 현민을 향해 배시시 웃는 모습을 보이었다. 아, 참으로 얼마 만에 어머니가 웃는 모습을 보는 것인가. 오늘은 행복한 날이다. 그것도 하루에 두 번씩이나. 그 찰나적인 상황에서 현민은 울컥 뜨거운 것이 목울대에서 비집고 나오려는 억지로 밀어 넣었다.

–어머니, 잘 하는 자식은 잘 한다고 칭찬해 주시고, 잘 못하는 자식도 잘 한다고 칭찬해 주시면 안 되나요?

현민이 침묵을 깨고 어머니를 향해 던진 말이었다. 그것은 행여 갖고 계실 형수나 집사람에 대한 섭섭함을 의식해서였다.

–못하는 것은 못한다고 해야지 못하는 것을 어떻게 잘 한다고 할 수 있노?

어머니는 퉁명스럽게 내뱉었다.

–그럼 잘 하는 자식은 잘 한다고 칭찬해 주시고 못하는 자식은 아무 말씀도 안 하시면 어떨까요?

-밥이나 그냥 빨리 묵거라.

어머니가 잠자리에 드시는 걸 보고 현민이 집으로 가기 위해 몸을 일으켰을 때다. 바깥 셔터문을 누군가가 똑똑 두드렸다.

-누구요-?

어둠 속에서 걸걸한 중년 남자의 목소리로,

-나요-, 집주인이요.

하며 또렷하게 들렸다. 어제 낮에 일면식은 있었지만 정식으로 대면하기는 처음이었다. 그는 술을 좋아하는 모양, 반쯤 술에 취해서 횡설수설 주제도 없이 여러 이야기를 쏟아 내었다. 그 중에서 현민에게 솔깃한 이야기가 하나 있었다. 김씨 성을 가지고 나이는 금년에 예순 여섯이라 했다. 그는 4남 3녀 중 둘째 아들인데 얼마 전 형님이 교통사고로 돌아가셔서 이제는 맏이 노릇을 해야 한다며 신세타령을 늘어놓았다.

-이선생, 세상에서 가장 무서운 게 무언 줄 아시오?

-…….

그 다음 말을 기다렸다.

우리 속담에 입이 보살이라는데 그 말이 딱 맞소. 입이 제일 무섭소. 내 위에 형님이 왜 돌아가신 줄 아시오. 내 이야기를 들으면 사실로 믿기 어려울 거요.

믿기 어렵다는 거짓말 같은 그의 이야기를 종합하면 이렇다. 지금 요양원에 계신의 자신의 어머니를 처음 모신 사람은 바로 위에 맏이인 형님이었다. 그의 어머니가 여간 깐깐하고 매정하며 거칠지가 않아서 평소에 '고맙다','잘 한다' 칭찬할 줄 모르고 며느리가 반찬을 해 올리면 타박하기 일쑤고, 그 음식을 며느리가 보는 데서는 맛이 없어 못먹겠다는 듯 께적께적 먹다가 아무도 주위에 없으면 허겁지겁 떠 넣는다고 했다. 그날도 형님이 출근을 서두르는데, 무엇인지 모를 불만에 차 있다가,

–야, 이눔아! 인생 똑바로 살아라. 안 그라문 차에 받혀 죽던지…….

라고 했는데 정말 그 말대로 횡단보도를 건너던 형이 난데없이 음주운전자의 차에 치어 죽었다는 것이다. 그 이후로 형수도 어머니를 보지 않으려 하고, 장조카도 할머니를 보지 않으려 해서 요양원에 모셔놓았다는 이야기였다. 그는 어머니에 대한 미움으로 가득 차 있다고 말했다.

–물론 어머님에 대한 고마움을 압니다. 6.25 직후 얼마나 살기가 힘들었습니까? 그때 아버지는 전사하시고, 우리 어머니께서는 갈퀴 같은 손으로 밭농사를 지어 우리 7남매를 모두 고등학교까지 졸업을 시켰습니다.

–제가 어머니에게 느끼는 섭섭한 감정은, 아내는 물론 누구에게도 말 못합니다. 어머니께서 자주 면회를 오지 않은 우리가 오히려 섭섭해서 고작 한다는 말이 면회 마치고 돌아갈 때에 너거 형처럼 죽어라고 합니다. 치매인가 하면 그것도 아니랍니다. 그게 제일 괴로워요. 자식으로서 할 이야기는 아니지만 면회를 다녀올 때마다 동생과 저는 어머니가 빨리 돌아가시도록 빌어요. 자식으로서 지옥에 갈 말이라는 것도 압니다. 제 동생과 같이 어머니를 면회하고 오는 날은 손을 마주 잡고 펑펑 웁니다.

라고 말하며 갑작스럽게 꺼이꺼이 울어서 현민을 당혹하게 만들었다. 육신의 고단함을 호소해서 진작에 아랫목에 누워 계시던 어머니가 왠 일인가 싶어 눈을 떴다.

–그래도 그라문 안 되지. 그래도 어머니는 어머니인기라.

허옇게 내뿜는 말이 노기로 가득하다. 아무래도 어머니와 무슨 일이 생길 것 같아 집주인을 달래어서 일으켜 세워 밖으로 나가도록 했다. 보일러가 제대로 작동되는지 파란색 램프를 확인하고 요 밑으로 손도 넣어 보았다. 따뜻한 기온이 손바닥에 옮기어 왔다.

–어머니, 저 갑니다. 내일 또 올게요.

라고 했지만 아직 조금 전의 노기가 가라앉지를 않았는지, 깊은 잠에 들었는지 기척이 없다. 떠나기 전, 방안에 얌전히 누워 계신 어머니를 가만히 드려다 본다. 머리는 이미 호호백발이다. 그나마 숱이 조금 남아 있어 최악의 상황은 면했다. 얼굴 전체가 쪼그라들어 주름살투성이다. 하기사 조금 전까지 떠 있던 눈은 약에 취한 것처럼 게슴츠레 떠서 몽롱했다. 빛이 나지 않는다. 아아, 저것은 살아 있는 눈이 아니다. 어머니를 더욱 늙은 노파로 만들어 버리는 것은 눈보다도 입이다. 보다 정확하게 말하면 치아이다. 틀니를 한 상태에서 어느 정도 얼굴의 윤곽을 잡고 있다가 틀니를 모두 빼버리니 입술 주위가 움푹 들어가면서 얼굴 전체가 아주 형편없이 이지러져서 볼품이 없다. 지금 어머니에게 남은 이는 아랫니 두 개가 전부이다. 우리 어머니는 더 이상 이승의 사람이 아닌 듯하다. 무엇이 곱디고운 나의 어머니를 모습을 앗아가 버렸는가? 세월의 무상함이 폐부를 깊숙이 찔러오는 것을 느낀다. 어두운 통로를 지나, 언덕길을 내려오는데 맞은편 하늘에 별이 총총하게 박히어 있다. 갑자기 별들이 뿌옇게 흐려지면서 앞이 잘 보이지 않은 것을 느낀다.

7

을순은 아침에 일어나 밥상을 차리며 아무래도 몸이 정상이 아님을 절실하게 느꼈다. 우선 행동이 모든 게 어눌해졌다. 밥통에 밥을 주걱으로 그릇에 담으며 번번이 바닥에 흘리었다. 흘린 밥을 손으로 주워 담으며 옷에 여기저기 밥알이 묻어 대번에 지저분해졌다. 콩잎을 젓가락으로 집다가 매번 실패를 해서 아예 손으로 집었다. 그런데도 무르팍에 흘리기 일쑤였다. 그뿐인가. 어젯밤에는 한밤중에 일어나 소피를 보려고 요강을 찾다가 낮에 일을 보아 반쯤 찬 요강을 엎어버리었다. 오줌물이 흥건하게 흘러 이불이며 요를 다 버려 놓았다. 땅을 짚고 일어서려고 하면 머리가 어질어질하고 천정이 아래로 내려왔다. 기다시피해서 큰 다라이에다 이불잇과 욧잇을 뜯어 물에 담궈 두었다. 지난번에 나타난 어지럼증은 잠시 정신을 잃었다가 얼마쯤 지나면 또다시 제 자리로 찾아왔다. 그런데 어젯밤과 오늘 아침까지 이어진 어지럼증은 분명 또 다른 것이었다. 일시적으로 왔다가 사라지는 것이 아니라, 내내 지속적으로 이어지는 것이다. 그러고 보니 일주일 전, 아들 현민이 몸에 좋다고 해서 마즙을 가져왔을 때에도 몸이 이상했다. 마즙을 마시는데 절반은 깔아놓은 이불에 쏟아버렸다. 아들이 이불에 배이면 나중에 빨래하기 힘들다며 휴지로 일일이 닦았다. 그런데 채 다 닦기도 전에 또다시 이제는 컵 채로 쏟아버린 것이다. 그때 아들이 자신을 향해 버럭 고함을 질렀지만 무어라 한마디 대꾸하지 못했다. 점심 때 둘째인 현민이가 와서 제 형 소식을 전했다.

—어머니, 형님이 아픈 몸을 이끌고 오시려는 걸 제 오지 말라고 했습니다. 병을 낫게 하는 데만 전적을 신경을 쓰시라고 일렀습니다. 잘

했죠. 어머니.

라고 말했다. 얼마나 잘한 일인가? 그래서 "잘 했다. 정말 잘 했다." 라고 말해 주었다. 부모는 산에 묻지만 자식은 가슴에 묻는다고 하질 않았던가. 내 자식을 내 가슴에 묻을 수는 없다. 을순은 그것만은 절대로 있을 수 없는 일이라고 도리질 했다. 그러기 위해서는 편안한 잠에 그냥 가는 것이다. 아들이 삶다 남은 밥에다 식은 밥을 넣어서 또 한 번 끓였다. 다른 반찬은 일체 치워버리고 간장과 내가 좋아 한다며 슈퍼에서 사 온 아가미젓을 내놓았다. 아가미젓은 너무나 딱딱해서 도저히 씹을 수가 없어 국물만 조금씩 떠서 입 안에 넣었다. 밥을 다 먹고도 잇몸으로 무얼 씹는데, 도저히 씹어지지 않는 것이 있다. 그것은 무슨 생고무처럼 질기게 입 안에서 맴돌았는데 아들도 그게 궁금했던지,

–어머니, 입 안에 씹고 계시는 게 뭐예요?

하고 묻길래, 내뱉으니 보리알이 툭 튀어 나왔다.

–이게 뭐냐? 보리알이잖아!

하며 깜짝 놀랐다.

–이래서 내가 보리알을 씹는 걸 싫어하는데…….

라고 말했더니, 아들이 갑자기 껄껄거리며 웃는 것이 아닌가? 그래서 을순도 모처럼 웃음이 나와 서로 마주 보며 웃었다. 그렇다. 이제는 보리알도 하나 씹을 힘도 없는 것이다. 스스로 소스라친다. 내가 어느새 이렇게 늙어 버렸나?

8

현민은 퇴근시간이 되자, 배드민턴 시합이나 하자며 붙잡는 동료 직

원들을 뿌리치고 부리나케 발걸음을 움직여 어머니가 계신 방으로 향했다. 어머니는 몹시 괴로운 표정이었다. 진종일 입맛이 없어 무얼 제대로 드시질 못했다고 했다. 주변에 사람이 있으면 입맛도 있고, 무얼 먹기가 좀 낫지만, 사람이 없으면 입맛도 도통 없고 먹는 게 시원찮으니 기운도 없고 어지럼증이 더 심하다고 했다. 현민이 도착하자 곧이어 집주인 내외가 방문 했다. 안주인은 몸피도 푸짐하게 생겨서 후덕한 인상이었다. 어머니가 도통 무엇을 못 드셨다는 이야기를 듣고는 곧바로 싱크대로 가더니 무엇을 준비하는 듯 했다. 냄비에다 밥을 떠 넣고 물을 조금 부은 다음 오래도록 나무 젓가락으로 저어 주었다. 전라도 해남이 친정이라고 했다. 현민이 무어냐고 물으니 암죽이라고 했다. 고향 땅에서 이 암죽을 가지고 곧 죽을 사람을 살려내는 것을 보았다고 했다. 과연 어머니는 마침내 암죽 한 그릇을 다 드시고 생기를 찾은 다음 첫 말씀이,

–오늘은 잠이 잘 오겠구나.

라고 말했다. 그리고 낮은 목소리로 조용히 "민아!"라고 불렀다. 평소에 "아범아!"라고 부르다가 어릴적 이름을 외자로 부르는 것은 언제나 심중에 있는 깊은 말을 꺼낼 때이다. 현민이 다가가자 굳은 결심이라도 한 듯 난데없이,

–이 일은 잘못되었다.

라고 말하는 것이 아닌가? 현민이,

–무얼 말씀하시는 겁니까?

라고 했더니,

–내가 이 방에 애초에 오는 게 아니었어.

라고 답했다.

—……?

—기력이 다 되었어……, 혼자 살 수가 없는 것을…….

—그럼, 이제 또 어디로 가시렵니까?

다소 짜증 섞인 목소리로 물었더니,

—베드로 요양원 보내다오.

말을 마친 다음, 맥없이 고개를 떨구었다.

성베드로 요양원이라면 어머니께서 지금처럼 거동이 불편하지 않았을 때에 친구들 따라 갔다가 현대식 시설에다 간호사들도 친절해서 만약 자신도 몸이 불편하면 꼭 가보고 싶다던 고향 근처의 그곳이었다.

9

그로부터 꼭 일주일 동안 어머니는 그 방에 더 계셨다. 처음에는 어머니의 변덕에 더 이상 휘둘림을 당해서는 안 된다는 생각에서 적극적으로 알아보지 않아서였고, 둘째는 요양원에 들어가기 전에 건강상태를 점검 받는 과정이 있어서 시간이 걸렸기 때문이다. 그 검사에서 치매와 같은 중병으로 판정 받으면 입원비가 훨씬 낮아진다는 말을 들었다. 현민은 혹시라도 어머니가 심사과정에서 자식을 위해서 거짓으로라도 무얼 물으면 '기억이 안 난다'고 말하고, '모르겠다'라고 말해서 높은 등급을 받아 저렴하게 입원할 수 있게 하지 않을까 했지만, 그것은 애당초 잘못된 생각이었다. 어머니는 '자식이 몇이며 큰아들은 몇 살인데, 지금 무얼하고, 둘째 아들은 교사인데 몇 년차 근무이고'라며 시시콜콜한 것까지 다 말해서 요양원 사람들도 정신이 너무 맑아 보여 깜짝 놀랐다는 것이다. 요양원측에서 아침 일찍 올 수 있으면 모셔다 달라고 했기 때문에 현민은 새벽에 일어나 선잠에 어머니의 방으로 어머니를 모시러 갔다. 사위는 아직 캄캄한데 늦가을의 찬 기운이 몸에 착 감기어왔다. 며칠 사이에 제대로 드시질 못해 몸은 더욱 오그라져 있었다. 운전해 간 차에 태우기 위해서는 다리가 부실한 어머니를 업고 나와야 했다. 저편 큰 길가에 가로등이 골목길 입구를 휘부윰하게 밝혀주고 있었다. 어둠을 헤치고 나오며 현민이 말을 걸었다.

–어머니, 거기에 가시면 나오고 싶어도 못나온답니다.

–…….

–어머니, 그래도 틈틈이 시간 나면 면회를 가도록 할게요.

–…….

–어머니, 제 이야기 듣고 계세요?

–…….

업은 상태에서 몸을 흔들어도 아무런 기척이 없다. 그러고 보니 등줄기에 느껴지는 온기가 처음 대문을 나설 때보다 못한 것 같다. 행여 갑자기 기운이 다운 되어서 나쁜 상태가 된 건 아닐까 싶어 불길한 생각이 머리를 스쳐 지나간다. 순간, 현민은 요양원보다 병원을 먼저 가야하지 않을까 생각해 본다. 그러다가 지난번에도 여러 번 정신을 잃으셨다가 금방 깨어났던 것을 기억해 내고는 아무래도 요양원으로 먼저 가야겠다며 마음을 고쳐먹는다. 그리고는 아랫도리에 힘을 주고는 다시 한 번 어머니를 추스르며 양손에 깍지를 단단히 낀다.

어머니의 방 3

1

어둠 속에서 중국 여가수의 애절한 예라이샹이 울렸다. 얼마 전에 바꾼 스마트폰의 컬러링이다. 성수의 예감은 그대로 적중 했다. 전화는 성 베드로에서 온 것이었다. 일희일구(一喜一懼)! 흔히 연세가 드신 자식의 심리상태를 두고 이야기할 때 쓰는 말이다. 부모가 오래 살아 장수하는 것은 기쁨이다. 그렇지만 언제 쇠약해져서 돌아가실지 모르니 두려움이라는 뜻이리라. 그런데 그 어머니가 팔순도 이미 중반을 넘으셨다. 구순을 향해 치달으면서 다리에 장애가 있다. 휠체어에 의지하지 않고서는 한 발자국도 앞을 향해 나아갈 수 없다면? 그 두려움은 배가 되리라.

–여보세요? 거기 김성수씨 휴대폰 맞습니까?

굇소리에 공명과도 같은 울림이 있어 원장인 줄 대번에 알았다. 상대가 성수임을 확인한 원장은 의례적인 인사말 끝에 내일 시간이 나느냐고 물었다. 마침 토요일이고 주말이라서 시간 내는 데에 문제가 없다고 했다. 말이 끝나기가 무섭게 어머니가 계신 성 베드로로 꼭 와 달라고 말했다. 무슨 일로 그러시느냐고 물으니, '이야기가 길어질 것 같다. 내일 원장실에 오시면 자연 알게 될 것'이라고 말하고는 이내 끊어 버렸다. 불을 끄고 잠자리에 누우니 어둠이 주위를 에워쌌다. 가슴이 쿵쿵거리며 그 근원을 알 수 없는 두려움이 성수를 향해 진격해 왔다. '어쩌면 오늘밤은 심한 악몽을 꾸게 될 지도 모르겠군!' 혼잣말처럼 중얼거렸다.

웅상(熊上)은 여기저기 이런저런 공사로 인해 몸살을 앓고 있었다.

덕계(德溪)만 하더라도 빈 공터만 있으면 소규모 아파트는 물론, 5층, 6층 건물이 올라갔다. 차는 영험이 많기로 소문난 암자인 미타암(彌陀庵)으로 유명한 주진마을을 지나 홈실(椧谷) 들머리에서 우회전 하였다. 아스팔트가 시원하게 닦여져 있고, 양 옆으로 가로수가 열병식을 하듯 줄 지어 서서 마치 성수를 위해 성대한 환영식이라도 하는 듯하다. 문득 차창 앞에 무엇인가 어른거리더니 딱 부딪히고는 스르르 미끄러진다. 일엽지추(一葉知秋)! 나뭇잎 하나로 가을이 온 것을 안다던가! '아, 가을인가!' 갑자기 알 수 없는 감회가 뭉클하고 가슴을 치밀어 오는 것을 느낀다. 지난 봄, 벚꽃이 만개하여 일시에 눈처럼 휘날릴 때였다. 성수는 한사코 마다하는 어머니를 휠체어에 태워 이곳에서 벚꽃 구경을 왔었다. 그곳에는 아무도 없었다. 단 두 사람 성수와 어머니만이 눈처럼 휘날리는 하얀 벚꽃을 구경했던 것이다. 성수도 어머니도 말이 없기는 매한가지였다. 마냥 떨어지는 하얀 봄눈을 구경했다.

저 멀리로 '성 베드로 요양원'이라는 이정표가 보였다. 어젯밤 성수는 무슨 일인가 궁금하여 도저히 잠을 이룰 수가 없어 다시 원장에게 전화를 걸었다. "이야기를 듣지 않고는 도저히 잠이 올 것 같지 않으니 무슨 일이 있는지 이야기를 해 줄 수는 없겠는가?" 하고 물었다. 그러자 정분순이라는 할머니를 아시느냐고 물었고, 성수가 고개를 갸우뚱하자, 그 할머니 때문에 어머니가 식음을 전폐하고 앓아누워 계신다고 말했다. 한때는 열이 39도 40도를 오르내렸지만 그곳에서 간호사가 준 약을 먹고 이제는 많이 나아졌다는 말을 했다.

좌회전으로 꺾어 들어가니 차 한 대가 겨우 일방으로 통과할수 있는 좁은 길이 어지럽게 구부러져 있다. 이 골짜기의 이름은 '소맷골'이다. 그렇지만 이 말은 이 지역 토박이들만 쓴다. 새로 이사를 와서 정착한 사람들은 행정구역상 명칭 그대로 '명동(明洞)'이라고 부른다. 어릴 때에 이곳에서 소를 매어 놓고 풀을 많이 먹였었다.

조금 더 가다보니 길 옆 돌담 위에 배롱나무가 적당한 간격으로 울인 양 쳐져 있고, 그 위에 정갈하게 단장된 묘가 세 기가 있다. 제일 위에 있는 것이 성수의 조부모의 합폄(合窆)이다. 그 아래 왼쪽이 선친의 묘소이고, 그 옆이 어머니의 가묘(假墓)이다. 어머니가 돌아가시면 아버지와 함께 또다시 합폄이 될 것이고, 그 빈자리에는 또 가족 중 누군가가 자리하게 될 것이다. 절을 두 번하고 사 온 술을 무덤가에 골고루 부었다. 그리고는 앉아서 맞은편을 바라보았다. 저 멀리 천성산이 보이고, 영산대학교의 캠퍼스 전경이 한 눈에 들어왔다. 가을 하늘은 더 없이 맑았다. 바로 앞에는 미처 수확하지 못한 벼가 황금물결을 이루고 있다.

지금 어머니가 계신 성 베드로는 여기서 불과 채 백 미터도 못 되는 거리에 있다. 이승의 집에서 저승의 집을 지척에 두고 계신 어머니는 지금 어떤 심정일까? 어머니는 지난 번 의식불명인 상태에서 깨어나시고 난 다음, 완전히 다른 사람이 다 되었다. 한 달 전 추석 명절이 다가왔을 때였다. 서울에 사는 손자와 손주며느리도 다 내려오니 한 삼일 쯤 큰 집에 머무시며 모처럼 식구들과 함께 생활하시는 게 어떨는지 여쭈어 본 일이 있다.

–우리 집에 내 방을 두고 어디를 가느냐?

여기서 물론 우리 집은 성 베드로이고 내 방은 어머니가 거처하는 호실을 말하는 것이었다. '아, 드디어 어머니도 성 베드로를 나의 집으로 마음을 굳혔구나!' 그제야 성수도 마음 속 깊은 곳에서 나오는 안도의 한숨을 쉬었다.

어머니께서 성 베드로에 오신 지 어느덧 만 삼 년이 다 되었다. 그때의 일을 회상하는 것이 결코 즐거운 일은 아니다. 그렇다고 마냥 우울하기만 한 것도 아니다. 그때 당신께서 제일 힘들어 했던 점은, 당신 스스로 '자식으로 버림받는 것은 아닌가?', '이제 자식들로부터 던져지고 잊혀져가는 존재가 되어가는 것은 아닌가?'하는 박탈감이었다. 성수는 누구보다 그 사실을 빨리 간파하고 결코 그러한 것이 아니라는 것을 누누이 말씀 드렸다. 주말이면 여기에 와서 어머니를 뵙고 가는 것이 이제는 주일 중 가장 중요한 행사가 되었다. 이곳에 와서 가장 잘된 일은 어머니께서 건강을 많이 회복하신 일이다. 사실 바깥에서 보기에 성 베드로는 이승과 저승의 간이역이다. 꽉 짜진 일과가 이곳 사람들에게 어떤 절제된 생활을 요구 했다. 이로 인해 이곳 사람들은 나날이 건강이 좋아졌다.

그 외딴방에서 어머니는 무절제의 극치에 놓여 있었다. 자식들은 어머니를 제대로 모시지 못했다는 죄책감에 사로잡혔다. 무엇이든 어머니가 원하시는 것을 가능한 한 다 해 드리려고 애썼다. 그것이 도리어 어머니의 병환을 악화 시켰다. 다시금 돌이켜봐도 그 일은 정말 잘못된 일이었다. 관광버스를 타고 내장산에 단풍놀이를 다녀온 고기할매(시장에서 생선을 파는 일을 했다고 붙여진 별호이다.)가 마즙을 사 가지고 왔다. 어머니가 그 마즙을 식사 대용으로 드시고 싶어 했다. 고기할매에게 양해를 구하고 그 마즙을 통째로 샀다. 막상 한두 스푼을 드시다가는 네 맛도 내 맛도 없다며 숟가락을 그대로 놓아 버렸다. 뿐인가, 밤 9시가 넘어서 갑자기 간장 게장을 드시고 싶어 했다. 저녁을 물리고 설거지를 하고 있는 아들을 향해, "야야–, 갑자기 게장이 먹고 싶어지는 구나!" 차를 몰고 여기저기 온 시장통을 휘젓고 다녔다. 이미 대부분의 가게가 철시된 다음이었다. 대형 마트를 찾아갔다. 그것도 처음 간 몇 곳에는 없었고, 뒤늦게 들린 마트에 겨우 한 개가 남아 있었다. 허겁지겁 그 게장을 사 왔을 때는 밤 11시가 다 되었다. 노인은 다리 하나를 뜯어 맛보다가는 이내 "와 이리 , 많이 없노!"하며 뱉어 내었다. 음식에 대한 타박이 이만저만한 것이 아니었다. 젊은 날 어머니의 식욕은 언제나 왕성했다. 형편없는 악식소찬이라도 아귀아귀 잘도 드셨다. 그날 저녁 어머니는 또다시 성수의 만류에도 불구하고 밤늦은 시각에 누나에게 전화를 걸어 "얘야, 소꼬리 곰탕을 먹고 싶구나." 했다. 죄인이 된 누나는 큰 솥을 구해서 시골 마당 복판에 장작불을 피워 종일 소꼬리를 고았다. 그리고 다음날 밤늦게 그 곰탕을 비닐봉지에 넣어 냄비에다 담아 왔다. 파를 어슷하게 썰어서 넓고 가늘게 한 다음 넣고, 소금으로 심심하게 하게 간을 맞추어, 어머니께 드렸다. "야들아, 와 이리 곰탕이 싱겁노?, 소금을 더 넣어라." 소금을 커피 스푼으로 넣는 둥 마는 둥하고 드렸건만, 이제는 "야야-, 안자는 와 이레 짭노?"하였다. 그 다음날은 난데없이 아가미 젓갈을 사 달라고 해서 드렸다가 다시 냉장고 깊숙이 처 박혀 이사하는 당일까지 있는 줄도 몰랐다.

문제는 약이었다. 글을 읽을 줄 몰라서 아침에 드실 약을 점심 때 먹고, 점심 때 드실 약을 저녁에 드시는 일이 잦아졌다. 인근 농협 하나로 마트에 가서 서랍장을 하나 샀다. 제일 아래에 아침 약, 둘째 서랍장에 점심 약, 제일 위에 서랍장은 저녁 약을 넣어 두고 드시도록 했다. 그것조차도 헷갈려 하시는 것 같아, Ⅰ, Ⅱ, Ⅲ 숫자를 써서 약장에 붙여 놓았다.

–작대기 한 개는 아침, 두 개는 점심, 세 개는 저녁입니다. 어머니!

–오냐, 오냐, 그렇구나. 잘 알아들었다.

다음날 가보면 또다시 행동이 어눌했다. 의사는 약을 과다하게 복용하신 것 같다고 했다. 어머니가 예의 그 마즙을 마시다가 깔아놓은 이불 위에 쏟았다. 마르면 지우기가 힘들다. 수건에다 물을 듬뿍 묻혀서 닦았다. 조금씩 지워 지는가 싶었다. 그런데 또다시 다른 자리에다 흘렸다. 성수는 자신도 모르게 버럭 소리를 질렀다.

–…….

예전 같으면 한두 마디 쯤 대꾸를 할만도 한데 아예 결심을 한 듯 입을 꽉 다물었다. 화를 억누르고 있는 모습이 역력하였다. 그 모습을 보니 성수 또한 마음이 쓰라리고 후회가 되었다. 다음날 아침에 가보았을 때 어머니는 이불호청을 뜯고 계셨다. 어젯밤에 소변을 보다가 요강을 쏟아서 이불을 다 버렸기 때문이라고 하셨다. 힘드시더라도 방안에 요강을 두지 않도록 당부했다. 거실에 두고 직접 걸어 나와서 요강에 볼 일을 보도록 신신당부를 했다. 그렇지만 그 다음날 또다시 전날 말끔하게 새로 갈아 끼운 호청을 뜯고 계셨다. 이번에 또 무슨 일인가 하니 주무시다가 이불에다 오줌을 지렸다고 했다. 식사를 하실 때에도 매번 밥을 흘리었고, 이불 위에 반나마 차 있던 물 컵을 엎어버려 물이 이불을 적셨다. 그 물이 또다시 신고 있는 양말을 적시는 데도 아무런 감각조차 없다는 듯 우두커니 앉아 계셨다. 모든 행동이 어눌하고 정신은 멍청해 보였다.

어머니께서 성 베드로에 가시는 그날, 성수는 어머니가 이미 떠나버린 그 빈 방에서 홀로 밤을 지새웠다. 바깥에서 반주로 마신 술 몇 잔이 사람의 마음을 그토록 감상적으로 만들지는 않았을 것이다. 자식으로서 어머니를 끝까지 잘 모시지 못했다는 자책이 썰물처럼 밀려왔다.

성수는 본래 눈물이 많은 편이 아니었다. 스무 살이 되던 해에 아버지가 갑작스런 사고로 돌아가셨다. 부음을 듣는 그 순간 한 차례 서럽게 울고는 그것으로 끝이었다. 입관에서 매장을 하는 일련의 장례 절차를 거치면서 끝내 눈물이 없자, 문상 온 일가친지들이 오히려 성수를 '찔러도 피 한 방울 안 나올 놈'이라며 힐책을 서슴지 않았다. 그런 성수도 그날, 어머니가 가시고 없는 그 빈 방에서 잠을 청하던 날, 몹시도 서럽게 울었던 기억이 났다.

–나는 오늘에야 처음으로 인생이란, 본시 의탁할 곳 없이 다만 하늘을 이고, 땅을 밟은 채 떠돌아다니는 존재임을 알았다. 말을 세우고 사방을 둘러보다가 나도 모르게 이마에 손을 얹고 이렇게 외쳤다. 아, 참 좋은 울음터로다. 가히 한번 통곡할 만하구나.(연암 박지원의 열하일기 중에서)

열흘을 달려도 산이라고는 보이지 않는 요동벌판에서 '천고의 영웅은 울기를 잘 했고, 천하의 미인은 눈물이 많았거늘……. 연암은 기어이 천지간에 우레와 같은 한바탕 울음을 터뜨리고 만다. 성수 또한 어차피 혼자니까, 청승이고, 체면이고 뭐고 따질 게재가 아니었다. 연암에게는 그날 그 만주 벌판이 호곡장(號哭場)이었다면 성수에게는 어머니가 떠나고 안 계신 세 평 남짓 그 외딴방이 바로 호곡장이었다.

이후, 성 베드로는 어머니의 호곡장이었다. 다들 그러하듯이 어머니에게도 시집살이가 예외가 아니었다. 친정에서 시댁까지는 작은 내를 하나 건너는 이웃 마을이었다. 서창장(西倉場)에 가서 어쩌다 친정 곳 사람들을 만나면 시집살이에 대해 물어 왔다. 말 마소! 지금 저기 흐르는 회야천 물의 절반이 내 눈물이오. 그 시절 그렇게 많은 눈물을 흘리고 또 얼마나 많은 눈물이 저장되어 있었던 것일까?

틀니가 빠져 나가자 얼굴이 제 형태를 잃어 버렸다. 두 입술이 바짝 붙어 있다가 무언가를 씹듯이 오물거렸다. 그것이 울음을 위한 전조였다. 그러다가 또다시 쓰러졌다. 의사는 심장뿐만 아니라 폐에도 문제가 있다고 했다. 폐에 물이 차서 갈빗대가 보이지 않는다고 했다. 심장이 제 기능을 해 주면 되는데, 심장이 제 기능을 못하다 보니 하수구가 막히 듯 폐에 물이 차는 것이라고 했다.

그때 우리 형제들은 누가 먼저라고 할 것도 없이 어머니의 장례 절차에 대해 조심스럽게 이야기를 꺼내기 시작 했다. 어머니가 요양원에서 의식을 잃고 쓰러지시고 나서 인근 병원 응급실에 계실 때였다. 일절 음식을 먹지도 않고 단 한 마디의 말조차 없었는지가 일주일을 넘겼다. 그날도 성수가 들어섰을 때 어머니는 눈을 감고 계셨다. "어머니-!" 큰 소리로 불렀지만 아무런 기척이 없었다. 옆에 있던 간호사가 "어르신-, 아드님이 면회를 오셨네요."라고 했지만 미동조차 없었다. 혹시 호흡을 놓은 것은 아닌가 싶어 간호사가 코끝에 손가락을 대어보고 눈을 까뒤집어 보기도 했다. 잠시 눈을 떴지만 이내 감아 버렸다.

마침, 그때 어머니의 몸에서 구린내가 났다. 아무래도 대변을 본 것 같았다. 옆에 섰던 간병인이 몸을 모로 세워 엉덩이에 묻은 대변을 닦아 내었다. 젊었을 때 어머니는 외할아버지를 닮아서 오리궁둥이라고 했다. 그렇지만 이제는 쭈그럭살이 다 되었다. 뿐인가? 툭 불거져 나온 엉치뼈가 참으로 흉물스럽게 자리하고 있었다. 차고 있던 기저귀를 빼내고 새 기저귀를 채울 때 언뜻 성수는 어머니의 불두덩이 쪽으로 눈길이 갔다. 흰 거웃이 대부분이 차지하고 그나마 듬성듬성하여 황량하기 짝이 없었다. 저 보잘 것 없는 음습한 장소에서 우리 육남매가 생겨났더란 말인가. 어쩌다 끌러진 환자복 사이로 대추알처럼 쪼그라든 젖꼭지가 보였다. 어머니는 키는 작았지만 유방만은 불퉁한 편이었다. 저 늘어진 젖을 빨고 우리 여섯 남매가 자랐다는 것이 믿기지 않았다. 그렇지만 이제는 그 모든 것이 그야말로 참으로 형편없이 변해 버린 것이다. 성수는 원인을 알 수 없는 설움이 복받쳐 올라 왈칵 눈물이 쏟아지려고 했다. 예, 그러십시오. 그토록 저승길이 급하시다면 가세요. 그 즈음에서는 더 이상 어머니를 붙잡지 못할 것이라고 생각 했다. 그리고 기왕 가신다면 마음 편하게 보내드려야 한다. 어머니와 저와의 이승에서의 인연은 여기가 끝인가 봅니다.

그로부터 며칠 후, 면회를 갔던 사촌 누나로부터 전화가 왔다. 어머니가 곧 깨어나실 것 같다는 전언이었다. 무엇보다 호스를 통해 나오던 피오줌이 멈추었다는 것. 뿐만 아니라 마비가 와서 오그라든 오른쪽 손가락을 하나씩 펴서 지압을 해드렸는데 “아이야~”를 반복하더라는 것이었다. 그리고 누나만의 어떤 확신이었지만, 만 원권 다섯 장을 손에 쥐어 주었는데 꼭 쥐고는 절대로 놓지 않더라는 것이었다. 과연 사촌누나의 말대로 어머니는 그로부터 닷새 후에 말문을 열고, 이레 만에 침상에 일어나 앉아 미음을 드셨다. 당신 스스로는 아무 것도 기억이 나지 않는다고 했다. 단지 깊은 잠에서 깨어났을 뿐이라고 하였다.

선친의 묘소에서 물러 나와 차를 성 베드로에 대었을 때다. 시명산 능선을 굽이쳐 온 햇살이 잠시 호흡을 가다듬고 휴식을 취하며 성 베드로의 본관 건물을 어루만지며 떠돌고 있었다. 건물은 아담하고 소박하지만, 한편으로는 굳고 단단해 보였다. 사람을 대하는 것이나 건물을 대하는 것이 서로 다르지 않다. 겉으로 보기에는 미남자인데 실속이 없으면, 안타까움이 절로 일어난다. 겉으로는 별로인데 속이 꽉 찬 사람을 보면 허허실실이라고 자신도 모르게 믿음이 생기는 것이다. 성 베드로의 경우, 분명 후자 쪽에 가깝다. 본래 산 속에 건물이 앉으려면 터를 고르고 주변 조경을 잘 해야 한다. 그래야만 산골짜기라는 데서 오는 갑갑함을 극복할 수 있는 것이다. 성 베드로의 경우, 아무래도 성급하게 건물이 먼저 앉은 느낌이 든다. 그렇지만 이미 삼 년을 이곳에 드나든 성수로서는 내부의 일사불란한 시스템이 그런 단점을 모두 상쇄한다고 보았다. 예로부터 우리 풍습에 그 집 안의 댓돌에 놓인 신발을 보고 그 집주인의 성품을 알았다. 성 베드로의 현관에 신발은 언제나 가지런하였다.

1층은 사무실, 식당, 면회실, 원장실……등으로 사용하고, 2,3 층은 요양실이었다. 마침, 토요일이라서 사무실에는 당직 직원 한 명만 있었다. 얼굴의 모든 모습을 컴퍼스 하나로 표현할 수 있을 정도로 동그라미 아가씨였다. 얼굴도 눈도, 코도, 입술도 모두 동그라미를 그리고 있었다. 생글생글 웃으며 '오늘도 어김없이 이 시간에 오시는군요?'라며 반기는 표정이다.

–지금이 미사시간인 줄은 알고 계시죠?

–예, 너무 잘 알고 있습니다. 개의치 말고 하던 일이나 보세요.

성 베드로는 천주교를 표방 했다. 그동안 줄곧 불교를 믿어왔던 성수나 어머니도 이 점을 꺼림칙하게 생각 했다. 성수는 20대 초반, 대한불교청년회에 참여하여 활동한 적이 있었다. 어머니 또한 보살로 불리며 다대포에 있는 여래암에 십 년 넘게 출입을 하였다. 한때 어머니께서 사경을 헤매실 적에 이곳 신부님으로부터 세례를 받지 않겠느냐는 제안이 있었다. 그때 적잖은 고민이 있었던 것도 사실이다. 그렇지만 몇 년 전 입적하신 법정 스님의 글이 결정적인 도움이 되었다. '종교란, 한 나무에서 뻗어나간 다른 가지에 불과하다.'는 한 마디. 이러한 마음이 어머니에게 전파되었던 것일까. 언젠가 성수가 어머니의 천주교 세례에 대해 언급하자, "야야, 그기 다 무신 소용이 있노? 절에 가믄 부처님이고, 교회에 가믄 예수님이고, 성당에 가믄 마리아님이고, 바다에 가믄 용왕님이고, 하늘에 가믄 하늘님이고 다 그런기지. 뭐 고르기는 마러 골라 샀노?" 하였다.

어머니를 면회하기 위해서 제일 먼저 해야 할 일은 면회기록부에 날짜, 시간, 어르신 성명, 면회자 이름, 관계…… 등을 작성하여야 했다. 기록을 하려고 펼쳤는데 어제 누군가가 면회를 하고 간 사실이 확인되었다. 이름이 '정분순'이라고 씌어져 있었다. 마음 속으로 '정분순'을 수 차례 반복해 보았지만, 도통 누구인지 얼굴이 떠오르지 않았다. 아예 이름마저 낯설었다. 관계란에 보니 그냥 '지인'이라고 씌어져 있었다. 그곳 직원에게도 물어보니 자신은 어제 저녁에 퇴근을 해서 누구인지 모르겠다고 했다. 면회를 하게 되면 어머니에게 직접 물어보는 수밖에 다른 도리가 없었다.

2

동서남북이 온통 재색이었다. 단지 하늘만이 한 가운데가 뻥 뚫린 것처럼 희끄무레한 햇살이 창백한 모습으로 얼굴을 내비치고 있었다. 을순은 끝이 아스라한 너른 벌판의 한 복판에 앉아 있었다. 앉아서 그 넓디넓은 콩밭을 혼자서 매고 있었다. 이상하게도 김을 매고 또 매어도 언제나 제 자리였다. 이제나 저제나 진척이 있을 법도 하건만 사위를 둘러보면 변함없이 언제나 그 자리에서 김을 매고 있었다. '참으로 이상도 하지' 그런 생각을 떨쳐 버릴 수 없었다. 그 순간, 갑자기 저 쪽 벌판 끝에서 들불이 일었다. 들불은 혀를 날름거리면서 삽시간에 을순을 에워쌌다. 자신이 지키고 앉은 이 들판은 어제, 오늘의 그 들판이 아니었다. 이미 을순이 갓 난 아기적부터 대해 오던 익숙한 것이었다. 그 들판이 한순간 자신을 포위해서 공격해 들어오는 것이었다. 한 치의 의심도 없었기에 와르르 무너지는 절망감이란 이루 말로 다 표현할 수가 없었다. 화마는 삽시간에 을순을 둘러싸고 마치 어리석음을 비웃듯이 말로 형용할 수 없는 기괴한 웃음을 흘리었다. 엄청난 공포감이 엄습해왔다. 그렇지만 모든 추락하는 것은 날개가 있다고 하던가. 공포감이 극한에 달했다고 생각하는 그 순간, 역설적이게도 한없이 마음이 평온해 지는 것을 느꼈다. 그래, 소신공양(燒身供養)이라는 것이 있다고 하던가. 좋다, 내 몸을 살라서 누군가의 원과 한을 풀 수 있다면 기꺼이 한 줌 재가 되어 주마. 불교에서 말하는 해탈이라는 것이 바로 이런 것인가. 한순간 마음이 평온해 지는 것을 느꼈다. 붉은 너울이 되어 화마가 을순의 온몸을 감쌌다. 아, 이제 나는 종적도 없이 이 세상을 하직 하리라. 둥덩실 허공에 떠서 허이연 깃을 날리는 상여가 되리라. 그런데 참으로 불가사의한 것이었다. 온 세상이 새까맣게 타버린 들 복판에 을순은 혼자 멀쩡하게 살아서 서 있었다. 화마도 어쩌지 못하는 기운이 내 안에 내재해 있기 때문인가, 아니면 화마가 나의 서슬에 어쩌지 못하고 비껴간 것인가. 그 엄청난 사투 끝에 살아남은 을순의 눈에는 하염없이 눈물이 흘러내리고 있었다. 마침내 꺼이꺼이 소리 내어 울었다.

을순이 눈을 뜬 것도 바로 그때였다. 그 모든 게 꿈이었다. 방 안은 고요히 가라앉아 있었다. 눈을 떠니 아침 6시였다. 어스름한 여명 속에서 맞은편에 누워 있는 손씨가 보였다. 잠을 자는 시간을 빼고 나머지 시간은 오로지 유행가를 부르는 여자. 모르는 유행가가 없었다. 백설희든, 이미자든, 조미미든, 요즘 나오는 주현미든 거의 모든 여자 가수를 섭렵했다. 기가 찰 일은 그렇게 노래 가사의 세세한 부분까지 잘도 외우는 여자가 자신의 며느리만은 못 알아보았다. 며느리를 보고,

—이렇게 낯모르는 사람을 면회해서 찾아 주시니 뉘신지 모르겠지만 복 많이 받으실 겁니다.

—어머니, 저 모르시겠어요? 저, 준영이 엄마예요, 저 모르시겠어요?

안타까워 하기는 옆에 섰는 아들도 마찬가지였다. 주루룩 눈물을 흘리며 애소하는 마음도 아랑곳하지 않고 "누구시더라?"만 반복하였다. 바로 옆에 누운 공씨는 일체의 말이라고는 없었다. 그렇지마는 사람을 성가시게 하기로는 손씨가 저리 가라할 정도였다. 사람들은 모두들 똑딱귀신이 들었다고 했다. 숟가락이든 젓가락이든 손에 집히는 대로 무엇인가를 두드려야만 직성이 풀리는 사람이었다. 잠을 자는 시간을 제외하고는 계속해서 두들겨대었다. 을순은 그 소리 때문에 잠을 설칠 뿐만 아니라 낮에도 신경이 곤두서서 미칠 지경이었다. 을순이 제발 사람 좀 살자며 아무리 소리를 쳐도 그 순간만은 마치 청각장애자처럼 행동 했다. 면회 온 아들더러 원장에게 이야기를 해서 방을 옮겨 달라고 애기도 해 보고, 원장에게 직접 읍소도 해 보았다. 사정이 여의치 못한 지, 아니면 요양원의 어떤 정해진 규칙 때문인지, 호실을 옮기는

것이 허락되지 않았다. 그런데 어떻게 해서든 사람은 살게 마련인가 보았다. 삼 년이라는 세월이 흐르는 동안 이제는 그 누구도 을순의 수면을 방해할 수 없었다. 지금은 두 사람 모두 맞은편에서 얌전하게 코를 골면서 잠을 자고 있다

희부윰한 빛이 커튼 사이로 가늘게 비쳐 들었다. 또 새 날이 밝아 오려나보다. 오늘이 11월 6일이다. 사람들은 자신이 날짜를 제대로 꼽지 못하고 이 곳 생활을 하는 줄 생각한다. 그렇지만 이상할 정도로 하루하루를 새기면서 지내고 있다. 적어도 오늘이 토요일이라는 사실만큼은 확실히 알고 있다. 바로 아들들이 면회를 오는 날이기 때문이다. 이 곳에 와서 일 년 동안 거의 매일 눈물 바람이었다. 세상사 모든 게 서러울 따름이었다. 이 땅에서 우주의 미아가 되어 어느 작은 행성의 한 모퉁이로 귀양을 왔다는 생각을 떨쳐 버릴 수가 없었다. 어찌 자식을 상대로 무엇을 따질 수 있겠는가? 항변을 하고 싶었지만 무어라 말할 수 없었다. 눈물은 차곡차곡 재여 있다가 아들들이 면회를 오면 한꺼번에 그대로 쏟아져 내렸다. 어찌 보면 마치 한 편의 연극을 하는 것처럼 보일 수도 있었지만 결코 연극은 아니었다. 마음이 시키는대로 행할 수밖에 없는 극히 자연스러운 행위였지만 외부에서의 시선은 곱지 아니 하였다. 언젠가 요양사 저들끼리 때때로 을순과 같은 노인 환자들을 두고 현대판 고려장이라는 말로 수군거리는 것을 들은 적이 있다. 그때에도 칼에 베이는 듯 마음이 쓰라렸다. 그러다가 마음을 눅치고 생각하기에 따라서는……이라는 평상심으로 돌아오려고 애를 썼다. 황천이라는 곳이 있다고 했다. 그 강을 건너면 영원히 저승에서 이승으로 돌아오지 못하는 강이라고 했다. 어차피 내가 머무는 여기는

그 황천과도 같은 곳이다. 그런 생각이 안 드는 것은 아니었다.

며칠 전에 입사한 지 얼마 안 되는 젊은 요양사가 바람 쏘일 양으로 뒷산에 가서 들꽃을 한 묶음을 꺾어 왔다. 꽃병에 꽂아 물과 비료까지 줘가며 지극정성이었지만 결국 얼마 못가 시들고 말았다. 어차피 화무십일홍(花無十日紅)이었다. 그 요양사는 정성스레 꽃을 말려 거실 벽에 걸어 놓았다. 그런데 나이 많은 오래 된 요양사가 그 꽃을 떼어 쓰레기통에 버렸다. 허락도 없이 왜 남의 꽃을 함부로 그렇게 버리느냐? 젊은 요양사의 항의에 나이 든 요양사는 모르는 소리를 하지 말라고 했다. 이곳은 나이 드신 분이 거처하는 곳이다. 이런 곳일수록 생기 넘치는 공간이 되어야 한다. 마른 꽃은 생명이 없다. 죽은 기운을 발산한다. 그 기운은 사람을 침울하게 만들고 병들게 한다. 꽃에 대한 당신의 잘못된 애정이 여기 계신 노인네 분들의 건강을 해칠지 모른다. 그제서야 그 젊은 요양사도 자신의 경솔함에 대해서 사과를 하였다. 을순은 공익으로 근무하는 젊은 남자 직원을 시켜서 그 마른 꽃을 쓰레기통에서 끄집어내어 화단에 묻어 줄 것을 간청한 적이 있다.

자신이 그 나이 든 요양사가 말하는 시든 꽃이었다. 그래서 폐기처분된 것이다. 아들들이 면회를 와도 눈물이 났고, 손자들이 면회를 와도 눈물이 왈칵 쏟아져 내렸다. 때때로 그동안 알고 지내던 일가친척들도 방문을 했는데 그들을 대하면서도 울음이 났다. 을순의 그러한 모습은 아들들을 상당히 곤혹스럽게 했다. 보아라, 너희들이 한 행동이 최선이 아니지 않느냐? 아들들은 자신의 행위를 두고 무언의 저항이라도 생각했을 지도 모른다. 무엇을 의식하고 한 행동은 아니었다. 그저 알 수 없는 그 무엇이 을순으로 하여금 눈물을 흘러내리게 한 것뿐이다.

활동방경이 몹시 축소되었다는 사실을 제외하면 결국 여기도 사람 사는 세상이었다. 정해진 규칙에 따라 움직여야 하며, 제 마음대로 할 수도 없고 상대편에 대한 배려가 필요 했다. 오늘 낮엔 팔십이 다 된 허영감이 치매 증세가 있는 칠십 중반의 공씨와 사랑을 하여 복도에서 볼에 입을 맞추는 애정행각을 하다가 손씨에게 발각이 되어 요양원이 약간 소란스러워진 적이 있었다. 몇몇 사람이 한마디로 풍기문란을 했다는 이의제기였다. 이로 인해 점심식사를 거부하던 몇몇 노인네들이, 두 번 다시 이런 일이 발생되지 않도록 하겠다는 원장의 확답을 받고서야 식사를 했다.

그렇지만 몇몇 젊은 요양사들의 생각은 달랐다. 사람이 사는 곳에는 사랑이라는 것이 싹트기 마련이라는 것이다. 그것은 나이가 적고 많고가 문제가 되지 않는다는 것이다. 어쩌면 다수의 어르신들이 불쾌하게 생각하는 진짜 이유는 자신들이 그런 행위를 할 수 있는 대상을 찾지 못한 데서 오는 일종의 질투가 아닐까하고 해석 했다. 어쨌든 여기도 바깥세상이나 하등 다를 바가 없었다. 공간이 제한된다는 것을 제외하면 똑 같이 사람 사는 세상이었다.

저녁 식사를 끝낸 지 시간이 꽤 흘렀다. 창 쪽에 어른거리던 햇살이 어느새 기운을 잃고 조금씩 옅어져 갈 때였다. 을순이 한창 그곳 요양사로부터 물리치료를 받고 있는 중이었다. 문제는 아랫도리였다. 병원에서 의식불명이라는 한 차례의 태풍이 지나간 다음 정신은 초록별 처럼 맑았다. 만약 지금이라도 다리가 제대로 움직여 준다면 얼마든지 혼자 생활해도 좋을 만큼 건강이 회복 되었다. 을순의 기적적인 소생은 한동안 이곳 사람들에게도 입소문이 날만큼 유명한 일이 되었다. 침대에 반듯하게 천장을 보고 누워 요양사가 시키는 대로 다리를 쭉 폈다가 다시 굽혀서 무릎을 가슴에 갖다 대는 동작이었다. 반복 운동을 시키는 젊은 요양사도 금새 얼굴이 벌개졌고 을순도 이마에서 땀이 맺히기 시작했다.

그때 전화벨이 울리고 전화를 받고난 요양사는 누군가가 일층에 면회를 왔다고 했다. 아무리 곱씹어 보아도 면회를 올 사람이 없었다. 아들들은 주말이나 주일에 시간을 내어 면회를 왔다. 지난 삼 년간 한 번도 평일에 면회를 오지 않았다. 서둘러 물리치료를 마치고 또다시 휠체어에 태워졌다. 그리고 엘리베이터를 타고 일층 면회실로 내려갔다. 엘리베이터 문이 열리자, 기다리고 있었다는 듯,

–을순아!

얼마 만에 들어보는 이름인가! 누군가가 자신의 이름을 부르며 다가오는 노인네가 있었다.

–이기 누꼬! 분순이 아이가.

시댁 촌수로 쳐서 집안 할머니가 되니 공대를 해야 하고 이름이 아닌 택호를 불러야 하는 사실을 너무 반가운 마음에 깜박 했다. 눈이 새하얗게 내린 듯, 호호백발이었다. 허리는 철사를 구십 도로 구부려 놓은 듯하다. 지팡이를 짚지 않으면 금방이라도 앞으로 고꾸라질 것처럼 위태위태하였다. 틀니를 하지 않아서인지 입은 합죽이가 굵게 일자를 그리고 있었다. 분순은 을순을 보자마자 댓바람에 지팡이를 저 멀리로 던져 버리고 상체를 휠체어를 타고 있는 을순의 무릎 위로 묻어 버렸다. 그리고는 실내가 떠나가도록 꺼이꺼이 울음을 터뜨리는 것이었다.

집안 촌수로 쳐서는 아주머니뻘 되지마는 분순은 을순과 동갑내기였다. 어디 그뿐인가, 어릴 때 한 동네에서 같이 자랐다. 봄이면 주남

마을 뒷산은 물론, 맞은편 시명산 기슭으로 바구니 하나 달랑 들고 쑥을 캐러 다니던 둘도 없는 친구였다. 해방을 2, 3 년 앞에 두고 한 차례의 정신대 바람이 여기에도 들이닥쳤다. 을순과 분순은 거의 비슷한 시기에 함께 시집을 갔다. 그런데 공교롭게도 앞집과 뒷집에 시집을 와서 살게 되었다. 내를 하나 건너 이웃 마을로 시집을 왔다고는 하지만 낯설고 물설기는 매한가지였다. 그만큼 서로가 서로에게 의지가 되기도 했다. 한 바탕 소동이 지나간 뒤, 분순이 먼저 옛 이야기를 꺼냈다.

–을순아, 니 그때 기억 나나? 초겨울 찬바람 불 때, 같이 동네 마실을 나갔다가 캄캄해져서 돌아와서 시댁 어른들게 꾸중 듣던 거.

하늘에 초승달이 떠 있었다. 심술궂은 구름이 제 몸으로 달을 가리었다. 이 땅 위에 일어나는 일들이 궁금한 나머지 달은 구름 사이로 얼굴을 내밀었다. 다른 곳에 정신이 팔려 있던 구름이 급하게 옷자락을 펼쳐 또다시 달이 이 세상을 못 보게 가리었다. 달은 그렇게 숨었다가 얼굴을 내밀고 또다시 숨었다가 얼굴을 내밀기를 몇 번이고 반복하는 밤이었다. 분순이 을순을 향해,

–을순아, 들어가래이–

하고 길게 말소리를 끌며 여운을 남기면,

–그래, 분순아! 니도 조심해서 들어가거래이–.

하고 응답해 주었다. 무엇보다 두 사람에게 공통된 과제는 어둠이 주는 무섬증을 떨쳐내는 것이었다. 모습은 보이지 않지만 서로의 이름을 불러줌으로써 더 이상 어둠이 무섭지 않게 되었던 것이다.

–기억나고말고……. 아직도 어제 일인 듯이 훤하구마는.

다가오는 세월은 한 없이 더디게 오지만, 지나간 세월은 이 세상에

서 제일 빠르다는 '눈감짝할 새'다. 스무 살도 안 된 꽃 같은 시절이었다. 그때 당시 남편은 징용을 가고 없고 시어머니도 돌아가시고 안계셨다. 을순은 시아버지와 나이 어린 시누이와 셋이 살았다. 마실을 갔다가 아무리 늦어도 주무시지 않고 계시다가 을순이 오는 기척을 알아채고는 '여태껏 걱정이 되어 기다리고 있었다.'는 듯, 바깥에 들리도록 큰 기침 한번 하시고는 그것으로 끝이었다. 어디를 갔느냐, 누구와 있었느냐, 일체의 물음도 없으시던 분이었다.

–그런데 여기는 무슨 일로…….

어느 정도 분위기가 진정되자, 을순은 아까부터 궁금해 하던 사항을 물었다. 물론 조금 전에 무슨 이야기 중에,

–니가 보고 싶어서 면회 왔다.

그러나 그 말이 사실이 아님을 을순은 대번에 알 수 있었다. 그냥 일없이 왔다고 보기에는 분순의 얼굴이 너무나 창백해 있었기 때문이다.

–내가 여기서 좀 지낼 수는 없겠나 싶어서…….

–와? 그 금덩어리 같은 자식 다 우야고?

그 말은 사실이었다. 한 동네에서 자라, 같은 동네로 시집을 왔지마는, 분순과 을순은 한 가지 면에서는 서로의 입장이 달랐다. 을순이 클 때부터 지지리 가난에 파묻혀 살아왔다면, 분순은 비교적 부유한 가정에서 자라 시집도 있는 집에 갔다. 최근까지도 그 살림을 하나도 축 내지 않고 잘 지녀오다가 자식들에게 골고루 잘 분배를 해 주었다는 이야기를 들었다. 자식들 또한 효성이 지극해 부모에게 참 잘한다는 소문이었다. 큰 아들은 울산에 큰 회사에 다니고, 둘째 아들은 덕계(德溪)에서 노래방을 하는데 자식 공부 시키고 그런대로 잘 산다는 이야기를 누군가에게 들었다.

–금덩어리는 무신? 철천지 웬수지…….

굳게 다물고 있던 분순의 입술이 동그랗게 만들어지며 갑자기 무언가를 씹듯 오물오물하더니 또 다시 봇물 터지듯 눈물이 흘러내렸다.

–지금에 와서 생각해 보니 큰 딸년 이야기가 맞았어. 죽을 때까지 재산을 분배하지 말고 지니고 있어라고 신신당부를 했는데……. 나는 딸 아들 구별해서 제 년에게 한 푼도 나눠주지 않는다고……. 그걸 불만으로 삼고하는 말이라 생각했지. 우리 모자간을 이간질 한다고…….

분순의 이야기를 다 들은 을순은 속이 갑자기 체해서 갑갑해져 오는 것을 느꼈다. 그야말로 일이 꼬여도 한참 꼬였던 것이다. 몇 년 전 남편이 죽고 옳은 수입이 없었다. 그렇지만 자식하고 먹고 사느라 어지간히 팔고도 금싸라기 같은 논 열 마지기에 임야가 2만 7천 평이 있었다. 그리고 대대로 살아오는 200 평 가까운 시골집이 남아 있었다. 분배 과정에서 딸은 애초에 안중에도 없었다. 큰 아들에게 많이 물려 줬어야 했지만, 임야를 물려주는 것으로 끝이었다. 자동차로 1 시간 거리라고 하지만 어쨌든 고향을 떠나 타지에 살았기 때문이다. 둘째 아들과 같이 사는 조건으로 집과 논을 주었다. 큰 아들이 분배에 불만을 품고 제사를 못 모시겠다고 버티자 둘째는 기꺼이 제사도 자신이 모시겠다고 했다. 이로써 모든 게 일단락되는 듯싶었다. 어쨌든 일 년에 두 번씩 있는 명절 제사와 제 아버지 기제사에 딸과 큰 아들이 빠지지 않고 꼬박꼬박 참석이 되었다.

문제는 둘째 아들이었다. 농사를 지어서는 더 이상 수지를 맞출 수가 없다며 야금야금 논을 팔아서 덕계에 노래방을 차린 것이었다. 장사란 것이 흔히 말하듯, 돈 놓고 돈 먹기인데 남의 호주머니에 있는 돈을 빼앗아 내 호주머니에 넣기가 여간 힘든 작업이 아니었던 것이다.

그런데 며느리의 말에 의하면 염불보다는 젯밥에 더 눈이 어두웠다. 그곳에 출입하는 노래방 도우미와 눈이 맞았던 것이다. 노래방 경영으로 인해 빚이 눈덩이처럼 불어났다. 이 지역 개발이 되기 시작해서 평당에 오십 만원을 훌쩍 넘기던 논이었다. 한 마지기에 200 평. 열 마지기면 2,000 평. 평당에 오십 만원이라면 돈이 무려 10억이다. 몇 군데의 노래방을 폐업하고 개업하기를 반복하면서 순식간에 사라져 버린 것이다. 급기야 집마저 남의 손에 넘어가고 말았다. 둘째 아들은 진작에 어디론가 잠적해 버리고, 둘째 며느리는 약간의 남은 돈으로 인근에 허름한 방 두 칸짜리 전세방을 얻었다. 이삿짐을 옮기는 날, 분순은 대대로 내려오며 살던 집을 버리고 갈 수 없다며 끝까지 앙버티었다. 울며 부여잡고 을러도 보고 달래도 보던 며느리가 마지막에는 포기했는지 약간의 식량과 식기와 이부자리와 옷가지를 남겨 두고는 새로 얻은 방으로 이사를 가버렸다.

–열흘 넘게 혼자 생활하고 있는데, 무서버……정말, 무서버요.

분순은 마치 눈앞에 끔찍한 악령이라도 어른거리고 있다는 듯, 심하게 몸서리를 쳤다.

–가만히 내버려 둬도 내일, 모레 죽을 송장이 다 된 사람이 무섭기는 뭐가 무서버!

을순은 뭔가 분순의 하는 행동이 못마땅해서 퉁바리를 주었다. 그렇지만 지금 누구보다도 을순은 분순의 심정을 이해했다. 사실 저 무섭다는 말은 외롭다는 말의 다른 표현인 것이다. 만약 우리 나이에 저 지경이라면 어서 빨리 이 세상을 하직하고픈 마음뿐이다. 그렇지만 그것은 하늘의 소관이었다. 살아 있음에도 살아 있는 것처럼 느껴지지 않는 가장 큰 이유는 주위에 아무도 없다는 것이었다. 을순의 예상대로 분순이 동네가 부끄러워서 바깥출입도 쉬이 하지 못한다는 말을 하지 않았던가.

–그래, 큰 아들하고는 연락을 안 해 봤더나?

–내가 스스로 판단한 일이니 모든 책임이 나에게 있다는 식으로 말하기에 화가 나서 너와 내가 부모 자식 간이 맞느냐? 며 한바탕 패악을 쳤떠이마는 나중에는 아예 연락을 해도 받지를 않더라고…….

–을순아! 제발 내가 여기 있도록 해다오. 응, 우째 않되겄나?

분순은 치마 옆에 달린 호주머니에서 꼬깃꼬깃 접혀진 땟국물이 줄줄 흐르는 손수건을 꺼내어 '행–'하고 코를 풀었다.

–원장에게 물어 봐야겠지만, 우야믄 힘들고 우야믄 쉬울 것도 같고……. 나는 잘 모르겠구마는.

속으로 중얼거리듯 약간 낮은 목소리로 이야기 하자 귀가 어두운지,

–누구라꼬? 누구에게 물어봐야 된다꼬?

하며 물어왔다.

–원장! 원장이라믄 모르겠나? 이 집의 주인! 집주인!

라고 귀 옆에다 대고 큰 소리를 질러 주었다.

–국가에서 보조를 한다케도 다달이 돈을 얼마씩 내어야 지낼 수 있지.

다달이 얼마간의 돈을 지불을 해야 이 요양원에 있을 수 있다는 말이 꽤나 충격적이었던 모양이다. 분순의 눈꺼풀이 무겁게 내려앉고 온몸의 기(氣란) 기는 다 빠져 나가 금방이라도 한 줌의 먼지로 폭삭 꺼져 버릴 것 같은 불안감이 엄습해왔다. 그곳 사무실 직원에게 부탁해서 승용차로 현재 거처하고 있는 집으로 모셔 드리도록 부탁했다. 힘깨나 쓰는 젊은 직원이 부축을 하는데도 분순은 자꾸만 축 늘어져 퍼

질러 앉는 형국이 되어서 결국은 불과 20 미터밖에 안 되는 거리를 업어서 차에 태웠다.

3

—정분순이라는 할머니를 아세요?

성수가 면회기록부에 몇 가지를 작성하는 동안 어느새 원장이 다가와 성수에게 물었다.

—며칠 전, 전화상으로 말씀 드린 것처럼 저는 잘 모르는 사람입니다마는…….

—우리 어머니(성수의 어머니를 지칭함.)께서 백동아지매라고 하시던가…….

—아— 예. 백동할머니! 백동할머니는 압니다. 그럼 그 백동할머니 성함이 정분순인가 봅니다.

어머니와 한 동네에서 자라고, 친 자매보다 더 정이 많아서 집안 대소사에 빠지는 일이 없었다. 아닌 게 아니라 성수가 어릴 때, 백동할머니가 집안 할머니뻘이 아니라 친 이모인 줄 알았다. 그래서 거의 성년이 될 때까지 우리 형제들에게는 백동이모로 통했다.

—그런데 갑작스럽게 그 백동할머니는 무슨 일로……?

—글쎄, 도통 말씀을 안 하시니, 자세한 것은 모르겠고, 어쨌든 어제 늦게 그 할머니께서 면회 오고 나신 다음부터 어머니께서 저렇게 식음을 전폐하시니…….

성수가 3층 입원실로 올라가 어머니를 뵈었다. 모로 누워 벽 쪽을 향해 웅송그린 모습이 한없이 작아 보였다. 성수가 대뜸 "백동할머니가 왔다 가셨다면서요?"하고 이야기를 꺼냈더니, 또다시 입술이 오므라들고 눈자위를 씰룩이면서 눈물이 콧물과 함께 좌르르- 흘렀다. 비치되어 있는 크리넥스 휴지로 꾹꾹 눌러 눈물을 훔치고 코를 풀게 하면서 짐짓 속마음을 떠 보기 위해 물었다.

-모처럼 옛 친구가 왔으면 기쁘고 즐거운 일 일 텐데 왜 이렇게 눈물을 흘리십니까?

-거기 앉아 보거라.

을순은 성수로 하여금 자신을 일어나 앉히게 하고는 결심한 듯, 분순의 딱한 사정을 모두 이야기 했다. 이야기를 다 듣고 난 성수도 대번에 난감한 표정이 되었다. 이것은 다른 문제가 아닌 돈 문제였다. 중학교 교사의 빤한 수입으로 성수에게 어떤 경제적 여유가 있을 리 만무였기 때문이다. 기력을 잃은 을순은 말할 힘도 없다는 듯 가늘게 뜬 눈길만으로 '네도 어째 안 되겠지, 우리 힘으로 어쩔 수 없겠지?'하는 표정이었다. 그런데 그 표정이 한없이 측은하게 느껴지며 연민이 폐부를 후벼 파는 것이었다. 불현듯 이 자리에서 '안 된다는 말을 해서는 안 된다.'는 생각이 직감적으로 들었다.

-어떻게 될 수 있는 길이 있는지 알아볼게요.

그 말 말고는 다른 말을 생각해 볼 수도 없었다.

어머니와의 면회를 끝낸 성수는 일단 원장을 만나보기로 하였다. 사실 어머니의 경우에도 장애 2급 판정을 받아 상당 부분을 국가보조를 받고 있었다. 건강 검진 결과 백동할머니도 장애 등급이 나오면 많은 돈을 들이지 않고도 이 곳 요양원에서 생활할 수가 있다. 마침 원장은 원장실에 있었다. 언젠가 누군가로부터 들은 이야기인데 원장은 처음에는 수녀가 되려고 하다가 여의치 못해 이 곳 성 베드로의 원장이 되었다고 했다. 그래서인지 간단한 기초화장조차도 않은 원장은 해싸한 얼굴이 마냥 수수하게만 보였다. 성수로부터 자초지종 이야기를 모두 들은 원장도 일순 난감하다는 표정이 얼비치었다.

–그 할머니의 작은 아들이야 빚 때문에 쫓겨 다닌다니 무어라 말할 수 없지만, 그 집의 큰 아들은 무엇보다 장자로서의 책임을 다해야 하지 않을까요?

라고 말하였다. 그리고 큰 아들 앞으로 되어 있는 임야가 그 주위가 개발 되면서 땅값이 천정부지로 뛰었다는 말도 했다.

–제가 백동어르신께서 큰아드님에게 물려 줬다는 그 땅이 어디쯤인지 대충 아는데 그 부근의 땅이라면 땅 값이 예상외로 셉니다. 예전에는 논이 비싸게 팔리지만 요즘은 임야가 오히려 대세에요. 예전에는 악산이라고 해서 거들떠보지도 않던 땅을 최첨단 장비가 동원 되어 쉽게 정지가 가능해 지면서 아주 인기가 많아졌답니다.

골똘히 생각하던 원장은 갑자기 무언가 떠오른 듯 엄지와 중지 손가락을 '딱–' 하고 마주치며 소리를 내었다.

–일단, 백동어르신의 큰아드님과 둘째아드님을 차례로 만나 보세요. 그리고 다달이 적게는 몇 십 만원, 많게는 백 만원 넘는 돈을 들여서 어머님을 이곳 성 베드로로 모실 의향이 있는지 물어 봐 주세요. 돈을 부담할 수 있다면 더 이상 문제될 것이 없이 가장 바람직하고, 그게 안 되더라도 다른 방법을 강구할 수도 있습니다. 그렇지만 그건 그때 가서 생각해보고 일단 두 아드님을 만나 보는 것이 급선무입니다.

딴은 맞는 말이었다. 그리고 만약 두 아들이 어머니에 대해 부양의 의무를 지지 않는다 하더라도 다른 방법이 있다니 영 절망적인 것은 아니었다.

–예, 그럼 제가 먼저 두 아드님을 만나 보도록 하죠.

성수는 원장을 향해 머리를 깊숙이 조아리고 원장실을 물러나왔다.

이튿날, 성수는 근무하고 있는 학교가 소풍일이라 오후 두세 시 쯤에 일찌감치 몸을 뺄 수가 있었다. 그래서 작정을 하고 신기에 사는 촌수로는 먼 아재뻘 되는 수용아재를 찾아 나섰다. 폰에 저장되어 있는 전화번호로 전화를 거니 계속해서 결번 어쩌고저쩌고 하는 여자의 음성만 흘러나왔다. 일단 백동할머니를 만나 대충 집이 어디쯤인지 알아보았다. 그리고 메모지에 주소지를 옮겨 적은 다음 찾아 나섰다. 막상 길을 나서니 찾기가 쉬웠다. 회야천 다리를 건너 불과 10 미터 거리에 있었던 것이다. 틀림없이 두 개의 방이 맞았지만 정상적인 주택이 아니라 컨테이너를 개조한 방이었다. 성수가 방문 했을 때 그 방에는 동생뻘 되는 고등학생 두 명만이 저들끼리 스마트폰으로 게임을 하고 있었다. 그곳에서 한 시간 쯤 기다리다가 수용아재의 처인 아주머니를 만날 수 있었다.

–모든 게 제 잘못이에요. 형님 내외분에게 평생 어머님을 우리가 모시기로 약조하고 우리가 재산을 좀 더 많이 물려받은 것도 사실이에요. 문제는 남편이 다른 여자에게 눈길을 줘 버린 건데. 그것도 제가 어딘가 부족하니까, 다른 데로 눈길을 돌린 게 아니겠어요? 제 탓입니다.

–아주머니께서 뭔가 오해를 하고 계신 듯합니다. 제가 여기 온 것은 누구의 잘잘못을 탓하기 위해 온 것이 아니라, 좀 전에 말씀 드렸다시피 백동할머니가 저렇게 옛날 살던 집에서 아무도 돌볼 사람 없이 방치되다시피 생활하고 계십니다. 그리고 무엇보다 당신께서 저의 어머

니가 계시는 성 베드로 요양원에 계시길 원합니다. 바로 이 점을 의논드리는 것입니다.

–어차피 제가 모시지 못할 바에야, 시설로 가시면 제 마음도 한결 안심이 되고 좋긴 합니다만, 어디 그럴 돈이 있어야지요. 저 아이들 아버지가 그렇게 하는 바람에 이렇게 길바닥에 나앉게 되고, 아이들도 다니던 학원을 다 끊었는데…….

말을 마치고는 방바닥이 꺼져라 포옥 한숨을 내쉬었다.

–그렇다면 금전적인 문제만 해결된다면 요양원에 가시는 것에 대해 반대는 안 하시는 거죠?

성수가 원장에게 들은 말이 있어 다짐이라도 받듯 말을 건네자, 수용아재의 처는 곤혹스러운 표정이었지만, 마침내 성수를 멀뚱하게 바라보고는 고개를 끄덕이었다.

백동할매의 큰아들이 되는 철용아재는 울산의 신도시라 불리는 아파트에 살고 있었다. 성수가 백동할매의 일로 긴히 만나 의논할 일이 있다고 하니 처음에는 만나고 싶지 않다고 일언지하에 거절하였다. 성수가 무조건 피한다고 해결될 일이 아니니 꼭 만나고 싶다고 재차 당부하니 그제야 승낙을 했다. 직접 아파트를 방문하겠다고 하니 펄쩍 뛰면서 아파트 근처 커피전문점 상호를 일러 주며 거기에서 만나자고 했다.

–여보게, 조카! 그 녀석 수용이는 내 동생이 아니라, 철천지 원수야! 큰아들인 나를 어머니와 쿵짝이 되어서 시쳇말로 왕따 시키고, 재산의 칠 할을 그녀석이 다 가져갔어. 어머니를 모신다는 조건으로……. 나는 형제니까 이해하고 넘어간다고 치자. 내 집사람이 얼마나 나에게

길길이 날뛰고 들들 볶았는지 아나? 얼마나 아들로서, 형으로서 가치 없이 보였으면 이런 푸대접을 받겠느냐며……. 지금껏 이혼 안하고 살아 주는 것만 해도 다행이라고 말하더군. 내가 암종에 안 걸리고 살아 있는 것이 오히려 기적이지. 그리고 어머니도 그렇지. 재산 분할을 그런 식으로 했으면 군말 없이 잘 살아야지 이게 무슨 꼴이냐고?

사람의 얼굴이라는 게 이렇게 표변할 수가 있나. 조금 전 서서 악수를 나누고 좌정을 하기 전까지만 해도 철용아재의 얼굴은 아주 푸근하고 안온했다. 그런데 지금은 두 눈이 그 누군가를 향해 증오로 이글이글 불타고 있는 것이다.

–그래도 어머니가 아닌 것은 아니고, 동생이 아닌 것은 아니지 않습니까? 언제까지나 어머니를 빈 집에 홀로 지내도록 하실 수는 없는 것 아닙니까? 이리저리 알아보면 요양비를 싸게 하는 방법도 있다고 하고……무엇보다 백동할머니 당신께서 그 곳에 우리 어머니와 계셨으면 하니까……한 동네에서 자라 시집도 같은 곳으로 가시고 늘그막에 서로 의지하고 계시다가 돌아가시면 좀 좋겠습니까?

만약, 백동할머니가 빈집에 계시다가 갑자기 돌아가시고, 내왕하는 사람이 없다 보니까 신문지상에 이따금 오르내리는 것처럼 며칠 후에나 발견되시고……. 그런 불상사는 막아야 한다 싶었다. 아무리 설득을 시켜도 철용아재의 태도는 요지부동이었다. 네가 우리 집에 대해서 무얼 아느냐? 오지랖이 너무 넓은 것 아니냐? 밥 먹고 그렇게 할 일이 없느냐며 성수를 닦아 세웠다.

며칠을 동분서주 하면 여기저기 쫓아 다녔지만, 그야말로 별무효과였다. 성수가 낙담하여 거의 자포자기 상태에 있을 때였다. 원장에게 문자가 들어와 있었다. 내일 시간이 나는대로 성 베드로로 좀 와 달라는 이야기를 했다. 다음 날 퇴근하면서 차를 아예 성 베드로로 몰아 원장실에 들었다. 성수는 그동안 백동할머니의 아들들과 만난 이야기를 있는 그대로 이야기 했다.

-좋습니다. 이건 정말 마지막 방법인데, 오늘 중이라도 당장 그 두 사람을 만나 부모양육권에 대한 포기각서를 쓰고 서명해서 받아 오세요. 이로써 만약 백동어르신께서 무의탁노인이 된다면 요양비를 따로 내지 않고도 여기에 계실 수 있을 것입니다.

평소 침착하고 화를 잘 내지 않는 원장이었지만 그날만큼은 매우 기분이 언짢아 있는 것처럼 보였다.

수용아재는 가출한 이후로 여전히 감감 무소식이었으므로 그의 처인 아주머니께서 대신 해서 포기각서에 서명해 주었다. 수철아재는 지난 번 그 커피전문점에서 만났는데 풀이 한층 꺾여 있었다. 급기야 성수가 양육포기 각서를 내밀자 몇 초가 안 지나서 눈물 한 방울 또옥 떨어져 종이 위에 조용히 번져나는 것이 바라보였다. 그러면서 처자식이라는 쇠사슬 때문에 이 종이 위에 서명할 수밖에 없는 자신의 입장을 십 분 이해해 달라고 했다.

드디어 분순이 성 베드로에서 어머니와 같은 호실에서 지내게 되었다. 처음에는 적응이 안 되는지, 성수가 면회를 오면 아들 집에 보내달라고 억지를 섰다. 갈 곳이나 있나요? 여기를 나가시면 또 어디로 가실 겁니까? 어디 오라는 곳은 있습니까? 때때로 달래기도 하고 어르기도 하면서 대략 삼 개월 정도가 지났다. 족히 6 개월은 지나야 어느 정도 적응이 되는데 그래도 분순은 빠른 편이었다. 어느 날이었다. 성수가 면회를 가니 웃으면서 그곳에서 일어난 일을 말하는 것이었다. 그

동안 아들들은 물론 며느리도 어느 누구 하나 면회 오는 사람이 없었다. 그렇게 해서 몇 년은 거뜬하게 넘기실 줄 알았다. 한 치 앞을 내다보지 못하는 것이 인생살이라고 하던가, 노인네들을 두고 밤새 안녕이라는 말이 있더니, 그 말은 바로 백동할머니를 두고 하는 말이었다. 할머니는 매일 입버릇처럼 자는 잠에 조용히 가도록 해 달라고 빌었다. 그런데 그 소원이 삼 개월이 지나 그대로 들어맞은 것이다. 만 3 개월을 하루 남겨 놓고 담당 요양사가 아침 일찍 순회를 돌다가 깨웠다. 아무런 기척이 없었다. 임종은 아무도 지키지 못했다. 심지어 같은 방을 쓰던 을순조차 아침에 순회하는 직원이 알려줘서 비로소 알게 되었다. 그날 오후에 요양원에 들린 성수는 원장에게 무엇보다 제일 먼저 상주들인 아들들에게 먼저 알려야 되지 않겠느냐고 이야기 했다.

–어련히 제가 알렸겠습니까? 그런데 여기 요양원에 와서 백동어르신 시신을 수습해 가려면 그동안 밀린 요양비를 지급하고 모셔 가야 된다고 이야기 했더니, 자기네들은 어차피 양육포기각서를 썼으니 시신을 인수 받는 것도 포기 하겠다. 그렇게 이야기를 하는 겁니다. 그 참, 세상이 아무리 요상하게 흘러가기로서니 자기를 낳아 준 어머니의 장례식조차 포기하다니…….

이 세상에서 끊임없이 솟아나는 샘물이 있다더니 끊임없이 솟아나는 눈물이 있었다. 어머니는 사흘 동안 어찌나 목 놓아 우셨던지 퉁퉁 부은 눈을 뜨기가 힘들 정도였다. 원장도 어쩌다 들러서는 이러다가 줄초상을 치게 생겼다며 걱정을 했다. 그리고 실신 직전에 링거주사를 맞고 일주일 넘게 꼼짝 않고 누워 안정을 취하고서야 위험한 고비를 넘겼다. 백동할머니와 함께 지낸 3개월 동안, 어머니는 그 어느 때보다도 행복해 보였다. 면회를 오면 어머니의 휠체어를 백동할머니가 밀었다. 두 분이 요양원의 뜰을 거닐며 산책하는 모습이 자주 목격 되었다. 하도 다정스럽게 이야기를 나누어 다른 분들이 시샘을 할 정도였다. 장례식을 치르는 동안 상주가 없어서 성수가 아들 노릇을 했다. 그다지 힘든 것은 아니었다. 장례절차는 당연히 화장을 해서 수목장을 하는 것이었다. 화장하는 당일 잠시 직장에 연가를 내어 땅을 파서 나무 밑동에다 뼛가루를 묻었다. 장례절차, 몇 안 되었지만 조문객을 맞이하는 일, 음식 장만까지 모든 것을 요양원에서 도와주었다. 물론 원장의 각별한 배려가 있었기에 가능한 일이었다.

백동할머니 장례식이 끝난 지 일 주일쯤 지났을 것이다. 넘어가는 해가 창에다 붉은 물감을 뿌리어 마지막 채색에 열중이었다. 6 교시 수업을 위해 성수는 책상 위에 있는 교과서를 막 챙겨 들고 교무실을 나섰을 때다. 예의 컬러링인 예라이샹이 요란하게 울렸다. 원장이었다. 수신을 위해 재빨리 터치를 했다. 인식을 빨리 못해서인지 금방 수신이 안 되다가 잠시 후에 성공 했다.

–바쁘신가 보죠? 전화를 늦게 받네요?

어지간해서 짜증을 낼 분이 아닌데 말소리에 수백 개의 바늘들이 침을 곤두세워 당장이라도 상대방의 통증 부위를 마구 찌를 기세였다.

–허허 –, 우리 원장님도 이렇게 짜증을 부릴 때가 있는가 봅니다.

성수가 은근히 눙치면서 물었다.

–지금 그런 말씀하실 때가 아니구요. 백동할머니 성함이 정분순씨 맞죠?

–그건, 글쎄, 원장님께서 제보다 더 잘 아실 텐데요.

–그 어르신 큰아드님이 성함이 뭐랬죠?

–김철용입니다.

–맞죠? 김철용이 맞죠? 아이구나 세상에……세상에 이럴 수가 있나!

하고는 더 이상 말을 잇지 못하였다.

–왜요? 원장님 왜 그러세요?

–그 김철용씨 인상착의 이야기 해 봐요.

–키는 좀 작은 편이지만 몸피가 두껍고, 두상도 크고 눈이 부리부리하고, 코도 주먹코에다 입술도 두툼한 편이고……

라는 성수의 말이 체 끝나기도 전에,

"아이구 맞네!"하다가 또다시 "세상에 이럴 수가……"를 반복하며 억이 차다는 듯 말을 잇지 못하였다.

–오늘 제가 울산대학병원에 지인을 문상을 할 일이 있어 왔어요. 그런데 제가 문상 간 특2실 옆에 바로 특1실이 있는데 그곳에 망인이 정분순으로 되어 있는 거예요. 그래서 속으로 '정분순', '정분순……'하면서 되뇌어 보다가 '맞다'하고 백동어르신이 떠오른 거예요. 그런데 김선생님도 아시다시피 일주일 전에 이미 장례식을 치룬 분 아닙니까? 혹시 똑 같은 동명이인이라도 있나 싶어 안을 들여다봤지요. 그런데 상주 이름도 똑 같고, 인상착의도 똑 같으니……아이구 세상에, 아이구 세상에 이런 일이…….

이야기를 다 듣고 성수는 갑자기 심한 현기증으로 계단을 오르는 난간을 꽉 잡았다. 아랫도리에 힘이 쏘옥 빠지며 그 자리에 주저앉아지려는 것을 안간힘을 써서 앙버티었다. 빈 곽을 앞에 두고 수많은 조문객들이 부의함에 돈봉투를 넣고 넙죽하고 절을 올리는 모습이 떠올랐기 때문이다.

쭉정이, 별이 되다

그가 그 날 안영달(安榮達)을 만난 것은 우연이었다. 그러나 내막을 자세히 알고 나면 충분히 그럴 수 있는 개연성이 있었다. 실제 우리 일상을 돌이켜 보면 우연을 가장한 개연 혹은 필연이 얼마나 많은가. 우연이라고 말하는 것이 거의 대부분이 무지나 속단에서 비롯된 것이다. 불교에서는 인연사상을 내세워 모든 세상의 이치가 원인과 결과의 고리로 엮어져 있다고 말하질 않는가.

직장인 D중학에서 지하철역까지 가는 데는 두 갈래의 길이 있다. 하나는 새로 난 산복도로를 따라 오른쪽으로 꺾어 Y역으로 가는 길이고, 다른 하나는 학교 정문에서 곧바로 직진하여 좁은 골목길을 내려가 B역을 이용하는 것이었다. 소요되는 시간은 10여분 남짓으로 두 길의 거리는 거의 비슷했다. 이 학교로 발령 난 지가 만 3년으로 꽤 오랫동안 그는 출퇴근을 하면서도 그는 한 번도 B역으로 가는 좁은 길로 내려가 본 적이 없다. 표면적인 이유는 우선 Y역으로 가는 길은 이 바닥의 '압구정동'으로 통할만큼 젊은이들로 넘쳐나는 곳이기 때문이다. 인근에 여러 학교가 밀집되어 있고, 항상 거리는 중학생에서부터 대학생까지 일종의 인구의 과포화 상태를 이루고 있다. 사람의 홍수에 떠밀리다 보면 어느새 저만큼 역을 알리는 표지판이 보였다. 물론 사람이 많다는 것은 그들의 헤어스타일, 패션, 그리고 요즘은 거의 하루에 한 번씩 볼 수 있는 개업점 앞에서의 늘씬한 아가씨들의 댄서 등 부수적으로 다양한 볼거리를 제공받는다는 뜻도 된다. 그는 자신이 그 사이를 걸어가다 보면 나이가 훨씬 젊어져서 가까운 미래 사회에 와 있는 듯한 황홀한 착각 속에 빠지기도 하는 것이다. 그러나 사실은 Y역으로 가는 길이 좋아서라기보다는 B역으로 가는 길이 싫어서라는 것이 더 정확한 진단인지도 모른다. 그가 생각해 볼 때 지연이라는 어휘는 땅을 두고 사람과 사람 사이의 인연을 말한 것이다. 충분히 인간 본위적이다. 그런데 그가 B역을 가자면 반드시 거쳐야 되는 동네를 놓고 볼 때 사람과 땅 사이의 인연이라는 것도 집요하게 작용한다는 생각을 떨쳐버릴 수가 없다. 그는 40여년 전에 이 동네에서 태어났었다. 그리고 25년 정도를 이 동네에서 성장했다. 사실 그는 극히 좁고 미세한 골목길까지도 그 지도를 그릴 수 있을 만큼 이 동네에 대해서 잘 안다. 그러던 그가 다시 15년 만에 이곳에 직장을 얻어 오게 될 줄이야 어떻게 알았겠는가. 그는 이곳의 소식을 집에 계신 어머니의 옛 친구들을 통해서 간헐적으로 접할 수 있었다. 일정 때부터 설계되어 닦여질 것이라는 산복도로가 드디어 7,8 년 전에 개통되었다는 것. 그리고 남아 있던 허름한 루핑이나 슬레트 집들도 지금은 거의 없어졌다는 것. 그리고 남아 있던 슬레트 집들도 이젠 계단식 땅위에 소형 빌라로 탈바꿈해서 훨씬 동네가 겉보기에는 번듯해졌다는 것 등이었다.

그날 그가 3년 남짓 동안 재직하면서 단 한번도 가지 않았던 그 길을 그날은 무슨 심사에서 밟게 된 것인지 그로서도 잘 알 수가 없었다. 하여튼 그날은 아침 학교로 출근하던 즉시로 종일 내내 마음이 우울하였다. 그것은 고혈압으로 누워 계시던 어머니가 이따금 혼수 상태에 빠지는 것을 보고 나왔기 때문인지도 모른다. 작년에 소위 하늘이 무너진다는 천붕(天崩)이라는 것을 겪고 금년에 또다시 어머니까지 여읜다는 것은 너무나 비통한 일이 아니냐, 아마도 그런 심회에서 기인했을 것이다. 나이가 사십이 넘고, 처자식을 거느린 처지이면서도 새삼 천애의 고아가 된다는 사실이 그를 몹시 그늘지게 했을 것이다. 그로 인해 철 모르고 자라던 어린 시절이 애틋한 그리움으로 피어나게 하고 모처럼 퇴근길 10여 분이나마 고향과도 같은 옛길을 걸어봄으로써 향수에 담뿍 취할 수 있으리라는 참으로 가벼운 기분에서였다.

예상대로 동네는 참으로 많이 변해 있었다. 우선 역시 동네 한 복판을 관통하여 산복도로가 났기 때문에 동네가 양분되면서 각기 독립된 하나의 생활권으로 이루어져 있었고 그나마 그가 성장했던 아랫동네도 집집마다 문을 굳게 닫아 걸고 비정한 도시 변두리의 살풍경한 모습을 그대로 보여주고 있었다. 그는 마침 복개된 개천가를 지나게 되었는데 시큼하게 썩는 냄새가 코를 찌르는 데도 한참동안 서 있었다. 그곳은 그가 대학을 다니던 중에 레마르크의 '개선문'을 읽다가 작품 속에 나오는 세느강과 자기 동네의 개울창과 비교하던 것을 상기하게 된 것이다. 사람이라는 것이 누구나 할 것 없이 성장하면서 환경의 지배를 받기 마련인데 맑고 아름다운 세느강과 약을 먹고 죽은 쥐가 오래 되어 털이 빠져 하얗게 나뒹굴어져 있는 개천을 보았을 때 그는 개울을 향해 침을 뱉으며 저주를 퍼부었다. 동네에 대한 저주랄 수도 있지만 사실은 자기 자신에 대한 저주라고 보는 것이 옳았다. 토양이 좋아야 식물이 잘 자라지. 이런 동네에서 자란 내가 잘 되어 봐야 무슨 별 수가 있겠는가 하는 자기 자신에 대한 자조라고 보는 것이 옳았다. 그가 3년이라는 짧지 않는 동안 한번도 이 거리를 추억 어린 출퇴근길로 삼지 않았던 것은 은연 중에 그 옛날의 혐오가 알게 모르게 짙게 깔려 있기 때문은 아닐까. 새삼 그런 생각도 들지 않는 것은 아니었다.

길을 걷다가 혹시 아는 사람을 만나면 어쩌지 하는 것은 기우에 불과 했다. 그래도 그 옛날의 기와나 슬레이트집들이 일부 퇴락한 채로 옛 모습을 간직하고 있었는데 거리가 고요하고 적막하기 이를 때 없었다. 원인을 알지 못 할 긴장감으로 내내 신경이 곤두선 채로 조심스럽게 내리막을 내려오던 그가 드디어 안도의 한숨을 쉬며 마악 골목길을 빠져 나올 참이었다. 어느집 현관 앞에 놓여 있던 평상(平床)에 한 노파가 물끄러미 자신을 바라보고 있었다. 나중에 안 사실이지만 노파가 자신을 보고 있었다는 것은 순전히 그 자신만의 생각이었다. 노파는 이미 이농증에다 노안으로 인한 심각한 시각 장애를 겪고 있었던 것이다. 그는 그 노파를 이내 알아보았다. 그의 직업이 학생을 가르치는 교사라는 것 때문이었을까? 그 노파를 그냥 지나칠 수도 있었지만 왠지 그래서는 안될 것만 같았다.

–안녕하십니까? 영달이 어머님 아니십니까?

그는 사뭇 사무적인 어조로 말했다.

–가마 있거라보자 야가 누꼬? 암만케도 잘 모리겠는데…….

그가 평상에 앉아 바싹 다가 앉아보였다.

–제가 창준이 아닙니까? 김창준이

–글씨, 들어본 것키도 하고. 아는 사람 같기는 한데…….

–잘 모르겠습니까? 그 옛날 아랫집에 살았던 김반장집 큰아들 창규 동생 창준이

종국에 가서는 고함을 빽 질렀다.

–뭐라꼬 니가 창규동생이라꼬?

이미 쭈글쭈글 해져서 한결 같을 안색에 화색이 감돌았다.

–아이구애, 반갑다. 그래 너거 행이는 뭐하노?

이름이 익숙해서일까. 서울서 부도내고 도피 중인 형의 안부부터 물었다. 그리고는 미처 대답할 겨를도 없이 (참으로 다행스런 일이지만) 당신의 큰아들 이야기부터 늘어놓았다.

–우리 영규는 그 어렵다는 서울상대 졸업해가 지금은 경성은행 종로 지점장 안 하나.

큰아들 영규는 이 동네에서 전설적인 인물이었다. 당시 이 동네는 6.25 전쟁이 끝난 50년대 중후반, 60년대 초에 급조된 변두리 달동네였다. 영규라는 사람은 공부를 잘 했지만 가정형편상 여느집 아이들과 마찬가지로 중학을 겨우 졸업하고, 양복점 재단사에 시다로 일 했었다. 창규가 초등학교 오전 수업을 파하고 복장사 앞을 지날 때면 이따금 심부름을 갔다오는 그를 만날 수가 있었다. 그는 물끄러미 창규를 바라보다가 말없이 창규의 머리를 쓰다듬어 주며,

–그래, 공부가 젤이지. 거기만큼 확실한 투자도 없는데…….

하였던 것이다.

그러던 그가 어느 날 느닷없이 복장사 시다를 그만 두었다는 소문을 들었다. 이따금 동갑내기인 영달이에게 놀러 가면 손바닥 만한 선풍기를 만들어 얼굴에 갖다 대고 바람을 쐬고 있는가 하면 , 뚜껑은 아예 없고 다이오우드에 전기선만 연결된 작은 스피커에서 라디오 소리가 흘러나오도록 해 듣고 있었다. 하루는 방바닥에 앉아 끊임없이 그림을 그려대고 있었는데 벽에 붙이는 것을 보니까, 바로 자신의 초상화였다. 처음에는 눈물을 머금고 애잔한 슬픔을 간직한 그림이었는데 날이 갈수록 미간에 주름이 여러 가닥으로 잡히고 달마의 그것처럼 눈꼬리가 위로 치솟으며 분노로 가득 찬 초상을 공부방 벽면에 철사줄을 대고 죽 걸어 놓았다. 그러다가 한번은 눈을 감고 명상에 잠긴 듯한 그림을 줄곧 그리고 있어서,

–형, 이건 뭘하는 그림이야.

하고 물으니까, 그에게 자신의 잠자는 모습을 그린 것이라고 했다. 그 이튿날 아침 영규의 어머니는 뒤뜰에서 석유로 온몸에 끼얹어 불을 붙인 채 데굴데굴 구불고 있는 아들 영규를 발견해야 했다. 목숨을 건

졌지만 왼쪽 뺨 언저리에 흉한 화상이 남고 여름에도 긴 팔 소매 상의를 입고 다녔다. 그 다음해 그는 검정고시만으로 거뜬히 고졸합격증을 따 내고 또 그 다음해에 서울상대에 들어갔다. 동네 사람들은 그가 아무리 서울대학이라는 명문 대학을 나와도 별 볼 일 없을 것이라고 이구동성으로 입을 모았다. 물론 그의 흉측한 외모 때문에 취직을 할 수 없으리라는 생각 때문이었다. 그러나 이러한 동네 사람들의 예상은 빗나갔다. 그는 보란 듯이 어엿하게 은행에 취직을 했는데 그 얼굴을 가지고 은행 창구를 어떻게 지키고 있나 아연하게 여겼다. 나중에 들은 이야기지만 창구가 아니고 본점 전산실이라고 이야기 해 주었다. 그러자 동네 사람들은 또다시 입을 모았다. 취직은 용케 했는지는 모르겠지만 장가 가기는 힘들 거라고……. 그런 끔직한 얼굴한테 누가 시집을 오겠느냐고 했다. 그런데 나중에 청첩장이 나가자 그 예상 또한 빗나갔다. 모두들 세상일은 정말 모를 일이라고 했다.

–영규 형님은 자주 오십니까?

–전화가 자주 안 오나…….

–영규 형수님은 전화가 자주 옵니까?

–영규 말로는 별 탈 없이 다 잘 있다 카더라 저거 편한 기 내인데 효도하는 거 아이가.

노파의 얼굴에 짙은 주름이 더욱 깊게 패이면서 한 차례의 산그늘이 검게 드리워지는 것을 보았다. 그가 일어나서 뒷걸음질을 쳐서 작별인사를 고할 즈음 노파가 비로소 그가 가장 궁금해 하는 사람 이야기를 꺼냈다.

–쪼금 있으면 우리 영달이가 올낀데……

그래 영달이, 그가 이 동네를 떠나기 전 마지막 친구로 남았던 것이 영달이었다.

요즘 툭하면 섬이니, 변방이니 하는 말들이 마치 유행어처럼 자주 사람들 입에 오르내리는데 돌이켜 보면 그 당시 이 지역이야말로 이 도시 전체에 있어서 하나의 변방이고 섬이었다. 그가 스무 살이 넘어 대학에 들어가기 얼마 전까지도 그는 소위 다운타운이라 불리는 도심 번화가의 건물들과 무관했다. 걸어서 불과 30여 분의 지척에 있었지만 은행, 증권사의 건물이나 지방기업체의 사무실이 들어차 있는 거리가 낯설게만 느껴졌던 것이다. 그와 한 동네에 살고 있는 사람들은 사회 구성원 중 최하층민을 이루었다. 그리고 그 휘황한 도시의 사람들과 한 자리에 끼질 못했다. 그러다가 스무 살 안팎의 청년이 되어서야 낮이면 음악이 나오는 다방에 죽치고 앉아 커피나 한 잔 마신다든지, 아니면 밤에 싸구려 입장료를 끊고 나이트 클럽에 들어가 땀을 뻘뻘 흘리고 돌아온 것을 무슨 영웅담처럼 이야기했다. 마지막까지 희망을 버리지 않고 언젠가는 저 네온 찬란한 상류계층으로의 도약을 꿈꾸며 그냥 하루하루의 끼니를 이어가는 것을 다행으로 여기는 층이었다. 그리고 끝없이 신분상승을 위한 시도를 호시탐탐 노리고 있었는데 그것의 대부분은 자식을 통한 것이었다. 자신은 글렀지만 자식만큼은 제대로 공부를 시켜 저 으리으리한 현대식 건물 속에서 흰 와이셔츠에 넥타이 매고 일하도록 만들어야지……. 부모들의 직업이 대부분 목수, 미장이, 고무공장의 일용직 노동자였던 것을 감안하면 그것은 누가 보더라도 확실한 신분 상승이었다. 부모들이 이렇다 보니 자식들 사이에도 두 가지 부류로 확연히 갈리었다. 그나마 공부를 열심히 하는 아이들과 불량 학생이 되어 학교를 다니는 둥 마는 둥 하는 아이들이었다. 그들은 이르면 초등학교를 들어간지 얼마 되지 않아 서로가 거리를 두곤

하였는데 심지어 담 하나를 사이에 두고 바로 이웃에 살고 있는데도 골목에서 서로 만나도 눈인사도 나누지 않고 헤어지기가 일쑤였다. 그리고 그 갈등의 폭은 학년이 올라 갈수록 심화되는 것이었다. 그러다가 초등학교를 졸업하고 중학교를 갈 때 쯤이면 아주 극명하게 갈리었다. 꿈을 포기하지 않는 집의 아이들이 대부분 중학에 들어간 반면 그렇지 않은 아이들은 일찌감치 취직을 서둘러야 했다. 주로 고무공장에 취직하거나, 철공소가 아니면 복장사 점원으로 들어갔다. 게 중에는 적성에 맞지 않거나 본인의 나태함으로 진작에 직장을 뛰쳐나와 거리의 부랑아가 되는 수가 많았다. 그 아이들은 자기네들끼리 패거리를 이루어 학교 앞이나 동네 골목길에서 급식을 받아오는 아이들의 빵을 빼앗는다든지 아니면 코흘리개의 용돈을 터는 일이 비일비재하였다.

이 중에 그는 누가 보아도 그 양 진영 중에 모범생 쪽에 속했다. 그렇다고 여느 아이들처럼 불량한 친구들을 골목에서 만났을 때 의도적으로 피하거나 그렇게 하지는 않았다. 그가 생각할 때 적어도 그 아이들은 공부를 좀 못했을 뿐이지, 심성의 본 바탕이 나쁜 아이들은 아무도 없었다. 그리고 그 점을 가장 잘 시켜 준 아이가 영달이었다. 그가 초등학교를 다닐 때는 회비를 안 내면 집으로 쫓겨 났다. 그냥 쫓겨 나는 것이 아니라 양볼이 얼얼하도록 얻어맞고 글자 한 자 못 배우고 등교를 하자마자 쫓겨 난 것이다. 초등학교 2 학년 때였던가. 그와 영달이는 같은 반이었다. 삶은 오징어처럼 손등이 오동통하게 살이 오른 20 대 초반의 여선생로부터 눈앞에 무수한 별똥별이 떨어지도록 얻어맞고 둘은 교실에서 내쫓겼다. 집에 돈이 있으면 아침에 올 때 가져 왔지 뭣하러 빈손으로 왔겠는가. 그래도 혹시나 싶어 10 리 가까운 길을 걸어서 집으로 갔다. 그때 마당 한 복판에서 빨래를 헹구어 내고 계시던 어머니가 그와 똑같은 말을 하며 내쫓았다.

–돈이 있으면 뭣하러 안 줬겠냐. 아버지 봉급 타면 준다고 해라?

계속해서 그 자리에 버티었다가는 부지깽이가 날아올 판이었으므로 그야말로 찍소리 못하고 돌아섰다. 그러면서도 최소한 담임 선생의 요구에 응했으므로 양심에 비추어 떳떳하다. 그것이 유일한 위안이었다. 정말 우연하게도 그는 학교 교문 옆 놀이터에서 혼자 철봉에 거꾸로 매달려 있는 영달을 만났다.

–집에 갔다 왔냐?

–아니.

–왜?

–우리집에는 가도 아무도 없다.

–…….

그제서야 영달의 아버지가 일찍 돌아가시고 어머니가 시장에 좌판을 벌리며 힘겹게 생활 한다는 것을 떠올렸다.

–시장은 꽤 멀지?

–그으래.

–교실로 다시 들어가자.

–니 먼첨 들어가라.

–……?

–와 그래야 되는 동, 니, 그것도 모리나? 멍청하기는…….

–뭘 갖고 그러는데?

–니 진짜 바보가? 우리 둘이 같이 들어가면 가시나가 둘이 같이 놀다가 왔다꼬 오해 할 거 아이가.

–오해하고 자시고 할 끼 있나? 니는 가도 엄마가 없고, 나는 떳떳하

이 갔다 왔는데

–그래 얻어맞는 기 원(願)이믄 같이 들어가 보자.

거리에 나와 여러 사람과 시달리면서 눈치가 늘어서인가. 그때부터 상황을 읽는 눈이 영달이가 훨씬 더 빨랐다. 얼마 전에 맞아 붓기가 미처 가라앉기도 전에 그 붕어빵 여선생으로부터 몇 차례 더 맞다 보니까 참기 어려운 고통이 뒤따랐다. 그의 눈이 어느새 붉게 충혈이 되면서 주먹 만한 눈물이 뚝뚝 떨어졌다.

–야이, 가시나야.

보다 못한 영달이가 담임 여선생을 향하여 냅다 소리를 지르고는 교실 문을 박차고 뛰쳐나갔다. 뒤이어 그도 영달이의 이름을 부르며 따라 나섰던가?

이후 영달이는 더욱 불량기를 드러내며 그런 부류의 아이들과 어울렸고, 그는 이 모든 것이 가난 때문이기에 가난을 극복하기 위해서는 공부밖에 없다고 생각하고 오로지 공부에 전념하였다. 그래서 영달과 그 사이에 점차 틈이 벌어지고 거리에 오가다 만나도 서로가 서먹서먹한 느낌이 들었다.

중학교를 갓 입학하고 나서였다. 그때는 중간고사와 같은 시험이 끝나고 나면 단체로 영화관람이 자주 있었다. 그때 학교서 보기로 한 영화는 '메리 포핀스'라고 포스터를 봐도 젊은 여자와 아이들이 나와 노래나 부르는 참으로 재미 없는 영화였다. 그와 서넛 친구들은 인근에 있는 삼류 창고 극장에서 무협영화를 보기로 음모를 꾸몄다. 벌건 대낮에 교복을 입고 너댓 명이 영화간에 앉아 있다는 것이 누가 보아도 땡땡이 치는 불량 청소년 정도로 밖에 안 보였을 것이다. 환한 조명이 참으로 곤혹스럽기 짝이 없도록 다가섰다. 드디어 '뚜우'하고 영화 시작을 알리는 벨이 울리고 불이 꺼지고 갑자기 사방이 캄캄해졌다. 이 순간 어둠이 주는 안도감에 한숨을 돌리는 순간 누군가가 뒤에서 우리 중 한 사람의 등을 쳤다.

–존 말 할 때, 너희들 나를 따라와.

어두워서 얼굴을 식별하기가 어려웠는데 우리는 한결같이 교외 지도 선생인 줄 알았다. 그를 따라 간 곳은 남자 화장실이었다. 학교를 다녔으면 고등학생으로 보이는 그들은 세 명 정도가 미리 먼저와 진을 치고 있었다. 우리가 들어서자마자 우리들의 모자를 벗겨 거머쥐고는 다짜고짜 모자 창으로 우리들의 골통을 후려쳤다. 그들은 우리 학교 3학년 선배들이었다.

–짜식들이 하라는 공부는 안 하고…….

그리고는 오른쪽 가슴에 붙어 있던 명찰을 우두둑 뜯어내었다.

–너희들 이 명찰을 내일 학교로 넘기면 어떻게 되는지 알지? 퇴학이다, 퇴학.

우리들 모두는 눈물만 안 흘렸다 뿐이지 모두 다 툭 건드리면 주루룩 흘러내릴 물풍선이었다. 누가 최초로 영화를 보러 가자고 선동을 했나? 순식간에 의기 투합해서 간 것이기 때문에 특별히 선동자도 없었다. 화면에는 장풍을 써서 아름드리 기둥이 쓰러지는 것을 주인공이 집게 손가락에서 기를 빼내어 또다시 일으켜 세우는 멋진 장면이 연출되었지만, 우리들 중 어느 누구도 영화에 제대로 빠져들 수 있는 강심장은 없었다. 재미가 비록 없더라도 여느 아이들처럼 단체로 가는 영화관에 갔더라면 이런 불상사는 없었을 것이다. 두려움, 회한, 공포……. 이런 감정들이 뒤섞여 모두들 얼굴이 참혹하게 일그러져 있었다. 급기야 우리 일행 중에는 아예 영화 보기를 포기하고 두 무릎 사이에 얼굴을 파묻고 훌쩍거리는 아이도 있었다. '누가?' 하고 최초의 영화 보기를 제안한 자에 대해 드디어 '어느 놈이?' 하고 원망의 심정이 모두들 극에 달해 있었다. 십 여분 지났을까? 아까 화장실에서 본 일행 중 한 사람이 관객의 시야를 가릴까봐 오리걸음으로 엉금엉금 기어와서는 우리들 중 제일 키가 큰 성호를 일으켜 세워 데리고 갔다. 아, 이놈들이 이름표를 빼앗아 학교에 갔다 바치는 것도 부족해서 이젠 한 명씩 데리고 가서 집단으로 다구리(집단 폭행)를 놓을 참이구나. 의외로 성호가 일찍 돌아 왔다. 몸도 멀쩡해 보였다. 돌아온 성호가 새로운 안을 내 놓았다. 지금 우리가 현금이면 좋고 그렇지 않더라도 돈이 될 만한 것을 거두어서 성의껏 갖다 바치면 이 사실을 학교에 고하지 않는 것은 물론이고 가져간 이름표도 도로 돌려주겠다는 것이었다. 그러면서 자신부터 중학교 입학 선물로 받은 시계를 끌렀다. 철민이는 평소에 자랑하던 미제 파카 만년필을 안쪽 호주머니에서 꺼내어 무릎에 대고 몇 번이나 문지르더니 미적미적 내놓았다. 그도 점심 도시락을 안 가져왔을 때 한두 장씩 팔아서 빵을 사 먹던 자칭 국보 제 1호로 애지중지하던 우표수집책을 기꺼이 내어놓았다. 그때 우리는 국민학교를 졸업한 지 3 개월이 채 되지 않은 햇병아리들이었고, 우리들 중 어느 누구도 퇴학시키겠다는 저들의 말을 의심하지 않았다. 그가 거두어들인 물건을 들고 남자 화장실이 있는 쪽으로 가기 위해 마악 매점 앞을 지나치려 할 때였다.

고향이 어디냐고 묻지를 마라
휙-,휙-,휙-
말하면 옛 생각에 마음 서럽다.
부지런히 일을 하는 대장부 되어

한 세상 너와 함께 살아가리라.

휙-,휙-,휙-

영달이었다. 품이 헐렁한 군복 바지에다 노란 용무늬가 있는 검정색 반팔 셔츠를 입고, 앞머리 한 쪽을 부챗살처럼 펼쳐서 한 쪽 눈을 가리고는 극장 안으로 들어서고 있었다.

-여어이, 창준이 오랜만인데…….

반가이 인사를 건네다가 울상이 되어 눈물을 떨어뜨리기 직전에 있는 그를 보고 그 까닭을 물었다. 어떤 기대를 했다기 보다 지푸라기라도 잡고 싶은 심정이었므로 자초지종을 이야기 해 주었다.

-그러니까, 이름표만 찾아오면 된다는 말이지…….

영달이는 그를 보고 친구들을 모두 불러모아 가지고 여자 화장실 앞에 집결해 있으라고 했다. 그리고는 우리의 이름표를 가지고 간 사람들의 인상착의를 상세히 물어왔다. 얼마쯤 시간이 흘렀을까? 저만치서 영달이가 뛰어 오는 것이 보였다.

-어떻게 됐어?

라고 묻자 그는 숨을 몰아 쉬며, 되찾아온 이름표를 우리 손에 쥐어주었다. 그리고

-일단, 뛰어, 뛰면서 이야기 해.

라며 다급하게 소리쳤다. 그리고는 내처 여자화장실 안으로 들어갔는데, 마침 볼 일을 보고 나오던 한 젊은 여자가 기겁을 하며 뛰쳐나갔다. 그곳 미닫이 창문을 밀치니까 그 아래로는 수챗물이 흐르는 도랑이었는데 그 도랑을 통해서 바깥을 빠져나갈 수 있는 통로가 있었다. 영화를 보면 한 번씩 상투적으로 이제 막 감옥을 출소한 사람이 옆구리에 보퉁이를 끼고 한 손으로 이마를 가리며 하늘을 바라보는 장면이

나오는데 그는 이후 한 번도 감옥소라는 곳을 가 본 적이 없다. 그렇지만 감옥소를 출소하는 사람의 기분은 어떨 거라는 짐작은 그때 영화관을 빠져 나오면서 느낀 감정만으로 충분하다는 생각이었다.

–그 뒤에 어떻게 되었는지 상황이 무척 궁금했었다.

그때 우리 뒤를 따라 창문에서 내릴 것만 같았던 영달이가 무슨 생각에서인지 '잘가라'하며 손을 흔들어 주고는 왔던 길을 되돌아 천천히 걸어가던 것이 생각났기 때문이었다. 노파에게 작별 인사를 고하고 막 돌아서는 찰나 바로 앞에 삼십 대 중반의 나이만큼 늙은 영달이가 떡 버티어 서 있었다. 그가 중풍으로 누워 계신 어머니 때문에 일찍 집에 들어가야 된다고 했지만 몇 십 년 만에 만난 친구를 이대로 돌려보낼 수 없다며 인근 잘 아는 맥주집으로 안내했다.

–통 기억나질 않는데……. 한편으로는 그런 일이 있었던 것기도 하고…….

영달은 기억에도 아물아물한 이야기였다.

–만약 그런 일이 그때 있었다면 같이 달아난다는 것은 나에게 무의미한 일이었을 거야. 왜냐하면 나의 경우 거의 하루를 종일 거기서 보내던 시절이고 그런 아이들과 몇 번을 부딪혀야 하는지 모르는 상황인데 일시적으로 몸을 피한다고 될 일도 아니고……. 아마 몇 대 맞는 걸로 끝났겠지 뭐–.

영달은 '너 기억력도 좋다, 별 걸 다 기억한다'며 싱긋이 웃어 주었다.

–너의 형은 전화만 오고 직접 내왕은 없다며?

–몇 년 되지.

영달의 얼굴에 수심이 설핏 지나갔다.

–왜 어릴 때 너는 초등졸이고 너의 형은 서울 상대에 다니고, 너의

어머니 편애가 심했었지. 그런데 나이가 들고 어머니를 모시고 사는 사람은 너의 형이 아니고 네인 걸 보면, 아닌 말로 자식 키우며 막말할 것도 못 된다구.

그 옛날 온 동네 사람들의 기대와 선망의 대상이 되던 한 때의 동네 형님이 그 기대에 부응하지 못하는 점에 대해 못내 안타까운 심정이 되었다.

–형도 이해 될 수 없는 것은 아니지. 지금 얻은 직장도 집도 모두 형의 처가에서 장만해 준 거니까.

잠시 곰곰이 생각에 잠겨 있던 영달이 말을 이었다.

–너도 알다시피 나는 어려서부터 바닥 인생을 살았어. 절도, 소매치기, 강도, 강간……. 정말 골고루 다해 봤지. 사회를 미처 알기도 전에 순식간에 전과 5범이 된 거야. 절도 강간이라는 것도 코흘리개 돈 때문에 다 달게 된 거야. 또래들끼리 모여 누가 간 큰 지 한번 내기해 보자. 예를 들면 여름에 캠핑 가서 같이 따라온 여자아이를 친구들이 번갈아 가며 윤간을 했는데, 나는 말렸어 이러면 안 된다고……. 그런데 경찰이 뜨자 다른 아이들은 잽싸게 도망가 버리고 누가 오더라도 떳떳하다고 남아 있던 나는 바로 감옥소 행이야. 그때가 집중 단속 기간 이었대나 뭐라나. 매사가 그런 식이었어.

영달이는 두 번 다시 생각해 보고 싶지 않다는 듯, 고개를 절레절레 흔들었다.

–참, 그때 일 고마웠어.

–무어, 또 극장에 있었던 그 이야기야? 나는 기억나지 않는다잖아. 이 친구야.

영달은 금방이라도 쥐어박을 듯 주먹을 쥐어 보였다.

—말고……. 물금에서의 2 개월 말이야.

—으응, 그 일…….

영달은 긍정도 부정도 않는다는 듯, '으응—' 하며 얼버무렸다. 그는 이 학교로 발령을 받고 3 년이 다 되도록 고향과도 같은 이 곳을 두 번 다시 밟지 않았다. 특별히 볼 일도 없는데 무어 중뿔나게 찾을 일이 있나. 이렇게 뻗대어 보았지만 찾지 않는 그 삼십 몇 개월 동안 강한 죄책감에 시달리게 하는 것이 있었는데 바로 영달이 때문이었다. 부임 초기 몇 개월 동안 다른 사람은 몰라도 영달이 만은 한 번 만나 자신이 인근 학교로 부임해 왔다고 연락을 취해야 하는데 하며 전전긍긍했었다. 전화 번호를 모르는 것은 물론이고 영달이 여기에 지금껏 살고 있으리라는 확신도 서질 않았던 것이다. 집에서 누구 하나 뒷바라지 해 줄 사람이 없는 상황에서 고교를 졸업하고 직장 생활을 잘 하던 그가 일방적으로 대학 진학을 선언했었다. 그리고는 그동안 다니던 직장에서 받은 퇴직금의 일부를 떼어 곧장 학원 등록을 마쳐 버린 것이었다. 그리고 정작 대학에 들어가서는 안 해 본 아르바이트가 없었다. 교통 정리, 파출소 방범은 물론이고 전봇대에 올라가서 애자 바꾸는 일, 스포츠 용품 판촉 사원, 심지어 인근 백화점에서 크리스마스 때 산타 클로스가 되어 선물 나누어 주는 일까지……. 3학년 2학기 때였나. 그 해 따라 불경기가 어쩌고저쩌고 하더니 아르바이트 자리가 무척 구하기 힘들어졌다. 애초에 대학을 졸업할 수 있으리라고 생각하고 대학에 들어온 것은 아니었다. 그러나 3학년 2학기 얼마 남지 않는 상황에서 그만 두려니 그동안 힘들게 버텨 온 것이 여간 아깝지 않았다. 지인을 통해 백방으로 부업 자리를 수소문해 보았지만, 이렇다할 부업 자리가 없었다. 참으로 난감하기 짝이 없었는데 바로 그때 영달이가 어떻게 딱한 이야기를 들었든지 그를 찾아 왔었다. 속절없이 전화통에만 매달리어 이리저리 돌려대고 있는데 다짜고짜 영달이가 왈칵 방문을 열고 들어와서는

—니, 아르바이트 자리 없으면 내 따라 가자.

하였다.

—어딘데, 뭐하는 곳인데?

하고 물으니까,

—지옥도 아이고, 감옥소는 더더욱 아니다. 그냥 따라 가 보문 안다.

그 말만 하였다.

안 따라 나섰다가는 금방이라도 득달 같이 달려들어 모잽이로 나꿔챌 기세였으므로 안 일어 설 수가 없었다.

—그래도 최소한 어딘지는 알아야지.

—물금…….

영달은 옷걸이에 걸려 있던 그의 츄리닝과 옷장 안에 있던 내의 몇 벌을 주섬주섬 보자기에 싸더니만 다짜고짜 손목을 끌었다.

—얼마나 있을 건데?

—2 개월

—돈은 얼마나 주고?

—먹여 주고 재워 주고 하루 일당 이만원.

이만 원 같으면 적은 돈이 아니다. 그때 당시 4 시간 동안 하는 방범이나 교통정리가 고작 일당 오천 원이었다. 얼른 계산해 봐도 하루 이만 원이면 한 달 육십 만원 그때 1 기분 등록금이 사십만원 남짓이었으므로 회비를 충당하고도 이십만 원 정도의 잡비가 남는다. 나쁜 짓 아니고는 이렇게 많은 돈을 주는 곳이 없다. 한편으로는 의구심이 일어

나지 않는 것은 아니었으나 사정이 워낙 급박하였으므로 영달을 뒤따를 수밖에 없었다. 열차를 타고 물금에 역에 내렸는데 버스 정류소 옆에 신규 목욕탕을 짓는 일이었다. 잡부들 중에서도 대학생들은 단가가 약했지만, 영달이 십장에게 잘 이야기해서 온전히 이만 원을 다 받도록 해 주었다. 물론 그도 삭신이 내려앉도록 열심히 일해 주었다. '받아치기'라는 것이 있었다. 레미콘에서 모래, 세멘을 섞은 사모래가 호스를 통해 나오면 한 사람은 질통에다 지고 일 층까지 나르고, 또 한 사람은 일 층에서 삼 층, 다른 사람은 삼 층에서 오 층까지 져다 날랐다. 미처 질통을 운반하지 못하면 자기 자리에 질통이 재이게 되고 그것은 곧 무능력함으로 인정되고 분위기가 험악해지면 곧바로 그 자리에서 쫓겨나기가 일쑤였다.

–지금 생각해 봐도 그때 창준이 너 대단했었어.

평생을 막노동판에서 굴러먹은 사람도 '받아치기'는 힘들어하는데 너는 계단을 오르며 휘파람까지 불렀지. 지금에사 말이지 십장도 완전히 혀를 둘렀지 그 날 이후로 완전히 너를 신뢰 한 것 같더라구.

그 순간만큼은 그 역시도 잊을 수가 없었다. 만약 이 바닥에서 쫓겨나면 천상 대학도 중도 하차 할 수밖에 없었다. 그렇다면 내 인생도 끝이다. 죽을 맛이지만 이를 사려 물었다. 전과자들이 득시글거리는 이곳에서 녹록하게 보였다가는 뼈도 못 추리고 내쫓김을 당한다. 연일 계속되는 가뭄과 무더위로 땅이 바싹 말라 있었다. 땅 위로 그가 흘린 땀방울이 떨어져 걸어온 길을 따라 길다란 자국을 남기던 기억이 새삼 아련하게 떠올랐다. 2 개월이면 일백 이십만 원. 그 많은 돈을 다 어쩐다 하며 뜨악해 한 일면도 있지마는, 막일이라는 것이 그런 것이 아니었다. 재료 없어 놀고, 비 온다고 쉬고, 임금비 지급이 늦어진다고 대

마치 놓고, 그래도 이 개월 동안 챙긴 돈이 넉넉하게 팔십만 원은 족히 되었던 것 같다. 그나마 추렴해서 맥주 마시고 돌아가면서 소주 살 때에도 영달이가 그에 한해서만큼 학생이라는 이유로 제외를 시켜 주었기에 가능한 일이었다.

–그때는 정말 고마웠어.

마신 술로 눈자위가 붉으레한 기운이 감도는 얼굴로 그가 새삼 다정하게 인사를 건넸다. 해 놓고 나니 술기운이 곁들여서인지 불현듯 코가 찡하고 눈이 어른어른하였다.

–나는 네가 정말 부러워. 아니 부럽다는 표현은 주제 넘는 말이고, 네가 정말 자랑스러워. 내 친구 중에 네같은 친구가 있다는 게……. 네가 선생님이 되었다고 해서 하는 이야기가 아냐. 너말고 많은 아이들이 이 지역을 떠나 다들 훌륭하게 되었지만 과연 그 아이들 중에 이곳을 기억하는 아이들이 몇이나 되겠니? 잊지 않고 뒤늦게라도 이렇게 찾아주니 정말 고마워. 내 형이 바로 여기서 나고 성장했지만 10 년 전 신혼여행 때 한 번 다녀간 뒤로는 한 번도 찾아오질 않았지. 너는 믿기지 않겠지만 말이야.

단순한 술기운 때문만은 아니었다. 영달은 자못 진지해진 어조로 담담하게 말했다.

–나는 말이야, 내 자신을 열매로 치자면 그 열매의 껍데기에 불과하다고 생각해. 왜 호두나 밤 같은 열매 말이야. 그런데 너도 알다시피 껍데기가 없으면 속 알갱이가 상처를 입잖아. 그러니까 결국 아무런 쓸모가 없이 버려질 것이지만 알갱이를 보호하는 순간만은 그 가치가 살아 있는 것이거든. 그렇다고 생각 안 해 친구야.

영달에게 이렇게 진중한 구석이 있었나 싶어 그도 무릎을 포개고 앉아 한 손으로 턱을 괸 채 자세를 고치지 않을 수 없었다.

—네 말대로 어머니는 어릴 적에 형과 나를 끝없이 비교했다. 그런데 늘그막에 의지하는 쪽은 형이 아니고 나란 말이지. 그런 면에서 오다가다 뜬구름 식으로 만났지만, 지금 마누라가 자랑스러워, 그리고 믿을지 모르지만 형을 원망하지는 않아. 껍데기가 알갱이를 보호하는 내가 있으니까 형이 승승장구하며 사회생활을 잘 하고 있는 것 아니겠어.

그 날 그는 영달과 의기투합해서 몇 군데의 술집을 더 전전하며 질탕하게 마시고 새벽녘에서야 숨어들 듯 집으로 들어갔다.

도대체 붕어빵에만 붕어가 없는 것이 아니라 아침 자습 시간에는 자습이 없다. 끊임없이 옆 사람 아니면 앞뒤 사람과 잡담을 나눌 것이면서 뭣하러 학교에는 아침 일찍 왔는지…….

그가 소리를 질러 꾸짖을 아이는 꾸짖고, 정 말을 듣지 않는 아이는 앞에 나와 꿇어 앉아를 시키고 타율을 통한 아침 자습을 유도한 다음 교무실에 들어섰을 때였다. 보조 직원인 조양이 그에게 온 전화라며 수화기를 건네 주었다. 이 시각이 되어서 오는 전화는 학부형 전화다. 주로 반 아이가 아파서 늦게 올라가겠다든가 아니면 하루 결석하겠다는 통보가 대부분이다. 그런데 받고 보니 아니었다.

—으응, 나야 영달이. 그 날 집에는 잘 들어가고……. 다름이 아니고 며칠 있으면 스승의 날이잖아. 내 꽃 사들고 너희 학교에 올라갈게. 무어라구 네가 내 스승이 아니라구. 그게 무슨 문제야. 그 날은 이 땅의 모든 선생님을 우리 모두가 축하해 주는 날이잖아. 그리고 너는 나를 한번도 제자로 인정하지 않겠지만, 나는 너를 마음 속으로 늘 스승님으로 모셨다구. 그 왜 있잖아. 우리가 회비를 못 내서 집으로 쫓겨나던

그때부터 말이야. 그럼 그때 보자.

정작 스승의 날이 되었을 때 그는 여느 해보다 달뜬 표정이 되었다. 본래 스승의 날이라는 것이 엎드려 절받기 식이다. 모든 일정을 교사들이 연출하고 학생들은 연기자처럼 그 순서에 따라 움직이면 되는 것이다. 학생부 소속인 안선생이 그런 이야기를 했다. 우리 선생들 인사받자고 학생들에게 이런 프로그램을 짜서 요구하는 것은 정말 못할 짓이라고……. 연이은 학교 행사로 그 즈음해서 본래 경황이 없었지만 그 날은 더욱 그랬다. 그리고 영달이 어느 순간에 불시에 방문해서 그를 당황시킬지 몰라 전전긍긍하였다. 동료교사인 우선생이 그를 향해 어디 아프냐고 물어 왔던 걸 보면 확실히 그의 좌불안석하는 심리가 표정에도 나타났던 모양이다. 스승의 날 식전 행사로 간단한 이벤트로 마련 된 것 중 하나로 국악부에 대금을 잘 부는 아이가 연주를 마치고 들어가고, 교내 댄싱팀이 랩이 섞인 빠른 템포의 댄스리듬에 맞추어 해드스핀과 같은 다양한 춤동작을 선 보일 무렵이었다. 아이들 틈에 벙거지 모양의 등산모를 쓴 웬 중년 남자가 뛰어들더니 함께 춤을 추는 것이었다. 요즘 아이들이 크다고는 하지만 그는 껑충 목 위 머리 하나만큼 키가 더 컸고, 그의 춤 동작은 절도 있는 주위 아이들과는 달리 품바춤을 연상케하는 막춤이면서도 그런대로 보아줄 만하다 싶게 리듬을 타며 어울리는 모습이 목격되었다. 운동장에 원을 그리 듯 빙 둘러앉아 있던 아이들의 시선이 온통 그리로 쏠렸다. 그리고 갑자기 예고 없이 나타난 이방인의 행동을 보고 너무나 재미있어 하는 것이었다. 춤이 끝나자, 무대 밖을 나온 그는 모자를 벗고 공손하게 일일이 그 많은 교사들에게 인사를 건네는 것이었다. 모두들 학부형인 줄 알았다.

—정말 축하드립니다. 그동안 어린 아이들 데리고 정말 애 많이 쓰셨어요. 저는 이 학교에 재직하고 있는 김창준 선생의 죽마고웁니다.

그리고 드디어 영달이 정작 그의 앞에 서서는 힘을 꽉 주어 굳은 악수를 끝내고는,

—그럼 수고해라. 나 이만 간다.

입 안에서 짙은 술냄새가 화악— 끼치었다.

그는 그 말만 하고서는 황급히 교문 밖으로 사라졌다.

그로부터 3 개월쯤 지났을 때였다. 방학중이라 종일 집안에 틀어 박혀 소설 나부랭이를 뒤적거리고 있었다. 기상대에서 '북태평양 고기압이 발달한 사이로 남서쪽에서 발달한 고온 다습한 공기가 밀려들어서 적란운을 형성하고…….'하면서 천둥과 번개를 동반한 많은 비가 내린다고 예보하고 있었다. 밤이 되자 과연 베란다 쪽 창문에서 번쩍하며 번개가 치더니 우르릉 쾅쾅 하며 천둥이 쳤다. 곧이어 마치 바닷가의 파도 소리를 연상케하는 빗소리가 쏴아—, 하고 들려 왔다. 그럴 때마다 무언가 을씨년스러운 듯 창문이 우르릉,우르릉 하며 몸을 떨었다. 바로 그때였다. 뚜우—, 하고 전화벨 소리가 났다. 그는 자정이 넘은 시각에 전화를 걸어오는 사람의 몰지각성에 무어라 불평을 하며, 제발 무슨 불길한 소식만 아니기를 마음 속으로 빌었다.

—나야, 영달이. 그 날 나 뭐 실수하지는 않았어? 맨 정신에 올라 갈 수 있어야지. 소주를 반 병 정도 마셨나? 아마 그랬을 거야. 내 춤 실력 괜찮았어? 중학에 다니는 내 딸아이에게 한 달 가까이 연습 받은 건데 술이 취해 아무래도 실력 발휘를 제대로 못했던 것 같아.

그랬다. 그 날, 그에게서 감 냄새와도 같은 술 냄새가 났다.

–그리고 창준아. 부탁이 있는데 아마 내가 네에게 하는 처음이자 마지막 부탁일 거야. 우리집 할망구가 며칠 전부터 풍이 들었거든, 흐흥, 그래서 하는 말인데…….

울고 있었다. 훌쩍거리며 콧물을 빨아들이는 소리가 수화기를 통해서 생생하게 전달되었다.

–네가 병 문안 한 번만 와 줄 수 있겠니? 물론 네가 여러 가지 일로 바쁜 줄은 잘 알지만 말이야. 으흐흐흥–, 뭐, 시간을 내어 보겠다고……. 그리고 어련할까마는 와서 할망구 앞에 큰 절하는 것 있지 말고. 올 때 다른 것은 필요없고 왜 마시는 것 중에 '아침 햇살' 하나만 사 가지고 오면 돼. 그리고 할망구가 정신이 오락가락 하니까, 니가 내 친구 창준이라는 사실은 꼭 밝혀야 한다, 알았지?

전화를 끊고 난 다음 그는 그다지 마음이 개운하지를 못했다. 괜스레 옛 향수를 돌이킨다며 근 3 년 동안 가지 않았던 그 길을 걸어갔다가 영달이와 다시 이렇게 연락을 주고받게 된 것이 한편으로는 왠지 성가시고 귀찮게만 생각되는 것이었다. 오늘은 이런 부탁을 해 왔지만 다음에는 또 어떤 일을 요청해 올지 모를 일이었다. 이번에는 전화를 해 왔지만 다음은 불시에 집으로 들이닥치지 말라는 법이 없다. 그리고 스승의 날도 여기저기서 '김선생, 재미나는 죽마고우를 뒀던데…….' 라며 말을 건네는 동료 교사들의 말속에 은근히 빈정거림이 들어 있었던 것을 감지 할 수 있었다.

2학기가 곧바로 시작되고 3학년 담임이라 중간고사와 기말고사를 연이어 치르고 인문계와 실업계 갈 학생을 구분 짓느라 진학지도에 여념이 없을 때였다. 교문 옆에 서 있는 플라타너스 나뭇잎이 푸르고 붉은 기운으로 마구 뒤섞여 쏟아지는 햇살에 출렁이는 모습이 창문 너머로 보였다. 망중한이라고 점심 식사를 마치고 느긋하게 바둑 한판을 두고는 교무실 그의 책상 앞에 섰을 때였다. 책상 위에 메모지 한 장이 놓여 있었다. '안영달 00병원 영안실 연락 바람.'이라는 내용이었다. 그는 그제서야 최근 달포 가까이 친구 영달이를 잊고 지냈던 것을 상기하였다. 일도 바쁘기도 했지만, 무의식중에 그를 잊자는 생각도 아니한 것은 아니었다. 메모에 명기된 것을 보고 우선 전화부터 하자는 생각을 하다가 일단 찾아보는 것이 도리라고 생각을 고쳐 먹었다. 그의 아버지도 중풍으로 돌아가셨다. 와병을 3 년씩이나 했는데 돌아가시는 그 날 저녁까지도 기력도 웬만하고 의식도 멀쩡했었다. 그렇지만 돌아가시는 것은 한 순간이었다. 영달의 모친도 아마 그의 선친처럼 그렇게 돌아가셨을 것이다. 다행하게도 병원은 그의 학교에서 지하철로 세 정거장의 거리에 있었다. 영안실도 언젠가 한 번 와 본 곳이라서 쉽게 찾을 수 있었다. 문제는 그가 정작 빈소 앞에 도착했을 때였다. 풍이 들었다는 모친은 오른쪽 상반신과 하반신에 마비가 와서 심하게 불편을 겪는 듯 싶었지만 오히려 멀쩡하게 살아 빈소를 지키고 있었다. 그 뿐인가. 입가에 허연 버캐를 물고 넋장거리를 하며 '야, 이눔아. 야이 괘씸한 영다리 놈아.'하고 소리를 지르며 아들 이름을 외치고 있는 것이 아닌가.

'아니, 그럼 죽었다는 사람이…….'

휘윰하게 큰 키에 소복을 하고 이마에 수질을 두른 채, 음식을 나르던 여인네가 그에게로 다가와서,

–오셨군요…….

하고 인사를 건넸다. 첫눈에 영달의 안사람이라는 사실을 알 수 있었다.

–어제 공사 현장에서 레미콘에 연결된 호스가 고장이 있어서 질통을 지고 작업을 했던 모양이에요. 직접 등에다 지고 7층까지 날라야 하는데 가팔막이 심한 곳을 오르다가 앞 서 가던 손영감이 커어브길에서 넘어졌었지요. 데굴데굴 구르는 것을 어떻게든 멈춰 서게 해 보겠다고 애 아빠가 발로 막는다는 것이 그만 헛발질이 되어 가지고…….

눈자위가 붉게 충혈 되어 퉁퉁 부은 얼굴에 또다시 좌르르 눈물이 흘렀다.

–무모했어 암, 무모했고 말고. 그 세차게 굴러 내리는 사람을 발길질로 멈춰 세우려 했으니 그런 미련할 데가 어디 있나.

당장 드잡이를 당해도 시원찮을 건물주가 붉은 머리에 몇 개 안 남은 머리카락을 옆으로 쓸어 눕히며 은근한 시선으로 그의 동의를 구하고 있었다. 빈소 앞에는 그에게도 낯설지 않은 중년 하나가 굴건 제복을 하고 얌전하게 서 있었다. 바로 영달의 형 영규였다. 그가 문상을 마치자마자 영규는 곧바로 인근 화장실 근처에서 화급한 표정으로 그를 불러 세웠다.

–자네가 우리 영규하고 친하게 지낸다는 김선생인가. 내 자네에게 부탁하네 함세. 그러고 보니 어릴 때 모습이 좀 남아 있는 듯도 싶구만. 자네도 알다시피 그동안 우리 영달이가 어머니를 모시고 살았지만 이제 저렇게 영달이가 죽고 나니 제수씨도 시어머니를 못 모시겠다고 하고, 모친도 한사코 나하고만 사시겠다고 하니 이를 어쩌면 좋겠나? 자네가 우리 영달이의 둘도 없는 친구라고 하니 우리 제수씨를 잘 설득 시켜서…….

영안실을 나오는데 그날 따라 무수한 밤 하늘의 별들이 수를 놓고 있었다. 그렇지만 그날따라 그 아름다운 자연의 운행이 별 것 아닌 양 갑갑하게 다가섰다. 이렇게 마음이 심란할수록 일단 집에 귀가하는 것이 그의 남다른 성격이었다. 귀가해서 잠시라도 정신을 딴 데 쏟으면 나으려나 싶어 TV를 켰는데, 9시 뉴스가 진행 중이었다. 마침 화면에 흰 국화 송이에 휩싸여 있는 빈소가 나오길래 가까이 무릎 걸음으로 다가서서 보니까, 일본에서 소매치기범을 쫓다가 교통사고로 죽은 한 의로운 젊은이의 영결식이 거행되고 있는 장면이었다. 그리고 입술이 마를린 몬로의 동그란 모양을 한 여자 앵커는 재학 중이던 한국의 모교에서는 그를 기리기 위해 청동으로 된 흉상을 건립할 것을 계획 중이라는 이야기를 했다.

그는 일찌감치 잠자리에 들기 위해 요를 깔았다. 그리고는 적어도 요근래 며칠은 근래에 부쩍 한 밤중의 불면이 더욱 극심해질 것이라는 생각이 들었다. 그는 일어나 거실을 거쳐 베란다로 나갔다. 땅 위에는 네온으로 인한 지상의 별이 밤하늘에는 수도 셀 수 없을 만큼 많은 천상의 별이 저마다 빛을 발하며 자태를 뽐내고 있었다. 갑자기 저 쪽 산마루 위로 별똥별 하나가 지상에서 천상으로 솟아오르는 것이 보였다. 누가 축포를 쏘아 올렸나, 그러나 오늘이 아무런 축제 행사가 있을 것이 없고 보면 그것은 아니었다. 아무리 생각해도 그 현상에 대한 해답을 찾지 못하다가 문득 그런 생각이 들었다. 저것은 어제 지상에 있던 영달이라는 쭉정이 하나가 방금 별이 되어 하늘로 올라간 것이라고…….

첫눈

재깍거리는 시계의 정적을 깨고 전화벨 소리가 요란하게 울렸다. 그때까지 동현은 이부자리에서 헤어나지 못하고 있었다. 창국의 무리들과 경성대 주변에서 자정이 넘도록 pc방을 옮기며 휘젓고 다녔기 때문이었다. 조금이라도 더 수면을 취하고 싶어 하는 동현의 마음은 아랑곳하지 않고 전화벨 소리가 한층 더 큰 소리로 아우성을 쳤다. 느낌이 좋지 않았다. 어제 같이 놀던 떨거지들은 마찬가지로 아직 잠자리에서 일어나지 않았을 테고……. 내키지 않았지만 궁금증에 수화기를 들었다.

–너 창준이지, 학교 등교시간이 지난 지가 언젠데 여태껏 뭐하는 거야?

–…….

으악! 역시 마, 마, 마태였다. 껑충 솟은 키에 불쑥 튀어나온 광대뼈에다가 야윈 몸이 마치 마른 명태와 같다고 해서 우리 떨거지들이 붙여 놓은 이름이다. 순간적으로 담박 전화를 끊어버릴까 망설여졌다.

–너, 이 자식 대답 안 할 거야. 지금 당장 쳐들어간다.

딸깍, 수화기를 끊어버렸다.

–캐새끼—.

동현은 딱히 마태라고 말할 수 없는, 누군가를 향해 욕설을 퍼부었다. 그래도 주 타킷은 역시 마태다. 툭하면 너 하나를 다루는 게 나머지 반 아이 33 명을 다루는 것보다 더 힘들다 라고 말하던 마태였다. 너 같은 녀석 반에서 둘만 되어도 벌써 교직을 그만 두었을 거라고 엄살을 피웠다. 미안한 생각은커녕 녀석의 넋두리가 역겹게 들려 왔다. 우리집 영감은 온종일 삽질하고 사모레를 이개고 벽돌을 져다 날라도 사는 게 요모양 요꼴이 아닌가? 마태 말대로 선생질이 힘들다면 미쳤다고 교대나 사대 쪽으로 지망생들이 우루루 몰릴까. 누구는 눈과 귀를 막고 사나? 마태가 자신을 과소평가해도 유분수지. 그리고 보니 마태도 뺑을 때리는 게 여간 고단수가 아니다.

TV를 틀었다. 채널을 이리저리 돌리다가 한 곳에 고정을 시켰다. 무한도전이었다. 6 명의 멤버들은 제작진이 안내하는 곳으로 갔고 그 중 한 명이 커다란 포장을 젖히자 드럼, 키보드, 베이스 키타 …… 등이 마구 쏟아져 나왔다. 이번 크리스마스 특집은 보컬밴드에 도전하는 것이었다. 저 녀석들도 팔자 좋은 녀석들이다. 그야말로 놀고먹는 놈들이 아닌가. 마태와 같은 선생의 무리들보다 조건이나 환경이 훨씬 좋았으면 좋았지 나쁘지 않다. 동현은 정말이지 기회가 닿는다면 드럼을 배우고 싶었다. 작년 학예제 때 인기 최고가 보컬밴드였고 그 중에서도 드럼연주자가 가장 인기가 짱이었다. 보컬을 맡은 형이 멤버들을 하나하나 소개해 나갔고, 소개 받은 멤버는 자기가 연주할 악기의 소리를 내며 고개를 숙여 인사를 했다. '두두두두— — — 챙!'하던 드럼 소리는 아직도 가슴에 뭉클한 감동으로 남아 있다. 여학생들은 여학생들대로 '꺄악 — '하고 까무러치고 자지러졌다. 그때부터 동현에게도 앞에 놓인 것이 무엇이든 두 손으로 난타하는 습관이 생겼다.

–이 자식이 똑딱귀신이 들었나. 앞에 물건이 있으면 두들기기부터 먼저해.

라고 영감이 핀잔을 늘어놓지를 않던가. 근 2 주 동안 방 안에서 술을 친구 삼아 뒹굴며 놀던 영감이 어제 동사무소에 갖다 준 라면이 깡그리 떨어지자 그제서야 물금으로 일하러 간다며 집을 나섰다. 영감에게 생각이 미치자 동현의 이맛살이 자연 찌푸려졌다. 문득 담배 꼬바리 생각이 간절하였다. 머리맡에 마구 던져 놓은 윗도리의 호주머니를 뒤졌다. 아, 있다. 어제 창국이가 대학가에서 담배 한 갑을 사자 즉석에서 세 개피를 얻었고 그 중 두 개피를 피우고 나머지 한 개피를 행여 찌그러질세라 플라스틱 통 안에 넣어 종이에 두 겹 세 겹 포장해서 신주 모시듯 소중하게 보관해 오던 것이었다. 연기를 폐부 깊숙이 들이마셨다. 나의 폐는 아마도 물을 기다리는 화초처럼 연기를 엄청 목말라 할 것이다. 얼마나 연기를 들이마셨던지 내뿜을 때는 연기가 하나도 나오지 않았다. 동현은 김소월의 시 '담배'라는 시를 나지막하게 읊조렸다. 스스로의 처지에 시낭송이라는 게 워낙 어울리지 않는 것이지만 언젠가 인터넷 검색창에 담배가 무엇인지 참으로 오묘하다 싶어 장난 삼아 쳐 보았는데 이 시가 문득 눈에 띄었다.

나의 긴 한숨을 동무하는
못잊게 생각나는 나의 담배

그 다음은 아물아물 생각나지 않는다. 어제까지만 해도 생생했는데……. 아아, 이제야 생각나는 군.

아, 나의 괴로운 이 맘이여
나의 하염없이 쓸쓸한 많은 날은
너와 한 가지로 지나가라.

어제 이 시를 포장마차에서 창국이를 비롯한 떨거지들에게 낭송해 주었더니 모두들 눈이 휘둥그레졌다. 정녕 동현이 힘들어 할 때 마지막 친구는 이 담배 한 개피였다. 무한도전 프로는 케이블 TV에서 재방

영을 하는 것이 화면에 보이었다. 오늘은 2회 연속으로 1회가 방금 끝나고 이제 막 광고시간이 지나고 나면 2회에서 본격적인 공연이 시작될 시점이었다. 드럼을 맡은 하하는 처음 칠 때부터 보았지만 영 젬병이는 아니었다. 우선 마지막 남은 라면으로 아침 식사를 해결해야 했다. 가스레인지 불을 켜고 물을 흥건하게 담은 냄비를 올려놓았다. 이윽고 뚜껑이 풀썩거리며 김이 오르고 물이 끓었다. 마지막 남은 라면 두 개를 몽땅 냄비에 털어 넣었다. 그렇지만 한 달 동안 연습을 해서 하하가 그동안 어느 정도 실력이 늘었을까? 여간 궁금해지는 것이 아니었다. 동현이 리모컨을 가지고 마악 볼륨을 크게 올리려는 순간이었다.

–이 개노무 새끼가…….

갑자기 방문이 드르륵 열렸다. 눈앞에 하얀 불꽃이 일고 이어서 그 가루가 분산되어 점점이 하늘로 흩어지는 것이 보였다. 워낙 갑작스럽게 당하는 일이라 어떻게 대처할 경황도 없었다. 영감이었다. 분명히 어제 아침에 집을 나갈 때에는 물금에서 먹고 자고 일 주일 후에나 올 거라고 하질 않았던가.

–이 개노무 새끼가 가라는 학교는 가지 않구 남의 간을 빼 먹을려구.

입을 열 때마다 '훅—'하고 독한 술 냄새가 풍겼다. 영감은 먼저 냅다 정강이부터 걷어찼다. 정강이를 만지기 위해 허리를 굽히면 다음으로는 턱쪼가리였다. 입안이 찢어져 피가 입안 가득 흥건하게 괴어 왔다. 두 손으로 얼굴을 감싸면 또다시 정강이를 힘 닿는 대로 마음껏 걷어찼다. 입에서 분수처럼 뿜어져 나온 핏방울이 동현이의 런닝셔츠를 적시었다가 어느새 영감의 얼굴에도 흩뿌려졌다. 얼굴에 피칠갑을 한 영감은 동현이 보기에도 더 이상 아버지가 아닌 한 마리의 들짐승이었다. 아아, 참으로 오랜 만에 찾아온 평화가 만 하루도 못되어 깨어지다니……. 남들에게 참으로 무료한 시간들도 자신에게는 휴식이었고 행복이었다. 왠지 억울하다는 생각이 들었다. 억울해서 견딜 수가 없었다. 자신도 모르게 눈물이 왈칵 쏟아졌다. 동현은 입 안에 고인 피를 되는 대로 쪽쪽 빨아서 영감의 면상에 대고 뱉어주고 싶었지만 대신 벽에 '카악—'하고 내뱉었다. 국물이 넘쳐 하얀 김을 올리며 피식거리는 라면 냄비를 들어다가 마당에 패대기쳐 버렸다. 피를 머금은 벽은 벌건 핏덩이의 무게를 지탱하지 못하고 아래로 주르륵 흘러내렸다. 그제서야 영감도 움찔하며 제 자리에 정지하는 듯 하였다. 이미 동현의 키는 영감보다 머리 하나쯤 웃자라 있었다.

–왜, 왜 학교는 안 가고 지랄이야.

–늦잠을 잤다구요. 이제라도 가면 되잖아요. 왜요?

동현도 지지 않겠다는 듯 되는대로 마구 고함을 질렀다.

–아, 이놈 봐라. 어데 아버지한테 눈을 택 볼씨고 달겨들어. 네 이녀석 눈을 확 파버릴까 보다.

영감은 말에서 그치지 않겠다는 듯 한 걸음 앞장서서 검지를 구부려서 파는 시늉을 했다. 그렇지만 기세는 한층 누그러진 상태였다.

–뭐, 아버지? 자식이 고등학교에 한번 들어가서 고등학생이 되어보겠다는데 그 입학금도 마련 못하면서 그게 무슨 아버지야!

영감이 던진 유리로 된 재떨이가 귀를 스치며 날아가 벽에 쨍— 하고 부딪히고는 파편이 되어 흩어졌다.

산동네에서 비탈길을 내려오는데 한바탕 찬바람이 휘젓고 지나갔다. 기류를 타고 높이 솟아오른 검정봉지 하나가 무한정 떠오를 듯하다가 사정없이 곤두박질을 쳐서 또다시 길가에 모아놓은 쓰레기 더미 속에 파묻힌다. 한낱 쓰레기조차도 꼼지락거려봐야 거기서 거기다. 무어 아버지라고……. 창국이 아버지는 자신이 타고 다니던 오토바이를 아들에게 물려 줬다. 오토바이는커녕 그 흔한 휴대폰 하나도 장만해 주지 못하는 주제에 무슨……. 볼 안쪽이 무척 쓰라렸다. 조금 전 영감과 격돌할 때만 해도 잘 모르던 통증이 지금은 엄청나게 큰 고통이다. 스펀지라는 프로에서 본 엔돌핀이라는 것 때문인가 보았다.

애초에 엄마가 집을 나간 사실을 확인하는 순간 학교라는 것은 더 이상 의미가 없었다. 결석을 밥 먹듯이 한 것은 그때부터였다. 학교를 가지 않고 진종일 집에 있어 봤지만 마땅히 할 것도 없었다. 뭉기적거리면서 TV를 보는 것도 하루 이틀이었다. 친구들이 모두 학교로 가버린 시각에 혼자서 할 수 있는 일이라고는 아무 것도 없었던 것이다. 돈이 필요 했다. 돈만 있으면 pc방에서 시간을 보내도 되고 영화관을 가도 좋았고 하다못해 만화방에라도 처박혀 판타지 소설이나 읽으며 시간을 죽일 수 있었다. 먹여 주고 입혀 주고 재워 주는데 그 외에 무슨 돈이 필요하냐는 것이 영감의 지론이었다. 호주머니는 늘 가난하고 궁핍했다. 천 원, 이천 원이 아쉬운 동현에 비해 다른 아이들은 만 원, 이만 원을 잘도 넣어 다녔다. 지난 번 졸업여행 때만 해도 그렇다. 돈이 없어 가지 않으려는 동현에게 여행비만큼은 마태가 어떻게 해결해 주어 가기는 갔지만 거지 신세나 다름없었다. 다른 아이들이 먹다가 남은 것 얻어먹고, 두 개 사서 하나 건네면 그것 받아 챙기고……. 신기한 것은 학년 초부터 만만한 놈을 골라 돈을 빌려 달라고 하면 잘도 빌려 주더라는 것이다. 때가 되면 갚는다고 생각 했지 한번도 떼먹는다는 생각을 한 적은 꿈에도 없다. 물론 여태껏 한번도 갚은 적도 없다.

학년초 예비조사에서 인문고, 특목고, 전문계고…… 중에서 자신이 지망하는 상급학교에 동그라미를 쳐 오라고 했을 때 동현은 기타란이 있어 거기에다. '진학 안 함'이라고 적어 냈다. 물론 영감과는 상관없이 혼자 내린 결론이었다. 그때도 마태의 설득은 집요하고 악착 같았다.

–그래, 네 말대로 합격해 봤자 입학금 대 줄 사람도 없고, 헛고생이다. 그럼 진학 안하면 뭘 할 건데…….

딴은 맞는 말이었다. 고교 진학을 하지 않으면서 중학은 졸업해서 또 무얼 하나? 지금이라도 페스트푸드점에 가서 서빙이라도 하는 것이 옳았다. 동현이 곤혹스러운 표정을 짓자 마태의 얼굴에 갑자기 화색이 돌며,

–그래서 하는 말인데 전문계든 어디든 일단은 진학을 한다고 계획을 세워보자, 그리고 그 계획대로 움직여보자, 내신을 일정수준까지 올려놓고 부산 시내 괜찮은 전문계에 떠억하니 합격해 놓고 그때 가서 능력이 되지 못해 보내 주지 못한다면 너는 너대로 아버지에게 할 말이 있는 것 아니냐?

–…….

–만약 네가 지금부터 진학에 대한 포기를 한다며 그나마 오기 싫은 학교 더 오기 싫을 테구. 먼 훗날 세월이 흘러도 너의 나태함 때문에 학교를 못 다니게 된 거니까 할 말도 없어지구…….

마태의 설득에 마음을 고쳐먹고 반 갑이나 피우던 담배를 하루에 한 두 개피로 줄였다. 매번 중간, 기말고사가 있을 때면 계획표를 세우고 알람에 맞춰 새벽에 일어나 공부에 매달렸다. 점심시간을 이용해 교실에 있는 인터넷으로 합격자를 조회하는데 모두가 어렵다는 해운대에 있는 H고에 합격했을 때 내심 기분이 좋았던 것이 일주일 전이었다.

누구보다 마태가 아침 조회 시간에 반 아이들 앞에서 괄목상대에 대한 고사를 이야기 하면서 그 주인공으로 동현을 내세워 추켜올려 주었을 때 놀이동산에서 바이킹을 탔을 때처럼 기분이 상승하는 것을 느끼며 엄청 좋았다. 의외로 자신에게 공부에 대한 숨은 재능이 있는 것은 아닌가 싶은 생각이 들기도 하고 내친 김에 정말 본격적으로 공부에 한번 매달려 보나 어쩌나 싶은 생각이 들기도 했다.

그나저나 돈을 벌어야 했다. 이제 졸업해서 돈을 벌면 상황이 많이 나아진다. 오토바이를 타고 쌩쌩 달릴 수 있는 능력을 갖고 있으니 음식점에서 음식을 배달하는 일을 해도 되고, 피자점이나 분식점 같은 데서 서빙하는 일을 해도 된다. 창국이 녀석을 만나면 같이 알아보자고 할 참이었다. 녀석과 서면 밀레오레 입구에서 만나기로 한 시각이 12 시 정각이었다. 아직 약속시간까지는 1 시간여 남았다. 마땅히 시간을 보낼 곳이 없었다. 정확하게 말하자면 돈이 없다. 도로변에 휴대폰을 파는 가게가 즐비하다. 간판에 씌어 있는 글들이 재미있다. '싼 집 찾다가 열 받아서 내가 차린 집' 아니면 '논 팔아서 장사하는 집'이라고 씌어 있었다. 우측으로 웬 건물이 하나 있었는데 학생들로 보이는 젊은 사람들이 무단으로 드나들었다. 꽃으로 꾸며진 정원도 좋았지만 무엇보다 앉을 수 있는 긴의자가 있어서 반가웠다. 오랫동안 서 있어서 그런지 다리가 아팠다. 입구에 보니 도서관이라고 씌어 있었다. 의자에 앉아 쉬다가 추워서 난생 처음으로 도서관 안으로 들어가 보았다. 종합열람실이라는 곳에 들어가니 무척 따뜻한 느낌이었다. 무슨 책이든 한 권을 끼고 앉아 있어야 했기에 문득 '담배'라는 시가 생각났고 김소월 시집이 눈에 들어왔다. 그 중에 유달리 '어버이'라는 시 앞에 눈길이 오랫동안 머물렀다.

잘 살며 못살며 할 일이 아니라
죽지 못해 산다는 말이 있나니,
바이 죽지 못할 것도 아니지마는
금년에 열네 살 아들딸이 있어서
순복이 아버님은 못하노란다.

언젠가 영감이 동현을 향해 내뱉었다. 내 너만 아니면 어디든 훨훨 떠날 수 있으련만……. 떠난다는 의미가 무엇인지 딱히 알 수는 없었다. 여기 시에 나오는 대로 죽고 싶다는 이야기인가? 사실 술만 아니라면 그런대로 영감도 괜찮은 사람이다. 엄마가 가출한 이후 밥이며 반찬이며 영감이 거의 도맡아 해 오질 않았던가. 엄마가 가출하기 전보다 훨씬 갈아입는 횟수가 줄어, 많지는 않지만 이따금 나오는 빨래도 영감이 다 했다. 힘들게 일하다가 집으로 돌아와도 반겨주는 마누라가 있기를 하나, 따뜻한 밥상이 기다리기를 하나. 그런데다 하나 있는 아들 녀석이라는 게 툭하면 싸움질에다 담배나 피우고 다니며 결석을 밥 먹듯이 해대니 무슨 살맛이 있겠는가. '살맛이 안 난다'든가, '어디든 떠나고 싶다'는 표현이 그냥 빈말이 아닐 거라는 생각이 문득 드는 것이었다.

햇살이 나른하게 비치는 따뜻한 어느 봄날이었다. 앞에는 넓다란 호수가 펼쳐져 있었다. 이따금 따뜻하고 잔잔한 바람이 불어 물결을 일렁이고는 또다시 동현의 뺨이며 목덜미를 간질이었다. 둑 위에는 파란 쑥이 뾰족뾰족 고개를 내밀고 어머니는 노란 바구니를 들고 쪼그려 앉아 쑥을 캐기에 여념이 없었다. 어느새 아버지는 하늘색 원형 텐트를 다 치고 그 안에 누워 수건을 눈에 가리고는 낮잠을 즐기고 있었다. 켜 놓은 카세트에서 곡목을 알 수 없는 경쾌한 음악이 흘러나왔다. 길을 따라 올라서니 호수의 위쪽에는 작은 계곡이 있었다. 물장구를 치기에는 아직 물이 차가웠기 때문에 손으로 피라미를 잡는 시늉을 하였다. 피라미들은 동현과 마치 장난을 즐기기라도 하듯 잡힐 듯하다가 손아귀에서 잘도 빠져 나갔다. 그때였다. 어머니가 동현을 부르는 소리가 들려온 것은……. 아득하게 먼 곳에서 바람에 실려 오는 그 소리는 참으로 은근하고 다정하며 정이 담뿍 묻어나는 목소리였다. 숨이 턱에 차도록 어머니와 아버지가 계신 곳으로 달려 왔을 때 프라이팬 위에는 고추장을 풀고 양파, 호박, 당근과 같은 양념을 해 놓은 두루치기가 지글지글 익어가고 있었다. 식욕이 왕성해져서 젓가락으로 한 입 먹으려는 순간 눈이 뜨여 졌다. 자신도 모르는 사이에 엎드려 잠이 들었던 모양이다. 아련한 아픔이 함께 하는 몇 되지 않는 어린 날의 한 장면이었다. 시계를 보았다. 창국이와 약속 시간을 훌쩍 넘긴 12 시 40 분이었다. 어차피 특별한 일이 있어 만나자고 한 것은 아니었다. 창국이 녀석은 조금 기다리다가 pc방으로 갔거나 아니면 학교로 올라갔을 지도 모른다. 배에서 허기가 져서 꼬르륵거리는 소리가 났다. 아침부터 지금껏 담배 한 입 말고 음식물이라고는 입안에 넣어 본 적이 없다. 라면을 끓여서 마악 먹으려는 찰나에 영감이 들이닥쳤던 것이다. 더럽게 재수 없는 하루였다. pc방으로 갈까하다가 당장 허기진 배를 채울 수 있는 곳은 학교밖에 없다고 생각하고 학교로 발걸음을 향했다. 마태로부터 매 맞을 생각을 하면 눈앞이 아찔하였지만 배고픔과 매의 고통 중에 배고픔이 훨씬 더 감내하기가 힘들다는 판단에서였다. 하기사 그동안

하도 많이 맞아 엉덩이에도 굳은살이 박혀서 마태의 매도 이제 견딜만 하다는 생각이 들었다.

지금은 6 교시. 한창 마지막 수업이 진행 중이지만, 동현은 그 시각에 문서실 차디찬 시멘트 바닥에 꿇어 앉아 있었다. 마태의 매는 확실히 매섭다. 익히 소문이 난대로 두려움과 공포의 대상이다. 그는 배드민턴을 오래해서인지 손목 스냅이 무척 강했다. 그다지 힘을 주지 않고 툭툭 때리는데도 살을 찢는 고통이 뒤따랐다. 때리는 부위도 정확하고 수십 대를 가격하더라도 처음의 강도가 마지막까지 갔다. 3 년 동안 수없이 마태의 매를 맞았지만 마태가 지쳐서 물러서는 것을 본 적이 없다.

깨진 유리창 틈으로 초겨울의 찬바람이 몸을 휘감쌌다. 동현은 자신도 모르게 몸이 덜덜 떨려왔다. 바닥에서 차가운 냉기가 올라와 무릎을 바늘로 푹푹 쑤시는 듯 통증이 일었다. 일어나서 한번쯤 팔을 좌우로 흔들며 몸을 풀어줄까 하다가 어느 순간에 마태가 들이닥칠지 몰라 고개를 푹 숙이고 하염없이 바닥만 째려보고 있었다. 문서꽂이에 꽂혀 있는 묵은 출석부와 학급일지가 먼지를 켜켜이 뒤집어 쓴 채 측은한 눈길로 동현을 내려다보고 있었다. 그나저나 마태는 왜 동현을 불렀을까. 머릿속에 몇 가지 지피는 것이 없는 게 아니다. 우선 가장 먼저 떠오르는 게 창국이에게 돈을 2만 원 빌린 일이다. 결단코 동현은 창국이에게 강압적으로 돈을 내어 놓으라고 한 일이 없다. 아이 하나를 시켜서 점심시간에 화장실로 창국이를 조용히 불러내었고 돈을 가진 게 얼마나 있느냐? 가진 게 있으면 그것이 얼마이든 간에 빌려달라고 했을 뿐이다. 빌려 달라고 한 것이 무슨 죄인가? 형편이 되는대로 갚으면 되질 않는가. 아, 그렇지만 솔직히 말해서 나에게 갚을 방도가 있기나 한 건가. 두 번째 잘못은 동현이 그 돈을 가지고 수업 중에 빠져나와 pc방과 노래방으로 전전한 일이다. 그때가 어제 5 교시였다. 공교롭게도 담임인 마태의 시간이었던 것이다. 동현은 이틀 전에 점심시간을 이용해 휴게실 뒤에서 창국이를 괴롭히는 아이 두엇을 두들겨 패 주었다. 약한 아이를 괴롭히는 놈을 패 주었으니 이것은 정의로운 일로 칭찬 받아 마땅한 일이 아닌가. 아, 그러고 보니 또 있다. 등교하면서 교문 입구 골목 안에서 담배 한 대, 주차장에서 차와 차 사이에 몸을 숨긴 채 담배 한 대, 그리고 5 교시 마치고 화장실 뒤에서 담배 한 대. 그렇지만 이미 담배에 대해서는 마태도 어느 정도 눈감아 주는 듯한 태도를 취하지 않았던가. 동현은 2학년에서 3학년으로 올라갈 때 제발 마태만은 피해 주기를 바랐다. 마태는 1학년 때도 담임교사였다. 그때만 해도 동현은 착실한 모범생이었다. 그러고 보면 불과 2 년전의 일이지만 동현에게는 20 년도 더 된 아득한 옛일처럼 느껴졌다. 적어도 어머니가 아버지의 매를 견디지 못하고 집을 나가기 전까지는 아버지도 그저 술을 즐기는 정도였지 지금과 같은 알콜 중독자는 아니었다.

괴로운 생각이 꼬리에 꼬리를 물자 동현은 이 잡다한 생각을 떨쳐버려야겠다는 듯 세차게 머리를 흔들었다. 바로 그때였다. 마태가 문서실 문을 드르륵 열고 들어선 것은. 동현의 눈에 제일 먼저 들어온 것은 그가 배드민턴 라켓의 길이만큼 잘라 놓은 기다란 매였다. 그는 마치 취조에 나서는 형사처럼 근처에 있는 낡은 의자를 끌어다 놓고는 동현의 앞에 앉았다.

–동현아, 불가에서는 말이야. 응, 그렇지 여기서 말하는 불가는 부

처님을 믿는 사람들의 세계를 말하지.

마태의 목소리는 의외로 무척 차분하게 가라앉아 있었다.

—왜, 너도 들어봤을 거야. 옷깃만 스쳐도 인연이라고…….

도대체 무엇을 말하자는 것인가. 동현은 나름대로 머리를 굴려보았지만 아직까지는 도통 감을 잡을 수가 없다.

—나는 네가 1 학년 때도 담임이었고, 3 학년인 지금도 담임을 맡고 있지. 너의 중학시절 3 년을 줄곧 담임과 반 학생으로 지냈으니 이 또한 예사롭지 않는 인연이라고 생각해. 왜? 너는 그렇게 생각하지 않는 거야.

무슨 말을 하시고 싶어 하는지 종잡을 수가 없어 뜨악해 하는 동현을 두고 마태는 못마땅하다는 듯 다그치며 물었다.

—적어도 내가 알고 있는 2 년전 동현이의 모습은 지금과는 확실히 달랐다. 본래 동현이는 선량하고 착한 아이였는데 주위 환경이 동현이를 나쁜 쪽으로 몰고 간 것이지. 정확하게 말하면 엄마의 가출이지만…….

엄마는 재산의 전부인 곗돈을 다 날려 버렸다. 그 사실을 처음 알고는 계주를 찾아 나섰다가 밤을 꼬박 세우고 머리며 옷매무새가 흐트러진 채 마치 실성한 사람처럼 새벽에 집으로 들어 왔다. 아버지는 그때까지 자지 않고 거실에서 기다리고 있었다. 엄마가 집으로 돌아오자마자 아버지는 엄마의 멱살을 쥐고 안방으로 들어갔다. 이따금 고함치는 소리가 들리고 간간이 '아얏—'하는 엄마의 비명 소리가 들렸다. 방문을 안으로 걸어 잠궜기 때문에 동현으로서도 어쩔 도리가 없었다. 제주도에서 혈혈단신으로 건너 온 아버지였기에 친가쪽에도 아는 사람이 없었다. 엄마 또한 외가에서 반대하는 결혼이었기에 연락이 두절된

지가 오래되었다. 119가 생각나지 않은 것은 아니었지만 과연 이 상황에서 연락을 하는 것이 좋은 것인지에 대해서는 얼른 생각이 나지 않았다. 희붐하게 동이 트기 시작하는 6 시경에 어머니는 아버지로부터 풀려날 수 있었다. 투피스 정장을 하고 있었던 어머니의 윗도리는 온데 간데 없고 찢어진 흰색 브라우스에는 마치 한 입 가득 머금었다 뿜어낸 것처럼 핏방울이 점점이 묻어나 있었다. 단추가 두 개씩이나 뜯겨져 나가고 풀어헤쳐진 옷섶 사이로 가슴을 덮고 있는 검은빛 브래지어가 드러나 보였다. 그것이 동현이 본 어머니의 마지막 모습이었다.

'개새끼—'

동현은 자신도 모르게 마태를 향해 마음속으로 욕설을 내질러 버렸다. 참으로 회상하고 싶지 않는 어머니의 마지막 모습을 마태로 인해 돌이키게 된 것이었다.

'잔인한 녀석—'

꿇어앉은 동현의 눈에서 눈물이 끓어올라 어느새 바닥 위로 떨어져 번져나고 있었다. 동현을 응시하고 있던 마태 역시 마음이 편치 않았던지 호주머니 속에 담배를 꺼내 물고는 연기를 깊숙이 들이켰다가 내뱉었다. 2~3 분여 흘렀을까. 마태는 그 긴 잔소리를 또다시 이어가기 시작했다.

–그렇지만 이 사실 만은 알아야 한다. 너의 불우한 가정환경이 오늘날 너의 탈선을 정당화 시켜주지는 못한다는 사실을 말이야. 지금 네가 앉아 있는 자리에서 조금만 더 몸을 세워 너의 주위를 둘러봐라. 미국의 오프라 윈프리는 흑인에다 사생아로 태어난 데다 가난과 뚱보라는 놀림에 허구한 날 시달렸다. 그렇지만 운명에 순응하지 않고 부지런함과 노력으로 엄청난 부와 여러 업적을 이루었다. 강간으로 인한

미혼모, 그래서 자칫 나락으로 전락할 수 있는 척박한 환경을 극복했다. 한 때는 야쿠자의 아내였지만 지금은 변호사로서 새 인생을 꾸려가는 오호히라 미츠요는 또 어떻구…….

모든 이야기가 동현에게는 공허하게 들릴 뿐이었다. 지금 최대의 관심사는 마태가 자신을 향해 매를 들까? 매를 든다면 과연 몇 대를 참고 견뎌야 하나? 그것뿐이었다.

–무엇보다 학교도 하나의 작은 사회다. 네가 나중에 대학을 졸업하고 더 큰 사회에 나갔을 때 너의 불우한 가정환경을 빙자하고 어떤 잘못을 저질렀다고 치자. 법에서 지금처럼 너를 용서해 줄 것 같으냐? 어림도 없다. 그러니까 너는 네가 저지른 최근의 잘못에 대해 단죄를 받아야 한다.

'결국 그 긴 이야기의 결론은 무언가? 너의 죄상을 다 알고 있으니 거기에 준하는 매를 들겠다는 이야기로군. 그 짧은 이야기를 뭐 그렇게 길게 이야기해.' 그런데 동현이 보기에도 마태가 어째 좀 이상했다. 마태는 '엎드렷!'라는 호령 대신에 부스럭부스럭 양복 안쪽 호주머니를 뒤적거리더니 무엇인가를 찾는 듯 했다.

–자, 이것을 받아라.

마태는 동현에게 하얀 봉투를 건넸다. 매를 맞을 일에 잔뜩 긴장해 있던 동현은 '이게 뭐야!'라는 식의 무척 심드렁한 기분이 되었다. 역시 그렇군! 아버지를 학교에 오라는 학부모 내교 통지서? 아니면 대안학교라도 보내겠다는 이야기인가. 정작 봉투 안에 있는 종이를 꺼내든 동현은 깜짝 놀랐다. 아, 이것은 장학증서가 아닌가? 눈을 씻고 다시 보아도 틀림없는 장학증서였다. 그것도 거금 50만 원이었다. 아, 마태는 알고 있었구나. 적어도 동현이 최근에 방황하고 있는 이유를…….

–돈은 아버지가 직접 행정실에 오셔서 수령해 가시도록 해라. 이 많은 돈을 학생에게 직접 주는 경우는 없다. 정말 매를 들고 싶었다만, 오늘 네가 흘린 두 번째 눈물로 매를 대신한 걸로 하겠다.

장학금 받게 되었다는 소식을 접한 영감은 얼굴에 희색이 만연하였다. 살다보니 이런 날도 다 있구나 하며 입가를 연신 벙싯거리며 한달음에 학교로 달려 왔다.

–아버님, 이 돈은 재차 말씀드리지만 오직 동현이 입학금으로 쓰셔야만 합니다. 제가 보기에 동현이는 가능성이 많은 아이입니다. 아시겠지만 성적이라는 게 한두 달 작심하고 매달린다고 해서 단박에 그렇게 올라가는 게 아니거든요.

영감은 학교를 올라오면서도 기분이 좋아서인지 족히 소주 한 병 쯤은 마신 듯 얼굴이 불콰해져 있었다. 입을 열 때마다 입 안에서 역한 냄새를 풍기었다.

–하여간 무슨 뜻인지 잘 알겠습니다. 이렇게 챙겨주시니 몸 둘 바를 모르겠습니다.

영감은 동현이 옆에서 보기에도 비굴할 정도로 마태 앞에서 허리를 구십 도로 굽히고 눈길은 오로지 마태가 들고 있는 하얀 봉투에 초점을 맞추었다. 그리고 입가에는 알 듯 모를 듯 쉽사리 분석이 잘 안 되는 묘한 웃음을 흘리었다. 입학금 납입 날짜가 임박했을 때 동현은 영감에게 다짐을 받자는 뜻에서 물었다. 물론 술이라고는 전혀 입에 대지 않는 아침 이른 시각이었다.

–아버지, 내일이 입학금 접수 마감일입니다.

'그 돈은 안 써고 고스란히 그대로 잘 지니고 있겠지요' 하고 물어 보

려다 괜히 속 보이는 짓이다 싶어 혀 안으로 쓸어 담았다. 영감은 그 말을 듣고 한참을 고민하는가 싶더니,

–그렇지, 약속을 했으니까, 약속은 지켜야지.

그러다가 불쑥,

–야, 동현아 너 고등학교 입학하고 나서는 어떻게 할건데……. 너도 알다시피 고등학교는 중학교처럼 의무교육도 아닌데다 회비도 이만저만 비싼 게 아니라는데……. 중퇴할 바에야 차라리 포기하는 게 낫지 않을까?

라고 말했다.

순간, 동현은 속이 매슥거리고 입안에서 헛구역질이 올라올 것 같았다. 행여 이 영감탱이가 자신의 장학금에까지 욕심을 내고 있나 싶어 화가 머리끝까지 치미는 것을 꾹 참았다.

–입학금을 내고 난 다음에 나머지는 내가 알아서 할테니까 당초 약속대로 아버지는 내일 일찍 은행에 가서 입학금이나 납부하세요. 아니면 나에게 맡기시든가.

라고 했더니 영감은 '알았다'를 몇 번 반복하더니 바지와 잠바를 걸쳐 입고는 방문을 열고 밖을 나가 버렸다.

기어코 영감은 그날 저녁 집으로 돌아오지 않았다. 동현은 조바심이 나서 외출도 하지 않고 그날 종일 꼬박 집에서 보냈다. 창국이와 떨거지들도 집으로 불러 들여 라면을 끓여 먹고 노닥거리다가는 돌려보내었지 스스로 외출은 하지 않았다. 입학금 납입일 마지막 날 오후 늦게 한 통의 전화가 걸려왔다. 영감 전화인가 싶어 부리나케 받았는데 조방앞에서 치킨점을 하는 고모뻘 되는 먼 친척 아줌마에게서 온 전화였다. 낮에 영감이 가게에 들렸는데 동현의 일자리를 부탁하더라는 것이

었다. 그리고 친척 아줌마는 동현에게 오토바이를 탈 줄 아는 지 물어 오고 마침 일하던 아이가 교통사고가 나서 일손이 달려 급하게 되었다며 동현이 좋다면 내일이라도 일을 하러 오라는 것이었다. 전화를 끊고 난 동현은 모든 기운이 일시에 빠져 나가며 마치 깊은 늪 속에 가라앉는 듯한 느낌을 받았다. 그래, 애초에 고교입학이라는 게 동현의 처지에 가당키나 한 것이었던가. 아무 생각이 없었는데 그 노무 마태가 똥바람을 넣는 바람에 헛물만 켠 셈이었다. 마음을 고쳐먹으니 한순간 마음이 편안해졌다. 그런데 웬 걸! 수화기를 놓고 돌아서려는데 전화기 위로 눈물 비슷한 것이 또옥 떨어지는 게 아닌가?

끊임없이 누군가가 바깥 덧문을 흔드는 소리에 눈을 떴다. 방문을 열면 밖은 바로 길이었다. 동현이가 사는 동네는 이런 집이 여럿 있었다. 바람이었다. 세찬 겨울바람이 함석에다 각목을 대어 얼기설기 엮어 놓은 덧문을 흔들었다. 차가운 외풍에 웅송그리며 자던 동현이 눈을 떴다. 어제 동현이는 난생 처음으로 영감이 눈물을 흘리는 것을 보았다. 역시 술에 취한 상태이기는 매한가지였다. 그나마 다행스러운 것은 폭언, 폭행이 전혀 없었다는 것이었다.

–지난번과 같은 이야기지만 그럭저럭 학교에서 준 돈으로 입학은 했다고 치자. 그 다음은 어떻게 할건데……. 그렇지만 그 돈으로 모두 술을 마셔 버린 것은 정말 미안하다.

이날 입때껏 같이 살면서 영감으로부터 미안하다는 말을 듣는 것도 처음이었다. 그 말을 끝내 놓고 영감은 천연덕스럽게 쿨쿨 잘도 잠을 청했다. 밥을 하려고 쌀독을 보니 쌀이 떨어져 있었다. 오늘 아침을 짓고 나면 한 끼 정도 더 해먹을 분량 밖에 없었다. 쌀뜨물에다 된장을 풀었다. 멸치를 다신 물에다 된장을 풀면 우러나온 물이 더 감칠맛이 있겠지만 어제 김치찌개를 만들면서 마지막 남은 멸치를 다 써 버렸다. 된장에다 넣을 이렇다할 재료가 없는데 그나마 유통기한이 이틀씩이나 지난 두부가 있었다. 냄새를 맡으니 크게 이상은 없었다. 밖이 훤하게 밝아오고 한참이 지났는데도 도무지 볕살이 비쳐들지를 않았다. 동현은 양말을 신고, 바지를 추슬러 입고 잠바를 걸쳤다. 영감은 그때까지도 깊은 잠에 빠져 있었다. 동현은 누워 자고 있는 영감의 얼굴을 물끄러미 바라보았다. 뭉쳐서 젖혀진 머리카락 사이로 붉은 황토 연병장과도 같은 대머리가 드러나 보였다. 눈가에 깊이 패인 주름. 관자놀이 근처에는 검버섯 같기도 하고 기름 땟자국처럼 보이는 검은 반점이 서너 개 흩어져 있었다. 긴 인중에는 흰 수염과 검은 수염이 서로 반반씩 코를 막을 정도로 웃자라 있었다. 도대체 면도는 도대체 며칠 동안이나 안한 겐가? 마흔이 다 되어서 동현을 낳았기 때문에 금년에 오십여섯. 그 정도가 될 것이다. 오늘따라 훨씬 늙고 추레하게 보인다. 어제 본 싯구 중에 죽지 못해서 산다는 말이 있던데, 동현은 영감의 삶이 바로 그런 것이 아닌가 싶은 생각이 들었다. 방문을 열고 나가려던 동현은 문득 생각이 난 듯, 영감이 벗어 놓은 잠바 주머니를 뒤졌다. 차비라도 챙길까 했지만 정말이지 돈은 한 푼도 없었다. 대신 새 담뱃갑이 있어 그걸 뜯어 딱 두 개만 호주머니에 넣고 한 개는 입에 물고 집 밖을 나섰다.

가파른 시멘트 포장길을 내려가는데 또각또각 맑은 구두소리가 울렸다. 하늘은 온통 잿빛이었다. 전깃줄에 앉았던 까마귀 떼가 일제히 열을 지어 하늘을 선회 했다. 눈이라도 오려나 싶었는데 금년 들어 번번이 속는 바람에 마음속으로 도리질 했다. 영동지방을 비롯한 북쪽지방에는 이미 첫눈이 내린지 한 달이 넘었지만 그때마다 여기에는 진눈깨비만 내렸다. 여름철 장맛비처럼 패연히 내려 더위를 식혀주며 도심 골목길의 온갖 찌꺼기를 씻어내려 주는 비라도 내렸으면 했지만 어찌 감히 욕심을 낼 수 있겠는가. 이따금 내리는 비조차도 찔끔찔끔 내리면서 몸에 냉기로 착착 감겨드는 정말 기분 나쁜 비였다. 이제 이틀만 있으면 방학이다. 우선 돈을 벌어야 했다. 먼 친척 아줌마가 꾸려 간다는 피자점은 조방앞에 있었다. 미리 전화를 걸어 두어 대강의 위치를 알아 놓았다. 버스를 타기 위해 큰 길가로 내려갔다. 정류소 바로 뒤에 못 보던 대장간이 있었다. 졸업여행 때 용인에 있는 민속박물관에서 보았던 것이 거기에도 있었다. 활짝 열어젖힌 건물 안에서 허연 김이 무럭무럭 뿜어져 나오고 있었다. 벌겋게 달군 쇠를 물에 식힐 때 나는 김이었다. 처음 아궁이 속에서 쇠가 달구어 질 때는 하나의 볼품없는 덩어리에 불과 하던 것을 모루 위에 올려놓고 두 장정이 번갈아 가며 함마질을 해대니 조금씩 모양을 갖추어 갔다. 한 겨울이었는데도 젊은 두 장정은 런닝 셔츠 하나만 걸치고 무쇠처럼 강건해 보이는 근육질의 어깨를 자랑하고 있었다. 이마에서 흘린 땀이 코 끝에 모여 낙숫물처럼 똑똑 떨어졌다. 함마의 자루 끝을 잡고 커다란 회전을 그리면서 내려치는데 겨냥하는 지점에 정확하게 꽂히는게 참으로 신기하였다. 덩치가 크고 육집이 좋아 보이는 사람에 비해 깡마르고 왜소해 보이는 사람이 오히려 가격하는데 실수도 적고 어딘가 세련되어 보였다.

–아저씨, 여기 대장간이 언제부터 생겼어요?

그동안 여러 수십 번을 지나면서도 오늘 처음 눈에 들어왔다는 사실은 참으로 신기한 일이었다.

–몇 년 되었지. 왜 너도 한번 달려들어 해보고 싶어?

몇 년 되었다고? 그런데 나는 왜 몰랐을까? 번갈아 가며 휘몰아치는 함마 소리는 일정한 리듬을 갖고 있었고, 반복해서 들으니 듣는 이로 하여금 우쭐거리며 신명이 나게 하는 무언가가 있었다. 처음에는 아무런 볼품이 없던 쇳덩이가 단조와 담금질을 계속하는 동안 곡괭이도 되었다가 호미도 되었다가 우리 실생활에 필요한 무언가로 조금씩 바뀌어 갔다. 동현은 자신도 모르게 꿈틀꿈틀 온 몸에서 기운이 쏟아나는 것을 느꼈다.

여기서 조방앞까지는 걸어서 한 시간 여. 차라리 걷기로 했다. 대장간에 오래 서 있어서인지 불어오는 세 찬 바람이 오히려 시원스레 느껴졌다. 창국이를 비롯한 떨거지들과 동현은 늘 같이 어울리면서도 서로가 다른 점이 하나 있다면 동현이 걷기를 무척 좋아한다는 것이었다. 오늘처럼 목적지가 분명히 정해져 있는 경우는 물론이고, 취기 어린 영감의 얼굴을 바라본다는 것은 무척 괴로운 일 자체였으므로 회피하기 위해서라도 일단 집을 나오면 한 시간이고 두 시간이고 무작정 동네 주변을 배회하며 걷는 때가 많았다. 한참을 그렇게 걷다보면 어느새 우울하고 답답한 증세가 가시는 것이었다.

서면 로터리를 지나 조방앞에 거의 다다랗다. 범일동 지하철 역에서 왼쪽으로 몸을 막 틀었을 때다. 무언가 차거운 것 하나가 뺨을 스치고 지나갔다. 대수롭지 않게 생각하고 서너 걸음을 더 옮겼을 때다. 또다시 앞의 차거운 것이 이번에는 이마를 때렸다. 손바닥으로 쓰윽하고 쓰다듬으니 축축한 물기가 묻어 났다. 고개를 들고 하늘을 쳐다보니 눈이었다. 어찌보면 낙하산을 타고 하강하는 공수부대와도 같고 또 다르게 보면 수십 만 군사가 돌격명령을 받고 용감하고 맹렬한 기세로 적진을 향해 내닫는 것과도 같은 모습이다. 올 겨울 들어 처음 내리는 눈이었다. 땅에 남아 있는 따뜻한 기운 때문일까? 지면에 곤두박질한 눈은 일시에 깜쪽 같이 사라졌다. 대여섯 걸음 더 걸었을까? 눈의 시체인 물기 위로 또다시 다른 눈이 떨어지며 장렬한 희생이 뒤따른다. 어지간히 지열을 식힌 때문일까. 이번에는 녹는데 전보다는 조금 더 오랜 시간이 걸린다. 눈처럼 죽음에 대한 두려움이나 주저함이 없는 사물이 또 있을까? 죽은 동료의 시체 위에 또다시 거침없이 엎어지고……. 불과 100 미터도 안 되는 거리였지만 드디어 눈이 쌓이기 시작하였다. 저 멀리 피자 가게의 간판이 눈에 선명하게 들어왔다. 내년에는 틀림없이 내가 원하는 고교에 입학을 할 수 있으리라. 동현은 자신도 모르게 두 주먹을 불끈 쥐며 허공을 향해 힘차게 휘둘러보았다.

수선화에게

차창(車窓)을 내리자 아직은 서늘한 바람이다. 길은 마치 소금을 맞은 지렁이 마냥 어지럽게 구부러져 있다. 멀리서 보면 영락없이 길이 막혀 있지만 가까이 가면 또 다른 새로운 좁다란 길로 이어져 있다. 수양 버들이 마치 망나니의 칼날을 기다리는 죄인처럼 머리를 풀어 헤친 채 처연히 서 있다.

아침에 일어나면 제일 먼저 집 앞 버드나무를 바라보는 습관이 생겼다. 그것은 배드민턴 전용 코트장을 이곳 야외로 옮기고 나서부터였다. 야외에서 치는 배드민턴은 바람 불고 비오면 모든 게 허사다. 그런 날은 아에 배드민턴을 포기하거나 비라도 안오면 스텝 동작이나 서어브 연습이나 하고 오면 그나마 다행이다. 때때로 까치를 쫓기 위해 달아 놓은 전봇대의 바람개비를 바라보며 풍속을 가늠해 볼 때도 있다. 그렇지만 믿을 수 있는 쪽은 버드나무 쪽이다.

전봇대의 노란 바람개비는 도는 속도가 시시각각으로 변하여 종잡을 수 없을 때가 많다. 미로를 헤매이듯 하다가 끝 간 자리부터 공원 초입으로 잡는다. 그곳에는 마을에서 차출된 사람이 지나가는 차량이나 사람에게 입장료를 징수하고 있다. 비교적 낯이 익은 사람이 차를 가로 막으며 창수에게 입장료를 요구한다.

–이천 원입니다.

어조가 사뭇 단호하다.

창수 또한 처음 당하는 일이 아니라서 비교적 담담하다.

–놀러 온 사람이 아니고 저 위에 코트장에 공 치러 온 사람입니다.

–그래도 내셔야 합니다.

이십 대 중반인 듯한 사람이 제법 빡빡하게 군다.

창수 또한 은근히 부아가 치밀어 차에서 내려 그 사람을 쳐다본다.

–당신들 이 돈 받아가서 기껏해야 아줌마를 사서 쓰레기장에 있는 쓰레기를 봉투에 담아 치우는 일 밖에 더하냐? 그래도 우린 매 월례회 때마다 저 위쪽 계곡 상류에서부터 전 회원들이 각종 잡동사니를 몇 마대나 주워 낸다네 이사람아.

지난 번 월례회 때 배드민턴 회원도 입장료를 내어야 하는가 하는 문제에 대해 정식 안건으로 상정된 적이 있었다. 돈이 아까워서가 아니라 오히려 쓰레기를 치우며 공원 정화에는 우리가 더 앞장 서는 터이므로 입장료라는 것을 천부당 만부당 하다고 결론 짓고 회장이 알아서 그 문제는 관할 마을 이장과 잘 협의를 보기로 하였다.

공원 입구에서 청년과 실랑이를 벌리다가 마을 이장이 오고서야 창수도 홀가분하게 그곳을 떠날 수가 있었다. 이제부터 코트장이 있는 아래까지는 비교적 잘 닦여진 아스팔트다. 오른편 언덕 아래로 호수가 끝없이 펼쳐진다. 가슴이 탁 트이는 게 여간 좋지 않다. 여기서 얼마 내려가지 않으면 정심정(靜心亭)이라는 정자가 하나 있는데 이따금 그곳에서 드넓은 호수를 물끄러미 바라보노라면 말 그대로 마음이 무한하게 가라앉는 것을 이따금 느낄 수 있었다.

창수가 배드민턴 채를 잡은 지는 칠 년 전이지만, 거의 광적으로 빠져들기는 삼 년 되었다. 아내가 위암으로 급작스런 죽음을 맞이 했을 때, 한동안 폭음과 폭주에서 헤어나질 못했다. 그때 누군가가 그랬다. 당시 초등학교 3학년, 1학년이던 상희, 상주 두 아이를 생각하라고……. 그래도 아무 일도 없었는 듯, 아무렇지도 않은 듯, 보내기는 너무나 힘든 일이었다. 술이나 담배, 잡기에 미치면 결국 패가망신이지만 그래도 운동에 미치면 건강은 도모할 수 있을 것 아닌가? 그 와중에서도 그나마 그런 얄팍한 이기(利己)를 떠올릴 수 있었다는 것은 스스로도 대견한 일이었다. 비 오듯 땀을 흘리며 운동을 하다가 첨벙, 개울물에 몸을 담군 다음 의례히 마지막으로 저 정심정 위에 올라가 호수를 바라다 보았다. 사람이 일평생 살면서 가장 큰 충격이 배우자 사망이라고 하는데, 그 때 만약 창수에게 배드민턴이 없었고, 저 정심정과 호수가 없었다면 지금쯤 어떻게 되었을 지 모를 일이다. 더군다나 저 어린 상희와 상주는……. 창수는 자신도 모르게 휴우, 하는 안도의 한숨을 쉬며 차를 배드민턴 코트장 아래에 있는 주차장에 세웠다. 이제부터는 가파른 경사길이다.

'아직 사람들이 많이 안 왔나.' 벌써부터 기합 지르는 소리가 이곳까지 들려 오련만, 오늘은 어쩐지 조용하다. 언덕길에 다 올랐을 때 그제서야 툭탁거리는 소리가 간간히 들려온다. 저 소리는 젊은 사람들은 몇 안 되고 나이 많은 사람들만 있다는 신호다. 이제 셔틀콕과 라켓이 임팩트 되는 소리만 들어도 알 수 있을 만큼 도사가 다 되었다. 아니나 다를까? 코트장에는 안교장과 안경점을 하는 김사장, 그리고 신입회원 몇 명만 눈에 띄었다.

—어이, 이교수 어서 오게.

공을 치느라 붉게 상기된 얼굴로 땀을 뻘뻘 흘리는 와중에도 안교장은 반색을 한다. 창수는 그동안 누누히 안교장에게 자신을 교수가 아니니 교수라는 호칭은 삼가 달라고 청을 넣었건만 막무가내다.

—야, 이사람아. 자네가 비록 현재는 중학교 교사로 되어 있지만, 석·박사 벌써 따고 대학에 시간강사로 출강한지도 오래 전의 일이니 무어 잘못된 호칭이란 말인가. 그리고 아직은 젊었으니 언젠가는 대학에 떠억하니 정교수로 자리 잡을 것 아닌가?

창수의 애걸복걸에 무슨 턱도 없는 소리냐는 안교장의 말투다. 아직

젊었다는 말도 그렇다. 사십 중반이라는 나이가 물론 정년 퇴임하여 칠십 줄을 바라보는 안교장의 입장에 바라보면 막내동생이나 큰 자식 뻘이지만 교수채용에 원서를 내기에는 이미 한물간 퇴물임에 틀림이 없다. 그것도 모든 교육정책이 디지털화니 뭐니 해서 급변해가는 요즘 사회에서는…….

창수는 두손을 깍지 끼고는 뒤집어서 앞으로 쭉 내민다. 그리고는 서서히 위로 들어 올린다. 처음에 이런 스트레칭을 하지 않고 운동하다가 허리를 한 번 삐끗하여 크게 고생한 일이 있고 부터는 준비 운동은 늘 한다. 그런데 오늘은 아무래도 공기가 심상치 않다. 지금이 10월 초이니 시기적으로 한참 코트장이 북적될 때다. 물론 어제가 일요일이고 오늘이 월요일이니 다소 늘어지고 싶은 심리가 발동하지 않는 것은 아니지만 그러나 공을 치고 있는 사람들의 표정이 여느 때와는 달리 무척 어둡다. 방금 안교장만 하더라도 어느새 굳은 표정이잖은가.

–이교수 자네 어제 월례회에 참석했었나?

어지간히 땀을 쏟았는지 안교장이 수건으로 땀을 훔치며 다가왔다.

–못했습니다. 어제가 바로 우리 상희, 상주 엄마 기일(忌日)이였잖습니까? 참석하셨더랬습니까? 안교장선생님.

어제는 노모를 모시고 오전에는 시장에 가서 제수 음식을 마련하기 위해 장을 보랴. 오후에는 씻고 다듬어서 음식을 만드느라 하루종일 분주했다. 그리고 자정을 알리는 괘종소리가 나자마자 제사를 급하게 지냈길래 망정이지 안 그랬으면 오늘 아침 운동도 못 나올 뻔했다.

–벌써 그렇게 되었나? 작년에는 마침 토요일 저녁에 제사를 지내서 일요일 아침에 우리 회원 모두가 운동을 마치자마자 자네 집으로 달려가서 아침 식사를 했었지. 거나하게 낮술까지 걸치고 말일세.

창수도 그 말에 동의하듯 고개를 끄덕였다.

마침 노오랗게 물든 갈참나무 잎 하나가 떨어져 안교장의 머리위에 앉았다. 창수가 그것을 떼어서 주려고 손을 뻗치자 안교장이 문득 창수의 손을 이끌며,

–우리, 저리로 가서 이야기 좀 하세.

하며 감나무 아래에 놓여진 재활용 센터에서 구입한 가정용 긴 소파 쪽을 가리켰다.

'아무래도 어제 월례회때 무슨 일이 있었나 보구나.' 직감적으로 그런 생각이 들었다.

–나는 어제 오전 10 시쯤에서 예식장 주례를 부탁 받은 것도 있고해서 월례회의를 마치자 마자 코트장을 나왔는데 말일세. 모처럼 친구들과 어울려 놀다보니 밤 10 시 쯤해서 집에 들어 갔어. 그런데 마침 그때 나를 찾는 전화벨이 울리질 않나. 누군고하니 경기부장이야. 다급한 목소리로 싸움이 일어났으니 와서 좀 말려 달라는 게야. 그래서 누구하고 싸움이 났느냐니까 자네 유여사 알지. 그 유여사와 금은방 하는 최사장과 싸움이 났다는 게야.

–그래서, 가 보셨습니까?

–가보긴 무얼 가 봐. 남녀간에 무슨 싸움이 될 건가 싶어, 전화 끊고 이내 잠들었지. 그런데 한밤중에 또다시 전화가 와서 비몽사몽간에 받았는데 최사장의 머리가 깨어져서 병원에 가서 몇방을 깁고 어쩌고 하는데 워낙 잠결이라 제대로 기억나지도 않아.

안교장은 다소 짜증난 목소리로 대꾸했다. 그럴 만한 것이 그는 사실 배드민턴 자체로는 그다지 인기가 없지만 전직 교장이라는 직함에다 매사에 논리정연하고 사리 분별이 분명하게 일을 이끌어가는 경향

이 있어 무슨 문제가 회원간에 발생하면 상담자 아닌 상담자 역을 도맡아 주었던 것이다. 창수 역시도 회원들 간에 술 좌석에 어울리다가 그 자리에 안교장이 있으면 한편으로 마음이 푸근해지며 위안이 되었던 것도 사실이다.

그런데 어째 좀 엉뚱하다. 싸운 당사자가 다른 사람도 아닌 유도희 여사라니. 적어도 창수가 아는 한 유여사는 남하고 시비를 할 여자가 아니다. 창수가 칠 년 여 동안 배드민턴 클럽에 회원으로 있으면서, 많은 여자 회원들을 대해 봤지만 확실히 유여사는 특별한 여자임에 틀림없었다. 우선 외모부터가 남달랐다. 그녀도 연령적으로 창수와 같은 사십대 중반이었지만 아무도 그녀를 사십대 중반으로 보지 않았다. 희고 탄력성 있는 피부가 이십대 후반의 젊은 엄마보다 더 앳돼 보였다. 보통의 경우 웬만큼 늘씬한 몸매의 소유자라 할 지라도 트레이닝복을 입으면 곧잘 볼품없이 변해 버리고 마는데 그녀는 흰 트레이닝복을 입고 있으면 선정적인 미가 더욱 돋보였다. 대부분의 여성 회원들이 코트장 내에 햇볕이 들 무렵이면 라켓을 거두고 일찌감치 가방을 챙겨서 떠나기 일쑤지만 유여사는 햇볕 따위에 아랑곳 하지 않고 언제나 부지런이다. 창수 생각에는 여자의 얼굴에 피부라는 것이 노력 여하에 따라 영향을 미치는 것은 조금이고, 칠할 이상이 천부적으로 타고난다는 것을 유여사를 통해 확신하고 있다. 그녀는 고향이 이곳에서 얼마 안 떨어진 경상도 어디라고 하면서 전혀 이곳 억양의 냄새를 풍기지 않는 서울 말씨에다 정확한 표준어를 구사했다. 대부분의 여자들이 정치나 혹은 경제와 관련된 시사적인 문제를 이야기 할라치면 하나 둘 슬그머니 자리를 떠나는 반면, 그녀는 정확한 용어해설을 곁들이며 오히려 화제를 주도해 나갔다. 창수가 유여사에게 가장 큰 호감을 느끼는 부분은 역시 배드민턴이다. 그녀가 클럽에 초보회원으로 가입 한 것은 불과 일년 남짓인데 실력은 이미 3년, 5년을 쳐 온 회원을 능가하고 있다. 그거야 평소 워낙 연습을 부지런히 해온 결과라고 볼 수 있지만 14:14 타이점수에서 세팅에 접어들었을 때 더욱 침착해지는 것이라든지, 사실상 잡기 힘든 공을 마지막까지 달려가서 걷어올리는 승부욕 같은 것은 남자라도 하기 힘든 일이었다. 술을 아예 입에 대지도 않으면서도 끝까지 술좌석에 남아 마지막 뒤치닥거리를 의례 자신의 몫으로 알고 묵묵히 해내었다. 그녀는 평소에 말이 별로 없고 시합을 할 때 어쩌다 자신이 가격한 공이 아슬아슬하게 라인에 맞아 인(in)으로 처리되면 간간히 입가에 미소를 흘릴 뿐이었다. 하여튼 그런 유여사가 머리에 박이 터져 깁을 정도로 상대를 심하게 다투며 싸웠다니 놀랄 일이다. 흔히 하는 말로 열 길 물 속은 알아도 한 길 마음 속은 모른다더니 바로 이 일을 두고 일컫는 말인가?

이제는 붉은 갈참나무 잎 하나가 창수의 머리위에 떨어진다. 창수가 알아차리기도 전에 얼른 안교장이 집어 내어 던지며 물었다.

–유여사의 바깥 양반이 무얼 한 댔지? 어디 외항선을 탄다든가?

–외항선이 아니고 도선사라고 들었는데요. 그 왜 있잖습니까? 배가 외항에서 내항으로 입항할 적에 길 안내를 맡는 일. 그 일을 한다고 들었습니다.

–우리 회원 중에 아무도 그 바깥 주인을 본 사람이 없지?

–목폰가, 군산인가에서 일하는데 한번씩 집에 들르는가 봐요.

창수가 문득 고개를 들어 하늘을 쳐다본다. 맞은편 산이 야트막해서 하늘은 무척 넓고 산은 작아 보인다. 신기한 것이 그 작은 산도 기온차가 완연한 지 발치 부분의 나뭇잎들은 아직 푸른 기운이 많이 남아 있는데, 허리에서부터 조금씩 노래지다가 정상부분에서는 아예 붉다. 창수는 자신도 모르는 사이에 한숨이 새어나오는 걸 느끼며 손을 입에다 갖다 댄다.

–그러고 보니 자네, 유여사에 대해 아는 게 무척 많구먼?

–많으면 무얼 합니까? 남의 유부녀를…….

더 이상 말 말라는 듯 창수가 제 풀에 펄쩍 뛴다.

그날 뒤늦게 올라온 경기부장의 이야기를 종합해보면 사건의 전말은 이랬다.

의례히 그렇듯 10 시경 월례회의를 마치고 전 회원들의 실력향상을 위한 임시대회가 치루어졌다. 한쪽에서 리이그전을 통한 시합이 연이어지고 시합을 쉬는 사람은 식당으로 마련된 콘테이너 안에서 라면이나 국수로 아침을 대신하면서, 반주로 소주 몇 잔을 걸치기도 했다. 어제는 월례회의이긴 했지만 지난번에 선출된 회장이 총무부장 및 각 임원진을 새로이 지명하는 날이기도 해서 어느때보다 분위기가 술렁거렸다. 그런데다 이웃에 있는 클럽에서 신임회장단을 축하하기위해 혹은 맥주 한 박스를, 혹은 돼지 두루치기 몇 근을 안주로 보내와 다들 잘 먹고 거나하게 취했다. 나중에 몇몇 사람은 양말 몇 켤레 식으로 상품도 시원찮은 시합에 매달리기보다 술마시고 주변 자연을 완상하며 마시고 노는데 더욱 탐닉하였다. 그럭저럭 시계는 오후 서너 시를 훌쩍 넘기고 누군가의 입에서 자연스레 유행가가 흘러나왔고 탁자를 두드리며 장단을 맞추는 것으로 성이 안 찬 회원들은 이구동성으로 '노래방으로–'를 외쳤고, 결국 노래방까지 직행하게 된 것이다. 언제나 그렇듯 그 자리에 조용히 유여사가 자리하고 있었다. 다들 테이블 앞으로 나와 흔들며 잘도 노는데 유독 유여사만 자리에 앉아서 박수만

치고 있는 것이 최사장 눈에 거슬렸던 모양이다. 최사장이 억지로 유여사의 손을 끌며 앞으로 당겼고, 마지 못해 노는 척 하던 유여사는 다시 고무줄 마냥 원 위치로 돌아갔다. 오기가 뻗친 최사장은 또다시 보다 강한 완력을 써서 유여사를 잡아 당겼고, 유여사가 뿌리치는 서슬에 결국 최사장은 보기좋게 엉덩방아를 찧고 말았다. 화가 극도로 치밀은 최사장이 난데없이 유여사의 뺨을 때렸고, 유여사 또한 도저히 참을 수 없었던지 술이 취한 최사장의 머리통을 쥐고 뒤로 밀쳤는데, 공교롭게도 뒤로 넘어진 자리가 비디오 모서리 쪽으로 넘어졌던 것이다.

–다른 사람들은 다들 술이 취해서 최사장이 유여사의 뺨을 때리자, 반사적으로 달려들어 최사장의 머리통을 밀쳤다지만, 제가 볼 때는 안 그랬어요. 최사장으로부터 뺨을 맞은 유여사가 처음에는 어리둥절한 채 정신이 없었던지 뺨을 한쪽 손으로 쓰다듬으며 우두커니 서 있더라구요. 그러다가 최사장 입에서 '겨우, 초등학교나 나온 무식한 년이…… .'하는 말이 터져나왔다구요. 그 순간, 유여사의 가뜩이나 큰 눈이 거의 두배 커지면서 얼굴 빛깔이 사색이 되면서 최사장에게 무어라 비명에 가까운 악을 바락 지르며 달려들었다구요.

온 산 구석구석에 산불이 번져 있었다. 때 맞추어 불어닥친 바람의 파상적인 공격에 힘입어 불기운은 더욱 세차게 산을 공략하고 있었다. 순식간에 산 하나를 살라먹은 불은 입안에서 거대한 숯 검정 하나만 토해내었다. 희한하게도 시커먼 산 줄기 복판에 흰 자갈들의 골짜기에 보도 블럭이 깔리듯 원근법에 맞추어 소실점을 향하여 나 있었다. 그 자갈길을 한 남자가 걸어내려 오고 있었다. 가까이서 자세히 보니 창수 자신이었다. 몹시 시달리고 지친 표정이었는데 그는 오른손에 왠 여자의 손을 꼬옥 잡고 있었다. 그러다가 잠을 깼다. 어둠 속에서 창쪽을 응시했다. 으스름한 기운이 방안에 끼쳐 있었다. 시계는 보지 않아도 적어도 저것은 새벽이 동트오는 기운은 아니라는 걸 직감으로 알 수 있다. 그것은 달의 기운이었다. 손을 꼽아보니 역시 오늘이 열사흘날이다. 반듯하게 누웠는데도 알레르기성 비염으로 오른쪽 코가 막혀온다. 왼쪽 팔꿈치를 방바닥에 대고 손바닥으로 뺨을 받치고 모로 누우면 자연적으로 오른 쪽 콧구멍이 뚫린다. 비염이 심할때면 이 방법도 소용이 없었지만, 약을 먹고난 이후 요즘은 그래도 좀 나아진 편이다. 낮에 커피를 마신 탓인지 정신이 쇠락해지면서 쉬이 다시 잠이 올 것 같지가 않다. 좀 전에 꾸었던 꿈을 다시금 반추해 본다. 어쨌든 산불이 난 그 험난한 상황 속에서도 창수는 살아서 걸어 나왔다. 시련과 역경을 헤쳐 나온 장면이라고 생각하니 역시 옆에 같이 손을 잡고 나온 여자는 죽은 상수엄마가 틀림없다는 생각이 들었다. 상수엄마를 만났을 때 창수는 서른 살 된 늙은 대학생에다 그야말로 빈털터리였다. 결혼해서 아이들을 낳고, 창수가 대학원 석사를 마쳤을 때에야 비로소 상수엄마는 다니던 은행을 그만 두었다. 상수엄마가 기혼녀라는 것 때문에 얼마나 모진 주위 직장 동료의 눈총을 견뎌내었는지는 장례식 때에서야 확연히 알 수 있었다. 창수가 상수엄마를 동료들의 입을 통해 만난 일은 일생일대의 행운임에 틀림이 없었다. 그런데 어제 아침에 들은 이야기 때문인지 어쩌면 상수엄마가 아니고 유도희여사일 지도 모른다는 생각이 들었다. 갑자기 유도희가 떠오른 까닭은 무엇인지 알 수 없다. 그동안 창수 혼자만의 생각으로 끝나고 말았지만 유여사가 아무래도 배드민턴장에서 처음 본 얼굴이 아니라는 생각이 들었다. 그러나 아무리 곱씹어 보아도 유도희는 처음이다. 단지 유도희를 닮은 유순영이 때문에 유도희가 낯이 익은 얼굴로 다가선 것이 아닌가 했다. 유순영이가 누구던가? 이미 25 년도 더 된 이야기다. 그리고 유도희는 분명히 창수와 같은 동갑내기 마흔 세 살이다. 그렇지만 그 옛날의 유순영이는 창수보다 한 살 더 많았다. 실제는 창수가 한 살 적었지만……. 아무리 사람의 일이란 알 수 없다고 하지만 그 옛날 서울 영등포 문래동에서 만난 유순영이가 지금 창수 앞에 나타난다는 것은 상상할 수도 없는 일이다. 그리고 그때 유순영이의 얼굴은 비록 희기는 했지만 영양실조에 걸려 그런지 군데군데 마른 버짐이 피어 있고 그야말로 볼품이 없었다. 지금의 유도희와 아무리 비끌어 매려도 해도 이어지지 않는다. 창수는 일어나 탁자위에 놓인 알람시계의 조명버튼을 눌렀다. 새벽 네시. 어차피 더 이상 잠이 올 것 같지도 않았다. 스텐드에 어두운 불을 켜고 안방으로 가서 두 자녀와 늙은 노모가 곤히 잠든 걸 확인한 다음 다시 불을 끄고 방안을 빠져 나왔다. 그리고 서실로 마련된 작은방으로 향했다. 책장 안에서 낡고 빛이 바랜 노우트를 꺼냈다. 표지에 서투른 글씨로 '나의 기록'이라 적혀 있고, 그 아래 '생활이 그대를 속일지라도…….'하는 푸쉬킨이 시가 적혀 있다. 그리고 그 아래로는 '새가 알에서 깨어나오려거든 껍질을 벗는 아픔이…….'어쩌구 저쩌구 씌어 있다. 창수가 학생을 가르치는 교단에 서고, 박사를 마치고 대학강단에 시간강사로 적을 두기까지에는 숱한 어려움이 많았다. 그 고난의 시초가 바로 서울 영등포 K공업사에서였다. 그것을 최초의 시련이기도 했지만 가장 혹심한 고통이기도 했다. 그때 이후 많은 역경이 닥치기도 했지만 서울 영등포의 그것에 비하면 아무 것도 아니었다. 실제로 창수는 오늘처럼 그동안 일기를 통해 그때의 일을 회상하며 저으기 정신적 위안을 얻으며 새로운 결의를 다지기가 한두 번이 아니었다. 그때가 1974년 3월이었다. 먼저 올라온 친구 놈의 편지 한 장만 달랑 들고 새벽녘에 부산역을 출발 서울행 경부선 완행열차를 올라 탔던 것이다. 옷가지를 제대로 챙겨오지 않아 추위에 몸을 옹송그리며 앉아 차창 쪽에 하얀 입김만 뿜으며 그 위에다 무어라 낙서했던 기억만 난다. 아침 일찍 도착하자마자 친구를 만나 그날 바로 K공업사에 출근 했는데 첫 근무부서가 포장실에 소속된 '지함부대'였다. '지함(脂函)'이란 손가락만큼 아주 작은 작은 상자란 뜻이고, 양식기 중에서 비교적 크기가 작은 포크, 스푼, 나이프…… 등을 습자지로 싸서 그 위에 비닐로 또 한 번 싸고, 고무줄로 묶어 그야말로 지함과도 같은 작은 상자에 담는 일이었다. 그때 창수의 나이 중학을 갓 졸업한 고작 열일곱이었지만, 친구의 충고대로 나이가 적으면 남들이 얕보고 봉급 단가도 적을 것이기 때문에 열아홉으로 속이는 게 좋다고 해서 저들 말대로 본래 나이에 두 살이나 얹어 넣었다. 처음에는 어색했지만, 나중에는 남들이 그렇게 다들 인정해 주니까 오히려 두 살 많은 것이 자연스러워졌다. 이력서를 건네 줄 적에 행여 담당 직원이 집중해서 추궁해오면 어쩌나 했는데 친구가 예상했던 것은 그냥 기우로 그쳤다. 아무튼 지금 생각해보면 그때가 바로 창수의 인생에 있어 지독한 통과의례였고, 또 그와 비례해서 육체적 고통만큼이나 정신적 성숙을 가져다 준 시기이도 했다.

1974년 3월 창수가 난생 처음 상경하여 바라본 서울의 인상은 한 마디로 실망 그 자체였다. 말로만 듣던 회색 도시를 눈으로 확인하는 순간이었다. 물론 창수가 도착한 시간이 아침 6 시경이었기 때문에 아직 해가 떠오르기 전이라는 점을 감안하더라도 음울하고 우울한 인상을 떨쳐 버릴 수가 없었다. 천식을 앓고 있는 질환자의 방안 공기처럼 무겁게 내려 앉은 하늘은 말할 필요도 없고, 건물도, 거리도, 오가는 차량도 한결같이 어두웠다. 사람들은 벌써 3월인데도 두터운 털외투를 벗어 버리지 못하고 있었다. 창수는 부산에서 태어나 여태껏 살아오면서 바다가 그다지 좋은 줄 모르고 살았다. 집 앞 대문을 나서면 항시 눈 앞에 산이 펼쳐 보이듯 버스를 몇 코오스만 타고 나가면 의례히 바라볼 수 있는 있었다. 서울에 도착한 직후 창수가 제일 먼저 보고 싶었던 것은 어머니나 아버지와 같은 가족들이 아니고, 바다가 못 견디게 보고 싶었다. 영등포 문래동으로 가는 버스 속에서도 창수는 언젠가 해운대 달맞이 고개에서 바라본 널푸른 바다를 떠올리며 내내 그 생각을 지우지를 못했다. '아아, 푸른 하늘과 어우러져 그 경계를 알 수 없는 수평선 너머 드넓은 쪽빛 바다, 바다가 보고 싶다.' 창수는 신음처럼 외쳤다. 이것은 향수병임에 틀림없다. 어쩌면 서울에 있는 동안은 이 고약한 병을 안고 살아야 할지도 모른다. '말은 제주도로, 사람은 서울로'라는 거창한 명분에다 일종의 호기심이 더하여 결행한 서울에서의 생활이 어쩌면 첫 단추부터 잘못 꿰어졌을지도 모른다. 창수는 그기에다 알지 못하는 미지의 도시에 대한 일말의 두려움이 다가오는 걸 느꼈다.

친구는 밤새 기차를 달려온 창수를 보고 '쇠뿔도 단김에 빼랬다고'를 운운하며 당일로 바로 출근하자고 했다. 창수 또한 오기가 뻗쳐 '좋다. 날잡아 먹어라.'는 심정으로 앞장 서는 친구의 뒤를 따랐다. 버스에서 내려 공장 입구로 들어가자 거리는 금새 사람의 물결로 넘쳐났다. 서울역 앞에서 보았던 행인들의 모습에서 발견할 수 없는 편안함이 공장 직원들의 표정에서 묻어나왔다. 그들은 무척 때에 절은 작업복을 입고도 그것을 출퇴근복으로 겸용하고 있었다. 대부분 그런 옷차림이었기 때문이어서 그런지 서로 간에 아직 자연스럽게 그것을 인정하고 있는 듯했다. 그 무리속에 휩쓸려 친구와 창수가 목적지인 K공업사 쪽으로 떠밀려가고 있었다. 더 이상 길을 묻지 않아도 그 무리를 따라 떠 내려가다보면 그곳이 바로 창수가 앞으로 몸 담을 직장이었다. 친구가 회사 앞에 도착했을 때 갑자기 난감한 표정을 지었다. 이력서를 깜빡 잊고 안가져 왔다는 것이다. 미리 편지 속에 동봉한 창수의 사진을 챙겨 오기로 사전에 약조가 되어 있었던 것이다. 하릴없이 친구는 왔던 길로 되돌아 가고 창수는 2,30여 분을 족히 공장 앞에서 혼자 기다리는 처지가 되었다. K공업사 주위의 중소업체와는 달리 종업원이 2,000여 명을 헤아리는 대기업이다. 남녀비가 5:5 정도. 일테면, 창수가 앞으로 일할 포장실의 경우 거의 여초현상이다. 하지만 기계실, 연마실은 남자 직원이 절대다수가 많은 남초현상이었다. 주 생산 품목은 양식기라고 했다. 창수가 알고 있는 양식기는 포크와 나이프가 전부이지만 그 이외에 창수가 잘 모르는 많은 식기류가 있다고 친구가 귀뜸해 주었다.

주위를 둘러보아도 숲은 고사하고 나무 몇 그루 없다. 정문에서 오른쪽으로 10 m 쯤 떨어진 곳에 백목련 한 그루가 눈에 띄었다. 어제까지만해도 창수의 집 앞에 있는 백목련은 이미 만개해서 꽃잎을 떨구고 있었는데 여기는 이제 겨우 봉우리를 맺고 있다. 창수는 중학교 들어가자마자 배운 '사월의 노래'에서 '목련꽃 그늘 아래서' 어쩌구 저쩌구 하면서 그 제목이 마땅히 삼월의 노래이지 왜 사월의 노래여야 하는지 이해하지 못했다. 그 시인은 서울의 목련을 상상하며 시를 읊었는가 보았다. 아무래도 창수는 중학 졸업장을 졸업식이 끝나고 열흘 뒤에 찾았다. 밀린 회비 때문에 학교에서 주지 않았다가 회비가 완불되자,

그제서야 담임은 그럴 수밖에 없는 학교측의 입장을 구구하게 늘어놓으면서 내 주었다. 창수는 중학 3 년 마지막 4/4 분기 회비를 자신의 애지중지하던 새 자전거를 팔아 스스로 마련했다. 가세가 갑자기 기운 것은 아버지가 시작한 신발업이 망했기 때문이었다. 법원에서 집달리들이 나와 가재도구를 마구 뜯어낼 때에도 창수는 진학의 꿈을 접지 않았다. 그런데 창수보다도 열 살이나 위인 이종사촌형이 와서 돈을 갚지 않는다고 작은 이모인 창수의 어머니 손에 담뱃불을 지지는 현장을 목격하고는 손에 쥐고 있던 고교합격통지서를 갈갈이 찢어 버렸다. 앞서 창수가 상경한 이유를 원대한 포부와 서울이라는 도시에 대한 막연한 동경쯤으로 이야기했지만, 사실은 너무나 홀로 감당하기 힘든 가정사로부터의 탈출이 가장 크고도 직접적인 원인이 아니었다 싶다.

가족들은 곤한 잠에 빠져 있을 때 창수는 간단한 메모 한 장만 남기고 나왔다. 만약 창수가 가출한 사실을 알게 되면 어떤 반응을 보일까? 갑자기 울컥하고 뜨거운 것이 가슴 속 저 아래에서 치밀어 오르는 것을 느꼈다. 갑자기 코 안에 콧물이 흥건하게 괴고 시야가 뿌옇게 흐려졌다. 그때였다. 생각에 잠겨 있던 창수는 등 뒤로 무엇인가 둔중한 것이 '툭-'하고 아래로 떨어지는 것을 느꼈다. 얼른 뒤를 돌아다 보았다. 흰 종이로 싸서 박스용 테이프로 칭칭 동여맨 뭉치 하나가 눈에 띄었다. 손에 들고 보니 묵직하다.

잠시후, 왠 여자가 얼굴이 상기된 채 헐레벌떡 뛰어왔다.

-저, 그거 제 건데요.

약간 어눌하며 어쩐지 짓눌린 목소리다.

나이는 열일곱, 여덟 정도, 목소리와는 달리 얼굴은 비교적 맑고 해싸하다. 아무리 생각해도 흰 뭉치는 담장 너머에서 떨어진 것 같았다.

여자는 창수가 무어라 대꾸할 새도 없이 물건을 낚아채고는 왔던 길로 사라져 버렸다. 워낙 급작스럽게 생긴일이라 귀신에 홀린 느낌이다. 허겁지겁 도망치듯 달려가는 여자의 뒷모습을 바라보고 있자니, 어느새, 친구가 돌아와 있었다.

–무얼 보니, 너 저애 알아?

창수를 향해 친구가 물었다.

–알긴 무얼 알아, 이 서울 하늘 아래 내가 아는 사람이라곤 너밖에 더 있나?

그 사실을 몰라서 그런 질문을 하느냐고 퉁박을 주자. 친구는 괜히 질문을 했다 싶었던지 겸연쩍어 했다.

–포장실에 있는 유순영이라는 애야.

친구는 잘 알고 있다는 듯 묻지 않았는데 먼저 이야기 했다.

–알다시피 내가 소속해 있는 기계실은 거개가 다 남자잖아. 앞으로 네가 근무할 포장실과는 정반대지. 그러다보니 기계실에 있는 우리 공돌이에겐 포장실 공순이가 늘 관심의 대상이지. 방금 본 순영이란 애도 관심권에 들어있는 애들 중에 하나고…….

–담장 너머에서 헌종이로 싼 뭉치를 내가 방금 주웠거든 그런데 자기 것이라며 가져가는 것까지만 해도 좋은데, 덮치듯 빼앗아 가잖아. 나 이거 원 기분나빠서…….

창수가 이마살을 찌푸렸다.

–그거, 그렇게 기분 나빠 할 필요가 없어. 다 자기 나름대로 사정이 있으니까?

–사정이라니, 넌 무어 알고 있는 눈치구나? 종이 안에 든 내용물까지…….

—한꺼번에 너무 많은 것을 알려고 하지마. 차차 알게 될테니…….

친구는 말꼬리에 여운을 남기고 느물느물 웃어넘겼다.

인사과의 과장도 아니고 일반사원인 듯한 사람이 접수창구에서 창수의 서류를 받아 챙겼다. 워낙 많은 직원들이 들락날락거리니까 입사절차도 간단하였다. 생년월일을 고쳐 두 살 올려 놓았는데 그기에 대한 질문조차 하지 않았다. 시간나는대로 주민등록등본이나 한 통 떼서 갖다 달라는 말밖에. 인사과의 젊은 직원에 의해 또다시 창수는 포장실의 어느 남자 직원에게 인계되었다. 나이는 이십대 후반, 얼굴이 사각지고 흰 얼굴에다 눈자위에 붉으레한 기운이 감도는 사람이었다.

—자, 다들 작업을 중단하고 인사해. 오늘부터 우리 지함부대 멤버야.

그리고는 들고 있던 이력서를 힐끗보고는,

—이창수씨야.

하였다.

출근 첫날부터 창수는 밤 10 시까지 야근을 하였다. 일은 상상 외로 고되고 힘들었다.

그때 당시에 작업과 관련된 일기내용을 모아 보면 첫날 첫마디부터가 '무척 고단하다.', '함을 접는 동작이 아무리 노력해도 굼뜨고 느리다.', '다른 여자 아이들이 두 개를 접는 동안 겨우 한 개 접을까 말까다.'. '몸은 몸대로 지치고, 일은 일대로 능률도 안 오르고…….' 식이다. 그리고 그 밖에도 몇 가지 기록된 내용을 보면,

입사한 지 겨우 일주일인데 회사에서 철야작업을 시켰다. 요즘 나의 일상을 보면,

7:00 기상.

8:00 회사도착, 작업시작, 다음날 새벽 4시까지 근무.

4:00 퇴근.

4:30 취침.(집에 오자마자 옷도 안벗고 바로 잠.)

7:00 기상.

이런 식이다 그러니 하루 중 수면시간은 겨우 2 시간 반 정도. 언젠가 중학교 교지에 실린 글을 보니까 쇼우펜하우어라는 사람이 '인생은 부역에 끌려가 당하는 노역 그 자체다.'라고 말한 것이 씌어 있었는데, 제대로 세상을 볼 줄 아는 사람이 아닌가 싶다. 산다는 것은 괴로운 노역인데 왜 사람들은 살려고만 할까? 지난번 나는 이 일기장에서 사람들은 왜 살려고만 할까? 하는 의문을 가진 적이 있는데, 사람들이 살려고 하는 것은 정녕 살고 싶어 그러는 것이 아니라 죽지 못해서, 죽을 용기가 없어서 사는 것이라고, 결론 지었다.

그래놓고 며칠 뒤의 일기장에는,

서점에가서 쇼우펜하우어라는 사람이 인생이 괴로운 노역 그 자체라서 일찍 죽었는가 알아보았더니, 오히려 오래도록 늙을 때까지 살았다고 한다. 그사람은 우리 일반사람들에게 사기를 쳤다. 박반장이 나더러 더 이상의 작업능률을 올리지 못하면 '아오지'로 보낸다고 했다. '아오지'는 포장실내에 있는 세척실을 가리킨다. 연마실에서 광약으로 윤이 나게 닦은 식기를 세척실에서 '도리꾸린'이라는 약물로 씻는 작업을 하는데, 세척기에서 나온 철재 상자에 담긴 식기를 다시 목판(木板)에 담아 검사실 컴베이어로 들이 붙는 작업이다. 미처 철재상자를 치워내지 못하면 식기는 공장 바닥에 내동댕이 쳐지고 그렇게 되면 식기에 '기스'가 나면서 연마실에서 다시 광택작업을 해야 한다. 연마실의 험상궂은 딱쇠들이 냅다 욕을 하며 항의가 이만저만 아니다. 세척실에서의 작업은 철저하게 기계의 부속품처럼 움직여야 한다. 포장실 내의 모든 직원들이 세척실에서 가서 작업하는 것을 두려워한다. 그래서 저희들끼리 세척실은 '아오지'라고 부르는 것이다. 지함부대에서 상자접기를 하는데 한 달이 지났지만 나는 천성적으로 손이 굼뜨서인지 다른 사람들의 겨우 절반 정도밖에 만들지 못한다. 박반장이 날더러 '느림보', '굼벵이'라고 욕하며 계속 작업능률은 올리지 못하면 '아오지'로 보내겠다며 겁을 주었다. 나는 '아오지'든 어디든 좋으니 박반장의 얼굴을 보지 않는 곳이면 어디든 좋겠다고 생각했다. 고단한 나날의 연속이었다. 오늘은 철야작업 없이 밤 10시까지 작업만 했다. 공장에서 버스를 타기 위해 육교를 하나 건너야 하는데 갑자기 육교가 너무도 높고도 가파르게 다가왔다. 나는 지치고 힘든 몸을 핑계로 육교 아래에서 무단횡단을 했다. 급브레이크 밟는 소리. 무어라 외치면서 상욕을 해대는 소리가 귓전을 때렸다. 그런데 이상하게도 그 소리가 아득하고도 멀게만 느껴져서 나 자신과는 무관하게만 느껴졌다. 이러다가 차가 나를 밟고 지나갈지도 모른다는 생각을 했다. 그렇지만 그게 무슨 대수냐 하는 배짱 비슷한 것이 생겼다. 아무 것도 떠오르지 않았다. 심지어 부모도 형제도, 단지 머리 속에는 어서 바삐 움막과도 같은, 관 속과도 같은, 친구의 자취방 한 켠에 마련되어 있는 아늑한 다락방에 누워 잠을 청하고 싶은 생각으로만 가득 차 있었다. 가능한한 깊고도 오랜 잠이면 더욱 좋겠다 그런 생각을 해 보았다. 오늘로써 이 공장에 몸담은 지가 어느새 두 달째. 지금쯤 모든 게 익숙해질 때도 되었건만 나의 작업능률은 좀처럼 오를 기미를 보이지 않았다. 나의 어린시절을 돌이켜 보아도 모든게 정상적이었다. 체육시간 공을 차더라도 결정골을 내가 넣고, 피구를 하더라도 마지막 살아남은 사람은 나였다. 산 위에서 연탄재를 마구 던지며 전쟁놀이를 하더라도 나는 누구보다 앞장서는 용감한 전투요원이었다. 그런데 이게 무어람. 저 연약한 여자와 비교해 종이접기를 겨우 절반 넘길 정도라니……. 내 스스로 생각해 보아도 한심하다. 세상이 부역에 끌려가 당하는 노역이라면서 왜 사는가 하는데 대한 의문이 조금씩 풀리는 것 같다. 그것은 죽지 못해서이다. 그러면 사람들은 왜 죽지 못하는가? 그것은 죽기까지 일시적으로 동반하게 되는 육체적 고통과 죽고 난 이후의 전혀 모르는 세계에 대한 공포심 때문이다. 그렇지만 삶의 고통이 지금 나의 경우처럼 지독하게 괴롭게 다가오는 경우, 어쩌면 죽음에 따르는 고통도, 죽고난 이후의 두려움도 모두다 극복할 수 있을 것 같다. 여기서 진작 생을 마감한다는 것이 어쩌면 생각만큼 그다지 힘든 일이 아닐거라는 상념이 머리속을 휘감아 채었다.

지함부대 인원은 총 7 명이다. 여기서 박반장과 창수를 빼고나면 나머지 5 명은 모두 여자이다. 그녀들의 나이는 17 세에서 21 살까지 고만고만하다. 제일 나이 많은 경자는 큰 언니 역할을 톡톡히 한다. 일에 열중할 때면 손가락 끝이 보이지 않을 정도로 손놀림이 빠르다. 그녀는 늘 수북하게 본인 앞에다 완성품을 쌓아놓고, 짬짬이 다른 동생들의 일을 거든다. 그리고 친절하다. 유일하게 박반장의 말에 반기를 들 수 있는 사람도 바로 경자다. 밤 10 시까지하는 잔업 때나 새벽 4 시까지 하는 철야작업 때에 작업이 마무리되는 걸 보아가며 10 분 정도 일찍 마칠 수도 있고 늦게 마칠 수도 있다. 박반장의 입에서 10 분 전에 마치자라고 말하고, 그대로 실행할 수 있는 사람이 바로 경자다. 다음은 눈에 들어오는 것이 금순이, 20 살이다. 금순이는 지함부대에서 다소 소외된 입장이다. 그녀는 누구와도 별로 어울리길 좋아하지 않는다. 작업량은 많지도 적지도 않고 늘 중간치 정도, 그녀는 멀리서 보면 오로지 작업에만 몰두하고 있는 듯 하지만 실상은 그렇지 않다. 입으로 끝없이 중얼거리고 있고, 내용이 대부분 그때 당시에 유행했던 노래를 부르고 있는 것이다. 어니온스의 '편지', 이수미의 '내 곁에 있어줘', 이장희의 '그건너', 남진의 '당신을 알고부터'……등이었다. 그녀의 노래소리가 비교적 크게 새어나올때가 있었는데 그것은 장미화가 부르는 '내 마음은 풍선'이라는 노래를 부를 때였다. 그 노래를 부를 때만큼은 흥에 겨운 머리를 끄덕거리지 않을 수 없어 멀리서 보아도 노래를 부른다는 사실도 알 수 있었다. 평소 오연한 그녀가 지함부대의 다른 사람에게 아주 적극적으로 사정하며 매달릴 때도 있었는데, 그것은 새로나온 유행가를 배울 때 였다. 그때만큼은 그녀도 거의 필사적이었다. 그리고 가사 하나하나에 무척 주의를 기울이는 것도 특이했다. 한번은 혼잣말로 '노래가 없으면 나는 죽어. 미쳐버릴거야.'라고 중얼거리는 걸 창수도 들은 적이 있다. 편지라는 노래가사 중에 '멍 뚫린'인지 '뻥 뚫린'인지 하는 것이 있었는데 어느 것이 맞는 지 논란이 된 적이 있었다. 그때 그녀는 눈에 충혈이 되면서 얼굴이 벌개지도록 뻥 뚫린이라며 자신의 주장을 굽히지 않는 것을 보았다.

남은 셋 중에 특이할만한 사람은 막내 순영이었다. 순영이는 유일하게 창수가 지함부대에 오기 전 안면을 튼 아이였다. 그녀는 바로 창수가 첫 출근하던 날 흰 종이뭉치를 떨어뜨려 놓고 털치듯 그것을 빼앗아 간 아이다. 다른 여직원들이 자주색 바지에 흰칼라가 달린 자주색 상의를 근무복으로 입었는데, 그녀만큼은 주름치마가 넓게 펼쳐진 분홍빛 원피스를 입었다. 허리를 잘록하게 끈으로 맬 수 있는 것이었다.

박반장의 무수한 경고성 문책이 있었지만 그녀는 이 세상 모든 것을 양보해도 이것만은 어쩔 수 없다는 듯 그 분홍빛 원피스를 작업복으로 고수했다. 그녀는 센 고집과는 달리 눈물이 많아서 별명이 '울보공주'였다. 가만히 일을 잘하다가도 짓궂은 박반장이 "어이, 순영이, 오늘은 안 울었다. 왜, 좀 울지 그랬어?" 이래도 반응을 보이지 않으면 "호오, 눈동자가 조금씩 젖어오는데. 옳지, 그래그래, 그렇게 울어야지." 하면 어느새 눈가의 이슬을 손바닥으로 닦아내고 있었다. 희한한 것은 늘 그렇게 박반장으로부터 당하면서도 한번도 그녀 스스로 박반장을 원망하는 것을 보지 못했다. 오히려 주위에서 경자씨 같은 사람이 "박반장님, 그만 하세요. 순영이가 울면 우리까지 괜히 마음이 울적해지잖아요."하면서 만류하는 정도였다.

순영이의 나이는 열여덟이다. 창수의 나이는 여기서는 열아홉살 행세를 하지만 실제 나이는 열 일곱이니 한 살 적다. 순영이와 창수가 후일 무척 가까운 사이가 되었을 때 창수는 "순영이는 왜 나보고 오빠라고 안불러."하며 짐짓 마음을 떠 본 적이 있었다. 그때 순영이는

"오빠라 부르면 애인이 되기 쉽잖아요."했다. 그때 당시 창수는 난생처음 이성간에 입에 오른 '애인'이라는 말 때문에 무척 가슴이 설레이던 기억이 있다.

사실 창수가 포장실에 입사했을 때 제일 먼저 곤혹스러웠던게 호칭문제였다. 한동안 창수를 두고 여직원들은 뭐라 부를 것인지 무척 고민하는 듯 했다. 그리고 일주일 쯤 지나니 모두들 '아저씨'라고 불렀다. 나이가 스무 서너살 정도로 과년한 경우는 그 앞에 반드시 '꼬마'를 꼭꼭 붙여 불렀다. 창수는 서류상 나이보다 서너살 위면 이름 뒤에 '누나'를 붙였고, 비슷하면 이름 뒤에다 '씨'자를 붙이고 한 살이라도 어리면

그냥 이름을 불렀다.

습관이라는 것은 정말 무서운 것이었다. 처음에는 갑자기 많아져 버린 두 살이라는 것이 무척 어색하고 양심의 가책으로 와 닿았다. 그러다가 한 달이 지나가자 너무나 당연하고도 자연스럽게 실제 나이로 각인되어 버렸다. 그리고 그것이 오히려 확실한 진짜 나이로 인식되어지는 것이었다.

지함부대에 배속 받아서 일이 굼뜬 것 말고도 그곳 동료들과 언어소통이 잘 안되는 것도 문제였고, 창수가 무자비하게 해대는 부산사투리는 꽤 오랜동안 그들의 놀림감이 되었다.

아무튼 박반장도 집요하게 창수의 작업 능률 가지고 씹었고, 지함부대에서 배척 시키려 했다.

–야, 이 친구야. 밥 팔아서 똥 사먹어라.

창수가 스스로 모멸감을 이기지 못하고 한편으로는 자괴감에 얼룩져서 눈이라고 한번 흘기기라도 하면

–무어, 이 친구야. 아오지나 보내버릴까부다.

하며 확인사살이라도 하듯 쇄기를 박았다. 창수는 오물이라도 씹은 듯 비위가 상하여 무언가 뜨거운 것이 꿈틀대며 속을 비집고 오는 것을 가까스로 속으로 삼켰다. 그러다가 그말이 있고 얼마 안 되어서 말이 씨가 된다고 정말 창수가 아오지로 가게 되는 결정적인 사건이 벌어지고 말았다.

철야작업을 하게 되면 야참시간이 밤 12 시부터 새벽 1 시까지 있었다. 식당에서 시락국에 김치깍두기, 멸치무침을 반찬으로 식사를 끝내고, 늘 그렇듯 어디 잠시라도 눈 붙일 데를 찾고 있었다. 징겅징겅–. 공장 빈 공터에는 공원 너댓 명이 키타를 치며 놀고 있었다. 때때로 원

을 그리며 격렬한 몸짓으로 미친 듯이 전신을 흔들대었다.

'마시자, 한 잔의 술-.'
'마시자, 한 잔의 추억-.'
'마시자, 마셔버리자.'

복판에는 어둠을 살라 먹으며 모닥불이 이글이글 타오르고 있었다. 무엇이 저다지도 갈증나게 하길래 못 마셔서 안달인가. 추억을 마셔버리자고……. 과연 이곳에서의 생활이 먼훗날 한가닥 추억으로 아로새겨질 날도 있으려나……. 내 언젠가 여기서의 생활을 청산하게 되면 두 번 다시 반추하지 않으리. 식당을 나와 공터를 가로 질러 창고쪽으로 향했다. 아무리 둘러보아도 잠시라도 눈 붙일 만한 곳이라고는 창고밖에 없었다. 창고 안은 실제 작업이 이루어지는 곳이 아니므로 실내조명이 어둡고 침침하다. 그리고 좁다란 통로 양옆으로 물건 상자가 높다랗게 쌓여져 있어 사람들 출입이 있어도 누가 있는지 쉽사리 발견되지 않는다. 무엇보다, 빈 종이상자를 펴서 죽 깔아 놓으면 찬공기가 차단되어 따뜻한 체온이 비교적 오래 유지되어 짧은 시간에 숙면에 들기는 그저 그만이다.

창수가 창고문을 열었을 때에, 실내는 구석에 켜 둔 희미한 백열등에 의지한 채, 싸늘한 정적만이 감돌고 있었다. 공터에서 들었던 기타소리는 끊길 듯, 이어질 듯, 서서히 잦아들고 있었다. 종이 상자를 깔고 그 위에 반듯하게 누웠다. 천장에 어지러운 거미줄이 눈 안에 들어오고 거미줄에조차 먼지가 뽀얗게 쌓혀 있었다. 시커먼 먼지가 덩어리째 매달려 있기는 나무로 얼기설기 엮어 놓은 천장도 마찬가지였다. 그런 천장을 보고 더럽다고 느낀 것은 맨처음 여기서 수면을 취할 때 딱 한번 뿐이었다. 이제는 저 더러운 천장까지도 내 몸의 지체와 연결되어 있고, 어쩌면 내 육신이 저 더러운 천장에 꼼짝달싹 못하게 걸려 들었을 지도 모른다는 생각이 들었다. 그래 이제는 저 더러운 천장도, 거미줄조차도 너무나 자연스럽고 편안하다. 고향에 두고 온 어머니를 떠올릴 마음의 여유도 없이 창수는 곤한 잠에 빠졌다. 얼마나 잤는지 모른다. 창수는 누군가가 수런대는 소리에 눈을 떴다. 물건상자를 쌓아둔 벽 서너 칸 건너편에서 나는 소리였다. 남자 하나와 여자 목소리. 남자의 목소리는 작았지만 분명한 어조로 긴장된 탓에 조금씩 가늘게 떨려 나왔다. 반면에 여자는 겁에 질려 잔뜩 움츠린 어눌한 목소리. 둘의 목소리가 너무나 대조적이다.

–나는 네가 한 짓을 다 알고 있다.

저공하는 제비처럼 낮고도 재빠르며 날카롭게 남자가 물었다.

–잘못했어요.

여자가 울음을 잔뜩 삼킨 채 대답했다.

–나는 네가 우리 지함부대의 포장된 완성품을 빼돌리는 것도 보았고, 그 물건을 신문지에 싸서 공장 담장 밖으로 던지는 것도 보았다. 그리고 지금 이 손에 있는 포크와 스푼세트 이건 네 탈의실 옷장안에서 나왔다. 내가 그동안 너의 잘못을 보고도 묵인한 것은 네가 몇 번 그러다 말겠지 하는 기대도 있었지만, 더 큰 이유는 나의 너에 대한 감정이 다른 누구보다도 남달랐기 때문이다. 너도 알다시피 나에게 일단 발각되면 가차없이 내쫓김을 당한다. 너도 네 눈으로 똑똑히 보지 않았느냐. 덕자, 경순이 개들이 다 그런 애들이 아니냐. 그런데도 나는 너만은 그렇게 하지 않았다. 그게 왠 줄 알아, 이 바보야! 그걸 꼭 내

입으로 말해야 알아 이 바보 천치야!

사내는 제 스스로 끓어오르는 감정을 도저히 삭히지 못하겠다는 듯 꽥 소리를 질렀다.

—…….

여자는 잠시 생각에 잠긴 듯 침묵이 흘렀다. 이제는 간헐적으로 이어지던 기타 소리도 완전히 멎어 있었다. 귀만 기울이면 둘 사이에 오가는 숨소리조차 들을 수 있을 만큼 흐릿한 어둠과 고요만이 자리할 뿐이었다.

—순영아, 사랑한다, 사랑해.

짐짓 달콤하고 부드럽다.

목소리가 조금전과는 달리 차분하게 가라앉아 있다. 이어서 여자의 가느다란 신음이 새어나왔다. 남자의 목소리는 틀림없는 박반장의 목소리다. 평소 박반장이 순영이에게 보내는 눈길이 은근했다. 돌이켜보면 순영이를 '울보공주'로 만들며 짓궂은 장난을 일삼는 것도 단순한 치기라기보다는 자신의 애정표현이었는지 모른다. '짐작은 했었지만 둘의 사이가 그렇고 그런 사이였구나' 창수는 속으로 그렇게 생각하고 두사람이 모르게 창고 안을 빠져나갈 궁리를 했다. 언젠가 창수 앞에서 순영이가 박반장의 외모를 두고 말하던 것이 생각났다. 창수가 박반장의 외모가 별로라고 간단히 치부해 버리자 남자가 남자를 보는 것하고 여자가 남자를 보는 눈이 서로 다르다고……. 여자가 박반장을 바라볼 때 훤칠한 키하며 둥그런 눈과 뭉직한 코에다 구리빛 시커먼 얼굴이 무척 남자답다는 호감을 주는 얼굴이라고 말했다. 그말을 듣고, "순영이 너, 박반장에게 마음 있는 거 아냐?"라고 농담 삼아 말을 던진 적이 있었다. 물론 그 자리에서 순영이는 펄쩍 뛰며 극구 부인을 하긴 했지만……. 아무튼 이제 쥐도 새도 모르게 이 자리를 빠져 나가야 한다. 조금 전처럼 또다시 떠들어 준다면 그 틈을 이용해 나갈 수도 있을텐데……. 그런 조바심을 낼 때였다. 갑자기 여자의 외마디 비명이 들렸고, 사내가 고함을 지르고 뒤이어 둔탁한 소리가 들렸다. 엎치락뒤치락하는 소리가 들렸고 종이 상자가 와르르 무너지는 것이 보였다. 여자가 목을 놓아 울었다. 창수는 그들을 향해 쏜살같이 몸을 날렸다. 바로 그때였다. 이것은 한 마리 들짐승이 피울음 토하며 울부짖는 소리. 저것은 사람소리가 아니다. 찢겨나간 분홍빛 원피스 희고 봉긋한 젖가슴. 그위에 걸려있는 흰색브래지어와 낭자한 피. 순영은 흘러내리는 브래지어를 싸안을 생각도 않았다. 머리를 풀어헤친 채 고개를 숙이고 두 손바닥으로 코를 움켜쥐었다. 쿨럭거리면서 모아쥔 손가락 사이로 코피가 주르르 흘렀다. 박반장은 흰 런닝만 입은 채 씩씩거리며 순영을 쏘아보고 있다가 난데없는 창수의 출현에 가뜩이나 큰 눈이 두 배나 커 보였다. 창수는 가볍게 폴짝 뛰며 둘 사이의 거리를 재고는 가차없이 박반장의 턱주가리를 향해 오른쪽 주먹을 날렸다. 그 큰 덩치가 보기좋게 벌렁 뒤로 나자빠졌다. 미처 몸을 일으킬 틈도없이 잽싸게 달려가 창수는 몸을 뛰어 양발로 앞가슴을 밟았다. 박반장은 꽥-. 비명을 지르며, 그 한 방에 축 늘어지고 말았다. 그 후 사흘동안 내리 결석을 하던 박반장이 허리 복대를 한 채 출근을 했다. 순영과 창수는 시침을 떼고 아무 일도 없었는 듯 행세하자고 서로 약조했다. 적어도 겉으로는 박반장도 아무런 내색을 하지 않았다. 만약 박반장이 순영이 식기를 도질한 사실을 문제 삼는다면 그때는 순영과 창수 또한 박반장이 순영을 겁간하려한 사실을 회사의 전 직원을 상대로 공개할 수 밖에 없다고 결론 지었다. 그렇게 되면 아무리 회사 고위간부와 연계된 박반장이라 할지라도 사직은 피할 수 없으리라. 만약의 경우, 창수와 순영 또한 해고를 당할 수 있는 가능성은 얼마든지 있다. 초조와 긴장, 조바심으로 일주일이 너무도 더디게 흘러갔다. 창수와 순영은 틈을 보아 점심시간 식당에서 혹은 쉬는 시간 화장실 뒤 공터에서 수시로 만나 앞으로 생겨날 일에 대해 서로 걱정하였다. 그때마다 순영은 어줍잖게 창수가 이 일에 끼어들게 된 사실에 대해 몹씨 미안해 하였다.

–아저씨, 어떡해.

하며 순영이 미안해 하면,

–괜찮아, 신경쓰지 말아. 다 운수소관이지 뭐. 그날 내가 눈을 붙이러 그 쪽으로 간 것도 그렇고, 박반장과 순영이가 그 자리에 나타난 것도 그렇고, 그리고 그런 일이 일어난 것까지 모두 운명이라고 생각해.

그 일이 있고 일주일 후 아침 일찍 출근하자 이층 사무실에서 순영과 창수를 동시에 찾는 스피커 방송이 나왔다. 그 죄에 대한 징벌은 세척실 아오지로 가는 것이었다. 과장의 형식적인 명분을 들어 둘의 생산 실적이 가장 저조하다는 거였지만 창수의 경우는 맞을지 몰라도 적어도 순영은 아니었다. 순영의 손놀림은 가장 실력이 낫다는 고참 경자의 다음이었다. 둘이는 묻지 않아도 그 이유를 알 수 있었으므로 과장에게 일언의 반구도 없이 사무실을 빠져 나왔다. 그리고 그 다음날 말로만 듣고 눈으로 힐견할 뿐이던, 아오지로 근무 부서를 옮겼다.

사방은 새까맣게 밀폐되었다. 외부로 오갈 수 있는 통로는 검사실로 통하는 쪽문밖에 없다. 그밖에 또 있다면 서편 벽 상층부에 뻥–하니 뚫혀 있는 구멍하나다. 그 구멍의 크기라 해 봤자, 어린 아이가 겨우 머리 하나를 집어 넣었다 뺄 수 있는 크기였다. 그러나 그 구멍은 세척실에서 '도리꾸린'이라는 약물이 끓으면서 뿜어내는 매캐하고 아릿한 연기를 환기할 수 있는 유일한 환기구 통이었다. 그리고 한가지 더 하는 일이 있다면 벽시계 하나 걸려있지 않는 실내에서 하루의 시계를 가늠해 볼 수 있는 시계탑과 같은 것이었다. 시시각각으로 변해가는 그 구멍을 쳐다보면서 창수는 시간은 물론, 하루의 날씨까지 가늠해 볼 수 있었다. 창수는 하루 중 그 구멍의 빛깔이 보라색으로 온통 칠해져 버릴 때가 좋았다. 보라색이 지나면 검은색이다. 검은색이 되면, 칠흙같은 검은 밤이 되면 비로소 퇴근시간이 가까워 온다는 징후이며, 나는 비로소 이 암울한 울타리를 벗어나 자유로운 한 마리의 새가 된다. 하루는 퇴근 후의 자유로움을 만끽하느라고 낯선 도회의 골목길을 밤늦게 배회하다가 정말 길을 잃어버린 날도 있었다. 2시간 여 헤맨 끝에 부근에 파출소가 눈에 띄여 천만 다행이었지만…….

앞서 이야기 한 대로 세척실의 일은 늘 긴장이 뒤따랐다. 세척기의 아가리에서 쏟아지는 철제상자를 제 때에 걷어 내어야지 만약 타이밍을 놓쳐 버리면 공장바닥에 깻박 쳐버린다. 그렇게 되면 연마실의 덩치들이 득달같이 달려와 사람을 세워 놓고 몰아부친다. 세척실에는 두 대의 세척기가 마주보고 있었는데 한 대는 창수가, 한 대는 순영이가 맡아보고 있었다. 순영이의 기계에서 철제상자가 떨어지려는 것을 창수가 황급히 달려가 걷어낸 적이 있었고, 순영 또한 몇 번씩 창수의 기계에서 떨어지려는 철제상자를 걷어내 주었다. 그럴때면 창수는 고맙다는 말 대신에 머리를 긁적이었고, 순영 또한 창수를 향해 빙긋 웃어주었다. 창수는 때때로 순영과 자신이 각시와 신랑이 되는 상상을 해보았는데, 그것은 순영 뿐만 아니고 얼마전 같이 일했던 경자 누나나 금순이도 그랬으므로 특별한 감정이라고 말할 수는 없었다. 그러다가 창수는 어쩌면 순영이 같은 아이는 두 번 다시 만나기 힘든 착한애 일 거라는 생각을 하게 되었는데, 그기에는 조그마한 계기가 있었다. 공장바닥에 사각으로 접은 편지 조각이 떨어져 있어서 무심코 창수가 주워 읽었는데, 그것은 순영의 아버지가 순영이에게 보낸 글이었다.

순영아.

바다 보아라 금이심 봄철에 겍지에서 몸이 편안지 아부지은 마음이 군금하와 안부을 문는다. 위선 다른 일보다 네가 바든 봉그브로 생활은 안코 모도다 어마이 약깝과 동생 회비로 보낸다는 갱자의 이야기을 전해 듣고 맘이 아파 눈물이 아플 가려따. 인자 더 이상 지반 걱정이랑 말고 너의 앞날과 건강을 도모해 주기 바라다. 지발 부탁기다. 아비 올림.

다 읽고 났을 때에 마침 순영이 다가왔으므로 창수는 잽싸게 본래대로 접어 순영에게 내다 보이며,

–이게 바닥에 떨어져 있어 줍긴 했는데…….

라며 말하자 미처 말이 끝나기 전에 빼앗아 간다. 그리고는

–아저씨, 이 편지 봤죠, 그쵸,그쵸.

하며 바른 말 하라는 듯 다그쳤다. 그러자 창수는

–글쎄, 봤던 것 같기도 하고, 못 본 것 같기도 하고……

하며 애매한 웃음만 배시시 흘리었다. 그러자 순영 또한 웃음기를 머금은 채 때릴 듯 달려들고, 이미 서너 발자국 멀찌감치 달아난 창수가 괜스레 머리를 뒤로 젖히며 푸하하 하며 크게 웃었다. 어쩌면 그 일이 둘 사이에 그다지 웃을 일이 아닐지도 몰랐다. 더군다나 창수처럼 고

개를 젖히며 웃어제낄만큼 재미난 일이 아니었을지도 모른다. 그러나 그들은 이처럼 작은 일에도 크게 웃었다. 이것은 그들에게 그다지 웃을 일이 없다는 역설적인 이야기도 된다. 창수가 순영의 가정환경을 짐작할 수 있는 편지를 보고난 이후 창수는 과거와는 달리 조금씩 순영에 대해 적극성을 띠기 시작했다. 그 적극성을 관심의 폭이 한층 넓어진 것을 의미하는 것도 된다. '오늘따라 안색이 무척 좋아 보인다.'든지 '입고 온 옷이 썩 잘 어울려 보인다.'는 것에서부터 어깨나 머리에 실밥같은 것이 있으면 털거나 집어내어 주고 하-드와 같은 빙과류를 사면 꼭 두 개를 사서 하나는 순영에게 건넸다. 철야작업을 할 때면 오후 5시~6시까지, 밤 12시~1시까지 휴식시간이어서 둘이 같이 함께 할 수 있는 시간이 많았다. 그들이 늘 같이하는 장소는 공장을 통틀어 유일하게 꽃의 변화를 보며 계절의 추이를 짐작할 수 있는 곳. 세멘블록으로 삐뚤삐뚤 직사각으로 둘러쳐진 화단 둘레를 사르비아 꽃이 붉게 피어나 있고, 복판에 동백 몇 그루, 사철나무 두어 그루가 자라고 있었다. 물고기떼가 공장 폐수 때문에 산소량이 부족해 물 위로 주둥아리만을 내민 채 할딱거리는 모습이 신문에 실린 것을 본 적이 있다. 흙먼지 잔뜩 날리는 공장 한 켠에 뽀얗게 회백색으로 변해버린 동백나무 잎. 청정한 곳을 찾아다니다 산소 결핍으로 인해 물 위로 주둥아리를 내민 물고기처럼 창수와 순영은 그나마 그 동백나무 꽃잎 아래에서 숨을 내쉴 수가 있었다. 그곳에서 주로 말을 하는 사람은 순영이었다. 순영이 말을 하고 싶어 했다기보다, 창수가 주로 말을 시켰다. 창수에게 있어 순영이 말하는 고향 이야기는 마치 꿈결 속만 같았다.

-제 고향은 낙동강이 흐르는 듯, 마는 듯하는 하류 쪽 강변이었지요. 갈숲이 우거지면 바로 코 앞에 사람이 있어도 못 알아봐요. 저녁

나절 굴뚝에서 연기가 피어 오를 때면 어머니는 집앞에서 얼마 떨어지지 않은 갈숲 복판까지 나와서는 저희 남매 이름을 돌아가면서 한번씩 부르죠. 우리가 바로 코 앞에 있는 줄도 모르고……. 남동생과 저는 어머니를 골려줄 심산으로 어머니가 지칠 때까지 갈숲 속에 쪼그리고 앉아 숨을 죽이고 있답니다. 마치 숨바꼭질 하듯 말이예요. 그러다가 어머니가 포기하고 돌아가겠다 싶으면, 어머니보다 앞질러 불쑥 나타나서 '왁─'소리를 지르며 놀라게 했죠. 요즘 같아서는 그런 치기어린 장난도 왜 했나 싶어요.

해가 서편으로 넘어가는 황혼 무렵 노을빛 만큼이나 순영의 얼굴에는 쓸쓸한 빛이 감돌았다.

─그 어머니가 편찮으시다며?

─…….

순영은 말이 없다. 아주 신명이 나서 고향이야기를 하다가도 가족관계에 대해서 말이 나오면 입을 굳게 다물었다. 그리고는 엉뚱하게,

─지금 쯤 밀서리를 많이 해 먹을 텐데…….

라며 혼잣말처럼 중얼거렸다.

─밀서리가 뭔데?

창수가 바싹 다가가 묻는다.

지금껏 도회 변두리에서 살아온 창수로서는 밀서리를 알 턱이 없다. 수박서리, 참외서리라면 또 모르지만.

─주로 남의 밀밭에가서 베어오는 일은 두 살 밑에 남동생이 담당했죠. 그리고 그 밀을 불에 그슬리며 굽는 일은 제몫이었고……. 인적이 드문 외딴 밭둑에 터를 잡고 앉아 마른 삭정이를 주워 모아 불을 지피고, 불꽃이 피어오르면 밀의 발치 부분을 두 손으로 한 움큼 쥐고, 이

리저리 뒤집어 가며 밀알을 구웠어요. 아저씨, 난 그때 그 매캐했던 연기가 지금은 왜 이다지도 그리움으로 남는지 모르겠어요. 적당히 밀알이 구워지면 손바닥은 훑쳐서 비비죠 그러면 껍질은 벗겨지고 입으로 불어내면 통통하고 고운 새파란 속알만 남죠. 그것은 이 손바닥에서 저 손바닥으로 몇 번씩 까불리다가 입 안에 쏘옥 넣었을 때의 맛이란…….

순영이 침을 삼키면, 덩달아 창수도 침을 삼킨다. 밀서리라는 말조차도 처음 듣는 주제에……. 순영은 한 참 열을 올리다가도,

–제 이야기 재미없죠?”

라며 말한다.

순영의 말에 의하면 순영이의 고향도 분명히 경상도 어디쯤이 틀림없다. 그런데 순영이의 말투에는 전혀 사투리 억양이 배어 있지 않다. 적어도 창수가 듣기로는 완벽한 서울 말씨다. 순영이의 말에 의하면 무척 노력한 결과라고 하는데 얼마만큼의 노력을 말하는지 몰라도 창수도 그 부분에 웬만큼은 노력하지만 순영이에 비하면 어림없다.

–흥, 누가 재미없으면 덩달아 침을 삼키기라도 하나?

쓸데없는 소리 말고 하던 이야기나 계속하라고 채근하면 순영은 무얼 생각했는지 혼자서 킥킥거리며 웃는다. 혼자 약이 오른 창수가,

–뭔데, 뭣땜에 그러는데?

하고 다시 닦달하면,

–밀서리를 하고 난 다음 동생의 입주위를 보면 새까맣죠. 그런데 걔는 오히려 나를 보고 웃는 답니다. 그러면 꺼먼 얼굴에 허어연 아프리카 니그로족 그 자체죠. 우리는 서로가 배를 움켜쥐고 마주보며 아주 오랜동안 웃기도 했었어요.

그럴 때면 창수는 모처럼 순영이 입가에 웃음이 떠도는 걸 볼 수가 있었다.

이쯤 되면 둘의 대화는 그칠 줄 모르고 이어지고 하마트면 6 시부터 시작되는 야간 근무시간을 넘길 뻔한 적이 있었다. 그 자리를 일어설 때면 창수는 늘 그런 생각을 했다. 그나마 나에게 하루 중 이같이 즐거운 순간도 있기에 바이 죽지 못해 산다고 하면서도 쉽사리 죽음을 결행하지 못하는 이유가 되리라 하고…….

세척실안 예의 그 구멍 속에 푸른 플라타너스 잎이 은빛으로 팔랑거렸다. 햇빛이 플라타너스 잎에 반사되어 창수의 눈을 쏜 것이다. 그 강렬함으로 보아 오후 2 시는 족히 되었음직 하다. 그러나 창수의 눈은 오히려 졸음이 두텁게 내려앉아 있었다. 걸음은 마치 피라미드 속에 미이라가 걷는 듯 흐느적거린다. 오늘이 철야 작업 3 일째였다. 회사에서도 웬만하면 이틀 내리 철야작업을 시키지 않는다. 수면부족이 회사에서도 안전사고의 제일 큰 주범이라는 사실을 누구보다도 잘 알고 있다. 공장에서 만든 물건은 세계 각국으로 수출 되었다. 로스엔젤레스, 뉴욕과 같은 미국의 여러 도시는 물론이고, 독일의 함부르크, 덴마크의 코펜하겐까지……. 그 여러 도시 이름이 원문으로 적힌 박스를 보고 맨처음 창수가 척척 읽어 내었을 때 박반장을 비롯한 지함부대 모든 직원들이 눈이 휘둥그래지는 것을 보았다. 저 어려운 영어를 척척 읽어내다니…….

대부분 초등학교를 겨우 졸업한 저들로서는 무척 감탄스러운 일이었을 지도 모른다. 뜨거운 철재 상자에 실린 양식기를 목판에 담고, 그것을 다시 검사실로가서 밟는 고무벨트로 된 컨베이어에 쏟아 붙는다. 길다랗게 굴러가는 컨베이어 양 옆으로 검사실 여직원이 수십 명 앉아 있고, 그녀들은 재빠른 손놀림으로 흠이 있는 불량품을 골라내는 것이다. 창수는 자신도 저 컨베이어와 똑 같다고 생각했다 머릿 속은 텅 비어 있다. 무슨 생각으로 꽉 차 있건 자유다. 지금 이 자리에서 창수에겐 단 1 %도 정신적 노동을 요구하지 않는다. 다만 저 컨베이어가 굴러가듯 세척기 앞에서 검사실까지 걸어가서 물건을 이동시키면 되는 것이다. 창수는 단순노동을 하루 20 시간씩 3 일째 해 오고 있는 것이다. '도리꾸린'이라는 세척 약물에서 야릇한 냄새가 올라오며 정신을 더욱 몽롱하게 만든다. 지금 이순간 누구처럼 하느님이 내 소원이 무엇이냐고 물어본다면 첫 번째도 두 번째도 그 다음도 '잠'이라고, '수면을 취하는 것'이라고 말할 것이다. 그때였다. 순영이 울상이 되어 다가왔다. 갑자기 기계가 돌아가지 않는다는 것이었다. 정비실 기사를 찾아보라고 하였더니 기사도 어디 바깥에 나가고 보이지 않는다는 것이었다.

-어떡하면 좋아요. 연마실에서 넘어온 물건은 자꾸만 저렇게 쌓여가는데…….

순영이 발을 동동 굴렀다. 창수는 세척기 끝에 달려있는 빨간색 메인 스위치를 껐다가 다시 켰다. 언젠가 창수의 기계도 고장이나서 그렇게 해서 다시 작동시켜 본 적이 있다. 그러나 순영의 기계는 윙윙거리면서 애를 쓰면서도 어디에 걸렸는지 체인과 체인기어가 맞물린 상태에서 소리만 나고 돌아가지 않는다. 아무래도 체인 쪽이 말썽인 것 같았다. 창수는 시커먼 장갑을 낀 채 손등으로 두 눈을 한 번씩 쓰윽 비볐다. 그리고는 기계 앞에 서서 두손으로 체인을 번쩍 들어 보았다.

-꺄-악

외마디 비명이 온 세척실을 뒤흔들었다. 기계가 돌아가면서 체인과 체인기어가 창수의 두 손가락을 물어버린 것이다. 비명을 듣고 허겁지겁 달려온 연마실 남자 직원이 얼른 스위치를 껐다. 그러나 워낙 독하게 물린 모양이었다. 손가락은 빠질 기미를 전혀 보이지 않는다. 중지와 포함한 그 옆 양손가락을 포함한 여섯 개의 손가락이 뼈와 함께 모조리 뭉개어져 으스러지는 고통을 느꼈다. 두 손은 뒤늦게 달려온 직원 중의 누군가가 다시 후진 기어를 넣어 한번 더 고스란히 창수의 손가락을 뭉기적거린 다음에야 겨우 놓아 주었다.

비가 내리고 있었다. 워낙 빗줄기가 드센데다가 땅위에서는 열이 식어서인지 하얀 김이 솟아올랐다. 한치 앞을 내다보기 힘든 상황 속에서 창수는 온통 그 비를 다 맞으며 우산도 없이 혼자 걷고 있었다. 끝없이 펼쳐진 레일이 평행선을 그리고 있는 긴 시골 둑길이었다. 둑길 아래로 까마득하게 옹기종기 모여 있는 마을들이 보였다. 그 마을들이 워낙 아스라하게만 여겨져 창수는 두려움과 공포를 동시에 느꼈다. 그 순간이었다. 창수는 후둑후둑 비를 막는 우산 소리를 들었다. 누군가가 뒤에서 자신에게 우산을 씌어 주며 접근했다. 그 사람은 창수가 미처 뒤돌아볼 틈을 주지 않고 재빠르게 밀착해 왔다. 부드럽고 따뜻한 체온. 큰 빗줄기는 그을 수 있지만 작은 우산으로 둘이 쓰자니 자연 빗방울이 창수의 어깨 위로 때로는 튕기어 얼굴에까지 묻어왔다. 어깨에서 뺨 위로 튀어 올라온 빗방울. 의외로 너무 따뜻하다. 아니 뜨겁다. 아니, 세상에 이렇게 뜨거운 빗방울도 다있나? 참으로 이상하게 생각하며 창수는 손바닥으로 뺨 위의 빗물을 훔쳤다. 누군가가 창수를 내려다 보고 있다. 여자다. 여자가 울고 있다. 빗물이 아니라 창수를 지켜보던 여자가 흘린 눈물이었다.

—깨어나셨군요?

그때서야 비로소 창수는 자신의 얼굴에 떨어진 빗물이 순영의 눈물이었음을 알았다.

—꿈을 꾸신 것 같았어요.

—…….

너무 많이 울어서인지 순영의 눈자위가 붉게 물들었고 코 끝까지 빨갛다.

—울긴, 누가 울보공주 아니랄까봐.

창수가 애써 웃는 낯을 섞어 힐난하자, 그제서야 순영도 가지런한 이를 조금씩 드러내며 웃는다.

—연 이틀동안 꼬박 잠만 잤어요. 얼굴이 그렇게 편안해 보일 수 없었어요. 주무시는 동안 의사선생님이 벌써 양손가락 엑스레이 촬영 끝냈는데, 아무래도 양손가락 중지 첫마디가 문제가 되나봐요. 어쩌면 잘라내야 될지도……. 어떡하죠? 오빠.

그 순간, 창수는 평생 불구가 될 지도 모른다는 불안감보다, 순영이 오빠라고 불러주는 통에 공연히 마음이 설레었다. 언젠가 스스로의 입으로 말했다. 오빠라 부르면 애인이 되기 쉽기 때문에 안 부른다고, 그런데 이제 방금 오빠라고 부른 것이다. 이후 창수에 대한 순영의 정성은 지극한 것이었다. 하루 회사 결근을 하면 주차, 월차, 년차까지 빠져 월급에 막대한 손해였지만 순영은 결근까지 해가며 병원에서 나오는 반찬은 창수의 입맛에 맞지 않는다며 직접해 날랐다. 그리고 보름쯤 지나서였다. 한번은 연 이틀째 순영이 출근하지 않고 창수의 병실을 지켰다. 이상하게 여긴 창수가 순영에게 다그치자, 마지 못해 답하는 순영의 말이, 회사를 그만 뒀다는 것이었다. 그때 처음으로 창수는 순영을 크게 나무랐다. 평소에 그만큼 입에 올리기 싫어하던 병든 어머니와 공부하는 남동생까지 들먹이며 왜 그딴 미친 짓을 하였느냐고 하였다. 크게 싸운 그날 이후, 순영은 두 번 다시 병실을 방문하지 않았다. 병실 방문은커녕 단 한번도 대면하질 못했다. 일주일 만인가 노란 색종이에 쓴 메모 한 장을 남긴 것을 제외하고는…….

오빠안녕.
제가 헤어지는 마지막 순간에 '오빠'라고 부를 수 있어서
얼마나 행복한지 몰라요.
그렇지만 피다만 모란처럼 우리의 사랑이 채
여물기도 전에 뚝뚝 떨어져 버려서 저는
밤새 슬픈 부엉이가 되어 울었답니다.
올 겨울에는 아무 것도, 아무 일도 하지 않을 작정입니다.
다만, 빠알간 난로가 있는 실내에서
따뜻하고 포근한 빛깔이 감도는 털옷을 짤 예정이예요.
그 옷에 아주 큼지막한 호주머니를 달고
그 속에 올해 둘 사이에 있었던 모든 사연들을
주워 담을거예요. 그리고 그 입구를 꼬옥 눌러
봉해버릴겁니다. 왜냐구요 그냥 아무도 보지 못하도록 할려구요.
1974. 6.

창수는 이리저리 병원을 옮겨다니며 손가락을 절단하지 않으려고 무척 애를 썼다. 그것이 오히려 화근이었다. 지나치게 마이싱류에만 의존하며 잘 한다는 병원을 찾아다니다 수술시기를 놓쳐, 결국 오른손

중지만 두 마디나 날렸다. 진작 손을 썼더라면 왼손처럼 중지 끄트머리만 조금 상할 수도 있었다. 손가락에 남긴 붕대를 풀고 잘려나간 자신의 손가락을 들여다보며 창수는 서울에 올라와서 처음으로 두고온 식구들의 얼굴을 떠올리며 눈물을 훔쳤다. 순영에 대한 소식은 그 이후 줄곧 들을 수 없었다. 그 해 9 월에 서울을 떠나오며 역전 광장에서 우연히 면이 있는 연마실 직원을 만난 적이 있었다. 그의 말에 의하면 그때 당시 회사 앞에 즐비해 있던 색시집에서 순영을 보았다는 것이었다. 창수는 그가 무언가 잘못 보았음에 틀림없다고 우기면서 부산발 경부선 열차에 한 점 미련없이 훌쩍 올라탔었다.

일기의 진가는 아무래도 세월의 무게와 비례하는가 보다. 당시의 일기라는 것을 지금와서 보면 수면 부족과 오랜 작업으로 뻣뻣해진 손가락으로 쓴 탓인지 글자가 삐뚤삐뚤하여 고르지 못하다. 그러나 지금에 와서 그 글을 바라보게 되면 바람이 동종(銅鐘)을 울리고 지나가 듯이 가슴 속에 아련한 아픔을 울려 퍼지게 한다. '어쩌면 저 글귀들로 인해 내 가슴은 멍이 들었을지도 몰라' 하고 창수는 속으로 뇌까려 보았다. 일기장 갈피 속에 순영이 남김 메모 쪽지도 약간 색깔이 바랬을 뿐 고스란히 남아 있다. 배드민턴 경기부장으로부터 전화가 걸려 왔다. 시에서 주관하는 체육대회 읍대표로 혼합복식 부분에 창수와 유여사를 파트너로 편성해 놓았다는 일방적 통고였다. 창수는 유여사와 전화통화를 시도하였다. 낮 동안 직장에서 줄곧 유여사 집에다 전화를 걸어도 받지 않다가 저녁 무렵에야 연결 되었다.

–아, 이 선생님. 어쩐 일이세요, 저희집에 전화를 다 주시고.

언제나 상냥한 어조다. 어디 목소리 뿐인가. 평소 몸가짐을 얼마나 음전한가. 그런데 그저께는 노래방에서 최사장을 밀쳐 머리를 몇 방울 씩이나 꿰매도록 했다니 어쩐지 상상이 되지 않았다.

–좀, 만나야 되겠어요. 의논할 일도 있고…….

–아, 예, 며칠전 노래방에 있었던 일에 관해서라면 제가 거절하겠습니다.

갑자기 차고 싸느랗게 변한다. 벌써 며칠이 지났는데도 앙금이 쉽사리 지워지지 않는 모양이다. 어쩌면 당연한 일인지도 모른다고 생각했다.

일단 상대편의 마음을 안심을 시켜야 한다.

–며칠 전 무슨 일이 있었는지는 나는 모르겠고, 경기부장이 시체육대회 참가 선수로 우리 두 사람을 혼합부문에 파트너 넣어 놓았답니다. 같이 연습을 해야 하니까, 시간 같은 걸 의논해 봐야겠어요.

–그렇다면 나갈께요. 그런데 어디가 좋을지…….

거리에 그렇게 많던 커피숍이 막상 떠올리려고 하니까 막막하다.

–그러지 말고. 아카데미 건물 2 층에 있는 민속주점이 어떻습니까? 식사 겸해서 반주도 걸칠 겸.

–좋아요.

유여사도 흔쾌히 좋다는 사인을 했다.

다음날 저녁 6 시 30 분 무렵. 순영은 간단한 화장을 끝내고 집 밖을 나섰다. 그리고 창수를 떠올리며, 세상은 참 넓고도 좁다는 생각을 했다. 자신이 25 년도 더 된 그 오랜 옛날. 그 넓은 서울 한 귀퉁이에서 만났던 그 '꼬마아저씨'를 바로 이 변두리읍에서 만나다니……. 생각하면 할수록 인연이 묘하다는 생각이 들었다. 다행스럽게도 그 어린 시절 한 때는 오빠라고 부르며 무척이나 따르던 그 사람은 자신을 못 알아보는 것 같았다. 서울에서의 일은 두 번 다시 떠올리고 싶지 않은 악몽이었다. K공업사를 나오게 된 것은 창수오빠 때문이기도 했지만, 보다 결정적인 것은 어머니의 위암 수술 때문이었다. 턱없이 모자라는 수술비를 마련하기 위해서는 갈 곳은 오로지 한 군데 뿐이었다. 회사에서 그다지 멀지 않는 곳에 있는 속칭 '방석집'이었다. 그 곳 생활을 한 지 얼마 안되어서 지금 애들의 아버지를 만났다. 다섯 살 난 아들을 둔 서른 두 살의 홀아비와 열 여덟에 본격적인 동거에 들어갔다. 애들 아빠는 나이가 많다는 것 때문이었는지 순영에게 무척 관대하고 상대방을 배려하는 마음이 깊었다. 둘 사이에 이듬해에 바로 딸이 하나 생겼다. 지금은 대학을 졸업하고 서울에서 카피라이터 생활을 하고 있다. 전처 소생의 큰 아들 또한 신혼살림을 차려 서울서 직장생활을 하고 있다. 남편은 항구에서 뱃길을 안내하는 도선사였는데, 재작년에 배가 뒤집히는 사고로 죽었다. 순영이 부산 도심과 자동차로 1시간 정도 소요되는 이곳 시골 소읍으로 이사온 것은 일종의 은신이었다. 그다지 떳떳하지 못한 과거를 간직한 지난 시간의 사슬을 끊고 새출발을 하고 싶었고, 그 출발지가 바로 이 읍이었다. 그렇지만 이 읍도 이제 순영을 조용히 살도록 내버려 두지 않을 것 같았다. 저 '창수오빠'가 현재는 모르지만 언젠가는 순영의 정체를 알게될 것이 틀림없기 때문이다. 어느 정도의 익명성이 보장된 이곳에 살면서 순영은 줄곧 도희라는 가명을 써왔다. 순영을 K공업사 시절 실재 나이가 17살이었다. 그런데 주위에서 시키는 대로 이력서에다 18살로 올려 기재 했었다. 창수오빠와 나이 차이가 지금 현재 두 살 적어야하는데 한 살 밖에 차이가 나지 않았다. 이 사실 때문에 순영도 배드민턴 코트장에서 만난 이

창수씨가 그 옛날 K공업사 시절의 창수오빠가 아닐 수도 있다고 의심해 보기도 했다. 그러나 우연히 이선생의 오른손 중지 마디가 잘려나가고 없는 것을 보고는 틀림없이 그 옛날의 창수오빠라는 사실을 알게 되었다. 창수오빠는 아무리 생각해도 훌륭한 분이다. 사람이 노력만하면 못 이룰게 없다지만, 중학교를 졸업하고 K공업사에 취직해 있던 창수오빠가 지금 대학을 졸업하고 어떻게 학교 선생님이 될 수 있단 말인가? 사실 순영도 그동안 틈틈히 시간을 내어 학원에 다니면서 고졸검정시험에 합격까지 해 놓고 있는 상태였다. 그동안 해 온 것만해도 너무 힘들어서 대학입학은 엄두도 내지 못하고 있는데, 창수오빠는 그 어렵다는 사범대학까지 마치고 교사직에 몸 담고 있는 것을 보아 엄청난 노력가임에 틀림없다. 더군다나 박사학위까지 받아놓고 대학교수가 되기위해 준비하고 있다고 하지 않은가? 오늘날이 있기까지 고달프고 신산스런 삶을 살아온 창수오빠의 세월이 아프게 다가왔다. 주위 사람들 이야기를 들어보면 3 년 전 상처를 하였다고 했다. 그의 살아온 과정을 보면 가히 입지전적이라 할 수 있으면서도, 어쩌면 그의 지나온 삶도 불행의 연속이 아닐 수 없다. 순영은 순간 창수오빠의 삶과 자신의 삶이 흡사한 데가 많다고 생각했다. 그리고 극히 찰나적이지만 둘이 결합해서 부부가 된 모습을 머리 속에 그려 보았다. 그리고는 이내 머리를 설레설레 흔들었다. 무엇이든지 쉽게 구한 것은 크게 귀한 줄 모르고, 어렵게 얻은 것일수록 중하고 귀하며 집착을 보이게 마련이다. 창수오빠가 성취해 놓은 것이 물론 대단한 일임에 틀림이 없지만 별 것 아니라면 아무것도 아니라고 볼 수 있다. 심지어 '선생이 눈 똥은 개도 먹지 않는다'는 말이 있지 않은가. 선생이 얼마나 박봉이고 쪼잔하게 살면 그러겠는가. 그렇지만 한번씩 배드민턴장에서 본 창수오빠는 겉으로 내색은 잘 안하지만 속으로 자신이 해낸 업적에 대해 지나칠만큼 큰 자부심을 가지고 있는 것을 발견할 수 있었다. 순영은 자신이 비록 일시적으로 나쁜 곳에 발을 디디기는 했지만, 자존심 하나로 버텨왔다고 볼 수 있다. 예전에 남편도 만약 털끝 만큼이라도 자신의 부끄러운 과거를 들춘다든지 자존심 건드리는 말 한마디만 했더라도 벌써 헤어졌을 것이다. 그저께 노래방에 있었던 일만해도 그랬다. 그 최사장이란 작자가 차라리 '미친 년'이라고 욕했더라도 그렇게 분노가 폭발하지는 않았을 것이다. '무식한 년'이라는 자신의 가장 아픈 아킬레스건을 건드린 것이다.

소읍이라지만 밀집해있는 아파트 단지를 지나 다리를 건너자 제법 번화한 사거리가 나타났다. 오른편 100 m의 위치에 민속주점 '꽃청산'이 있었다. 옛날 시골 절구와 문짝이 전시 되어 있는 복도 끝에 입구가 있었다. 입구를 들어서자 저 쪽 구석 탁자 은은한 삿갓등 아래에 창수오빠가 먼저 와서 기다리고 있었다. 그는 항상 앉으면 왼손으로 오른손을 감싸쥔 자세로 모으고 있는데 알고보니 오른손 중지를 감추기 위함이었다. 순영은 처음 창수를 보았을 때 어쩌면 그 옛날의 창수오빠일지도 모른다는 생각을 했었다. 그렇지만 그가 박사 학력의 소유자에다 학교선생님이라는 사실이 믿기지 않아 의심했었다. 그러다가 우연하게도 오른손 중지를 보았다. 참으로 아프게 다가오는 일이었다. 물론 1차 원인이 노후 된 기계와 과로라고 볼 수 있지만 순영이 고쳐달라는 요청만 없었더라면 그런 불상사가 생기지 않았을 것이다. 그 손가락을 보고 순영은 틀림없는 창수씨, 창수오빠라는 사실을 알았던 것이다.

—일찍, 오셨어요.

먼저 인사를 건네면서 순영은 말끝에 하마트면 '오빠'라는 호칭을 붙일뻔 했다.

–유여사, 어서 오세요.

창수는 일시적으로 섰다가 순영이 앉기를 기다린 다음 공손하게 앉았다.

–연습시간을 언제쯤 했으면 좋겠습니까? 저는 아침이든 저녁이든 별 상관이 없는데…….

둘이서 잠정적으로 연습시간을 화,목,토 저녁 6~8시까지 정해놓았다. 파전과 동동주를 시켜 마시다가 창수가 불쑥,

–혹시, 서울 영등포에 오래전에 사신 일이 없습니까?

하며 물었다. 순영이 깜작 놀라 말문을 닫자. 대번에,

–너, 순영이지? 도희가 아니지?

하며 마치 해갈을 기다는 사람처럼 목타게 물었다.

순영이 아무말 없이 고개만 꾸벅거리자, 창수는 갑자기 실내가 떠나갈 듯, 큰 목소리로

–순영아!

하며 불렀다. 그리고는 자리를 박차고 일어나 느닷없이 순영을 끌어안고는, 꺼이, 꺼이 우는 것이었다. 순영으로서는 한편으로는 더 깊숙한 바닥으로부터 애잔한 슬픔이 밀려오지 않는 바가 아니었으나 주위 사람의 눈도 있고 해서 쓰러져 흐느껴 우는 창수를 부축하여 밖으로 나왔다. 몇걸음 걷지 않아 인근에 아파트 어린이를 위한 놀이터가 있었다. 순영은 벤취에 앉았다. 창수의 복받친 감정이 가라앉기를 기다렸다. 고개를 든 창수의 눈은 눈물 범벅이 되어 있었다. 꼭히 술기운 때문이라고 볼 수가 없었다. 숱한 역경과 시련을 겪어오는 동안 설움

과 슬픔이 저처럼 한 줄기 눈물로 응축되어 나타나는 거다. 한순간, 그런 생각이 나게 했을 뿐.

—…….

—…….

둘사이에 오랜 침묵이 흘렀다. 이윽고 창수가 한껏 소리를 낮추어,

—우연히 알게되었다. 혼자 산다며…….

하였다.

순영은 긍정도 부정도 않고 묵묵히 고개만 숙이고 있다

—우리 결혼하자.

순영은 가슴이 철렁하고 내려앉았다. 창수가 자신이 혼자라는 걸 알았다고 하는 순간, 예견된 질문이었다. 그런데도 심장이 터질 것만 같이 팽팽해지는 느낌이었다.

—시간을 주세요.

그를 갑작스런 충격으로 더욱 외롭게 만들어서는 않된다. 그렇지만 순영은 머리 속에는 이미 답이 정해져 있었다. 사십 중반을 살아오며 비록 짧은 순간이지만 창수와 자신이 공유했던 그 나날들이 지금에 와서 서로가 서로를 이해할 수 있는 매개구실을 할 수 있겠지만, 오히려 서로가 잊고만 싶은 상흔을 건드리므로 인해, 아픈 기억을 반추시키고 종국에는 더 이상 치유하기 힘든 보다 큰 상처로 나아가게 할 수도 있다.

—얼마나?

아직도 눈물기가 가시지 않는 충혈된 눈으로 창수가 물었다.

—며칠이면 돼요.

순영이 오히려 사뭇 담담하다.

그날은 그렇게 헤어졌다.

그리고 며칠 후 창수는 자신의 집 아파트 우편함에 꽂혀 있는 한 통의 편지를 받았다. 바로 순영에게서 온 편지였다.

울지마라
외로우니까 사람이다.
살아간다는 것은 외로움을 견디는 일이다.
공연히 오지 않는 전화를 기다리지 마라
눈이 오면 눈길은 걸어가고
비가 오면 빗길은 걸어가라
갈대숲에서 가슴검은 도요새도 너를 보고 있다.
가끔은 하느님도 외로워서 눈물을 흘리신다.
새들이 나뭇가지에 앉아 있는 것도 외로움 때문이고
네가 물가에 앉아 있는 것도 외로움 때문이다.
산 그림자도 외로워서 하루에 한 번씩 마을로 내려온다.
종소리도 외로워서 울려퍼진다.

정호승의 시 '수선화에게'

편지에는 이 한 편의 시 이외에는 아무 글도 쓰여 있지 않았다. 이 날 입때껏 살아오며 어쩌면 자신에게 가장 큰 자국을 남겼을 순영으로부터 두 번째 받은 서신의 내용이 그랬다.

그 때 사르비아꽃은 피었을까?

여기에서의 나의 일상은 마치 염주알 꿰 듯, 비교적 단조로왔다. 아침 6시 기상. 7시까지 인근 야외 코트장에서 배드민턴 치는 일. 9시까지 식사 후, 아침 TV 시청하기……등. 무척 무료하고 갑갑한 날들이었다. 이 곳 실버타운에 보증금 이천만 원. 평생 주식비 천만 원. 도합 삼천만 원을 지급하고 입주한 것도 벌써 사 년 전의 일이다.

정년 퇴임 후 유일한 소일거리가 등산이었다. 남창(南倉)에 차를 세워놓고 대운산 박칭이 고개를 넘어 산행 끝에 이곳 매곡(梅谷)으로 떨어졌다. 사방이 산으로 빙 둘러싸여 아늑하기가 마치, 어머니 뱃 속 같았다. 그때 마침 일요일이었는데, 사찰에서는 집을 지어 놓고 한창 방을 분양하는 중이었다. 나는 유일한 혈육인 시집 간 딸아이와 일언반구 의논도 없이 선뜻 계약 했었고, 한 달만에 몇 권의 책과 초라한 세간을 이리로 옮겼다. 처음 일 년 간은 견딜 만 했다. 조용히 독서를 하기도하고, 사찰에서 배당해 준 텃밭에다 상추, 무, 파 등을 심고 가꾸어 수확해 반찬해 먹는 재미가 만만찮았다. 내가 이곳에 오고 난 다음, 나타난 특이사항 중에 하나는 일종의 대인기피증 같은 것이 생겼다는 것이다. 주말이면 도심에서 멀지 않다 보니 많은 사람들이 차를 몰고 와, 이곳 물이 맛있다며 너도나도 앞다투어 떠 가곤 했다.

대부분 젊은 부부가 자녀 한 둘을 앞세운 가족 단위였다.

세상은 넓고도 좁은 것이 아니라, 넓고도 넓었다. 나는 그 젊은 사람들 중에 옛날 나의 제자들이 뒤섞여 있어, 행여 나를 알아보면 어쩌나 하고 노심초사했었다. 물론 내가 그들에게 무슨 죄 될 짓을 하고 있는 것은 아니었다. 그렇지만 정년 직후 아내를 먼저 보내고, 차마 떨어지지 않으려는 딸자식 하나마저 그녀가 좋아한다는 남자에게 시집 보냈다. '홀아비는 양주홀아비'라는 말이 있듯이, 아무래도 궁색하고 초라

한 티를 벗기가 쉽지 않았다. 여하간 그런 자격지심이 생겨났던 것 같다. 내가 교직경력이 만 31년 6개월이고, 그것도 한 학교에서 평교사로만 줄곧 근무해 왔으니까, 한 학급당 50명, 한 학년 8개 반 하면 대충 줄잡아도 나를 거쳐간 아이들이 꽤 된다. 그 아이들 대부분이 이 시(市)를 중심으로 살고 있을 것이 분명한 데도, 내가 이곳에 온 이후 그들 중 단 한 명도 만나지 못했다. 마침내 너무나 서운한 생각이 들어 아무라도 한번 우연한 기회에라도 만났으면, 하는 생각이 불쑥 일어나곤 했다. 홀아비의 궁색함은 둘째치고 반갑게 만나 서로 살아온 이야기나 하며 안부나 묻고 헤어지는 일이라도 생기지 않나 하는 조바심이 났다.

교사라는 너무도 많은 말을 해야 하는 직업에 종사해오다, 이제 말을 잃어버린 지금. 어쩐지 기력이 떨어지고 삶의 활력마저 상실해 가는 느낌인 것이다. 특히 해가 지고 땅거미가 밀려온 즈음이면 이곳 골짜기 깊숙이 들어가 맞은편 산을 향해, 고래고래 고함을 지르고 나면 아득한 고독감이 엄습해 오곤 했다.

그러던 어느 날, 그 날도 나는 여느 때와 다름 없이 오전에 식사 후, TV를 보다 정오 쯤 대웅전에서 한 10분 간 입정(入靜)에 들어갔다가, 다시 물러 나와 내 스스로 나의 자리라고 명명(命名)한 바로 대웅전 아래 세 번째 계단에 앉아 멍하니 맞은편 하늘을 쳐다보고 있었다. 진초록으로 높다랗게 막아진 산봉우리. 산을 앞 세운 채 정물처럼 꿈쩍도 않는 넓고 커다란 연푸른 하늘. 그 날 따라 주말이라 그런지 선나절부터 꽤 많은 사람들이 삼삼오오 짝을 지어 일주문을 지나 경내로 들어서고 있었다. 길가 양 옆으로 그 잎을 물 속에 담그면 푸르게 변한다는 물푸레 나무가 빽빽하게 서 있었다. 사람들은 푸른 하늘과 물푸레 잎으로 머리를 헹구고, 얼굴을 씻고, 몸을 담구었다 나온 것처럼 그 청량감이 이루 말 할 수가 없었다. 그 날 따라 치솟는 연못의 분수도 한결 시원하였다. 마치 무언극을 하듯, 사람들이 조용한 가운데 제각기 부산하게 움직였는데 때마침 맑은 유리거울을 깨듯 자지러진 어린아이의 웃음소리가 짱- 하고 울리었다. 나는 소스라치듯 놀라 웃음소리가 난 쪽으로 보았다. 정말 너무도 뜻밖이어서 심장이 쿵쾅거리며 좌우로 요동을 치는 소리가 선명하게 들렸다. '사대-!' 네가 그 아이의 옆에 서 있었다. 이제 예닐곱 된 소녀인 네 딸아이는 무척 맑고 해싸했다. 그리고 블론드 머리에 탱글한 탄력을 지닌 너의 아내의 웃는 입 속의 이가 무척 가지런하였다. 깎고 자르기를 거부하던, 나이에 걸맞지 않던 구렛나루와 더벅머리는 간 데 없고, 전형적인 화이트칼라 형의 단정한 헤어스타일과 잘 면도된 너의 인중(人中)과 턱을 바라보며 혹시 네가 아닌가 의심하였다.

오른쪽 귀밑의 거뭇한, 대추만한 반점이 없었더라면 나는 아마 사대 네가 아니라고 생각하였을 지도 모른다. 나는 갑자기 시선을 어느 곳에 두어야 할 지 몰라 당황하였다. 허둥지둥 하다가 얼떨결에 간 곳은 사르비아가 무더기로 피어있는 꽃밭이었다. 분지(分枝)한 가지 끝에 입술 모양 꽃이 이삭처럼 매달려있는 사르비아-. 환한 해의 빛살 아래 여러 수 천 개의 촛불을 피워 놓은 듯 사르비아는 한여름 자신의 정열을 태우고 있었다. 붉은 기운이 나의 얼굴에 복사열을 뿜어대었다. 나는 더 이상 얼굴이 화끈거려 앉아 있을 수가 없었다. 나는 행여 네가 나를 알아볼까 보아 저어하면서 조심스럽게 숙소로 향했다. 무엇이 나로 하여금 그토록 부끄럽게 만들었나, 사대 너였나, 아니면 사르비아 꽃이었나. 앙불괴여천(仰不愧於天)-하늘을 우러러 한 점 부끄럼이 없기를— 나는 너에게 결단코 해서는 안될 못된 짓을 한 적이 없다. 그렇다면 우리를 지금 이처럼 서먹하게 하며 변변한 인사조차 못 나누도록 하는 근원적인 이유는 무엇인가.

그때, 나는 젊었었다. 사십대 중반의 팔팔한 나이였다. 저 오정의 햇살 아래 타오르는 사르비아 붉은 꽃처럼 나에게도 불사르던 열정이 있었다. 아련한 향수와도 같은……. 그때 우리 학교는 도심에서 훌쩍 벗어난 변두리 언덕빼기에 있었다 회백색 칠이 벗겨져 비만 오면, 얼룩져 내리는 낡은 콘크리트 건물이었다. 목재로 된 책상이 얼기설기 놓여져 있고 '교무운영계획표'라는 시커먼 칠판이 실내를 더욱 어둡게 만들었다. 대부분의 선생님들이 수업하러 교실에 들어가고, 마침 빈 시간이었다. 나는 '학생기록부'를 정리하고 있었다. 밖은 목련이 흐드러지게 핀 봄이었지만, 교무실 안은 늦가을이거나 아직 초겨울 기온이었다. 오래된 환풍기가 무엇 때문인지 타락타락 소음이 요란하여, 아예 스위치를 뽑아버릴 요량으로 마악 자리를 일어날 즈음이었다 .

—저어 말씀 좀 묻겠는데요.

왠 젊은 여자가 주춤하며 교무실로 들어섰다. 희고 고운 얼굴, 기름한 목하며 우선 여간 미인이 아니다 싶었다. 실크로 된 흰색 원피스가 어둠 속에서 한 떨기 들꽃처럼 황홀하게 빛나고 있었다. 상대적으로 나 자신이 위축되는 느낌이 들어 엉거주춤인 상태로 무슨 일로 그러시냐고 물었다.

—저어 이 애 전학문제 때문에 그러는데요…….

하며 손바닥을 좌악 펴서 옆을 가리켰다. 그제서야 나는 그 여자 옆에 있는 남자 아이에게 시선이 갔다. 어쩐지 여자와는 어울리지 않는 외형적으로 보나, 풍겨나는 분위기로 보나 전혀 무관한, 어둠 속에 묻혀서 그 존재성마저 드러내지 못하는 그 남자 아이를 보았다.

–서울서 생활하다가 가족이 전부 부산으로 이사를 왔어요. 그래서 이 학교에 다닐 수 있을까 하고…….

마침 교감과 교무부장이 자리를 비운 터여서 교무기획인 내가 간단한 서류 심사를 하였다.

–우리 학교는 문제 학생은 잘 받질 않습니다. 이 학생도 전적교에 있는 1학년 동안 사고결이 20일이 넘는데요?

사고결 20일이 전학을 가로막는 결정적 사항은 아니었으므로, 비교적 가벼운 마음으로 물었다.

–예, 저어 그게 사실은……, 사고결이 아니고 병결이거든요.

곧바로 찢어지는 외마디가 들려왔다.

–엄마 니, 뭔 말이야!

그 짧은 말 한마디는 나의 선입견을 모조리 깨뜨려 버리기에 충분한 것이어서, 나는 어쩔 줄 몰라했다. 저 젊은 여자가 저 아이의 엄마라니……. 그때 어두운 실내 조명 속에서 형형하게 빛을 발하는 두 눈을 보았다. 오랜 동안 굶주려온 들짐승처럼 금방이라도 달려들 듯한 저 공격의 눈초리. 먹이를 찾다가 지쳐서 모든 것을 포기하고 체념인 상태에서 오직 분노로만 점철 된 눈자위. 나는 벌써 10 년이 넘는 교직생활을 하며 많은 아이들을 대해 왔지만 저처럼 매서운 눈을 가진 아이는 처음이다.

–저 사실은 땡땡이 쳐심따.

그의 젊은 어머니가 두 손으로 팔을 잡고 애원조가 되었다.

'제발 가만히만 있었다오.' 그런 눈빛을 보냈다. 아름다운 들꽃을 집에 옮겨다 화병에 심어 놓은 것처럼 여자에게 조금은 안되었다는 연민의 마음이 일었다. 전입학을 하러온 학생에게 특정한 이유 없이 전입학을 거부해서도 안 된다. 나는 곱게 돌려보낼 작정으로 궁리를 하였다.

–지각은 빠따 3 대, 무단결석은 빠따 20대, 수업 중 지각은 5대, 수업 중 도망은 빠따 30대…….

이것은 단순한 엄포용은 아니었다. 나는 학기 초에 담임을 맡으면서 이 내용을 반 학생들에게 고지했다. 체벌이 너무 가혹한 것이 아니냐는 머리 굵은, 뒤에 앉은 아이들의 항의가 있었지만, 지각이나 결석이 없으면 아무 상관이 없다는 말로 일축했다. 실제로 나는 두 달이 다 되어가는 지금 그다지 매를 든 기억이 없다. 어쩌다 지각하다 매를 서너 대 맞거나 때때로 병으로 결석하는 경우에는 학부형이 작성한 결석계로 매를 대신했다 .

–이 사항들을 지킬 수만 있다면, 과거에 사고결을 불문에 붙이고 전학을 허락할 수 있다. 그렇지만 못 지킬 것 같으면 일찌감치 포기하고 딴 학교를 알아 보는 게 좋다.

아이는 일순 입꼬리가 찢어지더니 피식하며 대각선으로 일그러졌다

–여기 학교가 아니고 순 폭력집단이잖아.

아이는 제 엄마의 한쪽 팔을 나꿔채고는 교무실 밖을 나갔다. 젊은 엄마는 연신 눈물을 찍어냈다. 그 들꽃은 점차 볼품없이 되어 아들에 이끌려 밖으로 나갔다. 무슨 거대한 힘에 밀리듯, 그렇게 무기력한 모습일 수가 없었다. 저 희랍 신화에 나오는 니오베가 그렇게 오만하고 도도하다가 자식 문제 앞에서는 하염없는 눈물을 흘릴 수밖에 없다더니 어쩌면 도도했을 지도 모를, 그 젊은 엄마도 그렇게 눈물을 흘리며

나갔다.

짧지만 아주 인상적인 것이었다. 그것이 사대 너와 나의 첫 대면이었다. 그로부터 정확하게 일 주일 후. 사대 너는 혼자 걸음으로 교무실에 있는 나를 찾아왔다.

—왜, 사내 자식이 일 주일 만에 마음이 변했나?

라는 나의 빈정거림에,

—집에 있는 아줌마가 징징짜며 불쌍하게 굴길레…….

하며 느물느물 웃었다.

—집에 있는 아줌마라니……. 그 날 온 여자가 너희 집 식모였더냐?

짐작되지 않은 건 아니었지만, 처음부터 기를 꺾어 놓아야 한다고 생각했다

—아니, 우리 엄마요. 우리 엄마를 그렇게 불러요.

—…….

실업계.

공고.

야간.

밤학생.

신학기에 학부형들은 담임을 찾아와, 제일 먼저 그것부터 걱정했다. 이곳 학생들은 거칠지 않느냐, 폭력서클은 몇 개나 있으며, 학교측에서는 제대로 파악하고 있느냐, 하루에 결석생은 얼마나 되느냐, 요즘은 상급생이 하급생을 불러 무슨 지도를 한다고 바케츠를 씌우고 집단구타를 하는 일명 '다구리'라는 것이 유행한다는데 여기서는 그런 문제가 심각하지 않느냐, 우리가 흔히 말하는 선입견이라는 것이 얼마나 황당하고, 무모한 것인가를 나는 바로 학부형들의 그러한 질문들을 통

해서 확인했다. 다소 학습능력이 떨어진다고 해서 바로 불량한 학생으로 간주해버리는 어른들…….

나는 그러한 학부형들에게 친절하게 설명해 주었다. 우리 애들 중에는 성적이 부진해서 오는 학생들도 있지만, 가정형편이 어려워 주경야독을 위해서 오는 아이들도 많다. 대부분이 제 스스로 학비를 해결하려고 애를 쓴다. 공부에다 집안 걱정도 도맡아 하는 착실한 소년 가장도 상당수다. 다른 반은 잘 모르겠고, 우리 반의 경우. 지난 3 개월간 거의 무결석이다. 무슨 폭력서클이 있다는 소리를 들어보지도 못했고, 솔직히 '다구리'가 무슨 뜻인지도 모른다. 학부형들은 선생님이 하는 이야기라 믿기는 하지만 예상과는 너무도 다른 대답에 마음을 놓지 못하고 반신반의 하면서 물러났다. 학생을 대하는데 있어 선입감을 갖지 말자. 외양에서 풍겨 나오는 것만 가지고 섣부른 판단을 내리지 말자. 나도 담임으로서 사대 네가 상당히 정상궤도에서 벗어나 있다고는 생각했지만, 최소한 네가 나쁜 아이라고 생각지는 않았다.

일탈행위 그 자체가 중요한 것은 안다. 문제는 그러한 행위를 일삼으면서도 정상적인 학생으로 돌아올 가능성을 점치는 것이다. 정말로 나쁜 아이는 소위 말하는 그 가능성을 상실한 경우이다. 드디어는 부모도 포기하고 급기야, '저 놈은 어쩔 수 없는 놈이야.'라고 했을 때 그 아이는 나쁜 아이다.

나는 입학허가서와 전적교에서 가져온 생활기록부를 정리하면서 가족관계가 무척 혼란스러워서 두 번이나 너를 불러 설명을 들으면서 이해가 가능했다. 너에게 세 명의 아버지와 두 명의 어머니가 있다는 사실이 너의 성장 과정이 순탄하지 못했음을 가장 잘 대변해주었다.

너의 어머니는 서울 명문대 출신이고, 미모가 뛰어나서 어느 기업에 비서로 채용되었다. 비서로 있으면서 모시는 상사와 불륜에 빠졌고, 그로 인해 네가 태어나게 되었다. 그 사실이 발각되자 너의 생부와 어머니는 더 이상 직장 생활을 영위할 수가 없었고, 너의 어머니는 졸지에 미혼모가 되었다. 그 이후 너의 어머니는 딸자식이 하나 있는 홀아비와 재혼했으며, 남편의 폭력으로 얼마 견디다 못해 이혼했다. 그리고 지금은 어느 돈 많은 영감의 후처 자리를 마다 않고 눌러 앉아 있다. 너의 생부는 서울에 있고, 네가 한때 아버지라고 불렀다는 사람은 대구에 있으며, 현재 너의 나이로 봐서 할아버지에 가까운 아버지는 네가 큰어머니라고 부르는 부인과 함께 부산에 살고 계신다. 너는 지금 수정동 산복도로 변에 있는 허름한 집에 어머니와 둘이 전세를 살고 있으며, 너의 어머니는 동래 온천장 어디에서 '퐁네프'라는 까페를 운영하고 있다. 이것이 극히 간략하게 적은 너의 신상명세이다. 너를 나쁜 아이라고 선입감을 가지지 않은 것은 정말 잘한 일이라고 생각했다. 어린 나이에 그동안 네가 겪었어야 할 강파르고 황폐화 된 삶에 대해 구체적이고도 상세하게 알 수는 없지만, 최소한 너는 나쁜 아이는 아니다 라는 생각에는 흔들림이 없었다. 그 몇 가지 외적으로 드러난 너의 삶의 이력을 두고, 너의 돌출된 행동을 보면 어쩌면 그럴 수 있겠다고 이해하는 심정이었다. 저런 환경에 놓이면, 충분히 저럴 수 있다. 나 자신까지도 포함해서…….

이후 학교에서의 생활은 나의 우려와는 대조적으로 너는 참으로 착실하고 모범적이었다. 적어도 5월, 6월 두 달 동안에 한해서 만큼은……. 너는 누구보다 일찍 등교했고, 누구보다도 조용했다. 그렇다고 주위 급우들과 어울리지 않는 것도 아니었고, 옆 사람과 소곤거리며 잡담을 나누다가도 내가 들어가고 급장의 차렷-, 소리가 나면 움찔

하며 금세 부동자세가 되었다. 이따금 급장이나 주위에 아이들에게 너에 대해서 물으면 한결같이 평범하다는 이야기였다. 아무도 복잡한 가족력에 대해서는 모르는 것 같았다. 단지 너의 이름이 '사대'라는 별명으로 부르는 이유를 물어 보았더니 네가 '서울사대부속고등학교' 출신이라서 그렇게 부른다는 거였다. 너 역시도 그다지 거부 반응을 보이지 않았고, 나도 나쁜 별명은 아니다 싶어 친근감을 느끼도록 '사대'라며 별명을 부르곤 했다. 지금 생각해 보면 너도 초기에 나에 대한 감정이 그다지 나쁘지 않았던 것 같았다. 우선 첫날 나에게 보였던 광폭성을 일소라도 시키려는 듯, 내가 무어라고 너의 사소한 잘못을 가지고 꾸지람을 하면 얼굴이 발개지며 머리를 긁적이는 수줍은 면이 있었다. 첫날 네가 어머니를 아줌마라고 막 대하던 것과 연결지어려고 하면 도저히 가능성이 희박한 행동이었다. 이따금 수업에 들어가면 마치 내 마음을 읽기라도 하듯, 교탁 위에 캔 음료수가 하나씩 놓여 있었는데, 그것도 다른 아이들 입을 통해 네가 한 일이라는 걸 알고 있었다. 나는 네가 최초로 문제를 일으킨 날을 아직도 분명히 기억하고 있다.

바로 그해 7월 3일 월요일이었다. 바로 1학기 기말고사가 시작되던 첫날이었다. 교무회의가 끝나고 바로 저녁 석회(夕會) 때에 교실에 들어갔는데, 유독 네 자리만 빠끔하게 비어 있었다. 시험 때만 아니었더라도 내가 그토록 졸갑증을 내진 않았을 것이다. 나는 행여 하는 마음으로 학교 건물을 나와 교문 앞에서 너를 기다렸다. 밤 늦게 시험공부를 하다 늦잠을 잤나, 하는 걱정으로 가파르게 경사가 진 학교 길 아래쪽을 바라보았다. 하도 교복을 입은 학생들이 많아 누가 누군 지도 알아 볼 수도 없었다. 허겁지겁 올라오는 학생들이 더러 있었는데, 너는 아니었다. 나는 시험감독이 있어 더 이상 기다리지 못하고 헛탕만 치고, 내 자리로 돌아왔다. 1교시 영어 과목, 2교시 윤리 과목을 치를 때까지 네가 안 왔으므로, 나는 더 이상 기다리는 것을 포기했다. 그날 종례를 하러 교실에 올라갔을 때에도 네가 안 왔으므로, 나는 네가 그날 학교를 안 온 줄 알았다. 그런데 네 옆에 짝이 그러는 것이었다. 네가 마지막 4교시 기계공작 시험을 치고 갔다고……. 나는 어쩐지 허탈하고 한편으로는 괘씸하였다. 4교시 시험을 치고 종례를 안하고 달아났다면 무단결과에 해당한다. 그러므로 사대는 지각 5대에 무단결과 30대, 도합 35대를 맞아야 한다고 으름장을 놓았다. 아이들은 그 사이 정이 들었는지 한결같이 사대가 안됐다는 표정이었다. 그렇지만 그 다음날도 사대는 마지막 4교시 시험만 치고 몰래 빠져 나갔다. 그 다음날도……. 시험 기간 4일 동안 내리 무단지각에다 무단결과였다. 평소 수업 중이면 잠시 교실을 나와 우리 교실로 가서 확인하면 되는데, 시험감독 중이라 그것도 불가능 했다. 다행하게도 시험이 끝난 그 다음날, 일찌감치 사대와 그의 어머니가 올라왔다. 사대의 눈이 퉁퉁 부어있고, 충혈이 된 채 차마 고개를 들지 못하고 죄스러운 표정이었다.

–선생님 글쎄, 저 아이가요. 집에 온 남자 손님과 가벼운 농담 몇 마디 하는 걸 못 참아요. 어릴 적부터 한두 번 보아온 것도 아닌데…….”

–그 새끼가 무어, 그냥 손님인가?

사대에게서 첫날 보았던 그 야수성이 또 다시 드러났다.

–그냥 손님이 아니면 무언데…….

다음 대답이 궁금하여 내가 물었다.

–선생님, 남들은 하나밖에 없는 아버지가 저에겐 셋이면 적습니까? 그런데 그 새카맣고 새파란 새끼를 내 새 아버지로 못 만들어서 안달이잖아요 지금.

사대가 어깨에 메고 온 책가방을 상담실 바닥에 패대기치고 문을 쾅 닫고 나가 버렸다.

–선생님, 남편 복이 없는 년은 자식 복도 없다는 게 맞는가 보죠? 그죠? 내가 저 하나만 믿고 이날 입때껏 살아왔는데, 저 행동하는 것 좀 보세요.

나는 그때 들에서 캐어온 한 떨기 하얀 들꽃이 무참히 쓰레기통으로 폐기되는 것을 바라보는 심정으로 사대의 어머니를 쳐다보았다. 그날 나는 수도꼭지에 물을 끝 간 데까지 틀어놓고 머리를 처박고는 물인지, 눈물인지 알 수 없는 걸 훔쳐내고 있는 너를 어떻게든 달래었던 것 같다. 그래 네 심정을 알만하다. 그렇지만 우선 네 어머니를 불쌍하게 생각해라. 한 남자에게서도 진정한 사랑을 못 받다보니, 이리저리 갈피를 못 잡고 방황하는 것 아니냐. 그렇지만 이런 때 일수록 네가 네 마음을 다잡아야 한다. 네가 자꾸 나쁜 환경에 휩쓸리면 네 자신만 손해다. 오히려 집안 돌아가는 일에 대해서는 무관심해져라. 초연해져라. 그리고 오로지 학교 공부에만 전념해라. 네가 그동안 무단지각과 무단결과는 매를 안맞는 쪽으로 어떻게 강구 해보자. 그날 석회 시간에 나는 아이들에게 양해를 구했다.

–사대가 그동안 무단지각 4회, 무단결과 4회 한 것을 매로 환산하면 총 140대는 맞아야 합니다. 그렇지만 오늘 어머니도 함께 오셨는데, 세세한 말씀을 드릴 수 없고, 피치 못할 가정 사정이 있었는 것 같은데 선생님도 그 입장이 되면 사대처럼 그렇게 행동할 수밖에 없으리라는 생각이 듭니다. 이번 한 번만 사대가 한 행위에 대해 용서해 준다면 선생님도 그렇게 하겠습니다. 여러분 어떻습니까?

역시 아이들은 관대하였다. 여기저기서 우루루 박수가 쏟아져 나왔다. 사대로 하여금 나와서 아이들에게 감사하다는 인사말을 하도록 했다.

–여러분, 제가 본의 아니게 무단지각과 무단 결과를 일삼아서 반 분위기를 흐린 점 죄송하게 생각합니다. 앞으로 또 이런 잘못이 있다면 어떠한 벌도 달게 받겠습니다.

녀석은 제법 희죽 입가에 미소까지 띄면서 꾸벅 구십 도로 절을 했다. 사실 이 일은 파격적인 것이었다. 지각만 해도 가차없이 매질이 가해지는 판국인데, 지각 4회에 무단 결과 4회를 했는데도 그냥 넘어간 것이다. 모든 것이 잘 되었다. 사실 사대가 결석하는 나흘 동안 나에게는 불면의 나날들이었다. 귀가하면 몸이 천근같이 무거웠다. 온 몸의 실핏줄들이 팽창하면서 아래로 끌어당기는 것 같았다. 몸은 분명 피로한 데도 잠이 오지 않았다. 마침 사대의 집을 아는 학생도 없었고, 전화를 해도 받지를 않았다. 시험 채점에 대한 독촉만 없었더라도, 벌써 가정방문을 했을 것이다. 다행이 일이 이 정도로 수습되고 보니, 마음이 한결 상쾌해진 느낌이었다. 그날 밤 모처럼 달콤하고도 긴 숙면에 빠졌다.

그리고 일주일이 지났다. 낮에 집에 있는데 전화가 왔다. 파출소라고 했다. 학교선생님인가 확인한 다음, 반 아이들 중에 경일이, 충엽이, 성모 이런 아이들이 있는지 물었다. 그렇다고 하자 이 아이들이 사소한 잘못을 했는데, 훈방할 참이니 신병인수를 해 가라는 거였다. 일단 사소한 잘못이라는 데 안심하였다. 대부분의 아이들이 아르바이트를 한다. 무슨무슨 학원에 간다 하며, 낮 시간을 잘 활용하는데, 늘 그렇듯이 몇몇 아이들이 항상 문제였다. 여느 학교의 담임교사가 그러하듯 그 동안 10 여 년 학급담임을 맡으며, 집단성폭행, 폭력…… 등, 자

잘한 사건을 한두 번 겪은 것이 아니다. 하여튼 무슨 잘못인지 모르지만 사소한 잘못이라니, 다행이다. 훈방이 될 것이라고 했다. 일단은 안심이다. 경찰서도 아니고 파출소라고 하니 한결 마음이 가벼웠다.

–슈퍼에서 물건을 훔쳤습니다. 경일이는 칫솔 한 개, 충엽이는 비누 한 개. 그리고 성모는 일회용 면도기입니다. 액수가 많지 않은 데다, 마침 슈퍼 주인이 선량해서 용서해 주라는 간곡한 부탁이 있어 훈방조치를 하기로 했습니다. 아이들 집에 전화하니까 마침 보호자도 부재중이라, 선생님이 사인하고 데려가 주십시오.

녀석들은 파출소 안에 비치된 긴 의자에 앉아 피로에 지친 모습으로, 마치 제비새끼처럼 서로의 어깨에 얼굴을 묻고 있다가, 담임인 내가 들어서자 갑자기 말똥해진 눈으로 발딱 일어섰다. 그리고 "선생님–" 하며 금새 눈가에 눈물이 그렁그렁 맺혔다. 반 아이들 중에 정말 질 나쁜 아이들이 몇 있다. 그렇지만 최소한 이 아이들은 아니다. 반에서 제일 힘없고 약한 조무래기들이다.

–글쎄, 왜 훔쳤느냐니까, 장난삼아 그랬다나요. 질 나쁜 아이들도 아닌 것 같고 우리도 귀찮아서 빨리 내 보낼랍니다. 여기 사인하고 데려 가세요."

담당 순경이 장부를 내밀며 볼펜을 주었다. 올 땐 몽둥이 뜸질이라도 해 줄 요량이었는데 녀석들의 표정을 보니, 금방 사그라졌다. 밖에 나와 점심 때가 되었는데 녀석들이 끼니도 굶은 것 같아 중국집에서 자장면을 한 그릇씩 곱배기로 시켰다. 곁반찬으로 나온 단무지를 집으며 경일이가 묻지도 않았는데 말했다.

–선생님 사실은 현장에 사대도 있었어요. 우리는 그럴 생각이 없었는데 사대가 자기를 따라가자고 해서……. 재미있는 일이 있다고…….

우리는 단순히 장난 삼아 했지만 사대는 거기에 있는 소형 트랜지스터를 훔쳤어요. 그리고 주인이 가까이 다가오는데도 아무렇지도 않은 듯, 태연하게 빠져나가는 폼이라니……. 짜슥이 한두 번 해 본 솜씨가 아닌 듯 했어요. 실제로 어제 사대의 집에 가보았는데 무슨 값비싼 라이타, 시계, 소형 카셋트 같은 것이 수두룩했어요.

그는 정말 나쁜 아이일까. 엄마의 문란한 사생활로 인해 무단결석을 하고 결과를 일삼았다면, 그건 그럴 수 있다. 그건 나쁜 행위가 아니다. 본인으로서도 오죽 괴로웠을까, 당해보지 않은 사람은 모른다. 직접 당하지 않고는 말 할 수 없다. 환경은 사람을 만드는 토양이다. 토양의 질이 좋고 나쁨에 따라 식물이 시들 수도 있고, 죽을 수도 있다. 사대가 뿌리 내린 토양은 악토다. 사대는 병들고 시들었다. 그러나 그것은 사대의 잘못이 아니다. 병충해 예방약을 뿌려주고, 거름을 줘야 할 사람이 제 몫을 다하지 못했다. 그 사람들의 탓이고, 책임이다. 물론, 일차적인 책임은 부모에게 있다. 그러나 나와 같은 교육자도 그 책임의 대열에서 멀리 서있는 것이 아니다. 그러나 절도 행각은 또 무단결과 같은 것과 다르다. 애초부터 사대에 대한 증오나 미움의 감정 같은 것은 없었다. 다만 그가 앓고 있는 병이 의외로 중증이라는 사실이 염려와 걱정을 갖게 했다. 근원적인 치료는 불가능 할 지 모른다. 그러나 상태를 상당히 호전 시킬 수는 있으리라. 예상대로였다. 사대는 그 다음날 학교에 오지 않았다.

학교 수업 시작 전 오후 4시경. 수업 마친 후인 밤 9시경. 귀가 시간인 밤 10시경. 시차를 두고 사대 집에 전화를 하였으나 신호음만 울릴 뿐, 결국 전화를 받지 않았다. 전화를 안 받는 것은 다음날 아침이나 낮에도 마찬가지였다. 녀석은 어쩌면 두려움에 떨고 있을지 모른다.

얼마 전 저질러진 범죄 행위가 자신의 주도하에 이루어 졌다는 사실. 그리고 본인의 경우 그 행위가 꽤 상습적이었다는 것과 죄의 경중으로 볼 때 결코 가벼운 성질의 것이 아니라는 것도 녀석은 죄다 알고 있을지 모른다. 녀석에게는 학교에 갔을 때 담임으로부터 그 모든 것을 한꺼번에 추궁받는다는 것이 생각만 해도 고통스러운 일이 될 수 있다.

시간이 나는대로 사대의 집을 가정방문해 보기로 했다. 그러나 학교의 여러 가지 잡무로. 사나흘이 훌쩍 지나갔다. 그 동안 아이들로부터 사대가 학교아래 오락실이나 당구장에 한 번씩 나타난 것을 본 적이 있다는 말이 들려왔다. 그럴 때마다 급장을 비롯한 몇몇 아이들을 데리고 찾아가 보았지만 번번이 헛탕만 했다. 사대의 집을 아는 경일이 등을 시켜 찾아가도록 하였는데 문만 굳게 닫혀 있고 아무도 없더라고 했다. 한 번은 멀찍이서 사대를 본 아이가 다가가 학교에 안 갈 거냐고 물었더니 죽으면 죽었지 학교에는 안 간다고 하더라는 것이다. 전입학하자마자 신상명세서에 가게의 약도를 그리도록 한 것은 참으로 다행한 일이었다. 동래 온천장에서 내려 까페 '퐁네프'를 찾는데 상당히 애를 먹었다. 한마디로 약도는 제 멋대로였다. 주위 일대를 근 네 시간동안 이 잡듯이 뒤졌다. 골목 으슥한 곳에 영업도 별로 안될 것 같은 후미진 위치에 까페 '퐁네프'가 있었다. 약도보다는 오히려 번지수가 결정적인 단초가 되었다.

—놈이 집을 나갔어요. 이제 본격적으로 어미 가슴에 못을 박자는 거겠지요. 그 많은 물건들이 모두 훔쳐 온 것이라고는 꿈에도 상상 못했어요, 어떤 것은 친구에게 빌려오고 어떤 것은 돈을 주고 직접 샀다 길래, 그냥 그렇게 믿었습니다. 하여튼 그 문제로 대판 싸웠습니다. 그렇게 살려면 더러운 꼴 보기 싫으니 당장 나가라고 했지요. 그 길로 집

싸고 나가서는 안들어 옵니다. 가게 문도 닫고 한 이틀 앓아 누웠다가, 어제, 오늘 이틀 동안 찾아 다녔습니다만, 어디 숨어 있는지 도통 보이질 않아요.

그날 사대어머니는 기어이 담임인 나에게 눈물을 보였다. 가슴을 쥐어뜯으며 오열을 터뜨리다가 방바닥을 두드리는 것을 반복했다. 행여 사대가 돌아오면 담임에게 매 맞는 것이 두려워 학교를 안 오려 할 수 있다. 담임이 모든 것을 용서할테니, 속히 학교만 오란다고 전해달라. 그리고 시간을 내어 담임인 나도 찾아보겠다. 그렇게 말하고 사대의 가게를 나섰다. 출근시간이 임박했으므로 더 이상 앉아 있을 수도 없었다. 또 다시 일주일이 지나고 여름방학이 몇 일 남지 않아서였다. 집이 해운대 근처인 반 아이로부터 상당히 신빙성이 있는 정보가 전해져 왔다. 사대가 해운대 달맞이 고개 근처에 있는 '까사미아'라는 카페에서 일하는 것을 보았다는 거였다. 그것도 한 번도 아닌 여러 번 씩을……. 다음날 나는 다리품을 빌려 해운대 달맞이 일대를 누볐다. 부산의 명소로 이야기하는 중에, 평소 긴장하고 눈치를 보며, 살아가는 소시민들에게는 일종의 자유지대 같은 곳이 자갈치 시장이라면, 좀 더 문화적이고 점잖게 바다를 만끽하고 싶은 자에겐 해운대 백사장에서 달맞이고개를 넘어가기를 권한다. 그때만 해도 지금처럼 '김성종 추리문학관'이나 사진작가 '김홍희'가 운영하는 '015 사진영상 스튜디오'나 갤러리가 없었다. 길도 시멘트나 자연적인 흙이었고, 달맞이 고개에서 바라보는 바닷가의 풍광도 시골스런 모습을 지닌 채 훨씬 운치가 있었다. 해운대 백사장에서 달맞이 고개에 이르는 가파른 고갯길을 오르며, 나는 오늘 과연 사대를 만날 수 있을까, 하는 기대감으로 마음이 설레었다. 나보다도 녀석이 나를 먼저 발견하고 달아나면 어쩌나 하고 조바심이 났다.

언덕 위에서 서있자니 바다가 한눈에 들어왔다. 나는 대학을 졸업하고 처음에 몇 년 동안 어느 대기업 본사가 있는 서울에 근무한 적이 있었다. 그때 왜 좋은 직장을 그만두고 부산에 와 교직생활을 시작했느냐 물으면 저 바다 내음을 잊을수가 없어서라고 대답하기도 했다. 수평선에서 하늘과 맞닿아 아스라이 그 끝 간 데를 알 수 없었던 바다. 멀리서 보면 고여 있는 정물처럼 보이지만, 가까이서 보면 끊임없는 생명력으로 출렁이는 바다. 늘푸른 청춘으로 살아 숨쉬는 바다. 그래 나오늘 사대 너를 만나지 못한다면, 저 보고픈 바다를 만난 것만으로 모든 위안을 대신하리라. 손님인 양 가장하여 전화를 걸어 카페 '까사미아'의 위치를 대충 짐작해 놓고 있었다. 송정 쪽으로 향해 계속 걸어가다, 달맞이 동산에서 왼쪽으로 꺾어 들어 얼마 되지 않는 거리에 저 멀리로 까페 '까사미아'의 입간판이 보였다. 큰길에서 약간 높은 위치에 있었는데, 들어가는 입구까지 열 개의 계단이 놓여져 있었다.

그 계단에 앉아 왠 젊은 청년이 꽤나 우수 어린 표정으로 담배 연기를 잔뜩 입에 물고, 하늘로 풀풀 날리고 있었다. 어쩐지 확신이 서질 않아 몇 걸음 더 앞으로 옮겼다. 그래, 사대-. 바로 사대, 너였다. 순간 나는 내가 너를 먼저 발견한 것을 얼마나 다행으로 생각했는지 모른다. 마음속으로 하느님께 정녕 감사의 기도를 올렸다.

너는 정면을 향해 있었고, 나는 너의 왼쪽 어깨 쪽으로 걸어갔다, 네가 일부러 옆을 돌아보지 않는 이상, 나를 발견하기란 힘들었다. 그러나 곧 너도 어떤 느낌 때문인지 서너 발자국을 남겨 놓고 인기척을 느끼고는 나를 알아보았다.

-선생니……ㅁ."

—…….

나는 갑작스레 막혀오는 숨을 감당할 수가 없었다.

—선생님…….”

—…….

—선생님께서 여긴 어쩐 일이세요.

아마도 너는 순간적으로 나와의 만남이 우연스럽게 이루어진 것인 줄 착각한 듯 했다. 너의 얼굴 표정에는 나를 만난 반가움으로 가득 차 흘렀다. 나는 더 이상 네가 나를 경계하지 않는데, 저으기 안도했다.

—너를 만나러 일부러 왔다.

최소한 너를 잡으러 왔다는 식으로 들리지 않기 위해 목소리를 한껏 낮추었다.

나의 목소리가 너무 작아 얼른 알아듣기가 힘들었을 지도 모른다. 그제서야 상황을 알아차린 너는 네가 쓰고 있는 안경만큼이나 굳고 딱딱한 본래의 고체화된 모습으로 돌아갔다.

—저를 잡으러 오셨군요. 그렇다면 괜한 헛수고만 하셨습니다. 저는 학교엘 가지 않습니다. 저는 체질적으로 학교와는 맞질 않아요. 중퇴하겠습니다.

하는 말이 끝남과 동시에, 아마도 나는 너의 귀밑, 오른쪽 뺨을 힘껏 후려쳤던 것 같다. 침을 뱉자 물컹한 피가 섞여 나왔다. 돌연한 나의 행동에 움찔 놀라며 두 손으로 뺨을 감쌌다.

—예전과는 달리 요즘은 웬만하면 고등학교 졸업장은 다 딴다. 그렇기 때문에 고등학교 졸업장이 별 가치가 없다고 볼 수 있다. 그러나 거꾸로 생각해봐라. 별 가치도 없는 고등학교 졸업장도 하나 없다고 하면 남들이 어떻게 생각하겠느냐. 네가 나중에 장가를 가서 자식을 놓

으면 그 앞에서는 무어라고 변명하겠느냐.

–지금 제 앞에는 천 길 낭떠러지 절벽 이외에는 아무 것도 없습니다.

너무도 단호한 목소리여서 더 이상 비집고 들어갈 틈이 없었다.

오히려 내 자신이 밀려서 더 이상 물러설 수 없는 벼랑의 끝에 서 있음을 느꼈다. 순간, 나의 머리 속에 참으로 황당한 궁여지책이 스쳐 지나갔다.

–좋다. 학교를 가고 안 가고는 네 마음이다. 그렇지만 네가 아직 퇴학이 되지 않았으므로, 우리 반 학생이다. 그러므로 아직까지는 우리 반 기율을 따를 의무가 있다. 네가 그 동안 결석한 일수에다 일요일과 공휴일 빼고 나면 한 열흘은 되겠구나. 하루 20대니까 곱하기 십해서 이백 대는 맞아야겠지만, 너에게 나쁜 환경을 제공한 어머니의 죄와 잘못 가르친 선생님의 죄를 참작해서 20대만 맞아라.

다른 무슨 생각이 있겠는가. 다른 방도가 없으니 물리적 충격을 가하면 마음이 변하려나, 그 한 가지 생각밖에 없었다.

–선생님 그 말은 억지입니다.

–무슨 소리냐?

–못 맞겠다는 말입니다.

–뭐라고…….

나는 왼손으로 너의 멱살을 잡고, 오른손 주먹은 불끈 쥐고 후려칠 듯이 두 눈을 노려보았다.

–마, 맞겠습니다.

우리는 근처에 있는 공터에 갔고, 나는 마침 주변에 있는 제법 굵다란 각목을 주워들었다. 두 손을 바닥에 짚고 엎드리자 나는,

–잠깐만.

하고 잠시 너를 불러 일으켜 세웠다.

–그 동안 내가 너를 잘못 가르친 죄가 있으므로, 나부터 너에게 맞아야 할 것 같다.

하고는 내가 업드렸다. 나는 마음속으로 '선생님 잘못했습니다. 학교에 다닐께요.' 하는 소리가 나오기를 얼마나 고대했는지 모른다. 그러나 너는,

–선생님…….

하고 한 번 부르고는 기어이,

–몇 대면 되는 데요?

했다. 나는 어쩌는가 볼 양으로,

–네 마음대로…….

하고는 자못 담담해진 심정이었다. 그리고는 이어서 오는 엉덩이 부위의 통증에 눈을 질끈 감았다. 그날 네가 나를 때린 것은 다섯 대에 불과하지만, 나는 스무 대를 다 채워 너를 때린 것 같다.

–우리사회는 서로간에 도와주고 도움 받는 공동운명체적 사회이기도 하지만 때로는 내가 살기 위해 남을 짓밟기도 하는, 생존경쟁의 사회이기도 하다. 어떨 땐 이 상황이 아주 치열해서 마치 전쟁터를 방불케 하기도 한다. 전쟁을 치르는 데는 총과 칼, 대포 같은 것이 필요하다. 그런 무기에 해당하는 것이 우리 사회는 돈, 학력, 뛰어난 재능, 창의력……. 같은 것이다. 지금 내가 볼 때 너에겐 돈, 재능, 창의력……. 어느 것도 없다. 어쩌면 불우하고 암담한 가족관계 말고는……. 그런데 오늘 그나마 마지막 희망인 학력까지 포기해 버렸다. 앞으로 네가 행복한 삶을 누리길 바란다는 것은, 밤하늘에 별을 따는 것만큼이나

기대하기가 힘든 일이 될 것 같다.

이것은 네가 내 매를 맞는 동안, 그 성분이나 형태를 알 수 없는 눈물이 흙 속에 스며들어 주위로 번져 나는 것을 보며 마지막으로 던진 말이었다.

그 일이 있고 이틀인가 지나서였다. 교장실에서 종례를 마치고 돌아오는 나를 기다리는 두 분의 손님이 있었다. 그들은 자신들을 00경찰서 형사들이라고 소개했다. 그리고 이틀 전에 해운대 달맞이 고개 빈 공터에서 학생을 폭행한 일이 있느냐고 물었다. 나는 폭행이 아니라 학생 지도 차원에서 때린 일종의 체벌이었다고 하자, 어쨌든 경찰서로 고발장이 들어왔으므로 임의 동행해서 서(署)까지 가 줄 것을 요청했다.

–윤선생, 체벌이란 말일세, 학급에서 학생들에게 생활 반성의 기회를 제공하고, 때로는 판단력을 강화시키기도 하는 긍정적 측면이 있기도 하지만 학급에서 학생들에게 자유스러운 분위기를 앗아가고 교사와 학생간의 거리감을 멀게하는 요인이 되기도 한다네. 아무튼 윗 분들에게는 말씀을 잘 드려 놓을 테니, 일이 잘 해결되어 빨리 돌아와 주길 바라네.

형사와 함께 학교 건물 현관을 나서는 나를 향해 교감이 말했다

–학생의 고막이 파열되고, 엉덩이 부분에 심한 찰과상을 입었습니다. 이 정도가 되면 단순한 교육적 체벌의 범주를 벗어나는 것이 아닙니까?

–어이, 강형사. 선생님이 아이 지도하느라 생긴 일을 가지고 너무 닥달하지 말게. 싱가포르와 같이 사회적으로 체벌이 법제화 되어 있는

나라를, 미국과 같은 선진국에서 야만국이라 하지만 청소년 및 일반인들을 각종 범죄 발생률은 비교가 되지 안을 만큼 저조하네, 학교 체벌은 사회 필요악이야.

형사 반장인 듯한 나이 지긋한 사람이 짐짓 안 되었다는 듯 편력을 들었다.

신분이 확실하다는 이유로 나는 불구속 상태에서 재판을 받기로 하고 일단 풀려 나왔다. 나는 지금도 사대 네가 나를 고발했다고는 믿지 않는다. 너 주위에 있는 누군가가 충동질했을 것이다. 반 아이들 중 너의 집을 아는 아이 편으로 얼마 액수의 치료비를 보내준 기억이 난다. 몇 개월 후 재판부는 판결에서, 체벌행위의 동기와 행위, 수단과 방법 등을 비춰볼 때, 피고인의 행위는 피해자가 다니던 고교 2 학년 담임으로서, 그 순수성이 인정되고 학생들을 위한 교육적 차원에서 비롯된 것으로 사회 상규상, 위배되지 아니하므로 무죄를 선고한다고 했다. 그때, 나는 법원 바깥을 나서며 오정의 따가운 햇살이 미웁도록 슬퍼보여 한바탕 눈물을 뿌린 듯 하다. 지금 생각해 보아도 나는 불이익을 감수하더라도 너와의 대질 신문을 피한 것은 정말 잘한 일이었다고 생각한다.

그때 이후로 나는 사대 너를 한번도 마주친 일도, 소식을 접한 일도 없이 여태껏 지내왔던 것이다. 그리고 오늘 나의 숙소가 있는 사찰에서 너를 보았다. 너는 가장(家長)으로 넉넉하게 역할을 수행하는 듯 했고, 먼 발치에서 보았지만, 너와 아내와 아이는 무척 행복해 보였다. 나는 어쩌면 그때 나의 판단에 오류가 발생하였음을 인정해야할 지 모르겠다. 그래, 너는 나름대로 얼마든지 잘 살아 갈 수 있는 역량과 지

혜가 있었는지 모른다. 너를 그토록 찾아다닌 것은 어쩌면 너를 위해서라기보다 담임교사로서, 나의 맡은 바 임무에 충실하기 위한 일에 대한 욕심이었을 지도 모른다. 너에게 가혹한 체벌을 가한 것까지 포함해서……. 이곳 실버타운에서 너를 보고 난 뒤, 근원을 알 수 없는 회의와 부질없음이 나를 괴롭혔다. 30 성상(星霜)을 넘게 불살라온 나의 신념이 무언가 고장난 것은 아니었나, 하는데 대한 불안감이 나를 번민에 쌓이게 했다. 나는 잠자리에 들었지만, 눈을 뜨고 어둠을 응시하는 날들이 많았다. 도저히 잠을 이룰 수 없을 상황이 되면 법당에 들어가 향을 꽂고, 오체투지의 자세로 부처님께 기도를 수없이 하기도 하였다. 땀이 비 오 듯 하면 나의 방에 딸린 목욕탕에서 샤워를 마치고는 겨우 잠이 들었다. 너를 만난 이후 내 생활에 찾아온 또 다른 변화가 한가지 있다면, 그것은 바로 대웅전 계단에 앉아 아래에 있는 사르비아꽃을 바라보는 것이었다. 화단 주변을 돌며 물을 주기도하고, 향기를 맡으며 꽃을 꺾어 바람에 날리기도 했다. 때로는 이삭을 훑 듯, 손 안에 한 움큼 쥐고는 연못에 흩뿌리며 문득 사르비아를 닮고 싶다는 생각을 했다. 사르비아는 한여름 내내 그 붉은 입술을 통해 자신의 정열을 뿜어 올리고 있었다. 한 달 쯤 지나서였을까 그토록 안온함을 안겨주던 산들이 나를 포위하는 울처럼 여겨지기 시작했다. 그리고 주말이면 남의 차를 빌려 타거나, 랜트카에 몸을 실어서 한 시간 남짓 걸리는 도심지 한복판을 휘젓고 다니는 습관이 생겼다. 나는 그것이 사르비아, 꽃 때문이라고 생각했다. 사르비아꽃이 내 심장을 뜨겁게 달군다고 생각했다. 그 다음 순간, 나는 나의 이 실버타운에서의 생활이 그다지 오래가지 않을 것임을 예감하였다.

뽈라구 선생

—아침부터 이런 불쾌하고도 언짢은 말을 하게 되어 안되었습니다만, 사태가 사태인지라…….

교장 자리에 취임해서 이런 교무회의를 10 년도 넘게 주재했을 사람이 오늘따라 기운이 없어 보이고 말도 어눌하다.

—물론 다른 학교에서 일어난 일이지만, 며칠 전 스승의 날에 교장이 운동장에서 훈시를 하는데 태도가 불량해서 교사가 학생을 나무라며 머리를 쥐어박았는데, 그 학생이 갖고 있던 핸드폰으로 112를 쳐서 경찰이 출동했다는 거 아닙니까? 이제는 사도가 땅에 떨어진 정도가 아니라 썩어 문드러져 자취조차도 없습니다. 그런데 제가 오늘 하고자 하는 이야기는 이런 일이 남의 학교에서나 일어나는 먼 일인 줄 알았는데, 바로 우리 학교에 이런 유사한 문제가 발생했다는 것입니다.

얼마 전부터 부서별로 칸막이를 쳐서 서로 보이지는 않았지만 여기저기서 수런거리는 소리가 들려왔다.

필동씨는 처음 듣는 이야긴지라 무슨 소리인지 몰라 옆에 있는 미술하는 현선생을 쳐다보니, 긴 목이 미리 알고 있었다는 듯 끄덕이며 신호를 보냈다.

—어젯밤 집에서, 잠자리에 들기 직전이었어요. 우리 학교 학생의 아버지였습니다. 전화가 왔는데 자신의 아들이 선생님에게 맞아서 엉덩이 살이 터져 팬티에 피가 묻어 나왔더라는 겁니다. 있는 욕, 없는 욕, 갖은 욕설을 다 들었습니다. 교직 생활 40여 년에 그런 상욕을 듣기는 처음입니다. 학생이 몇 학년 몇 반인지 물으니까 대답을 안했습니다. 대답은 안하고 오늘 중으로 학교를 직접 방문하겠다고 만 하고 철커덕 끊더군요.

여느 선생님처럼 필동씨는 최근의 자신의 행적을 더듬어 보았다. 있을 턱이 없다. 그동안 교직 경력이 한 삼 년 남짓 되는데 자신은 아예 매를 들고 다니지 않는다. 다른 선생들도 자신의 최근 체벌 행적을 돌이켜보는 듯하였다. 개 중에는 자신은 아니라고 도리질하는가 하면 '난가-?'하며 스스로를 의심하기도 하고, 내놓고 '나다-.'며 농을 던지는 선생도 있었다.

-제가 꼭히 그 담당 선생님을 찾아서 문책을 하기 보다는 무언가 우리도 그 학부형이 방문했을 때를 대비해서 방비책을 마련해 보자는 것입니다. 아무튼 해당 선생님은 빠르면 빠를수록 좋으니까 언제라도 교장실로 오셔서 허심탄회하게 그 문제를 상의하도록 합시다.

교장의 이야기는 거기에서 끝났다. 그렇지만 교무회의가 끝남과 동시에 교무실은 벌집을 쑤셔 놓은 듯 술렁거리기 시작했다. 고성이 터지고, 출석부를 탕- 하고 놓는 사람. 반응이 각양각색이었지만 대체적으로 앞으로 선생질 해 먹기가 점차 어려워질거라는 우려의 목소리가 가장 많았다. 이따금 이 땅에서 체벌은 더 이상 있어서는 안된다는 자성의 목소리도 간간히 들리기도 했다. 아, 그런데 도대체 팬티에 피가 묻어 나올 정도로 심하게 매를 든 선생은 누구란 말인가? 가장 의심을 많이 받기는 아무래도 학생들에게 가장 악명 높기로 소문난 2 학년 사회과목 이창수 선생인 것 같았다. 그는 별명이 몬스 선생님이었다. 아이들에게 몬스가 무슨 뜻이냐고 물으니 몬스터의 준말이라고 했다. 몬스터(monster)는 영어 사전에 '괴물'로 나타나 있다.

-제가 이야기 하나 할까요?

이창수 선생은 자신에게 집중된 시선을 의식한 듯, 1교시 수업이 비자 곧바로 교무실 옆에 붙어 있는 휴게실로 가서 주위에 있는 선생들에게 자신의 의견을 피력하기 시작했다.

–벌써, 5, 6년 전에 있었던 일이예요. 마이클 페이라는 열 여덟 살 난 미국 아이 녀석이 싱가포르에 와서 무려 열흘 동안 수 십 대의 자동차에 페인트를 뿌리고 계란을 던져 많은 사람들에게 손해를 입힌 사건이 있었지요.

묵묵히 듣고 있는 선생들 중에는 '아, 참. 그런 사건이 있었지.'하며 기억을 하는 선생들도 있었다.

–분명한 범법행위가 인정되었으므로 따라서 그에 상응한 법적 절차에 따라 태형 판결을 받게 되었고, 이는 싱가포르 법률상 지극히 당연한 조치였습니다. 그런데 미국의 일부 언론과 정치인들은 태형이야말로 야만적인 행위이며 가혹한 고문이나 다름없다며 흥분했다는 거예요. 심지어 세계적인 유력신문인 뉴욕 타임즈지는 사설을 통해 독자들에게 싱가포르 대사관에 항의 운동을 벌이자고 친절하게 전화번호까지 알려주는 작태를 벌였습니다.

이창수선생은 걸쭉한 입심으로 사회 교사답게 시사성에 밝은 것을 자랑이라도 하 듯 거침없이 쏟아내었다.

–물론 싱가포르에도 살인, 강도, 강간…… 등, 갖가지 범죄가 발생합니다. 그러나 그 발생율은 다른나라에 비해 현저히 낮습니다. 이것은 결코 우연의 결과가 아니예요. 그만큼 정부가 오랜 동안 노력을 기울여 범죄 예방을 위해 힘쓰고, 법과 제도를 정비해 온 덕분인 것입니다. 싱가포르를 야만국이라 불렀던 미국은 지금 어떤 꼴을 하고 있죠. 그동안 무수히 일어났던 총기사고는 차치하고서라도 바로 오늘 아침에 일어난 사건만 두고 봅시다.

이창수 선생이 목에 핏대를 올리며 이야기하는 도중에 이따금 침이 튕기어 허공을 가르며 맞은 편에 앉은 현선생의 이마에 날아가 달라붙었지만 아직 미스인 현선생은 이선생이 무안 할까 보아서인지, 아니면 무겁고도 진지한 분위기 때문인지 묵묵히 그냥 그대로 있을 뿐이었다.

–바로 요 며칠 전에 미국의 플로리다주의 한 중학교에서 있었던 일입니다. 한 교사가 학생이 쏜 총에 맞아 죽었어요. 그것도 교실에서요. 아마도 그 문제의 학생이 수업 중에 물풍선을 던지는 등 수업방해가 극심했던가 봅니다. 담당교사가 어쩔 수없이 귀가 조치를 시켰죠. 그런데 아, 이 녀석이 집에 가서는 다짜고짜 저거 할아버지 사물함에서 권총을 훔쳐 가지고 선생님을 쏘아 죽인 것 아닙니까. 범법자에게 태형을 내린다고 야만인이라고 욕하던 저네들 꼴은 더더욱 가관 아닙니까. 세계 제일의 경제부국이면 뭘합니까. 교실에서 선생이 학생에게 총 맞아 죽을까 불안과 공포 속에 벌벌 떨어야 되는 나란데요 무얼. 오늘 교무회의 석상에서 문제가 된 화제의 장본인으로 여러분은 제에게 혐의를 두시는 것 같은데 최소한 저는 아닙니다. 그렇지만 저는 누구인지는 몰라도 선생이 학생에게 얼마든지 그럴 수 있다고 생각합니다.

그가 워낙 단호하게 말했기 때문에 어느 누구도 이견 달 생각을 못했다.

–저어–, 이선생님.

오로지 이창수 선생의 말에 골몰하던 현선생이 다소 떨리는 목소리로 불렀기 때문에 너댓 명 모여 있던 선생들의 시선이 모두 그리로 쏠렸다.

–결론적으로 이야기해서 저는 선생님의 생각과 정 반대예요. 이선생님이 가지고 다니던 매에 '사랑의 매'라고 씌어 있던데, 그거 선생님이 쓰신거죠. 한가지만 여쭈어봐도 되겠습니까? 도대체 선생님은 사

랑의 매가 있다고 생각하십니까? 제가 생각해 볼 때는 매는 언제나 사랑과 관계가 없다고 말하고 싶군요. 지극히 사랑하는 대상에 대해 어떻게 매를 들 수 있겠습니까? 우리 속담에 '미운 자식에게는 떡을 하나 더 주고, 귀여운 자식에게는 매를 한 대 더 들어라.'는 말이 있지만 그 말은 자식을 키우는 데 있어 편애를 두는데 따른 조심성을 토로해 본 것에 다름이 아니라고 생각합니다. 차라리 자신의 종아리를 매질하고 말지, 매를 통해서 일시적 침묵을 강요할 수 있겠지만 스스로 우러나오는 존경을 기대할 수는 없습니다. 어차피 매는 또 다른 매를 부르고, 더 강한 폭력을 초래하는 시발점이 되는 거예요. 그렇기 때문에 '사랑의 매'라는 것은 어쩌면 사랑을 위장한 또다른 폭력이며, 고문에 불과하다는 사실을 우리는 간과해서는 안 될 것입니다. 어쨌든 우리 학교사회에서의 체벌은 어떤 형태의 것이든 간에 없어져야 한다고 생각합니다. 여기가 무슨 폭력 집단도 아닌데 팬티에 피가 묻어 나올 정도로 때리다니…… . 우리 교사가 무슨 폭력배입니까?

필동씨는 평소 현선생이 출석부와 책을 끼고 복도를 걸어가는 모습을 보면 키만 멀대같이 커서 철사를 굽혀 만든 인형을 바라보는 만큼이나 위태하고 불안해 보였다. 그 느낌이 서른이 넘도록 시집을 못 간 것과 연관 되어지며 안스럽고 측은하게 생각되기도 하지만, 방금과 같이 차갑고도 날카로운 송곳으로 상대방을 공격할 때를 보면 무언가 근접하기 힘든 외경스런 존재로도 인식되는 것이다.

–아니, 현선생. 그래서 지금 현선생은 지금 현선생의 수업방식이 옳다고 주장하고 싶으신 겁니까? 지금 현선생은 무언가 크게 착각하고 계신 듯 한데, 선생으로 인해 주위의 많은 선생들이 직간접으로 피해를 보고 있다는 사실을 모르십니까?

목둘레 시퍼렇게 굵은 핏줄이 산맥처럼 뻗어나며, 볏을 세운 숫닭처럼 벌겋게 변하여 이창수 선생이 말했다. 열이 오를 때로 오른 현선생 또한 질세라,

–아니 듣자 듣자하니까, 이선생님은 무슨 근거로 그런 말씀을 하시는 거예요.

쓰고 있던 가는 금테 안경을 벗어 탁자 위에 내팽겨 치면서 격돌할 태세를 갖추었다.

–현선생 반에 사회과목 담당이 나라는 사실은 누구보다도 잘 알겝니다. 평소 반 아이들을 어떻게 지도하길래, 내 교직 경력 20 여 년 동안에 그렇게 산만하고 장난기 많은 아이들은 처음 봤어요. 문제는 현선생 반 아이들이 떠들면 그 피해가 바로 옆 반에까지 확산 된다는 거예요. 공동체 사회에서 제일 중요한 게 뭡니까? 남을 배려하는 마음 아닙니까? 그 기본 중에 가장 기본이 안 되는데 도대체 무얼 기대할 수 있겠습니까?"

이창수 선생은 지금 현선생 반 아이들의 수업태도가 좋지 못한 것이 마치 현선생이 매를 들지 않고 말로만 타이르다 보니 아이들 간만 키워 놓았다고 주장하고 싶어하는 것 같았다. 그걸 예사롭게 그냥 보아 넘길 원로교사인 우선생이 아니었다.

–이봐요, 이선생. 현선생이 마치 매를 들지 않기 때문에 반 아이들이 몹시 떠든다고 말하고 싶어하는데 그것은 어디까지나 논리의 비약이지, 안그래.

여차하면 체벌에 관한 유·무용론이 선생님들의 개인적인 감정 싸움으로까지 비화 될까 보아 나이 든 선생이 슬며시 끼어 들었다. 무언가 할 말이 더 있어 보이던 이창수선생도 원로교사인 우선생 앞에서는 더

이상 말을 잇지 못하고 설레설레 머리를 흔들며 물러서는 것이었다.

점심시간이 다 되었는데도 아들 체벌 문제를 항의하러 오겠다던 학부형은 당최 보일 기미를 보이지 않았다. 선생들은 출석부를 끼고 복도에서 오가다 마주치면 서로 그 문제를 제일 먼저 물었다. 그리고 추측도 각양각색이었다. 제일 유력한 것은, 아이가 맞고 오자 홧김에 울컥하고 그냥 전화만 한 번 걸어 봤을거라는 설. 이 말대로라면 학부형이 학교로 찾아오지 않을 수도 있다. 학부형이 몹시 분개해 있음에 틀림이 없다. 아무리 그렇지만 피가 배어 나올 정도는 너무 심한 것 아니냐, 반드시 학교를 찾아올 게다. 단지 그래도 그 학부형이 지각은 있어 아이들이 들락날락거리는 시간은 피하고 싶어 아무래도 그 찾아오는 시간은 방과 후가 될거라는 설…… 등이었다. 혹간 교장실 앞을 지나갈 때면 급사에게 혹시 손님이 방문한 사실이 있는가 묻고, 손님이 있으면 어떤 손님인지 인상착의를 물어보는 선생도 있었다.

대체로 체벌론자들이 전전긍긍인 반면 몇 안되는 현선생을 비롯한 반체벌론자들은 비교적 여유로운 자세를 견지하였다.

필동씨는 점심시간 이후, 수업을 위해 교실로 향하면서 조금 전에 현선생이 던진 말에 몰두하고 있었다.

–말씀은 없으시지만 박선생님은 우리 교무실에서 가장 비매파세요. 저는 지난 3 년 간 박선생님과 같이 근무하면서 단 한 번도 매를 드시는 것은 물론이고, 매를 들고 다니는 것도 본 적이 없습니다. 어떠한 형태의 체벌이 없어도 정숙한 수업 분위기를 유지할 수 있다는 것을 실천으로 보여주시는 분이 바로 박선생님이십니다. 후생가외(後生可畏)라고나 할까요. 어쨌든 저는 교육계에서는 후배이지만 우리 박선생님 같은 분이 존경스러워요.

라고 말했던 것이다. 그런가하면 이창수 선생은 이창수선생 나름대로 만나기만 하면,

—정말이지 박선생은 어느 쪽이야, 도대체 체벌을 하자는 쪽이야, 말자는 쪽이야 내가 평소 체벌의 필요성을 역설하면 누구보다도 공감을 표하면서도 정작 자신은 전혀 매를 들고 있지 않고 있으니 말이야.

하며 퉁바리를 주는 것이었다. 그럴때면 필동씨는 참으로 난감하였다.

—무릇 동(東)이란 동쪽이라는 뜻 이외에도 '바르다', '옳다'라는 뜻을 아울러 가지고 있지. 너의 할아버지께서 너의 이름을 지을 적에 '동(東)'자 앞에다 반드시 '필(必)'자를 넣은 것은 세류에 휩쓸리지 말고 반드시 바른 길을 가라는 깊은 뜻이 있다. 결코 부하뇌동(附和雷同)하지 말 것이며, 무소의 뿔처럼 바른 길로 내 소신껏 갈 수 있어야 한다.

지금 필동씨는 자신의 이름값도 못하는 딱한 처지에 놓여 있는 것이었다. 마치 자신이 그 문제에 한해서만큼은 이중적인 박쥐처럼 비치는 것 같아서 사실 자리를 피하고 싶은 충동을 느낀 적이 한두 번이 아니었던 것이다. 오늘도 '하하, 이것 참 면구스러워서…… .'라며 얼른 자리를 피해 보았지만 뒤통수가 당기며, 매순간 영 개운치가 못한 것도 사실이었다. 3 년이란 교직 생활이 매에 대해 나름대로 확고한 생각을 내세우는 데에 그다지 부족한 세월은 아니다. 그럼에도 불구하고 모든 관념들은 원론적으로 맴돌고 있다. 결론적으로 말하면 자신은 최소한 비매파는 아니다. 마음으로는 하루에도 수도 없이 체벌을 결심한다. 그런데 막상 매를 들라치면 자신도 모르는 사이에 힘이 쑥 빠져버리곤 했다. 처음엔 그 이유를 몰랐다. 단순히 평소 자신이 마음이 모질지 못해서 아이들이 매를 맞고 고통스러워 하는 걸 보면 어쩐지 마음 한쪽

구석이 휑-하니 쓰려오기 때문이리라. 그리고 교직 생활을 시작한 지 얼마되지 않은 상태에서 매로 인해 어떤 문제가 발생하는 점에 대해서 뒷 감당이 염려나 걱정이 안 되는 것도 아니다. 그 정도로 생각했다. 처음엔 대수롭지 않게 생각하다가 그 문제가 교직생활이 해가 지나고 달이 바뀔수록, 점차 심각하게 대두되면서 최근에서야 비로소 오래 전 고교시절 교실에서의 한 장면이 불쑥 떠오르는 것이었다.

6교시 마지막 수업만 마치고 나면 내일은 석가탄신일에다 모레는 개교기념일. 한마디로 황금 연휴다. 평소 장난끼 많은 필동이 생각하기에도 반 아이들은 오늘따라 무척 흥분한 듯 보였다. 물론 평소에도 매 교시가 끝나고 10분 쉬는 시간을 고분고분 보내지 않는 악동들이었지만, 오늘따라 그 정도가 훨씬 심해 보였다. 최근 유행가요집을 앞에 놓고 벌써 교실 구석 한켠에서는 서넛이서 노래를 불러제끼는가 하면, 그 옆에서 스텐 도시락 뚜껑을 두드리며 장단을 맞추고, 혹간 앞에 앉은 조무래기들은 처음엔 분필 조각으로 서로를 맞히기를 하다가 성에 안 찼던지 분필 지우개로 상대방의 얼굴을 때려 금방 삐에로로 만들어 버렸다. 그러자 이번엔 상대편 아이가 도로 분필 지우개를 빼앗아 이번에는 얼굴 뿐만 아니라 머리에서부터 바지 밑단까지 분칠을 해서 검정 교복을 어느새 하얗게 만들었다. 뒤에 앉은 덩치 큰 아이들은 저들대로 빗자루며, 밀대를 들고 칼싸움이며 창 찌르기를 하며 야단법석이었다. 사태의 심각성을 뒤늦게 알고는 급장이 수습을 위해 뒤늦게 고함을 질러대었지만, 이미 시위를 떠난 화살이었다. 그때였다. 누군가가 교실문 앞짝을 탕,탕,탕 두드리며 다급하게 소리쳤다.

-야, 뽈라구 온다, 뽈라구.

뭐, 뽈라구라니. 그러면 오늘 마지막 시간이 뽈라구였나!

아이들은 변사또 생신날 어사출두 맞은 듯 혼비백산하여, 제 자리를 찾아가 앉기에 급급했다. 주번생들 뒤늦게 칠판을 닦으랴, 청소 용구함을 치우랴, 부랴부랴 몸체를 놀리었고 일부 학생들이 거들기는 했지만, 이미 교실 전체를 원상회복 시켜놓기에는 역부족이었다.

* 볼락어(Sebastes inermis): 양볼락과에 속하는 바닷 물고기. 몸은 길이 20~30cm. 모양은 방추형이고, 원추형 주둥이는 끝이 뾰족하며 눈이 아주 큼. 몸빛은 생활 장소와 물 깊이에 따라 변화가 심한데 회갈색이 가장 많고, 회적색 등도 있으며, 체측에 대여섯 줄의 불분명한 검은 가로띠가 있음. 온해성 근해 어종으로 태생하는데, 한국 및 일본에 분포함. 맛이 무척 좋음. 천징어, 두부어(杜父魚),황요어 등으로 불림.

필동이 백과사전에서 뽈라구를 찾다가 다시 뽈락어를, 드디어 볼락어를 찾아 알아낸 것이었다. 무엇이 어떤 점이 그로 하여금 볼락어라는 별명을 갖게 했는 지 연결이 쉽사리 되질 않았지만, 어쨌든 그는 맨 처음 수업 들어오는 날 어지간히 우리를 겁 먹게 했다.

–여러분은 목욕탕에서 옷을 입고 목욕하는 사람을 보았습니까? 그와 반대로 시가지 한 복판을 옷을 벗은 채 나신(裸身)으로 활보하는 사람을 보았습니까? 우리 주변에 만약 그런 사람이 있다면 그의 정신 감정 상태를 전문가에게 의뢰해 봐야 할 것입니다. 무릇 우리 사회는 그 장소와 분위기에 맞는 옷차림과 행동거지를 요구합니다. 교실은 신성한 배움의 전당으로서 공부하는 장소입니다. 한마디로 말하면 웃고,짓고,까불고 하는 곳이 아니라는 말이다. 알았냐?"

그의 말투는 어느새 반말로 바뀌어 있었다. 육군 소령 출신이라는 그는 밀대를 분질러 만든 매를 오른손에 쥐고 왼손바닥을 탁탁 때리며 사뭇 차갑고도 날카로운 어조로 말하고 있었다.

―……결론적으로 말해서, 누가 뭐라캐도 나는 체벌 예찬론자다. 너거가 만약 내가 말로만 타이르는 자상한 선생이 되어주길 원한다카믄, 그것은 이 자리에서 내보고 신(神)이 되어 달라는 말과 같은기라. 다시금 이야기하지만 나는 신이 아인기라. 바로 인간인기라. 어설픈 매는 안드느니 못하다. 미안하지만 나는 매를 한번 들면 모질고 독하게 든다. 마지막 그 점에 유의하도록…….

―외모에서 풍기는 이미지가 정말 영판이야.

필동이 평소 낚시를 무척 좋아하는 짝지의 말을 들으면, 원추형 주둥이가 뾰족한 것이 진짜 볼락어와 똑 같다는 것이었다.

―그런데 실은 말이야, 저 선생이 진짜 뽈라구인 이유는 다른 데 있어. 여느 물고기와 마찬 가지로 저 뽈라구도 자신의 보호를 위해 물색에 따라 자신의 색깔 변신을 아주 잘 하는 편이거든, 그런데 저 선생도 말이야, 내가 아는 한도 내에서는 이것에 따라 학생들 대하는 품이 시시각각으로 달라진다구.

그리고는 왼손 엄지와 검지를 붙여 동그랗게 모아 보이고는 싱긋이 웃어 보였다. 그러나 필동의 생각은 달랐다. 그 자리에서 바로 반박을 하지 않았지만, 누가 뭐래도 필동이 생각하는 뽈락어 선생은 한마디로 자기직분에 충실한 선생이었다. 필동이 어쩌면 맹신과도 같은 그런 믿음을 갖게 된 데에는 어느 한 사건이 계기가 되었는데, 불과 1 개월 전에 일어난 일이었다. 그 전날 시험공부로 인해 늦잠을 자고 지각을 하게 되었는데 공교롭게도 비가 바로 5M 정도 앞을 헤아리기 힘들만큼

거세게 쏟아지고 있었다. 허겁지겁 교문 앞에 당도한 필동은 휴우 - 하고 가쁜 숨을 몰아 쉬었다. 다행이 오늘만큼은 교문에 아무도 나와 있지 않았던 것이다. 그 지긋지긋한 오리 걸음과 토끼뜀은 안해도 된다. 그때였다. 누군가가 우산을 쓰고 우비를 입은 채, 교문 옆 하수구에 들어가 물이 잘 빠지도록 삽질을 하고 있었다. 철벅거리는 물소리를 듣고 그도 고개를 들어 뒤를 돌아다보다 필동과 눈이 마주쳤다. 벌어진 입이 다물어지지 않았다. 바로 뽈라구선생 그였던 것이다. 그날 필동은 뒤이어 교문에 들어서는 몇몇 지각생과 함께 여느 날과 다름없이 고스란히 빗 속의 오리 걸음과 토끼뜀을 견뎌내어야 했다. 벌을 서던 그 순간이야 '이거 너무한 거 아냐'는 식의 볼멘 심정이었지만, 며칠이 지난 후에는 오히려 그의 성실성에 경의를 표하는 마음이 절로 우러나는 것이었다. 학교에서 그를 모르는 학생은 거의 없을 정도였지만, 반대로 그를 좋아하는 학생도 드물었다. 필동이 생각하기에도 아이들의 반응은 거의 감정에 치우친 것이라는 판단이 들었다. 그것은 '매 맞고 기분 좋은 사람은 없다.'는 일반적인 말과도 직결되는 것이었다. 그러나 사람이 통상적으로 어떤 판단을 하는데 감정이 개입 되어서는 않된다. 두 말 할 것도 없이, 누가 뭐래도 뽈라구 선생은 교육적 소신이 뚜렷한 사람이다. 그리고 무엇보다도 성실하다. 말이 나왔으니 말이지 그는 수업시간에도 일절 교과수업 외적인 말을 삼갔다. 표정에도 늘 진지함이 배어 있었다. 아이들이 이따금 농을 던질 때에도 그 자리에서 왈칵 성을 내는 것은 아니었으나, 다소 시커먼 얼굴이 검붉게 변하여 그가 몹시 화나 있다는 사실을 쉽게 읽어낼 수 있었다. 그러면 장난스럽게 시작한 아이도 넌지시 물러서지 않을 수 없는 것이었다. 여느 아이들의 평판과는 달리, 여하튼 필동이 뽈라구 선생에 대한 존경의 마음은 여느 선생에 대한 그것과는 확실히 다른 것이었다.

–칠판이 깨끗하게 닦아져 있어야 하는 것은 물론, 칠판 지우개까지 깨끗하게 털어져 있어야 한다. 그리고 분필받이 쪽은 분필가루가 하나도 없어야 한다. 만약 주번이 이를 방치할 경우 선생이 폐렴이나 폐암에 걸려 죽도록한 것과 같으므로 미필적 고의에 의한 살인과 마찬가지다. 물론 이런 경우 주번은 주범이 되고 나머지 학생들은 종범이 된다. 그러나 단, 한가지. 여러분은 이 사실을 알아야 한다. 그것은 다름 아닌 내가 죽으면 너희들도 함께 죽는다는 것이다. 나와 함께 죽고 싶으면 너희들 마음대로 해도 좋다. 만약 죽기 싫다면 분필가루가 하나도 남아 있지 않도록 해라. 알겠냐?

비교적 흥분이 덜한 상태에서는 표준어법에 맞추어서 차분히 이야기 한다.그런데 칠판이 지워지기는 커녕, 누군가가 복잡한 수학 공식 위에 그려놓은 로켓포 하나가 하늘을 향해 치솟아 있고, 그 끝에 분수처럼 물방울이 양갈래로 흩어져 떨어지고 있다. 분필가루 받이에는 분필가루가 마치 밀가루를 쏟아 부어 놓은 것처럼 소복하게 쌓여져 있다. 칠판 옆 벽에 힘차게 마지막 자국을 남기고 불룩한 배를 내민 채 교탁 아래로 처참하게 나뒹그러져 있는 분필 지우개. 뽈라구 선생의 이맛살이 유달리 깊게 일자로 그어졌다. 그는 축 쳐져 아슬하게 코 끝에 걸려 있는 검은 뿔테 안경을 집게 손가락 끝으로 추켜 올리며 드디어 일갈을 쏟았다.

–여러분, 여기는 더 이상 거룩한 학문의 전당이 아닙니다.

평소 그의 반말에 익숙해 있던 아이들은 갑작스런 존대에 무척 당황해 하며 더욱 긴장이 조여져 오는 것을 느꼈다. 아니나 다를까? 곧 이어,

–뭔 줄 알아, 이 새끼덜아. 바로 돼지 우리라 카는 기라, 돼지 우리. 내보고 돼지 우리에서 수업하라 이말이가–.

그래 놓고는 자신도 극도의 흥분됨을 참지 못하였는지 얼굴 전체가 금새 불콰해진다. 교실 안에는 이 땅에 빛과 어둠이 있기 전, 태초의 정적이 흐른다. 그것은 조금전의 엄청난 소란 뒤의 정적이어서 귀에 앵–하는 이명이 남을 정도의 적막이다. 필동은 그때 문득 옆에 있는 짝인 경수의 손이 주먹을 쥔 채 부르르 떨고 있는 것을 놓치지 않고 바라보고 있다. 얼굴을 보니 숫제 새하얗다. 어떤 한 인물을 놓고 과연 이 정도로 상반된 평가를 내릴 수 있을까 할 정도로 뽈라구 선생에 대한 절대적인 부정의 입장을 표명해 온 사람이 바로 경수였다. 뭔지 모르지만 학교 밖에서 엄청나게 스트레스를 받는 사람. 그 모든 스트레스를 학교에 와서 제자를 상대로 해서 해소해 보려고 작정하고 설치는 사람. 비루 먹은 말처럼 바싹 말라 정작 진짜 폭력 앞에서는 애걸복걸인 인간형. 그러나 저항력이 전연 없는 학생들 앞에서는 그야말로 절대적 폭력자, 난폭자가 되어 무한정의 무력을 휘두르는 사람. 비굴한 이중적 인간. 가증스러운 존재. 이것이 뽈라구 선생에 대한 경수의 대체적인 인식이었다. 무언가 심상찮은 일이 생길 것만 같은 불안감에 필동은 조금 전보다 훨씬 강도 높게 심장이 쿵쾅거리며 요동 치는 것을 느꼈다. 그리고 그 불안은 금방 현실로 나타났다.

–선생님, 질문 있습니다.

만약 아이들이 쥐 죽은 듯 고요하게 눌러 있었더라면, 어쩌면 이 문제는 그냥 그대로 조용하게 끝날 수 있었을 것이다. 더군다나 뽈라구 선생이 특유의 일장 훈시가 막 시작하려 할 즈음의 질문이었기 때문에 경수의 질문은 단순한 질문을 넘어서 다분히 도발적이다. 그 상황을 읽어내는 표정이 당사자는 물론, 반 아이들에게 역력히 내비친다.

—뭔 말이야, 교실을 이 따위로 만들어 놓고 무슨 또 할 말이 있다카는 기야 지금?

선생의 준엄한 얼굴에 불쾌하다는 기색을 지울 수 없다.

—저어, 교실을 돼지우리에 비한다면 선생님이나 저나 모두 돼지에 불과하다는 이야기 아닙니까? 저희들이 교실을 좀 어질렀다기로서니 제가 생각하기에는 아무래도 그건 좀 지나친 말씀이라 생각합니다.

목소리는 낮고 차분했지만 경수의 이 당돌한 말은 필동이 생각하기에도 단순한 도발을 넘어서서 거의 선전포고에 가까웠다. 일순, 선생의 얼굴이 검붉다 못해 흑갈색으로 변했다.

—너, 이리 나와 봐.

선생의 목소리가 극도의 흥분을 짓누른 탓인지 가볍게 떨려 나왔다. 군대에서 많은 사병들을 다루어 본 관록 때문인지 곧바로 폭력을 행사하지는 않았다. 그렇다고 그 잔재를 완전히 버린 것도 아니었다. 경수가 자리에서 일어나자 마자 곧바로 구령이 떨어졌다.

—앞으로잇—, 갓—!

이미 내뱉은 말을 줏어 담을 수 없다. 경수 또한 후회하는 낯빛이 언뜻 스치는 듯 했다. 그리고 장차 다가올 위해성 앞에서 떨려 나오는 두려움을 떨쳐 버리지는 못한 듯, 창백한 표정이었다. 교탁 중앙에 있는 선생 앞에 섰다. 아랫도리가 가늘게 경련하고 있다.

좌향 앞으로잇—, 갓—!"

벽력 같은 소리였다. 교실 문 앞. 밀대 하나가 머리를 처연히 늘어뜨린 채 힘없이 벽 쪽에 기대어 있다.

—좌향 앞으로잇—, 갓—!

이제는 교실 뒷 편, 청소용구함 쪽. 쓰레기통이 처참하게 나뒹그러져 멸치 볶음이나 김치 국물이 바닥에 흥건하다. 빗자루와 먼지털이가 미처 제자리를 찾지 못하고 나자빠져 어지럽게 흩어져 있다. 그렇게 해서 교실을 한 바퀴 빙–, 돌고 난 다음 경수는 어느새 선생 앞에 다소곳이 머리를 숙이고 서 있다.

–자네는 이래도 내가 한 말이 지나치다고 생각하나?

그리고 입가에 싱긋 회심의 미소를 지어 보였다. 무려 쉰 여명이나 되는 아이들의 눈초리가 경수에게 집중되어 있었다. 그 눈길 속에는 '더 이상의 긴장 상태는 이제 그만'이라며 저마다 한결 같은 바람을 담고 있었다.

–…….

길고도 짧은 침묵이 흘렀다. 이윽고,

–그래도 돼지우리라는 표현만큼은 자…알…못, 되…….

그 순간이었다. 무언가 번쩍하며 아름드리 옹기가 박살나는 소리가 났다.

–이런, 박살할 노무…, 새끼가…….

제일 앞에 앉았던 아이의 책상에 경수의 엉덩이가 걸쳐지더니 벌렁 뒤로 넘어져 연쇄적으로 서너 개의 책상이 우르르– 하고 쏟아지며, 주변에 있던 아이들도 함께 무게 중심을 잃고 말았다. 선생은 넘어진 경수의 멱살을 쥐고, 일으켜 세운 다음 양볼에 따귀를 때리기 시작했다. 침이 튕겨 나오고, 잠시 후에는 새빨간 핏물이 하얀 교복 셔츠 위에 덧뿌려졌다. 부황에 든 환자처럼 금세 얼굴이 부풀어 올랐다. 반 아이들의 안타까운 눈길 위에 분노의 빛이 겹쳐져 어리울 때 쯤, 뽈락어 선생의 경수에 대한 구타 행위는 끝났다. 그때까지만 해도 필동은 뽈락어

선생에 대한 기대를 저버리지 않았다. 최소한 기본적인 신뢰는 그대로 갖고 있었다. 그 신뢰가 와르르 무너지게 된 시점은 그리 오래 가질 못했다. 꼼짝없이 맞고만 있던 경수가 뽈라구선생의 손찌검이 끝나기가 무섭게 대들 듯 '왜 내가 그토록 심하게 맞아야 되느냐?' 며 엉겨 달라붙듯이 했고, 그 항의성 질문은 마지막 수업이 파한 다음에도 경수가 악착같이 교무실까지 좇아감으로서 계속 이어졌다. 뉘엿뉘엿 해 질 무렵. 대부분의 선생들이 퇴근을 하고난 다음에도 경수는 뽈라구 선생의 곁에 눌러 붙어서서 교무실 문 밖을 나올 줄을 몰랐다. 드디어 사위가 캄캄하게 어두워 지고 필동이 경수를 기다리다 지쳐, 교무실 복도 계단에 걸터 앉아 막연한 불안과 초조감으로 마음을 졸이고 있을 때, 드디어 경수가 뭔지 모를 욕설을 내뱉으며 교무실 밖을 나왔다.

–개새끼…….

바깥에서 창을 뚫고 들어 온 빛에 의해 경수의 얼굴이 낙망에 차서 더욱 슬픈 듯 우울한 표정이었다.

–무어래……?

망설임 끝에 필동이 물었다.

–저건, 개새끼야.

–왜, 뭐라 그러던데……?

필동이 재차 물었다.

–사람을 그렇게 무자비하게 때리고 그것도 모자라 무려 네 시간 동안 세워 놓고선…….

경수는 아직도 잔뜩 부어오른 입으로 '카악–!'하고 가래침을 모아 교무실 쪽을 향해 뱉었다.

–…… 난데없이 내보고 길을 가다가 돌부리에 채이면, 돌부리를 원

망하겠느냐고 묻더라고. 그래서 그런 멍텅구리가 어디 있겠느냐고 답했더니, 무어 내가 오늘 자기에게 맞은 것도 돌부리에 채인 것 쯤으로 생각하라고 말했어……. 스스로 자신을 돌에다 비교하는데 그게 무어 선생이야.

참으로 한심한 노릇이었다. 물론 궁여지책으로 나온 변명에 불과하겠지만, 실망스럽기 짝이 없는 일이었다. 그래, 그래었구나. 뽈라구선생에 대한 거의 절대적인 신념이 이렇게 쉽사리 허물어 질 수 있다는 사실 앞에 필동도 순간 무기력해 질 수 밖에 없었다.

-그래서 내가 그랬지. 당신이 나의 선생이라는 이유 하나 때문에 당신의 행위가 뭔가 부당하다는 걸 알면서도 스스로 분출하려는 울분을 꾹 눌러 참았다. 그런데 지금와서 스스로 당신이 한갓 돌멩이이기를 자처했으니 나 또한 앞으로 당신을 돌멩이를 대하듯 하겠다라고…….

그렇게 말하는 창수의 말소리가 코멩멩이가 되더니, 안경알이 뿌옇게 변하면서 기어이 눈물을 뿌렸다. 운동장으로 나서니 바깥은 이미 칠흑같이 어두워져 있었다. 운동장 복판을 가로질러 교문을 향하면서 둘이는 거의 아무 말도 하지 않았다. 밤하늘에 무수히 빛나는 별을 쳐다보며 필동은 난생 처음으로 또래의 친구들이 말하는 '자퇴' 혹은 '가출' 이런 단어들을 떠 올렸다.

대부분의 선생들이 퇴근을 하고 난 시간에도 문제의 그 학부형은 학교에 오지 않았다. 선생들 사이에는 자식이 매를 맞고 온 것을 본 학부형이 울컥하는 심정에서 전화를 걸어본 일시적 해프닝에 불과 한 것이라는 설이 유력했다. 퇴근 시간을 훨씬 지나서 교무실에는 교감만 있고 다만 휴게실에 몇몇 선생들이 바둑에 열중하느라 퇴근을 미루고 있었다. 그때였다.

—여가 깡패 소굴이가 뭐꼬.

그의 눈은 거미줄처럼 어지럽게 갈라지며 붉게 충혈되어 있다. 창백한 얼굴에 차거운 입술과는 사뭇 대조적이다. 양 쪽 입가에 거품을 단 입이 한번씩 고함으로 열릴 때마다 갖가지 야릇한 음식물 냄새와 뒤섞인 알코올이 코를 찌른다.

—여어봐라, 여도 몽디제, 저도 몽디고.

교감도 새삼스러울만큼 정말 회초리,매,몽둥이…… 등등의 이름으로 불리어지는 것들이 교무실 구석구석에 어지럽게 흩어져 있었다. 책상 서랍에는 빗자루를 반토막 낸 짤막한 것이, 책상 아래로는 당구 큣대로 사용하던 것이, 심지어 책상 위에는 밀대를 길게 잘라 만든 것들이 눈치도 없이 길이대로 버젓이 누워 있었다. 정말 우리 선생님들이 이렇게 많은 체벌 도구들을 '사랑의 매'라는 이름으로 제각기 소지하고 있었나, 스스로도 의심스러울 지경이었다.

—언 놈이꼬, 언 놈이 우리 평산 신씨 3 대 독자를 이러코롬 무작시리 둘구 팼노?

그러고 보니 학부형은 여느 아버지들 보다 여남은 살은 많아 보이는 육십 대 초반이다. 원형 탈모증이 하도 극심해서 건들건들 흔드는 붉은 머리가 원숭이 엉덩이 한 짝을 연상케 했다.

—아버님, 고정하십시오.

난데없는 돌발 사태를 직감하여 하얗게 질려 사색이 된 교감이 허연 머리를 주억거리며 이미 동년배의 바싹 늙어 버린 학부형을 달래었다.

—뭐라꼬, 내보고 참아라꼬? 참기는 뭘 참아.

주먹을 불끈 쥐고 책상 위의 대형 유리판을 내리쳤다. '퍽—'하고 둔

탁한 소리가 났다. 다행하게도 유리는 깨어지지 않았다. 아닌 밤중에 홍두깨 식으로 오히려 책상 위에 있는 대나무 속을 깍아 만든 필통이 화들짝 놀라 한 바퀴 핑그르르 돌면서 회전을 하더니 또 한번 부르르 떨고는 다시금 제 자리에 안착한다.

– 1970년 5월 23일 설악산 수학여행 기념–

검정색 화인(火印)이 찍혀 있다. 그 필통은 필동씨와 같은 신임교사들을 언제나 주눅들게 하던 그 장본인이었다. 1970년 같으면 언제인가? 바로 필동씨와 같은 신임교사들이 귀가 빠지고 이 세상에 햇빛을 보던 바로 그 해인 것이다. 교감은 자신이 부임하던 해에 수학여행을 다녀 온 기념으로 산 것이라며 무척 애지중지 했다. 삼십 여 년의 교직생활! 신임교사들이 업무상 부당한 처사를 정면으로 따질 일이 있어도 그때마다 기를 팍팍 죽이던 문제의 필통이었다.

–시상에, 아로 갖다가 팬티에 피가 묻어나올 정도로 때리는 수가 어데 있노. 에이 더러븐…….

연이어 교감 책상을 서너 번 내리치자 앞서 그 필통이 기어코 계속되는 휘둘림을 견디지 못하고 안타깝게도 교실 바닥을 향해 꽈당–, 하고 추락하고 만다. 교감의 표정이 일순 심하게 일그러지는 듯 싶더니 마음을 눕히기로 결심을 한 듯 '진정하세요'라는 말만 되풀이 했다. 명색이 그래도 여기는 선생님들이 모여 있는 교무실인데 이건 너무 심한 것 아닌가 하는 생각이 들기도 했지만 처지가 처지인 만큼 달래는 것이 급선무라고 판단되었던 모양이다. 계속되는 교감의 저자세에 기세가 다소 누그러드는 듯 싶던 학부형의 눈에 갑자기 벽에 걸린 액자 하나가 들어왔다. 서예로는 전국에서 백손가락 안에 꼽힌다는 초대 교장이 학교를 퇴임하는 기념으로 일필휘지해서 표구해 걸어 놓은 것이었다.

–뭐라꼬, 삼사일타(三思一打)라꼬, 웃기는 소리하고 있네. 차라리 무사만타(無思萬打)라 캐라. 박살할 꺼.

실로 말릴 새도 없이 순식간에 일어난 일이었다. 그는 껑충 뛰어보고 키가 모자란다고 생각 되었던지 교사용 걸상을 갖다 놓고는 밟고 올라 기어코 액자를 두 손으로 떼어내고, 한 치 미련도 없다는 듯 교무실 바닥을 향해 내동댕이 쳐 버렸다.

필동씨가 친구와의 약속 때문에 시간을 보낼 겸해서 바둑을 두는 무리 속에 뒤섞여 있다가 드디어 휴게실에서 자리를 털고 교무실로 들어섰을 때였다. 마치 폭격을 맞은 폐허처럼 아수라장이 되어있는 현장을 목격하고는 아연 실색해서 입을 벌리고 있을 뿐이었다. 그런데 필동씨가 정작 놀란 것은 그 다음이었다. 표구액자를 박살낸 것도 모자라 구둣발로 지근지근 짓밟고 있는 사람은 다름 아닌 그 옛날, 기억에도 아득한 고교시절, 바로 영락없는 뽈라구 선생이었던 것이다.

–선생님께서 여기에 어쩐 일이십니까?

'선생님!' 소리에 놀라 흠칫 몸을 돌리던 학부형은 갑자기 하던 동작을 멈추고, 얼굴이 새까맣게 타들어 가는가 싶더니, 갑자기 다운되어 불통이 되어버린 동영상처럼 꿈쩍도 하지 않았다.

두 번째 도난

서산으로 해가 꼬리를 감춘 지도 이미 오래다. 수업이 끝나기가 무섭게 운동장을 꽉 차게 메우던 학생들도 하나, 둘……. 교문을 사라져 가고, 온 둘레에는 어둠 만이 산재해 있었다. 그러나 진아를 비롯한 몇몇 그의 친구들은 그런 시간의 관념조차도 잊고, 본관 옥상에서 비치는 수은등에 의지한 채, 애오라지 서로의 스코어를 셈하기에 여념이 없었다. 그들은 수업만 파하면 아예 집에 갈 생각도 하지 않고 늘 이 모양이었다. 그런 일로 해서 진아는 평소에 집안 사람들로부터 여러 가지 핀잔을 당하지마는 그것도 잠시일 뿐, 오후 종례 시간이면 공을 찬다는 생각만으로 뛸 듯이 즐거운 것이다. 그런데 오늘은 좀처럼 승부가 나질 않는다. 현재 스코어가 2:2로 되어 있으니 어느 쪽이든 한 점만 보태면 오늘 시합에는 이기는 것이다. 모두들 교복을 벗어, 하이얀 런닝 샤스가 땀에 흥건히 젖어 있다. 상대편 패널터리 선(線)의 깊숙이 박혀 있던 진아는 자기편인 석이가 어둠 속에서 바로 가까이 형체를 나타내며 숨차게 공을 몰아오고 있는 것을 보았다. "진아야! 받아라." 공은 공중 높이 떠올랐다. 일순, 진아는 아무 것도 보이질 않았다고 생각했는데, 무엇인지 발에 턱– 하고 와 닿는 것이 있었다. 묵직한 공의 감촉이다. 진아는 상대편 문지기인 용이가 몹시 당황한 표정이 되어 있다는 것을 대번에 읽어 내렸다. 그리고는 살짝 골문을 향해 공을 밀어 부치자, 문지기는 채 손을 써보지도 못하고, 공은 힘차게 네트에 꽂혔다.

철철거리며 쏟아져 내리는 수돗가로 한번 들어간 아이들은 도통 나올 줄을 몰랐다. 밖에서 기다리다 못한 진아는 그 속을 억지로 비집고 들어가 흘러내리는 수돗물에 머리를 푸욱 처박았다. 물은 귀로 흘러

들어오고 온통 옷을 적시었건만, 그것은 별로 대수로운 일이 못되었다. 북극의 얼음장을 깨고 들어 앉은 듯한 전율감이 온몸으로 파동 치는 것이다. 진아는 축구를 잘 하는 편이 못되었다. 그렇지만 운동장을 마음껏 달려본다는 것만으로도 크게 만족을 느끼고 축구를 좋아하는 몇몇 급우들과 항상 뒤섞여 오던 터였다. 그런데 오늘은 용하게도 골까지 넣었다. 그것도 가장 결정적인 순간에. 구내 식당에서 허기진 배를 채우면서 급우들은 입에 침이 마르도록 진아의 칭찬을 늘어놓기가 바빴다.

그런 진아는 마치 영웅이 된 듯한 기분으로 식당문을 나섰던 것이다. 수건으로 대충 몸의 물기를 닦아낸 진아는 가방과 옷을 벗어 두었던 스탠드로 다가갔다. 아, 그런데 이게 웬 일인가? 진아는 소스라치게 놀라 그 자리에 우뚝 서고 말았다. 20여 개의 모자와 가방이 제 마음대로 나뒹그라져 계단 아래로 굴러 떨어져 있는 것이 아닌가. 진아는 문득 불안한 예감이 스치었다. 벌써 두어 달 전에도 이와 유사한 예가 있었다. 그날따라 마침 월례고사가 끝나던 날이라, 모두들 날다르게 지치는 줄 모르고 한참 공을 차다가 땅거미가 완전히 진 다음에 소지품을 모아 두었던 자리에 돌아와 보니 오늘처럼 난장판으로 되어 헝크러져 있었던 것이다. 진아는 그때 처음으로 모자를 잃어 버렸다. 진아가 다니는 학교는 시내에서 꽤 전통있는 학교로 평판이 높았다. 그런데, 한가지 학생들 사이에 좋지 못한 기질이 흐르고 있었는데 그것은 사소한 도난 사고가 빈번하게 일어나는 것이었다. 진아는 모자를 잃어버리고 나서야 그 사실을 알았다. 가령, 마음씨 나쁜 한 학생(이런 학생은 드물지만)이 자기의 모자가 거의 다 헤어졌을 때 모자를 새로 구입할 생각은 않고 남의 모자를 슬쩍 훔치는 것이다. 그러면 도난을 당한 또다른 학생은 혹 손해라도 볼세라 또다시, 남의 모자를 훔치고, 이렇게 해서 도질행각이라는 것이 연쇄적으로 일어나는 것이었다. 수돗가의 아이들은 아직까지도 나오질 않고 있었다. 진아는 천천히 흙먼지가 묻은 가방과 옷가지를 털어서 채곡채곡 정돈해 가며 이번에도 도난당하지 않았나 싶어 조바심이 바짝 당기었지만 '설마'하는 심정으로 애써 침착하려 했다. 그러나 마지막 옷가지를 정돈할 무렵 진아는 일시에 힘이 빠져 버렸다. 손에 쥐고 있던 옷가지는 저절로 땅에 떨어졌고, 입가에는 한숨이 새어져 나왔으며, 머리는 혼란에 휩싸이기 시작했다. 두어 달도 안 된 모자는 아주 새 것이었다. 군계일학이랄까? 아무튼 여러 모자 중에서도 가장 빛나는 것이었다. 그렇기 때문에 수많은 모자 중에 진아의 모자가 없어진 것은 당연한 일인지도 모른다. 진아는 참으로 분하다는 생각이 들었다. 나중에 수돗가의 급우들이 돌아와 함께 다시 흩어져 행방이 묘연한 모자를 찾아 나섰지만 결국 허탕만 치고 말았다.

집으로 돌아가는 진아는 도시 머리가 허전해서 견딜 수가 없었다. 길을 가면서도 무의식 중에 자꾸만 맨머리를 만지고 있는 것은 오랫동안 하루도 거르지 않고 써 오던 모자가 진아의 몸의 일부처럼 가까이 되어버린 탓이리라. 기실 몸의 일부 그것도 가장 중요한 두뇌의 한 부분이 벗겨진 듯한 느낌이 들었다. 이대로 집안 식구들 앞에 설 것을 생각하니 겸연쩍기만 하다. 언젠가 읽었던 카아네기의 인생 독본에서 '사람의 실수는 두 번째가 제일 중요하다.'고 했다. 첫 번째는 누구나 다 그럴 수 있으려니 받아넘기지마는 두 번째로 가면 그 당사자가 무능한데서 온 것이라고 쉽게 판단해 버리는 것이 일반인들의 공통된 견해라

했다. 처음 진아가 모자를 잃어버렸다고 했을 때, 주위 사람들은 모두 진아를 위로해 주었다. 그때에는 아버지께서도 빙긋이 웃으시며,

–뭐, 사내자식이 모자 하나로 그렇게 침울한 표정을 지어 집으로 돌아오면 어떡허나.

하시며 선뜻 모자 값을 주셨던 것이다. 그렇지만 지금은 진아의 무능에서 온다는 두 번째의 실수이다. 팍삭 풀이 죽어버린 진아는 마치 가출자처럼 대문 앞에 서서 쉽사리 들어갈 엄두가 나지 않아 가방을 안은 채 어슬렁거리기만 했다. 손은 몇 번이나 머리 위의 빨간 초인종으로 다가갔으나, 힘없이 미끌어지고 말았다. 진아는 대문 앞 계단에 한참이나 주저 앉아 있었다. 지구에서 떨어져 나간 자처럼 쓸쓸한 소외감이 폐부 깊숙이 스미었다.

용기를 내어 초인종을 눌렀을 때 진아는 소스라치게 놀랐다. 문을 따주러 나온 사람은 어머님이셨다. 누렇게 주홍빛으로 변해 버린 진아의 일그러진 표정을 보시고는

–애야, 네 모자는 어떻게 했니?

하고 물으시었다.

–저……잃어버리고 말았어요.

머뭇거리며 힘겹게 말하는 진아의 대답이 끝나기가 무섭게 어머님께서는 답답해서 못견디겠다는 듯이 가슴을 치시며 부엌으로 총총히 가버리시었다. 진아의 집에는 방이 두 칸 있었다. 현관문을 열고 맞은편이 큰방(부르기 좋아 그렇게 불렀다)이고 진아의 아버지 어머니께서 기거하시며 오른편이 작은 방이며 진아와 그의 여동생이 차지하고 있었다. 왼편이 부엌이며 방이다. 평소 같으면 큰방에 먼저 들러 인사를 건넨 다음 저녁식사를 끝내고 비로소 자기 방인 작은방으로 공부를 하

고는 했다. 그렇지만, 진아는 오늘만큼은 아예 밥 먹을 생각도 나지 않았다. 작은 방문을 열자 일시에 안온감이 돈다. 재빨리 이불을 펴고 자리에 누웠다. 제일 상책이라고 생각이 들었기 때문이다. 하지만 얼마 안 있어 마루가 콩콩거리며 울리는 소리가 나더니 여동생 혜란이가 방문을 삐끔히 열고는,

–오빠, 밥 먹으래.

하며 일러준다. 진아는 실로 진퇴양난이었다. 큰방으로 건너가면 식구들은 틀림없이 자기를 이야기의 화제로 삼아 온갖 비난과 잔소리를 늘어놓을 것이다. 그렇다고 언제까지나 계속 이렇게 바늘 방석에만 앉아 있을 수만은 없었다. 진아가 이부자리를 박차고 일어나 방안을 거닐고 있을 때 드디어,

–진아, 저녁상을 물리도록 해야지.

하시는 아버지의 굵직한 음성이 들렸다. 차분히 가라앉으신 목소리였다. 진아는 마루를 밟으며 조심스럽게 방문을 열고 성큼 큰방으로 들어섰다. 어머니는 설거지를 하시느라 계속 부엌에 계셨다. 진아의 아버지는 담배를 물고 계셨고, 혜란은 그 옆에서 뜨개질을 하는 모양이었다.

–진아, 이리 앉아 먹어라.

아버지는 진아의 마음을 훤히 내다보시는 듯 한층 다정하시었다. 부엌으로 통하는 문 가까이에 상이 놓여 있고, 신문지를 밥상보 대용하여 덮어 둔 것을 보면, 가족들은 오래 전에 식사를 끝낸 모양이다. 진아는 밥상보를 벗기고 식사를 하기 시작했다. 식당에서 빵조각을 집어먹은 탓인지 밥이 잘 먹히질 않는다.

–아니, 그래 이 못난 것아, 다른 아이들은 다 멀쩡한데 왜 네 모자만

잃어버리느냐 말이다.

어머님께서는 도저히 이해하실 수 없다는 표정이셨다. 설거지를 하시며 그릇이 부딪히는 소리가 한층 더 요란하다.

–여보, 식사 중에 있는 아이에게 그처럼 꾸짖는 법이 어디 있소.

하시며 짐짓 진아를 두둔하셔도 어머님께서는 아랑곳하시지도 않고,

–진아야, 그게 왜 그런 줄 아니? 네가 다른 아이들에 비해 너무 착하다 못해 어리숙 해 보이니까 네 모자만 훔쳐가는 것이란 말이야.

진아는 숟가락을 놓고 말았다. 밥알이 모래알이다. 심한 구역질까지 일으키려 한다. '아닙니다, 어머니, 그것은 내 모자가 그 중에서 가장 새 것이기 때문에 그렇게 훔쳐간 겁니다.' 하고 강하게 부인하고 싶었지만 한편으로는 제 스스로가 의심이 들기도 하였다. 진아가 심상찮게 저녁 식사를 물린 것을 보신 아버지께서는 진아를 가까이 앉도록 했다. 그리고는 담배를 재떨이에 비벼 끄시고는 시종 나지막한 음성으로 말씀하셨다.

–사람에게는 저마다의 생김새가 다르듯이 생활해 나가는 양상도 각양각색이다. 그런데 모든 것은 선의로 받아들이는 사람은 언제나 네처럼 손해를 보기 마련이다.

하시고는 모자 값을 내 주셨다. 진아는 공손히 받아들고 다시 제 방으로 돌아와 자리에 누웠지만 좀처럼 잠이 오질 않았다. '아버님 말씀은 무엇을 의미하는 것일까?' 요즘은 '생존경쟁시대'라 한다. 내가 살기 위해서는 네가 어느 정도 희생되어도 무방하다는 사회다. 그만큼 허점을 주어 잘못을 유발 시킬 우려도 가장 많은 것이다. 진아는 문득 신문의 사회면이 부각되어 떠 오른다. 살인, 방화, 강도, 사기, 도

난……등등. 진아가 모자를 도난 당한 원인은 아무래도(엄밀하게 따져 보면 그렇지도 않지만) 남을 너무 믿었기 때문인 것 같다. 만약 모자를 몸에 지니고 축구를 했더라면 실로 우스운 일이지만, 혹은 어디엔가 좀 더 깊숙이 간수했더라면 이런 손해 보는 일은 생기지 않았을 것이다. 요즘처럼 격동하며 소용돌이치는 사회에 모든 사람을 믿고 생활할 수 있을까? 어쩌면 모자를 잃어버렸다고 해서 다시 살 염두도 없이 남의 모자를 훔치는 아이들이 더욱 현명할지도 모른다. 그렇다. 이처럼 험한 세상에 가는 곳마다 선의를 베풀며 살아가는 사람이 몇이나 될까. 어둠은 점점으로 깊어가는데 부모님의 말씀이 머리 속을 떠나지 않고 오히려 커다랗게 확대되어 오는 것이다.

진아는 파아랗게 동터오는 새벽에 모자점을 찾았지마는 철문이 굳게 내려져 있었다. 이렇게 이른 아침에 상점 문을 열어 둘 턱이 없지만, 행여나 하는 마음으로 갔으나 허탕이었다. 진아가 다니는 학교는 복장 규정까지 점수제로 하여, 일정한 횟수를 위반하면 벌을 가한다. 이렇게 엄격한 규율 속에서도 한번도 채점 대상이 되어 본 적이 없었다. 그런데 오늘은 속수무책으로 영락없는 기율 위반자가 되어야 한다니, 억울한 마음 누를 길이 없었다. '하지만 아마도 사실 여부를 상세히 말하면 기율부장도 관용을 베풀어 줄테지'하는 희망을 저버리지 않았다. 그렇지만 그 정도는 학교가 가까워 옴에 따라 점차 사그라지고 대신 불안한 생각이 차지해 버리고 만다. 육중한 교문 안에서는 가위에 눌린 듯 걸음이 무거웠다. 서스름 없이 교문을 들어서는 학우들의 모습이 부럽기조차 하다. 진아가 용기를 내어 교문에 들어섰을 때, 제일 먼저 눈에 들어온 것은 3학년 기율부장의 우락부락한 눈매와 우람

한 체격이다. 그는 진아를 불러세웠다.

–모자 안 쓴 일학년 학생 이리 와!

진아가 다가가자, 그는 엄숙한 표정을 짓더니,

–왜 모자를 안 썼지?

하고 물었다.

–예, 어제 오후에 공을 차다가 도난 당하는 바람에 못쓰고 왔습니다.

진아의 대답이 끝나자, 기율부장은 징그럽게도 싱긋이 웃는 표정을 짓더니(나중에서야 생각해 낸 것이지만 그것은 진아의 말을 진심으로 받아들이지 않는 때문이었다.)

–그런 구차한 변명은 필요 없어. 누구나 지적을 당하면 모두 다 그렇게 변명하기 마련이야. 그리고 설사 네 말대로 모자를 잃어버려 못쓰고 왔다손 치더라도 그것은 자기 모자를 제대로 챙기지 못한 네 실책이야 그런 측면을 봐서라도 벌칙을 피할 수 없다. 학번 성명을 대라.

교실로 향하는 진아의 마음은 실로 불쾌하기 이를 데가 없었다. 도대체 나의 잘못이라는 게 무엇인가. 이웃을 믿었다는 죄밖에 없다. 학우를 믿을 수 있었기에 좀 더 깊숙이 간수하지 않았던 것 뿐이다. 진아는 애써 어제부터 생각나는 갖가지 혼잡한 생각들을 지워버리려 했다. 괜스레 길가의 돌멩이를 냅다 차버리기도 하며 교실로 향했다. 그러자 골마루가 쿵쿵거리며 뒤에서 누군가가 뛰어오는 소리가 들렸다.

–진아야!

뒤를 돌아다보니 친우 석이다.

–조금 전에 복장위반에 걸렸다면서?

석이는 근심스런 표정이었다. 그는 진아의 침울한 낯빛을 보고 한층

더 동정어린 눈으로,

–그러길래 내가 뭐라고 하던가? 어제 저녁에 너도 스텐드에 깔려 있는 모자 중 하나를 슬쩍해서 쓰라고 하지 않았느냐 말이다.

하며 억울해 하는 빛이 역력하다.

–석아, 그렇지만 내가 주인도 모르는 남의 모자를 훔치면 그 모자를 잃어버린 사람은 또다시 나처럼 남의 모자를 훔칠 게 아냐, 그렇게 되면 자연적으로 모자 도둑질이라는 것이 연쇄반응을 일으키게 되거든 그래서 급기야 이 세상은 사람들 사이에도 서로를 불신하다 못해 두려워하게 되고 온갖 사회의 악이 발생하게 된단 말이야.

석은 자기의 주장이 옳다는 것을 단정 짓기 위해 온갖 말이라도 주워 모을 수 있을 것 같다. 진아의 이야기를 잠자코 듣고 있던 석이는 근심스럽게 말을 건넸다.

–물론, 네 말에도 일리가 있다. 어쩌면 그것이 이상적인 생활 사고인지 모른다. 그렇지만 지금 당장 우리에게 가장 중요한 것을 들라치면 우리가 처하고 있는 현실이다. 내 비록 사회의 경험이 없지마는 그런 방식으로 사회생활을 대처해 나간다면 아무래도 이 복잡다단한 사회에 적응할 수 없을 것 같다. 다시 말하면 우리는 결코 공자, 예수, 석가와 같은 성인이 될 수 없다는 게야. 시대가 요구하는 사람이 되어 살아나가야 하는 것이 옳지 않을까? 그렇기 때문에 네에게는 첫 번째의 고난을 고수함으로써 충분하다는 생각이 든다.

그때 둘은 이미 교실에 다달았으므로 이야기가 일단 중단되었다. 그날 아침 진아의 주위에 있는 친구들은 모자도 없이 들어서는 진아를 보더니만 모두들 '숙맥'이라고 놀리었다. 그들은 비록 무심코 내뱉는 말이었지만 진아로서는 '숙맥'이라는 말 한마디가 떨어질 적마다 주먹을 불끈 쥐고 상대편의 아가리를 한 번씩 휘갈기고 싶은 충동을 느끼었다. 도대체 내가 어떠하기에 모두들 '숙맥'이라 하는가 도리어 네 놈들이 멀쩡한 사람을 바보로 만드는 나쁜 놈들이라 욕했다. 그렇지만 아무리 가래질을 해대어도 목안 깊숙이 누눅하게 무엇인지 불결한 것이 가라앉아 있는 것처럼 자꾸만 걸리적거리는 것은 어찌하는 수가 없었다. 점만한 공백도 없이 칠판을 꽉 메우며 열강을 하고 계시던 선생님의 말씀을 하나도 기억할 수가 없었다. 수업이 시작해서 끝날 때까지 시종 모자에 대해서만 골몰해 오던 진아는 종례 시간이 파할 때 쯤해서 하나의 결단을 내렸다. 그리고는 때를 기다려 해거름을 기하여 운동장에서 공을 차기에 여념이 없는 수 많은 아이들을 비집고 어제처럼 가방과 모자가 헤아릴 수 없이 깔려 있는 스텐드를 배회하기 시작했다. 이 일을 성공적으로 이루기 위해서는 제일 먼저, 사람이 적어야 한다. 그런 점을 참작한다면 스텐드는 부적당하다. 운동장의 게임을 관전하고 있는 학생이 너무 많기 때문이다. 진아는 다시 운동장으로 내려왔다. 그리고 기회를 노리기 위해 운동장 주위를 둘러 보았다. 순간 공 하나가 세차게 진아의 머리를 스친다. 진아는 움찔하고 고개를 숙였다. 하마터면 다칠 뻔 했다. 문득 '신이 나를 벌하시려는 모양이구나!' 하는 생각까지 들고 그런 잡념은 만약 내가 도질 행각에서 실패를 하게 된다면……하는 극단적인 경우까지를 더듬게 했다. 제일 먼저 부모님과 선생님께서 실망하실 것이다. 그리고 교칙에도 남의 물건을 훔치다 발각되면 퇴학으로 되어 있다. 다음 평소에 진아를 믿고 따르던 주위에 있는 급우들은 진아를 가리켜 대단히 손버릇이 나쁜 친구라고 얼마나 손가락질을 해댈 것인가. 불길한 생각이 꼬리를 물었다. 진아는 이러한 생각을 떨구려 고개를 들었다. 그리고 한숨을 폭 뇌까리었다. 조금 전에 날라온 공을 보았다. 공은 운동장 구석에 세워둔 가방을 강타하고 굴러 떨어져 있었다. 그 바람에 가방 위에 얹어 두었던 모자가 데굴데굴 굴러서 진아의 발치에 머무는 것이 아닌가. 아주 새 것이다. 모표가 햇빛을 받아 더욱 윤이 났다. 둘도 없는 기회다. 진아가 허리를 굽혀 황망히 모자를 잡으려 할 때였다. 어깨를 두드리는 사람이 있었다. 진아는 분명히 모자 주인이라고 생각했다. 그래 뭣하러 남의 모자에 손을 대느냐? 하고 물으면 '땅바닥에 떨어져 있길래 주워서 본래의 자리에 갖다 놓으려 했다.'라고 답하리라. 이렇게 변명까지 설정해 놓고 모자를 미처 머리에 쓰지 않았던 것은 참으로 다행이라고 생각했다. 몸을 일으켜 어깨를 두드린 사람을 바라보았다. 얼굴이 땀으로 범벅된 일학년 동급생이다.

–공이 머리를 때려서 많이 아프지는 않니?

하며 물었다. 진아는 어이가 없었다. 얼떨결에,

–그래, 아프지 않아.

고 대답하니 다행이라며 잽싸게 뛰어가 버렸다. 그제서야 띵하게 머리가 저려온다. 조금 전의 그 공이 스치었던 게 아니고 강하게 맞았던 모양이다. 그래서 그 친구는 내가 머리의 통증을 이기지 못하여 고개을 숙인 걸로 알았던 모양이다. 진아는 그만큼 얼이 빠져 있었던 것이다. 어깨를 두드렸던 게 모자 주인이라고 가슴을 두근거렸던 게 부끄럽기 짝이 없다. 진아는 모자를 다시 외진 곳 가방 위에다 팽개치고 말았다. 이렇게까지 양심의 가책을 받아가며 모자를 훔칠 필요가 있을까 하는 회의가 서서히 고개를 들었기 때문이다. 운동장에서 공을 차고 있는 모든 학생들의 시선이 일제히 자기를 주시하고 있는 것 같았다. 그야말로 하늘과 땅, 온 세상과 사람들이 진아의 일거일동을 감시하는 감독관이었다. 축구 골문 옆에서, 수돗가에서도, 식당 앞 플라타너스 나무 아래 할 것 없이 이런 두려운 생각은 도저히 떨구어 버릴 수가 없었다.

운동장에는 서서히 땅거미가 밀려오기 시작하고 진아는 계속해서 운동장을 배회하고 있었다. 그렇지만 공을 차던 아이들이 모두 다 교문을 나선 지금 운동장이나 스텐드에는 하나의 모자의 모자도 가방도 없었다. 단지 어둠이 주는 적막감과 어제처럼 본관 옥상 위에서 비추는 희미한 불빛 만이 교교히 운동장의 일부나마 메우고 있을 뿐이었다. 진아는 갑자기 쓸쓸해졌다. 그리고 범죄자가 나중에 참회의 눈물을 흘리듯이 자기를 바라보던 하늘과 땅 대자연에 용서를 빌고 싶었다. '우리에게는 타고난 천성이 있으려니……. 누구나가 양심을 팔고서야 살 수가 없다.' 문득 아버지의 말씀이 생각키워진다. 사람에게는 저마다의 생김새가 다르듯이 생활해 나가는 양상도 각양각색이다. 그런데 모든 것을 선의로 받아들이는 사람은 손해를 입기 마련이다. 그렇지만 오랜 세상을 살아가는데 있어서 모자값 정도의 손해는 얼마든지 받아들일 수 있을 것 같다. 문제는 얼마나 거짓 없이 진실되게 살 수 있느냐하는 것이다. 그것이 바로 우리 인간이 사는 의의가 아니겠는가. 돌이켜 생각해 볼 때, 물론 석이의 말대로 우리는 공자, 석가, 예수가 아니다. 그렇지만 언제나 그들을 닮으려하고 그들처럼 삶을 영위해 나가기 위해 고개를 넘고, 내를 건너는 것이 아니겠는가. 손 때 묻은 한 개의 동전, 빵 조각을 위해서 하루하루 생활해 나간다면 정말 우리 인생은 살 가치조차도 없다는 생각이 든다. 진아는 수돗가로 달려갔다. 그리고는 수도꼭지를 끝간 데까지 틀어놓고 머리를 깊숙이 담갔다. 차거운 물이 몸의 구석구석까지 스미어 든다. 진아는 좀처럼 수돗물에서 떨어지기가 싫었다. 마음 속에 뿌리 박고 있는 온갖 죄악들을 깨끗하게 씻어버리고야 말겠다는 듯이 신축 건물을 돌아서 교문을 나설 때 안면에 부딪혀 머리에서 발 끝까지 어루만져 주는 상쾌한 바람이 진아의 성장을 진심으로 축하해 주는 친구처럼 다정했다. 가슴 속 저 안쪽에서 억세게 비집고 올라오는 아득한 희열감. 그것은 결코 원인 모를 것들이 아니었다. 어둠마저 대지에 조을고 있는 골목길에서 진아는 웃음이 너무 컸다고 생각했다. 동그란 입술 사이로 빠져나가는 바람 속에서 우리 인생은 확실히 살만한 가치가 있다고 생각했다. 그러면 그 전 진아의 생활 관념이란 어떤 것들이었던가. 바로 어제만 해도 그의 일기장에는 쇼우펜하우어의 말을 빌어 인생은 부역에 끌려가 당하는 하나의 노역이라고 하지 않았던가. 그런데 우리 인간은 왜 죽음을 두려워 하는가. 아마도 그것은 비속한 인간에게 죽을 용기라는 것이 결핍되어 있기 때문일 것이다. 진아는 집에 가면 제일 먼저 일기장을 들추어 낼 것이라 결심했다. 그리고 이렇게 적으리라 다짐한다. '보다 사람다운 사람이 되기를 갈구할 때 그 속에는 반드시 행복이 숨어있다고…….

어머니의 새

솥발산(鼎足山) 공원 묘원으로 가는 길은 마치 달팽이 껍질처럼 나사선을 그리고 있었다. 완만한 능선을 따라서는 끝없는 봉분들의 연속이었다. '아! 어쩌면 저리도 붉을까?' 명곡(明谷)은 자신이 상(喪)을 당한사람이라는 사실도 망각한 채 속으로 탄성을 내질렀다. 많은 단풍을 보아 왔지만 저처럼 붉은 것은 처음이다. 마치 이 산에 있는 모든 혼백들이 이승에서 지어낸 모든 원(願)과 한(恨)을 한순간 배어 물고 처절하고도 아름다운 피울음을 한꺼번에 토해내는 것 같았다.

인근 암자에 계시며 한사코 마다하시는 어머니를 기어코 집으로 모신 것이 오히려 화근이었다. 한동안 아내를 비롯한 집안 식구들이 묵묵히 잘도 견뎌 주었지만 누구보다도 제일 힘들어 하신 분은 바로 어머니셨다. 하루는,

–야야, 나도 홀가분하게 혼자 살아 볼란다. 방하나 얻어도고–.

하셨다. 그러니까 그게 지난 연말이었다. 형제들이 망년회 삼아 모인 자리에서 명곡이 자못 진지하게 그 문제를 거론했다. 모두들 좋다고해서 은행 다니는 둘째의 아파트에서 그리 멀지 않은 곳에 세를 얻어 단칸방에 모셨던 것이다. 그 곳에 모신 지 두 달이 채 못되어 풍(風)이 들었다. 주위에서는 암자에서 맑은 공기 마시고, 채마밭 일구시며 잘 지내시던 분이 환경도 좋지 않은 도심지 한 복판에 오셔서 말벗도 없이 혼자 외로이 지내시다보니 병이 찾아들었다고 했다. 대소변을 받아내는 것이 제일 큰 일이었다. 낮에는 명곡의 처가 그 일을 했고 밤에는 둘째, 셋째 며느리들이 번갈아 가며 병구완을 했다. 그들의 맹렬하던 기세는 불과 일 주일 만에 수그러들기 시작했다. 우선 명곡의 처만 하더라도 아침에 늦잠 자기 일쑤였고, 아이들 도시락을 싸지 못해 돈

몇 푼 쥐어주는 것으로 대신하였다. 그리고 조용히 애들에게 말로 타이를 것도 짜증부터 내었다. 두 동생도 생활 리듬이 깨어지고 힘들어하기는 마찬가지였다. 어머니신들 왜 눈치가 없으시랴! 자리 보전하신지 한 달이 채 못되어,

–괜히 나하나 때문에, 애꿎은 너거한테 죽을 고생을 시키구마는…….

하며 눈물을 주루룩 흘리시었다.

그날도 명곡은 퇴근을 하자마자, 어둡고 좁다란 골목을 지나 곧장 어머니가 계신 단칸방을 찾아 들었다. 아침 일찍 시골에 계신 숙부에게서 전화가 와서 나이 많은 사람은 '밤새 안녕'이니 늘 누군가가 한사람은 붙어 있어야 한다고 일러 주었기 때문이었다. 자신을 목욕을 시키는 아들을 바라보며 어머니는 못내 안스러웠던지,

–빨리 죽어야 할낀데…….

라며 예의 그 말이 습관처럼 튀어나왔다.

–거짓말.

대충 뒷정리를 마친 명곡이 옆에 누웠을 때, 어머니의 반응을 듣고 싶어 장난기를 실어 톡 쏘아 주었다.

–내가 니한테 거짓말해서 무어할꼬…….

어머니는 어처구니 없다는 듯이 내뱉았다.

–그 왜 있잖수 삼대 거짓말이라고. 그 첫째가 노인네들 빨리 죽고 싶다는 말하고, 음……그리고 처녀 시집 안간다는 말하고, 그리고 또 뭐더라……아! 그렇지 장사꾼 밑지고 판다는 말.

어두워 바라볼 수는 없었지만 명곡은 어머니께서 모처럼 배시시 웃

는 모습을 떠올릴 수 있었다.

–자리가 불편하세요? 도와드릴까요?

처와 제수씨들에게 단단히 일렀건만 어머니의 등어리와 엉덩이 쪽에 살 허물이 벗겨지는 욕창이 난 지는 벌써 오래 전의 일이었다.

–개안타. 그거보다는 말이다. 니가 내 이바구를 들으면 한시바삐 죽고 싶다는 내 말이 거짓이 아니라는 것을 믿게 될끼다.

–무슨 이야긴데요……?

명곡은 예사롭게 물었다.

–새에 관한 이야기다.

–새는 갑자기 무슨 샙니까?

뜬금없이 무슨 새를 찾느냐며 명곡은 어머니를 채근했다.

–까마군기라…….

그날 밤 명곡은 어머니가 근 사십여 년의 세월동안 가슴속에 묻어온 그 기다림의 비밀을 낱낱이 들을 수가 있었다. 그리고 그 긴 이야기는 먼동이 훤하게 밝아오도록 계속 되었다. 출근시간을 놓칠까보아 식사도 거른 채 허겁지겁 잠바를 걸칠 때 장롱 안을 뒤적거리던 어머니는 그 긴 이야기와 관련된 책 한 권을 건네 주었다. 책의 제목은 '차열부전(車烈婦傳)'이었고 간행은 서기 1936년 3월로 되어 있었다. 순한글판이었는데, 그 시절에 간행된 글이고 시골 선비가 서투른 솜씨로 쓴 때문에 언문일치가 되지않고 아어체(雅語體)였다. 내용은 서(序), 열부행적록(烈婦行積錄), 포창시집(褒彰詩集), 열부비문(烈婦碑文), 찬사(讚辭)순으로 되어있고, 총 24쪽에 달하는 짤막한 것이었다. 어머니의 이야기를 통해 알게 된 사실이지만 이야기의 주인공인 차열녀는 명곡의 외할아버지의 막내 동생의 처 그러니까 명곡에게는 작은 외조모가 되시는 분이었다.

부산에서 울산으로 가는 7번 국도를 따라가다 보면 부산과 울산의 중간 지점에 웅상(熊上)이라는 곳이 있다. 이웃한 울산 쪽에 운암산(蕓岩山)이 있는데 이곳에 곰의 형상을 한 바위가 있어 웅촌(熊村)이라 하였다. 웅상(熊上)이란 웅촌의 윗동네라해서 붙여진 이름이다. 왕복 4차선의 국도에서 울산을 향해 가다보면 좌측에 있는 큰 산이 천성산(千聖山)이고, 우측에 있는 산이 대운산(大蕓山)이다. 이야기의 시작은 이 천성산 자락에서 시작된다.

동해 심해선과 평행선을 그으며 이를 악물고 내갈기던 나라 등줄기 태백산맥의 바람이 이 곳 천성산에서 비로소 가쁜 숨을 몰아쉬었다. 산기슭에서 힘차게 솟구쳤다. 잡목들이 잎을 다 떨구고 앙상하게 뼈마디만 드러내놓고 음산한 추위에 떨고 서 있었다. 새벽이 몰고오는 진군의 나팔소리에 그것은 분명 항복하고 물러나는 어둠의 잔해들이었다. 커다란 바위가 친근한 부처처럼 앉아 있고 그 아래로 두 개의 작은 바위가 마치 다리인양 그 큰 바위를 떠받치고 있어서 앞에 서면 바위 아래가 무슨 깊숙한 석굴처럼 보였다. 한 서른 남짓 되었을까? 하얀 소복을 한 여인이 그 바위 앞에 서 있었다. 바위 안쪽에는 무슨 단(壇)처럼 사용함 직한 돌이 있었는데, 돌 위에는 초를 태우고 있는 촛대와 흙을 담은 사발 위에 향 서너 개가 오롯하게 연기를 피워 올리고 있었다.

영험하신 산신령님
귀지땅에 몸을얻어

소주땅에 시집와서
부귀영화 얻잡더니
지아비가 병을얻어
자리보전 하였으니
………… …………

하늘같이 믿었던 남편이 천형이라 불리는 문둥병에 걸린 지도 어언 3년. 여인의 기구는 그칠 줄 모르고 계속되었다. 여인의 표정에는 범접하지 못할 어떤 기운이 서리어 있었다. 또 한 차례의 바람이 지나갔다. 촛불이 간절한 여인의 염원처럼 올곧게 타오르다가 힘없이 흐트러졌다. 얼굴은 둥근 원형에 가까웠다. 눈꼬리가 약간 아래로 처지면서 한없이 인자하게 보였지만 약간 튀어나온 입을 앙다물고 있어서 얇은 입술이 더욱 얇아 어딘지 모르게 강한 의지가 묻어나왔다.

"울주의 옛적 우풍현 지금 양산군 웅상면 소주리에 한 특별한 열녀가 있었으니 옛 이르는 바 삼종지도(三從之道)와 부인지덕(婦人之德)을 겸비함에 현대 사람은 미치지 못하더라. 열부의 성은 차씨요. 그 관향(貫鄕)은 연안(延安)이라. 상조의 휘(諱)는 차달(車撻)로부터……."

'차열부전'에는 이 여인의 내력을 이렇게 밝히고 있었다.

어둠이 퇴각을 하고 난 자리에는 어느새 새때들이 몰려와 나뭇가지와 가지 사이를 날며 부지런히 먹이를 찾아다니고 있었다. 저 아래 우불등(宇弗嶝)에는 아침 밥 짓는 연기가 모락모락 피어오르는 것이 보였다. 언제까지고 기도를 올릴 것 같았던 여인네는 그제서야 모든 것이 정지된 듯 석상처럼 서 있었다. 무심중에 여인의 눈에서는 뜨거운 눈물이 들끓어 올라 저고리며 치마에 후두둑 떨어졌다. 초와 향을 주섬주섬 모아 보자기에 챙겨 담은 신동댁(新洞宅)은 자신의 기도가 혹 소홀하여 신령님의 노여움을 사지 않았나 반성하였다. 시월 초사흗날 기도를 시작했으니 오늘이 꼭 백 일째였다. 그동안 나름대로 감정을 절제하여 잘 참아 내었는데 마지막 기도라 생각하니 긴장이 풀리면서 경망스럽게 눈물을 보여 혹 영험을 보지 못하면 어쩌나 하는 생각이 들었다. 그러니까 백일기도에 들어가기 이틀 전이니까 시월 초하루였다. 남편의 몹쓸 병 때문에 부부는 그전부터 각방을 쓰고 있었는데 그날 신동댁이 가마솥에 밥 지을 쌀을 앉혀 불을 때어놓고 사랑채로 들어갈 즈음이다. 남편이 벌써 일어나 앉았는데 벽 쪽을 향해 앉아 어깨를 들썩이며 울고 있었다.

"……첩첩 산중에 들어가서 온갖 영초 다 캤으나 효험 보기가 전무하다. 밤낮으로 울더니 하루 밤에 병든 가장 일어나 앉아 돌돌이 탄식하거늘, 열부 두세 번 그 연고를 물어보되 종시 대답이 없는 지라. 열부 공손히 가장에게 이르기를 허리띠 졸라매어 약 캐기를 힘썼으나 내 정성이 부족하여 임자병을 못구하니 설워서 우나니까? 그제서야 대답하되, 어젯밤 꿈을 꾸니 한 노인이 이르기를 너 병은 약으로써는 나을 수가 없어 기도로 치성을 드려라 하거늘, 천백 번 생각하나 뉘가 능히 나 대신으로 기도하리요. 이로써 자탄하다 하거늘 열부 가로되 그것이 어찌 어려우리요. 부부는 일체이오니 삼종에 매인 이 몸 수화(獸禍)인들 피하리까?……."

백일기도를 마치고 돌아온 신동댁은 또 다시 집안 일에 매달리었다. 남편이 이미 경제력을 잃은 마당에 스스로 살림을 꾸려나가지 않으면 안되었다. 그날 밤, 신동댁은 호롱불 아래에서 열심히 짚신을 짰다. 남은 짚신을 마저 짜야 내일 첫닭이 홰를 치면 동래장에 내다 팔 수가 있었다. 올 때는 버스를 타고 오더라도 가는 데만 족히 60 리가 되는 거리였다. 늘 하는 일이었지만 그 아직도 칠흑같이 어두운 밤길을 헤쳐가노라면 마치 망망대해에 조각배인 양 한스러운 생각만 뭉게뭉게 일었다. 신동댁은 그날따라 피로감이 엄습해 온다고 생각했다. 백일기도 끝이라 아무래도 마음이 풀린 탓이라고 생각했다. 그때였다. 바깥에 그림자가 얼른거렸다. 제법 덩치가 커 보였다. 늘 같이 일하던 동네 아낙네들마저 제각기 자기네들 집으로 가버려 누구 올 사람도 없었다. 더럭 겁이 났다. 물론 여기는 사랑채이고 안채에는 남편이 자고 있을 것이다.

–눈교?

목소리가 어느새 떨려나왔다.

–…….

그림자는 아무 대답이 없었다. 그러다가 안으로 고리가 잠긴 문짝을 왈가닥거리며 흔들었다. 신동댁은 얼마 전에 사용하다 치워 놓은 큰 가위를 오른손에 거머쥐었다.

–문 좀 여소.

그것은 사내의 목소리. 아니 남편의 목소리였다.

–…….

이번에는 오히려 방안에서 침묵이 흘렀다.

–안 됨 더.

그것은 겨울의 찬 공기를 더욱 얼어붙게 만드는 단호한 목소리였다.

시집 온 지 일 년이 채 지나지 않아 남편의 얼굴이며 몸에 붉은 꽃이 번졌다. 그때만 해도 그것이 천형이라는 문둥병인 줄은 몰랐다. 그야말로 백약이 무효였다. 마을에서도 쫓아내야 한다며 쑥덕거리며 사람을 대하는 품세가 무언가 달랐다. 신동댁은 그때 문둥병은 영락없이 내래기라고 믿고 있었고 그로 인한 고통은 자신과 남편에게서 끝나야 한다고 결심했다. 그 병의 실체를 비로소 알았던 그날 신동댁은 남편을 마당으로 끌어내었다. 그리고 눈물을 뿌리며 방 안에 있는 두통 베개와 시집올 때 해온 금침을 내동댕이쳤다. 몇 번의 실랑이 끝에 작두를 가져와 싹둑싹둑 잘라버렸다.

–부부동방(夫婦同房)은 이것으로 끝이오. 우리 불행은 우리 대에서 끝내야 안되겠심니꺼?

당시 동네 사람들이 보았던 신동댁은 마치 실성한 여자 그 자체였다고 한다. 그 이후 기거하는 방을 안채에서 사랑채로 옮겼다. 정작 아내의 부부 관계에 대한 단절을 선언한 직후 남편은 더욱 못견뎌했다. 때때로 사랑채까지 남편이 불쑥 들어와 아내를 덮쳤다.

–안 됨 더. 그럴 수는 없심더. 뒤에 태어난 자식에게까지 그 더러운 천형을 짊어지고 살아가게 할 수는 없심더.

방문을 밀치고 피해 달아나 싸늘한 담장 밑에 웅송그리며 떨고 앉아 있은 적이 한두 번이 아니었다. 그때 중천에 떠 있던 달은 어찌 그렇게도 큰 서러움으로 다가서던지……. 담장 아래를 쓸고 지나가던 겨울 바람은 살을 에이고 이를 딱딱 마주치게 만들었다. 그녀가 천성산 백일기도를 드리는 동안 남편은 비교적 담담하였다. 그런데 그 기도가 끝나기가 무섭게 남편이 찾아든 것이었다. 문짝을 흔드는 소리가 보다

격렬하였다.

–니 이랄끼가 참말로…….

남편은 악에 바친 듯 바락바락 떼를 썼다.

–니 죽이고 내 죽을끼라.

–내 오늘 천성산 산신령님께 목심 맺끼 놓고 왔심더. 죽고 사는 거는 벌써 내 자틀 떠나 뿐기라.

한참동안 기척이 없었다. 바깥에는 그나마 남은 가랑잎이 바람에 몸을 실어 이리저리 쏠려 다닐 뿐이었다. 체념을 하고 돌아갔는가 싶었다. 그런데 그게 아니었다. 남편의 반울음 섞인 애원이 징징거리며 바람소리에 섞여 들려왔다. 그동안 백일기도를 다치게 하고 싶지 않아 무던히 참아 왔던 것하며, 부부관계를 한다고 하여 꼭 수태가 되라는 법이 없다는 것하며, 뜻이 이루어지지 않는다면 당장 마을 뒤에 있는 당산나무 아래로 가서 목을 매겠다고 했다. 목을 매겠다는 말에 눈썹 하나 까닥하지 않았지만, 한 달에 한 번씩 비치던 것이 사나흘 전이니 무슨 일이 생기랴 싶었다. 그리고 3개월이 넘도록 지긋이 참아준 데 대한 고마움도 있었다. 그날 밤 부부는 각방을 사용한지 무려 일 년 만에 처음으로 합방을 하여 운우지정을 나누었다.

그 일이 있고 3개월이 지나서였다. 몸에 이상이 생긴 것을 알아차렸다. 신동댁은 거의 하루나 이틀 정도 착오 생기던 월경이 그 일이 있고부터 종내 소식이 없었다. 그리고는 배가 조금씩 불러오는 것이 감지되었다. 신동댁은 덜컥 겁이 났다. 정작 임신이 되었다는 사실보다도 모든 계획이 수포로 돌아가고 자신의 신념이 일거에 무너져버린 데 대한 불안감 때문이었다. 불 위에 쓰러지는 섶과도 같이 여린 마음을 지니고 앞으로 닥쳐올 시련을 어떻게 헤쳐가나? 뱃 속의 애기를 뗄 수 있는 모든 방법을 다 강구하였다. 헝겊을 가지고 배가 아프도록 챙챙 졸라 매었다. 그것도 부족해서 그 상태로 높은 언덕에서 뛰어내리기도 하였다. 간장을 마시면 떨어진다고 해서 냅다 들이 마신 간장이 또한 이만저만이 아니었다. 한번 배태된 생명은 끈질긴 것이었다. 아랑곳하지 않고 불러오던 배는 달수를 꼬박 채워서 분만을 하게 되었는데 낳고 보니 옥동자였다. 아기의 장래를 예측 할 수 없어 이름도 짓지 않았는데, 만 삼 년이 지나면서 걷는 거며 말하는 것까지 유달리 총명하여 이름을 수재(秀才)라고 불렀다. 그사이 남편은 천성산 백일기도의 효험도 없이 저 세상으로 갔다. 먹고 살기에 급급하여 다 주저하던 소학교에 제일 먼저 입학 시켰으며, 얼마나 귀여웠으면 그때까지도 품에 안고 헛젖을 먹였다. 수재가 삼학년이 되었을 때 하루는 학교에 갔다 오더니 밤새 신열을 펄펄내며 감기 몸살을 앓았다. 한약방에서 약을 다려 와 가지고는 먹였더니 깨끗이 나았다. 다음날 개운하다며 일어나는 수재의 얼굴을 보고 신동댁은 기절을 했다. 마치 피부병처럼 얼굴에 붉은 반점이 드문드문 번져 있는 것이 영락없이 십 년도 넘게 오래 전에 보았던 옛 남편의 그것이었던 것이다. 신동댁은 삼 년을 작심하고 드디어 그 형극의 길을 걸었다.

해가 지고 저녁을 물린 뒤부터 짜기 시작한 숯가마니가 일곱 개째다. 지금쯤 모르긴해도 자시(子時)가 마악 임박했을 성 싶었다. 신동댁은 하던 일을 대충 정리해 놓고 궤짝에서 보퉁이 하나를 꺼내 들었다. 호롱불을 불어 끄려다가 아랫목에 누워 있는 아들의 모습을 바라보았다. 얼굴은 누가 보아도 알아차릴 수 있을 만큼 병색이 완연했다. 학교를 그만 둔 지도 벌써 몇 개월째였다. 휴우— 하고 신동댁은 깊은 한숨을 쉬었다. 입안에서 자연 휘파람 소리가 났다. 고샅을 나오면서 다행하게도 아무도 만나지 않았다. 요즘 그녀를 보고 동네 사람들은 아예 미친 여자 취급을 했다.

하기야 미치지 않았으면 이 오 밤중에 아직도 젊은 아낙이 보퉁이 하나 달랑 끼고 마을 어귀를 나섰을까? 신동댁은 정말 자신이 미친 것은 아닐까하고 의심해 보기를 한두 번이 아니었다. 내가 미쳐서 내 아들의 병이 나을 수만 있다면……. 그런 생각이 들었다. 마을을 나서자 바로 앞으로 개울물이 흐르고 있었다. 이름하여 범내(虎川)였다. 예전부터 이곳에 범이 자주 출현하여 붙은 이름이었다. 바로 몇 개월 전에도 누가 이곳에서 눈에 불을 켠 호랑이가 물을 마시고 있는 모습을 보았다는 사람이 있었다. 낮에 버스가 지나가면 엄청난 흙먼지를 일으키는 신작로를 가로 지르면 홈실(楡谷)이었다. 아랫각단에 있는 주막걸에는 술판의 여흥이 아직 남았던지 남정네들의 왁자하게 떠드는 소리가 이따금씩 노랫가락이 섞여 나왔다. 신동댁은 외암뻔덕을 가로질러 목넘개로 가는 빠른 길이 있었지만 시명골로 찾아가는 길을 이 주막걸로 초입을 잡았다. 어둠이 주는 두려움으로 자못 긴장해 있다가도 이곳을 비쳐 나오는 불빛을 바라보면 마음이 따뜻해지면서 안도의 한숨이 새어나오는 것이었다. 이 세상에서 제일 무서운 것이 사람이라지만 사람만큼 따뜻한 위안을 주는 것도 없었다. 동네 복판을 지나서 산길로 접어들었다. 누군가가 새로이 닦아놓은 길 위에서 바라본 가매소(가마솥 모양을 한 작은 못)는 모든 물살이 정지해 있어서 마치 하나의 검은 고체덩어리로 보였다. 그다지 넓지는 않았지만 깊이는 어른 키의 서너 배는 된다고 하였다. 신동댁이 아는 사람 중에도 여럿이 이 못 속에 빠져 죽었다. 못 옆을 지나가면 그 검은 물빛 속에서 원혼들의 아우성치는 소리가 들리는 듯하여 자신도 못 속에 몸을 던져 버릴까 생각해 보았다. 그러자면 자연 이젠 바싹 말라 차마 바로 바라볼 수가 없는 아들 수재의 모습이 아른아른 눈에 밟혀오는 것이었다.

남편의 병을 낫게 해달라고 천성산에서 백일기도를 했지만 끝내 영험을 보지 못하자 맞은편에 있는 시명산으로 장소를 옮겼다. 대운산이 주산이고 시명산은 그 줄기이다. 시명골에 부는 바람도 천성산 골에 부는 바람 못지않게 온몸을 얼게 했다. 소한 대한 지나고 나면 얼어 죽을 사람이 없다고 하는데 헛말일 성 싶었다. 이 추위에 밤을 꼬박 새운다면 오히려 얼어 죽지 않는 것이 이상하다 싶을 정도였다. 신동댁은 주변에서 날카롭게 생긴 돌을 하나 집어들었다. 그리고는 개울로 내려가 비교적 얼음이 얇게 언 가장자리로 가서 내리쳤다. 얼음이 조각으로 동강나면서 차가운 개울물이 튀었다. 그 물로 얼굴이며 손을 정갈하게 씻었다. 집에서 목욕재계를 했지만 초를 밝히고 향을 사르는 손만큼은 두 번 세 번 마음이 개운해 질 때까지 씻었다. 신동댁은 보퉁이에서 옷을 꺼내 하얀 소복으로 갈아 입었다. 신동댁이 기도처로 삼고 있는 곳은 시명골 못 뒤에 있는 점터라는 곳이었다. 몇 년 전에도 무쇠를 부리던 점(店)이 있었는데 현재는 그 흔적조차 찾을 수가 없었다. 그곳에 마침 형상이 기괴하고 짐승 모양을 한 예사롭지 않아 뵈는 바위가 있어 초와 향로를 놓는 제단을 삼고 치성을 드렸다.

분골쇄신 모든고초
한몸에 　걸머지고
자식놈 　몹쓸병에

이한몸　제물하니
늙은이몸 데려가고
아들자식 살려주오
………　………

제단으로 쓰는 바위 위로 구름 속에 가리었던 달이 잠시 모습을 드러내 희고도 푸르스름한 기운을 띠고 있었다. 무엇인가에 이끌리듯 이상한 예감에 고개를 오른쪽으로 돌렸다. 열 걸음이 될까말까한 자리에 큰 바위가 있었는데 그 바위 위에 파란 불꽃 두 개가 이쪽을 비추고 있었다. 깊고도 오묘한 저 광채. 틀림 없는 들짐승의 그것이었다. 신동댁의 옷깃이 사시나무 떨 듯 하였다. 오금이 저려와 그대로 주저 앉고 싶었다. 자신이 문득 엄청난 시험에 들었다고 생각했다. 그래! 나를 시험에 들게 하려고 저 산짐승을 신령님이 보내셨구나! 내 목숨은 이미 남편이 더러운 병에 걸렸을 때에 이미 천성산에서 제물로 내놓은 것이 아니었더냐! 희미하게 꺼져가려던 정신을 수습했다. 그리고 미친 듯 치성을 드렸다. 짐승은 개보다는 훨씬 크고 송아지 보다는 약간 작았다. 한번 울음만 들어도 담박 정체를 알 수가 있으련만……. 어슬렁거려도 마른 풀잎 서걱이는 소리조차 나지 않았다. 자정을 지나 거의 축시(丑時)가 시작될 무렵에야 신동댁의 기도는 끝났다. 산짐승의 움직임 하나하나가 마치 그림자가 지나가듯 고요하였다. 촛대와 향로를 보자기에 싸고 허리를 폈을 때 비로소 짐승은 바위에서 일어나 아래로 내려왔다. 짐승이 뒤를 돌아보고 나서 신동댁이 걸음을 내딛는 것과 때맞추어 두 눈에 불을 켠 채로 앞장 서서 걸어갔다. 어쩐지 자신을 해치지 않을 듯 싶었다. 영물이었다. 섣달 그믐이 다 되어 길이 무척 어두웠는데 올 때보다 훨씬 수월했다. 돌아올 때에는 어차피 주막걸에도 불이 꺼졌을 것이니 목넘개에서 외암뻰덕으로 길을 잡았다. 포도밭에 이르렀을 때 짐승은 앞발을 곧추 세우고 엉덩이를 착 가라 앉혀서 신동댁이 지나가기를 기다렸다. 그리고 신동댁이 신작로를 지나 가뭇없이 사라진 다음에야 되돌아 갔다. 그 짐승은 다음날도, 그 다음날도 그렇게 길 안내를 맡았다. 신동댁은 그 짐승이 틀림없이 천성산 산신령님의 심부름꾼이라고 생각했다. 드디어 나의 지극한 정성이 하늘을 감동시켰는가? 그렇다면 내 아들의 병은? 신동댁의 시명골 점터에서의 기도는 그 후 삼 년 동안 계속 되었다.

어느듯 세월이 흘러 수재의 나이 스물여덟이 되었다. 시명골에서의 삼년 기도도 부질없이 수재의 병이 날로 깊어갔다. 그해 음력 삼월 스무사흘 날이었다. 해가 중천에 떠 있는 한낮이었다. 양지 바른 툇마루에 앉아 수재와 그의 종제인 묘연妙蓮(명곡의 어머니)이 숯을 담을 가마니를 짜고 있었다. 그날 따라 묘연은 왠지 흥이 나지 않았다. 마음먹고 일을 하기로 할 것 같으면 그녀를 따라 잡을 사람이 없었다. 그런데 오늘은 아까부터 일감을 내동댕이 치고 싶은 것을 억지로 견뎌 내고 있었다. 묘연은 기어코 마음 속에 넣어 두었던 말을 볼멘 소리로 끄집어 내었다.

–오라배

–와……?

–내 일하고 싶지 않데이.

–와……?

–내가 가마이 짠기 열 개만 넘우믄 나머지는 오라배가 다 가져 가이

그러체.

수재는 그의 사촌 여동생이 짠 가마니가 열 개만 넘으면 아무 말 한마디 없이 나머지는 다 가져가 버렸다. 나이로만 보면 벌써 열 살이 이상 차이가 났기 때문에 묘연으로서는 수재가 한정 없이 어려운 처지일 수 있었다. 그렇지만 친오빠보다도 더 만만하고 항상 친동생처럼 대했다. 혹 무슨 실수를 저질러 놓고 슬금슬금 눈치를 보고 있을라치면 속에 무슨 귀신이라도 꿰차고 앉았는지 모든 것을 다 안다는 듯 빙긋이 웃기만 했다.

작년 여름이었다. 뒷산 개울에 친구들과 멱을 감으러 갔다가 참외와 수박을 실컷 서리해서 먹고 집으로 돌아 온 적이 있었다. 그때도 예의 웃음을 지으며

–넘우(남의) 참외밭을 심하게 하지는 마래이.

하는 말을 했다. 묘연이 시치미를 딱 떼고,

–무얼.

하니까,

–아무개집 수박하고 아무개집 참외 서리했제.

하는 것이었다. 수재의 외양은 섬뜩할 정도였다. 눈썹이 다 빠지고 코가 문드러져서 담장 너머 지나가던 사람이 어쩌다가 볼라치면 꺅–하고 비명을 지를 정도였다. 그렇지만 이상하리만큼 그의 모든 것이 묘연에게는 친근하게 와 닿았다. 조금도 징그럽다거나 어떻다 하는 생각이 들지 않았다. 그런 오빠에게 불만을 토로한다는 것은 생각조차 할 수 없었지만 이번만큼은 짚고 넘어가야 한다며 단단히 별렀던 것이다. 수재는 한참 동안 말이 없다가 이윽고,

–니 차비 할끼다.

—차비라이……?

이 무슨 뚱단지 같은 소리냐? 묘연은 아무 데도 갈만한 곳이 없었을 뿐더러 누구로부터 어디를 다녀오라는 이야기조차 들은 적이 없었다.

—내가 어디 가게 되나?

최근에 묘연의 나이가 꽃다운 열다섯이라 이따금 혼담이 오간다는 이야기는 있었지만 단지 이야기에 그칠 뿐 구체화 된 적은 없다, 묘연이 궁금해서 다그쳐 물었지만 수재는 더 이상 말이 없다가 한참 후에야,

—차차 알게 될끼다.

그 말만 했다. 그때였다. 누군가가 사립문으로 들어서는 것이 보였다. 머리는 빡빡 밀었지만 귀밑에서 턱으로 구레나룻을 기른 것이 특이했다. 옷도 잿빛 승복도 아니고 검은 도복이었다. 왼손에는 염주를 들고 바른손에는 방울을 들고 있었다. 바랑은 맨 품새로 보아 시주승이었다.

—나무아미타불, 나무아미타불…….

묘연이 보기엔 별다른 염불이 없이 나무아미타불만 반복하는 것이 무슨 땡초가 아닌가 싶은 생각이 들었다.

—미타암에서 왔소?

수재가 자못 꾸짖는 투로 물었다.

—예.

스님의 태도는 비교적 공손하였다.

—와 이래 늦었소.

친숙한 사이에 흔히 저지르기 쉬운 무례함이 묻어 있었다.

—길이 워낙 멀고도 험해서…….

묘연은 얼른 이해가 되지 않았다. 천성산 미타암이라면 원효대사께서 창건한 암자로 바로 인근에 있어 산길이라 힘들기는 하지만, 직선거리로 쳐서 십 리도 채 못되는 거리였다. 수재는 묘연에게 일러 밭일을 하고 있는 어머니를 급히 모셔오라고 했다. 그리고 신동댁이 오자 다짜고짜 집안을 다 떨어 한 말 뿐인 쌀을 몽땅 줘버리라고 했다. 신동댁은 눈을 딱 부릅뜨고 어이없는 표정이었지만 끝내 거역하지는 못했다. 클 때부터 아들의 생각이 우선 되었다. 그날 밤은 공교롭게도 신동댁의 죽은 남편의 기제사가 있는 날이었다. 스님이 돌아간 뒤 나물거리라도 장만해야 제사상에 올릴 수 있을 것이라며 장에 간다며 방문을 나설 참이었다.

–나물거리 장만하러 가는교?

–……?

사람의 마음을 꿰뚫는 독심술 같은 것이 있는 줄은 진작 알고 있었지만, 정작 또 당하고보니 어처구니가 없어 멍하니 아들의 얼굴만 바라보고 우두커니 서 있었다.

–갈 필요 없심더.

–니 무신 말이고?

–돌아가신 아부지가 오늘 안 오고 내일 와 가꼬, 제사상 받는 대신에 지를 데리고 갈낌더.

–……?

수재는 내일 자신이 죽을 것이라며 예언 했다. 신동댁은 땅바닥에 철퍼덕 퍼질러 앉아 불효막심한 놈이라며 구성진 가락을 섞어 땅을 치며 한참동안 대성통곡을 하였다. 그 광경을 보고 일이 어떻게 꼬여 가는지 종잡을 수 없어 넋을 빼놓고 있던 묘연은 수재의 심부름으로 아버지를 모시러 갔다. 큰아버지 앞에서 수재는 어머니에게 일 년에 제사를 두 번씩 지내는 수고를 덜기 위해서라도 내일을 기해서 꼭 죽을 것이라고 말했다. 시체는 우불들 한복판에다 화장을 하고 홀로 남게 되는 어머니를 잘 보살펴 달라고 부탁했다. 큰아버지의 노여움은 대단했다. 대가리 피도 마르지 않는 녀석이 어른 앞에서 못하는 말이 없다며 옆에 있는 바가지를 들어 마룻바닥을 쳐서 산산조각을 내었다.

–박살할 놈,

이 말은 그의 화가 극도에 다달았을 때 내지르는 가장 심한 욕이었다.

다음날 묘연은 아침 일찍 작은집에 들렀다. 아버지는 정말 제 오빠가 죽었는지 가보라고 했다. 묘연이 집안에 들어섰을 때 마침 신동댁은 마당을 쓸고 있었다. 이내 묘연을 발견하고는,

–빌어 묵을 놈 죽지도 안할끼 사람 골빙만 들인다.

아직도 분을 삭이지 못한 듯 다 쓸고 난 빗자루를 마당 한구석에다 패대기쳤다. 묘연이 방에 들어섰을 때, 수재는 이불을 덮고 멀뚱하니 천장만 바라보고 있었다.

–와, 내가 죽었는가 볼라꼬 왔나.?

무표정한 얼굴로 물었다.

–아부지가 가보라캐서…….

묘연은 도무지 실감이 나지 않았다. 평소 죽음이 무엇인가에 대해 그다지 생각해 보지 않았고 알 수도 없었다. 그 동네에 몇 차례 상이 나서 상여가 나가고 상주들이 곡을 하는 것을 본 일은 있다. 어쨌든 대단히 슬픈 일임에는 틀림이 없는데, 정작 당사자가 저렇게 태연자약하니 반드시 그런 것만도 아닌가 싶었다.

–내 죽거든 엄마가 식은 밥 잡숫도록 하지 말고 니가 좀 챙기 드리

거라. 그라고 해질녘에 엄마한테 송아지를 몰고 오도록 하지 말거라. 해거름에 들에 나서면 내 이름을 부르면서 가슴을 치고 중천에 달이 뜰 때꺼정 우신다. 내가 저승에 가면 삼 년 동안 부지런히 공부해서 다시 엄마한테 올끼라. 그라고 그 다음에는 울 엄마를 큰 부자가 되게 할끼다.

일신이 고요하니
만신이 경망토다.
기별없이 오라하니
아니가고 어이하리
법정들 너른판에
청실홍실 배를띄워
시체는 먼산가고
혼명은 극락가세.
……… ………

수재는 기지개를 켜고 깊은 잠에 빠지듯 그렇게 불현듯 숨을 거두었다. 묘연은 수재의 관이 지게에 얹혀 우불들로 화장을 하기위해 떠날 때 며칠 전 오빠가 숯가마를 짤 때 즐겨 부르던 소리를 몇 번이고 속으로 되뇌었다.

묘지, 무덤, 봉분. 또 무덤, 또 봉분……. 무덤이 온 산을 뒤덮어 그야말로 묘지가 천국을 이루고 있었다. 버스는 거의 산 중턱까지 올라가 멈추었다. 제일 먼저 영정을 안고 있던 사람이 내려와 앞장을 섰다.

그 뒤를 명정이 따라 붙고 다음에 영구를 운구하였다. 영구가 가벼웠던지 운구하는 사람이 경험이 없는데도 가파른 언덕길을 잘도 올라갔다. 영구가 올라가서 상제들이 마치 준비라도 하고 있었다는 듯 일제히 울음을 터뜨렸다. 조객들도 대부분은 어둡고 침울한 낯빛이었다.

장지에 도착했을 때 묘자리를 파는 천광(穿壙)은 이미 되어 있었고, 고향 근처여서 이미 많은 일가 친척들이 와서 대기하고 있었다. 명곡은 관 앞에 병풍을 치고 그 앞, 자리를 깐 위에서 조문객을 맞았다.

—얼마나 슬프십니까?

—불효가 막심했습니다.

젊은치들은 잽싸게 재배(再拜)를 하고는 돌아섰다.

—대고를 당하시어 얼마나 망극하십니까?

—망극하기 이를 때가 없습니다.

상주들이 울먹거리자 머리가 희끗한 나많은 조문객들은 그냥 자리를 떠나지 않고 반드시 일 이 분씩은 서럽게 곡을 했다.

—허이—, 어이…….

마치 그만큼의 눈물이 준비라도 되어 있었던 양 한꺼번에 줄줄 쏟아져 내렸다. 그리고는 주머니에서 손수건을 꺼내어 눈물을 훔치고는 천천히 일어서는 것이었다. 하관에 이어 평토를 하는 과정에서 명곡의 형제들 슬픔은 극에 달하였다. 명정을 풀어서 관 위에 덮을 때 셋째는 주위 사람들의 만류를 뿌리치고 미친 듯 묘구덩이 안으로 뛰어들려고 했다. 명곡은 울지 않았다. 어쩐지 눈물이 나오지 않았다. 슬프지 않은 것은 아니었지만 여러 사람 앞에 눈물을 흘린다는 것이 자식된 도리를 다하지 못한 자신에 대해 구질구질한 변명을 늘어놓는 것 같아 싫었다. 명곡은 어머니로부터 건네 받은 '차열부전'을 하관이 끝나고 폐백을 할 때 슬쩍 끼워 넣는 것을 잊지 않았다. 명곡이 어머니를 만나 그 긴 이야기를 듣던 날 긴한 당부가 있었기 때문이었다.

–돌아가신 지 삼 년 만에 수재라는 그 외사촌 오빠는 과연 엄마에게 오겠다는 약속을 지켰던가요?

명곡이 뚫어져라 천장을 응시하며 물었다.

–왔지…….

어머니는 자신 있는 어조로 담담하게 말했다. 남편과 자식이 한 날에 죽었기 때문에 기제사를 한번만 올리면 되었다. 삼 년 만에 돌아온 그날 진설한 다음 촛불을 밝히고 향을 사르다가 신동댁이 갑자기 실신을 하였다. 그리고는 이내 깨어났는데 마치 실성한 사람처럼,

–내 아들 수재가 왔다.

고 소리쳤다고 했다. 동네에 한 아낙이 곤궁한 생활을 비관하여 집을 나간 것을 알고는 충격을 받고 미쳐버린 남자가 있었다. 동네 젊은 아낙네만 보면 자기 아내의 이름을 부르며 달려가 끌어안고는 입술을 맞추려고 해서 봉변을 당한 여자가 한둘이 아니었다. 신동댁이 영험하다는 소문을 듣고 그 어미 되는 사람이 찾아와 아들의 병을 고쳐달라고 간청을 했다. 신동댁이 단(壇)아래 가부좌를 틀고 앉았다. 단 위에는 촛대와 향 이외에는 아무것도 없었다. 단과 벽 사이에 있는 대(竹)를 꺼내 들고 똑바로 세웠다. 그리고 무어라고 주문을 외자 대는 머리 꼭지부터 서서히 떨려오기 시작했다. 그리고 시간이 흐를수록 그 떨림은 격렬해지기 시작했다. 눈을 반개(半開)하고 지긋이 아래를 내려다보던 신동댁도 대의 떨림에 비례하여 얼굴이 발갛게 상기하였다. 잠시 후 희한한 광경이 벌어졌다. 방바닥에 위에 서 있는 대가 신동댁이 손

을 놓아도 꼼짝도 않고 그대로 직립해 있는 것이었다. 신동댁의 입가에 잔잔한 미소가 흘렀다.

–이 사람을 여기다 맺기 두고 일 주일후에나 와 보이소.

과연 일주일이 지나서 그 젊은이는 거짓말같이 나아서 집으로 돌아갔다. 소문은 꼬리에 꼬리를 물었다. 집 앞은 병을 치료하기 위한 사람으로 문전성시를 이루었다. 다 나을 수 없는 것은 아니었다. 환자를 옆에 앉혀 놓고 대가 쓰러지면 가망이 없었다. 일단 대에 신이 내리면 방법은 오직 한 가지. 환자와 함께 열심히 기도하는 것. 그 외에는 아무것도 없었다. 환자가 지독한 중증일 때에는 신동댁의 몸 안에 있던 혼불이 튀어나와 단 위를 껑충거리다가 쑤욱 환자의 몸 안으로 들어가기도 했다. 그러면 백에 백이면 다 완치 되었다. 삼 년 만에 신동댁은 근동에서 제일가는 천석군이 되었다. 때로는 재물을 탐내어서 도둑이나 강도가 침입하기도 했지만 그럴 때면 하루 전날 아들이 선몽(先夢)하였다. 그렇게 해서 위기를 모면한 것이 한 두 번이 아니었다.

–그런데 어머니.

어머니의 이야기가 거의 끝나갈 무렵 명곡은 오래 전부터 궁금해 오던 것을 물었다.

–까마귀하고 그 이야기하고 무슨 관련이라도 있는 겁니까?

–있지, 있고말고.

사촌오빠인 수재가 죽고 난 다음 딱 한 번 묘연에게도 꿈에 이 오빠가 나타난 적이 있었다고 했다. 수재오빠가 죽고 난 그 이듬해에 묘연은 시집을 갔다. 시집은 원래부터 찢어지게 가난한데다가 남편은 징용을 끌려갔고 그나마 믿고 의지하던 시아버지마저 중풍으로 돌아가셨다. 굶어 죽지 않고 목숨을 부지하기가 힘들었다. 무우밥, 씨레기밥,

등겨밥, 솔기밥, 또 무슨밥……. 그나마도 다 떨어져 드디어 묘연의 눈앞에도 사신(死神)이 어른거렸다.

—…… 그때 내 사촌 오라배가 꿈에 나타난기라. 끝도 보이지 않는 까마득한 벌판이었제. 사방은 금세라도 소나기가 퍼부을 듯이 컴컴한데 웬 구름장은 그렇게 무겁고 낮게 깔려 있던지……. 그런데 난데없이 하늘에서 까마구가……. 하늘을 왼통 다 덮고 남을 만큼 수 많은 까마구떼가 땅 위에 내려앉았다가 사방으로 흩어지는 기라. 까마구가 비켜난 그 자리에 수재 오라배가 서 있었제. 병도 말끔히 낫고 갓을 쓰고 도포를 입은 헌헌장부가 되어가지고……. 내를 만나러 왓다카데. 내가 고생하는 것을 차마 볼 수가 없어 데리고 갈라꼬 왔다카더라. 숯가마 짜가지고 차비는 이미 다 지불 된 기라 카면서……. 차마 따라 갈 수가 없었제. 그때 명곡이 니가 세 살이고 니 동생이 돌이 막 지나실 땐데. 조롱박 같은 너거 둘이를 놔 두고 어찌 갈 수가 있었겠노. 오라배는 가자꼬 끄잡아 땡기고 내는 안갈라 카고, 한참 실겡이를 했구마는. 내가 무릎을 꿇고 엎드리가 바지가랭이를 잡고 사정사정을 했제. 그때 눈물 쏟은 기 한강이 우애 생깃는지는 몰라도 그 강물만큼을 될끼라. 그라이 그냥 가데. 내가 자식 다 키우고 나면 그때 보자 카면서 그노무 까마귀를 타고 구만리 장천(長天)을 훨훨 날아서…….

말을 마친 다음 어머니는 이제 여한이 없다고 했다. 막내가 집을 나가서 종내 무소식이니 걱정이 되지 않느냐고 하자. 이미 장성을 했고 형이 셋이나 되니 아무 걱정을 할 필요가 없다고 했다. 이젠 그날 꿈에서처럼 수재오빠가 나타나서 까마귀를 타고 하루빨리 저승으로 데려가 주는 것이 소원이라고 했다.

—너거들은 듣기에 어떨란가 몰라도 나는 요즘 수재오라배 기다리는

낙으로 안사나. 내 때문에 고생하는 너거 보기도 글코…….

봉분을 다 만들고 이제 마악 석물(石物)을 세우고 있었다. 처음에는 돌사자다 무어다해서 거창하게 생각들을 하였지만 명곡이 그런 과용을 할 필요가 없다고 하여 비석하고 상석만 했다.

점심은 산역을 다 끝내고 주문한 도시락으로 대신했다. 개당 만원이었는데 찬이 갖가지 있어 먹을 만했다. 둘째가 와서는 봉분을 만들 때에 망인의 노잣돈이 적었다며 인부들이 별도의 수고비를 더 요구한다고 했다. 하관을 끝내고 평토를 할 적에 인부들이 땅에다 작대기를 꽂고 거기에다 새끼줄을 매었다. 명곡은 그때까지만 하더라도 그것이 무엇을 뜻하는지 몰랐다. 조문 온 사람 중에 나이가 원로하신 분이 그 새끼줄 사이에다 만 원 짜리를 하나 꼽자 너도나도 대여섯 사람이 돈을 내 놓았는데 그게 그것인 모양이었다. 인부들에게 오만 원을 더 얹어 주었다. 이로써 산역은 완전히 끝난 셈이었다. 상주들과 조문객들은 다시 왔던 길을 되돌아서 뱀처럼 꿈틀거리며 버스가 서있는 곳까지 내려갔다. 순간, 명곡은 사위가 어두워 오는 것을 느꼈다. 조금 전까지만 해도 맑게 개인 하늘이었는데……. 조금 전 산길을 올라오던 광경이 수십 년 전인 듯 까마득하게 느껴졌다. 문득 하늘을 올려다보았다. 까마귀였다. 무수한 까마귀떼가 어느새 모였던지 하늘에서 원을 그리며 선회하는 것이 보였다. 다른 사람들은 보질 못하였는지 아니면 무관심한 건지 미끄러지듯 총총걸음으로 내려가기에 바빴다. 그래, 까마귀가 아닌 지도 몰라. 일시적 착시현상인가보다. 그때였다. 갓난 아기의 울음소리가 들려왔다. 산부인과병동 분만실 앞에서 큰 놈의 출산을 기다릴 때 듣던 소리였다. 까마귀가 울었다. 환청일까? 주위가 희뿌옇게 변했다. 무엇인가 후두둑하고 빗방울처럼 굵은 것이 발아래 떨어졌다. 눈물이었다. 두 눈에서 하염없는 눈물이 양볼을 타고 흘러내렸다.

—여보—, 무얼하세요? 어서 내려오질 않구.

우두커니 서서 서편 하늘을 향해 바라보고 서 있는 명곡을 향해, 어느새 저만치 내려간 아내가 한결 명랑해진 목소리로 명곡을 불렀다.

동백꽃 일기

준수는 버스에서 내리자마자 모랫들(沙坪)을 향해 걸었다. 빈 들판을 휘달려온 겨울의 칼바람이 폐부 깊숙이 찔려오는 추위를 느낀다. 중학교 2학년 때까지만 해도 준수 또한 평범한 가정에 여느 아이와 다름없었다. 유명 브랜드 스포츠웨어와 용품 대리점을 하던 아버지는 그런대로 수입을 올리며 세 가족이 먹고 사는 데는 아무 지장이 없었다. 사십대 돌연사. 그런 일은 신문이나 TV 뉴스에나 나오는 줄 알았다. 준수네는 그 때 이곳 웅상(熊上)에서 살다가 준수의 교육 문제 때문에 부산에 이사를 가기 위한 만반의 준비를 끝내 놓고 있었다. 엄마와 아버지는 남산동과 두실 일대에 있는 아파트를 둘러보고 집으로 돌아왔다. 샤워를 끝낸 아버지는 피로하시다며 일찌감치 자리에 누우셨다. 8시쯤 되었나? 식사 준비를 끝낸 어머니께서 아버지를 깨우라고 하셨다. 허벅지를 잡고 한참을 흔들어도 기척이 없었다. 너무 피로해서 깊은 잠이 드신 걸까?

–어머니, 아버지가 이상해요.

준수의 비명소리에 새끼 손가락을 콧구멍 앞에 대어보고 가슴짝에다 귀를 기울여 보던 어머니의 얼굴이 백짓장처럼 하얘졌다.

–아이구 이를 어째, 주…주…죽었어. 네 아버지가 돌아가셨다.

어머니는 몸을 부들부들 떨면서 더 이상 말을 잇지를 못했다. 이후 119에 연락을 하고 어머니는 입관에서 화장을 하고 유골을 문중에서 관리하는 납골당에 안치할 때까지 단 한 방울의 눈물도 흘리지를 않았다. 조문객들은 수군거리며 생전에 부부의 정을 의심하는 이도 있었다. 개중에는 누구라도 저 지경이 되면 억이 차서 눈물도 나오지 않을 것이라고 이해하고 넘어가는 축도 있었다.

–초저녁까지 멀쩡하던 사람이 죽어서 저런 횡액을 당했으니…….

적어도 한두 해 세월이 흘러서는 그 사실이 믿기지 않을 거야.

부산에서 교편을 잡고 있는, 금년에 육십이 다된 5촌 당숙이 특별히 그런 말을 했다.

망부(亡父)

아배 별이
호이오—.
꽃상여 타던 날
구름처럼 바람 따라
가시던 날

언덕배기 무덤은
새로 보이고
눈부신 해의
빛살들이 미워서
통곡을 했다

사흘이 되기도 전에
하늘은 다시 개이고
그 푸름 아래서
나는,
망각을 구실 삼아
또다시 생활하였다.

납골당이 있는 대운산 골짜기를 터벅터벅 내려오며 시상이 떠올랐고, 이듬해 모 신문사 주최 백일장에서 이 작품으로 당선된 기억이 있다. 그 당시 어머니로서 가장 손쉽게 뛰어들 수 있었던 것이 보험업계였다. 열에 아홉 명은 중도하차하고 만다는 보험영업사원을 어머니께서 시작하신 것이었다. 손님과 만나고 오신다며 자정을 넘길 때도 있었다. 그때도 영락없이 입에서 술 냄새가 났고 얼굴이 발그레하게 상기되어 있었다. 하기사 어머니는 반 잔만 마셔도 얼굴이 붉어지기 때문에 정작 술은 몇 잔 드시지 않을 수도 있었다. 같은 대리점 점주를 하시던 분들이 아버지와의 옛 정을 생각해 많이 가입해 주시고 도와주시는 눈치였다. 어머니는……? 동백꽃과도 같은 분이다. 이 추운 겨울보다도 더 추운 혹한을 이겨낸 강인한 분이다. 늦겨울에서 이른 봄 사이 그럭저럭 겨울을 견뎌낼 내성이 생겼을 때 동백은 핀다. 추위에 얼어붙은 대자연의 감각세포를 두드려 깨우며 이제 그만 봄을 포기하려는 우리를 나무라며 동백은 핀다. 무채색의 겨울 빛을 잃고, 맛을 잃고, 향기를 잃어갈 즈음 동백은 핀다. 준수가 고 3이 되었을 때 어머니가 술을 마시고 들어오는 횟수가 늘어났다. 그동안 지인들을 통한 연고자 판매를 해오던 어머니가 이제 바닥이 보인 것이었다. 전혀 낯선 사람을 상대로 해서 영업 실적을 올려야했다. 그 해는 준수에게 있어서나 어머니에게 있어서나 몹시 힘든 한해였다. 준수로서는 밤잠을 설쳐가며 시험공부를 해도 성적이 오르지 않아서 여러모로 예민해지고 극도의 스트레스를 받았다. 어머니가 보험 회사를 그만두었다. 바로 다음날 신새벽에 일어나 졸음에 겨운 눈을 비비며 온다간다 말없이 사라졌다. 그리고 희부윰하게 사방이 동터 올 때 쯤 끄는 수레에다 마늘을 한 자루 담아왔다. 그리고는 빨래를 할 때처럼 마늘을 지근지근 밟았다. 미처 벗겨지지 않은 마늘은 칼을 이용해 일일이 벗겨냈다. 통통하게 탄력성이 있는 마늘에 비해 어머니의 손은 형편없이 쪼그라들었다. 시일이 흐르자 손가락이고 발가락이고 살거죽이 마늘껍질처럼 벗겨져 나갔다. 벗겨진 자리에 진물이 흘러나왔다. 그 살갗의 혈관을 뚫고 마늘의 독한 기운이 스며들었다. 동백은 애절한 꽃이다. 겨울 칼바람을 꿋꿋이 견뎌냈음에도 불구하고 그것을 짙붉은 입술로 녹여 물리쳤음에도 마침내 찾아온 봄을 다 껴안지도 못하고 고개를 떨군다. 아지랑이처럼 다투어 피는 작은 싹들 위에 그 육중한 몸을 내려놓는다. 살얼음의 겨울은 나의 것이고 이 환장할 봄기운은 모두 너의 것이라며 땅속 씨앗들의 거름이 된다.

4년후 교대를 졸업하고 00동에 있는 한 초등학교에 발령을 받았다. 그리고 이태가 지나서 결혼을 하면서 어머니와는 분가했다. 준수로서는 어머니를 모셨으면 했지만 당신께서는 서로가 불편하다며 극구 마다하셨다. 어머니를 모시지 못하는데서 오는 죄책감이 늘 준수의 마음 한 켠에 자리하고 있다. 술이라도 한 잔 먹고 거리를 배회할 때면 더욱 심하게 가슴을 매질했다. '어떻게 처신을 하던 너는 불효자라는 굴레를 벗어날 수가 없다.' 라는 생각으로 가득 찼다. 홀로 사시는 어머니를 자주 찾아뵈어야 했지만 생활에 쫓기다보니 그것조차도 여의치 않았다.

어둠을 가로질러 캄캄한 저편에 아파트의 불빛들이 명멸하는 것이 보였다. 언제나 이 순간이면 준수의 심장은 쿵쿵거리며 요동을 친다. 지금쯤 어머니는 무엇을 하실까, TV를 시청하고 계실까, 아니면 주무시는 걸까, 내년이면 환갑이시다. 지난 주 이맘때 쯤 방문했을 때 어머님은 불면증을 호소한 적이 있었다. 한동안 잠이 안 오면 관세음보살을 찾았다고 한다. 관세음보살을 끊임없이 중얼거리다보면 자신도 모르는 사이에 잠이 들고는 하셨다는 것이다. 한동안은 염불하는 테잎을 여러 개 사다 드렸다. 요 근래에는 흘러간 노래를 들으면 잠이 잘 오신다고 해서 이난영, 손인호, 남인수……. 이런 흘러간 가수들의 테잎을 사다드렸다. 아파트에 거의 다 왔을 무렵 준수는 고개를 쳐들었다. 아파트는 총 15 층이고 어머니가 계신 곳은 10 층이다 어머니는 지금 이 시간에 계시기나 한 걸까? 혹시 출타중이나 집이 비어 있는 것은 아닐까? 불빛을 확인해보기 위해 제일 윗층에서부터 한 층씩 더듬어서 내려온다. 드디어 10 층에서 머문다. 아 없다. 불이 꺼져 있다. 아니다. 다행이다. 그렇다. 흐리고 여린 불빛이지만 10 층에서 조금씩 새어 나오고 있질 않은가. 저 희미한 불빛이 자꾸만 쇠잔해가는 어머님을 상징하는 듯 보여 준수로서는 가슴이 짠하다. 아파트 정문에 들어서다가 입구에 있는 상가에 못 보던 꽃집이 눈에 띄었다. 문을 열고 들어서니 마치 숲속나라에 온 듯한 착각이 들 정도로 각종 식물들이 다양 했다.

–여기 꽃다발 하나 묶어주세요.

아가씨인지 아줌마인지 전혀 구분이 안가는 얼굴이 희고 갸름한 여자에게 주문했다.

–여기 장미도 있고, 튤립도 있고, 안개꽃도 있는데 어느 꽃으로 할까요.

여자 주인은 꽤 친절하고 자상해 보였다.

–동백꽃 다발로 묶어주세요.

–……?

당황하는 기색이 역력하다. 망설이다가 노오란 황국으로 된 꽃다발을 들고 준수는 조심스레 어머니가 계신 아파트의 초인종을 눌렀다.

멸치 육수에 된장을 풀었다. 아침 햇살이 거실 깊숙이 다리를 뻗쳤다. 집이 정남향이다. 이 한가지만은 누가 뭐래도 좋은 점이다.

–볕이 잘 들어서 어머니는 우울증 올 일이 없겠네요?

지난 일요일에 제 아내를 데리고 방문한 준수가 말을 건넸다. 윤순은 알고 있다. 그 말 속에는 '어머니, 우울증 같은 거 걸리시면 안돼요.'라는 간곡한 당부가 들어 있다는 것을……. 된장을 푼 뒤에 그 위에다 이제 갓 썰은 감자와 무, 홍고추를 넣고 가스는 중불로 맞추어 놓는다. 된장찌개를 예전에는 이렇게 끓이지 않았다. 찌개에 들어가는 야채랑 된장하고 고추장을 약간 넣고 볶다가 후에 쌀뜨물을 넣고 끓였다. 이렇게 끓이면 훨씬 맛이 좋았다. 죽은 남편은 윤순이 끓여주는 된장 맛이 최고라고 했다. 남편 뿐만 아니라 집을 방문한 손님들 중에 윤순의 된장 맛을 보고는 한 마디씩 거들지 않는 사람이 없을 정도였다. 된장찌개 하나면 모두를 밥공기를 거뜬하게 비워 내었다. 하지만 이제는 그것도 다 지나간 일이다. 전자레인지에다 식은 밥을 데우며 윤순은 배드민턴을 치러 가야 하나, 말아야 하나, 잠시 고민을 하였다. 김영감이 자꾸 딴죽걸기를 하였기 때문이다. 시합 중에 포지션을 전위를 보고 있는데, 뒤에서 S라인의 몸매가 늙은 이효리라는 둥, 매끈하고 탄력 있는 얼굴이 젊은 김태희도 울고 가겠다는 둥, 외양을 보고 놀렸다. 뚝배기에서 된장이 보글보글 끓었다. 윤순은 마지막으로 두부와 호박을 썰어 넣은 뒤, 소금 간을 하였다. '혼자 잘 먹자고 이 짓거리를 해야 하나' 하기사 토스트와 우유 한 잔으로 아침을 떼운 날도 여러 날 있었다.

–야야–, 며늘아, 외짝 인생은 인생이 아인기라.

남편이 심장병으로 돌연사를 하고 일년 쯤 지났을까? 칠순을 넘긴 시아버지께서 자신에게 재혼을 권했다. 세상을 산다는 것이 어차피 고해의 바다이며 더군다나 여자 혼자서 살림을 꾸려 나간다는 것이 모진 고통이 뒤따르는 일이었다. 그 모든 사실을 갓 마흔을 넘긴 윤순이 모를 리 없었다. 하지만 거짓말 하나 보태지 않고 하나 밖에 없는 아들 준수만 눈에 들어왔다. 처음 남편의 옛 친구들이나 친정 쪽 식구들을 상대로 해서 영업시장을 넓혀 나갈 때는 왜 진작 이 일을 시작하지 않았는가 싶었다. 아뿔사 1~2년 후 일체의 동정 어린 시선은 거두어 들이자 캄캄한 허허 바다에 혼자 내동댕이 쳐진 기분이었다. 노골적으로 교외에 있는 러브호텔에다 방을 얻어 놓고 보험계약을 하자며 전화를 걸어오는 껄렁한 축도 있었다. 정작 영업보다는 남자들로부터 달아나기에 급급했다. 동네 언니의 부탁도 있고 해서 노래방 도우미로 나섰던 것 같다. 스스로 떳떳하지 못했기 때문에 남자들 앞에만 서면 얼굴이 굳어지고 그것이 그들에게는 거만하게 비쳤던가 보다. 심한 부적응으로 힘들어 할 때 아주 우연히 그 분을 만났다. 조…동…성…실로 얼마 만에 불러보는 이름인가? 그날 그와는 두 번째 만남이었다. 그는 윤순의 손목을 꽉 쥐고는 인근 골목으로 데리고 갔다.

–준수어머님, 아무리 그래도 이건 아닙니다.

–선생님께서 관여할 일이 아닌 것 같습니다.

–그래도…….

라며 말끝을 흐리는 그의 눈가에 이슬 같은 것이 맺혀 있는 듯 보였다. 그때 그의 행동은 참으로 이해가 되지 않는다고 생각 했다. 윤순은 밥을 먹다 말고 식탁에서 벌떡 일어나 창문을 활짝 열어 젖혔다. 차가운 겨울바람이 머리칼을 깃발처럼 나부끼게 했다. 신선한 기운으로 온몸이 채워지는 것을 느꼈다. 남편의 장례식은 3일장이었다. 이틀째 손님이 가장 많이 몰렸다. 개중에는 아는 사람도 있었지만 때때로 처음 보는 낯선 얼굴도 있었다. 키가 작달막하고 왜소해 보였지만 어딘가 음전해 보이는 중년 신사 한 분이 빈소에 찾아 왔었다. 향을 사르고 이내 무릎을 꿇고 잔을 올리는 한 치의 흔들림이 없었다. 일거수일투족에 군더더기라고는 찾아 볼 수가 없었다.

–얼마나 상심이 크시겠습니까? 저 준수 담임 조동성입니다. 준수를 생각해서라도 꿋꿋하게 살아가셔야 합니다.

여기까지는 의례적인 인사일 수 있었다. 그런데 다음 말이 인상적이었다.

–동백꽃은 강건하면서도 애절합니다. 강건해지려고 이를 악무는 사이 안은 애절해지고 그 애절함이 남을 힘들게 하지 않으려고 이를 악무는 사이 밖은 더욱 강건해 집니다. 준수어머님은 한 떨기 동백꽃과도 같은 분이십니다.

우리네 인생살이에는 그 조화로움이 참으로 무궁무진하여 평생을 만나도 금방 잊혀지는 사람이 있는가 하면 딱 한 번을 만났는데 평생을 두고 잊혀지지 않는 사람이 있다. 그 조선생과의 조우는 그때가 처음이고 이후 딱 한번으로 끝이었다. 그러나 윤순에게 어렵고 힘든 일이 닥칠 때마다 '동백꽃은 애절하지만 강건하다. 준수어머니는 추운 겨울을 굳건하게 이기는 동백꽃이다.' 라는 조선생의 말이 이십여 년의 세월의 무게를 견디며 켜켜이 먼지를 뒤집어 쓰고도 사라지지 않는 것이다. 윤순은 책을 게을리 읽는 것도 아니었다. 책 속에 수 많은 명언들이 있음에도 그때 윤순의 마음이 지나치게 상심해 있었기 때문일까? 아니면 허례적인 조문의 말만 듣다가 그런 비유적 언어를 들어서일까? 그냥 무심코 듣고 지나칠 수 있는 말이었건만 그 말 한마디를 윤순은 이 세상의 그 어떤 위대한 말보다도 따뜻하게 가슴 깊이 담아 두었던 것이다. 생각이 거기까지 미치자 윤순은 자신도 모르게 빙그레 입가에 웃음이 맴돌았다. 어제 저녁 늦게 찾아온 준수의 말이 떠올랐던 것이다.

–어머니, 제가 요 앞에 새로 생긴 꽃집에서 그곳 주인에게 무슨 꽃을 달랬는지 아세요?

생뚱맞게 무슨 질문이냐고 흘겨보는 윤순을 향해,

–동백꽃이예요. 동백꽃을 달라고 했거든요. 그랬더니 아가씨 눈이 왕방울 만큼 커지더라고요.

그다지 우습지도 않는 이야기를 두고 준수는 사래 들린 듯 기침을 해대며 웃었다. 그리고 돌연 슬픈 듯 애수 띤 어조로 ,

–정말로 어머님은 한 겨울에 홀로 피는 동백꽃 같아요.

라고 말을 했던 것이다. 이런 느낌은 처음이 아니다. 윤순은 준수를 볼 때마다 동성의 이미지를 떠올리는 것이었다. 그런데 준수는 이제 방금 동성이 한 말과 똑 같은 말을 자신에게 하는 것이다. 노래방 도우미로 있다가 우연히 만난 이후 준수가 대학을 졸업할 때까지 윤순의 통장에 매달 얼마간의 생활비가 이체되어 입금 되어 있었다. 윤순은 그것이 동성의 뜻이라는 것을 알아차리는데 그리 오랜 시간이 걸리지 않았다.

넓고 커다란 주차장이 한 눈에 들어왔다. 산이 야트막해서 위를 쳐다보니 얼마 높지 않는 곳에 하늘이 걸리어 있었다. 가을 하늘만 파아란 것이 아니다. 겨울 하늘도 못지 않게 파랗다. 약간은 연푸른 색채를 띠면서 조금 더 친근하고 포근하게 다가서는 것이 여름 하늘과 다른 점이다. 종류를 알 수 없는 새가 예닐곱 마리 V자를 그리며 하늘을 날고 있다. 잡목들은 매서운 겨울 추위를 제대로 견뎌내기 위해 불필요한 잔가지와 잎들은 다 떨구고 단단하고 야무지게 서 있다. 언뜻 보면 비쩍 마른 수도승이 얼음물 속에 들어앉아 극기 훈련을 하고 있는 모습이다. 입구에서 준수는 경건한 자세로 삼배를 올렸다. 좁다란 돌길을 가다가 문득 길이 소실되는 자리, 그 곳에 대웅전이 있었다. 오른쪽으로는 도랑물이 흐르고 웅덩이마다 붕어와 잉어들이 헤엄치며 뛰놀고 있었다. 웅덩이 위로 철망이 쳐져 있고 그 곳에는 '아무 것이나 던지지 마세요 물고기들이 아파합니다.'라고 씌어 있었다. 혹한에도 실오라기 하나 걸치지 않은 물고기들이 유유히 물 속을 유영하는 걸 보니 신기할 뿐이었다. 남의 집을 방문하면 의례 그 집의 큰 어른을 먼저 찾아 뵙 듯, 절에 오면 제일 큰 어른인 석가모니 부처님이 모셔져 있는 대웅전을 들리는 것이 기본 예의이다. 준수는 그 곳에서 삼배를 하고 나와 왼편으로 걸음을 재촉했다. 돌계단을 밟고 올라서면 또다시 오른쪽으로 관음석굴로 가는 좁다란 산길이 나왔다.

종을 세 번 치시오.
이후 일주문부터는 세 걸음 후 반배를 거듭한 다음,
관음전까지 당도하시오.
관음전에서는 오체투지의 자세로 삼십 삼배를 한 뒤 자신의 소원을 비시오.

추호라도 부정한 것이 끼어서는 안 된다. 준수는 일심으로 씌어진 대로 따라 했다. 돌로 빚은 여러 개의 관음보살상이 제각기 다른 표정으로 준수를 내려다 보았다. 대체로 인자한 여성상을 하고 있지만 때때로 참으로 기피하고 싶은 오연한 모습의 보살상도 있었다. 세상을 살다보면 나처럼 거부하고 싶은 사람도 있을 것이다. 그 사람조차 넓은 자비심으로 품어라 그러면 네 소원이 이루어지리라. 그 보살상은 이렇게 외치는 듯 싶었다. 바깥은 키를 발갛게 얼게 할 정도로 추운 날씨였지만 마치 어머니의 자궁에 들어온 것처럼 동굴 안은 아늑하고 따뜻했다.

안내 표지판에는 삼십삼 배를 하라고 되어 있지만 준수는 백팔 배를 했다. 절을 덜 하는 것이 문제가 되지 더하는 것이 무슨 문제가 되랴 싶었다. 천정은 궁륭상 아치의 모양을 하고 있었고, 돌로 만들어져 있었는데 반야심경이 새겨져 있었다. 준수 부부의 눈치를 보느라 비록 말씀은 없으셨지만 어머니께서도 은근히 걱정이 되는 눈치였다. 얼마 전에는 한글로 풀이된 '맹자'를 읽으시다가 뜬금없이

–이젠 이것도 지나간 옛날 이야기일 거야.

라고 말씀하셨다.

–이게 무슨 말인가 하니, 옛적 순임금은 효심이 하도 깊어서 대효라고 하거든 얼마만큼 효도냐 하면 아버지가 자신을 끌어다 묻기 위해 구덩이를 파고 그 속으로 들어가라고 했단 말이야.

–그런 아버지도 있어요?

아무리 아버지가 악마라도 그럴 순 없다며 준수는 도리질 했다.

–불효를 할 수 없어 어쩔 수 없이 구덩이 속으로 들어갔다는 거라. 그런데 그 다음이 재미 있어. 그런 순임금이 글쎄 정작 결혼을 할 때는 아버지 몰래 했다는구나. 그것도 요임금 두 딸과 혼인을 하면서도 말이야.

–그 참, 그것도 이상하군요.

–내막을 알고 나면 이해가 되지. 아버지에게 혼인을 하겠다고 하면 반드시 안된다고 할 거란 말이야. 그렇게 되면 자손이 끊기게 되고 조상에게 예를 올리지 못하게 되는 더 큰 불효를 저지르게 된다는 거지.

이날 입때껏 삼십오 년을 살아오며 언제나 어머니는 이런 식이었다. 공부를 게을리 하면 공부하라고 강요하기에 앞서 공부를 싫어하다가 패가망신한 사람의 이야기를 들려주었다. 준수가 고교를 졸업하고 교대에 들어가기를 망설일 때도 인류의 위대한 스승들이 얼마나 훌륭한 일들을 했고, 시공을 초월해 영원한 성직으로 남을 직업은 교직밖에 없다는 위인들의 이야기를 통해 주었던 것이다. 어머니의 순임금 이야기를 듣고 준수는 아내의 불임치료에 적극 동참 했다. 아내가 병원에 가서 정확한 배란일을 체크해 왔을 때는 어떤 중요한 모임이 있더라도 불참하고 일찍 귀가 했다. 왔던 길로 내려가도 좋았지만 너무 밋밋할 것 같아 준수는 실버타운이 있는 건물 앞을 지나 우회해서 내려가는 길을 선택 했다. 그곳에 있는 너른 잔디를 밟아 보는 것도 운치가 있는 일이다.

흘러간 삼 년 세월 일기장 속에
남쪽 바다 물새 우는 고향 포구는
잘 있거라 떠날 때 목이 메어
잘 가세요 네 그리운 그 아가씨
사진이 한 장.

손인호의 음색은 남인수와 쉽게 비견된다. 남인수가 깡깡거리며 높고 맑게 울리는 금속성이라면 손인호는 투박한 질그릇이다. 동성의 경우 처음에는 남인수의 노래를 무척 좋아 했다. 그의 불멸의 데뷔곡이자 힛트곡인 '애수의 소야곡'에 흠뻑 취해 며칠을 두고 진종일 읊조린 적이 있다. 30 년도 훨씬 더 되었을 때의 일이다. 금강원에 놀러 갈 일이 있어 지하철 온천장역 앞에 있는 육교를 건넌 적이 있었다. 마침 그때 육교 위에서 시각장애자 한 분이 키타를 치며 적선을 구하고 있었다. 나이는 30대 중후반 비쩍 마른 몸피에 키는 보통사람 정도는 되는 사내였다. 같이 길을 걷던 친구가 말했다.

–동성아, 저 사람 말이야. 키타는 폼이구 노래는 입만 벙긋하는 거지. 실제는 전부 녹음된 거야.

라고 떠들며 아는 척 했다.

–설마……?

라고 했더니 이 친구가 자신 있다는 듯 그때 당시로는 큰 돈인 천 원을 직접 그의 윗옷 바깥 호주머니에 쿡 찔러 주며,

–제가 방금 천 원을 댁의 호주머니에 넣어드렸습니다. 노래하시기가 뭣 하시면 '애수의 소야곡' 전주곡만 부탁드립니다.

라고 말했다.

그는 무슨 생각에서인지 잠시 머리를 들어 하늘을 향하더니 이내 키타를 추스르고 연주를 시작했다.

–띵, 띵, 띵 띵디디딩띵 띵, 띵, 띵 띠디리디리딩띵…….

그때 이미 동성은 유성기판인 SP판, LP판으로 다 들어보았지만 그때 들은 그 연주 실력은 따를 수 없다는 생각이다. 그 남인수도 요즘처럼 불면에 시달리는 동성에게는 오히려 예민한 신경을 더더욱 자극하여 날카롭게 만들 뿐이었다. 악기에 비유하자면 남인수는 바이올린이

고 손인호는 첼로이다. 잘은 모르지만 첼로 소리가 사람의 목소리에 가장 가깝다고 하지 않던가. 남인수의 목소리는 들리는 것이지만 손인호의 노래는 스며든다는 표현이 더욱 절절한 것이다. 동성이 방금 들은 '동백꽃 일기'도 그렇지만 그의 다른 노래, 예를 들면 '비내리는 호남선', '해운대 엘레지', '울어라 기타줄'은 모두 그 나름대로 가사도 그렇고 독특한 맛을 지녔다. 처음 곡에서 다음 곡으로 넘어가더라도 전연 이질감이 없는 공통된 음색을 지닌 것이다.

육십 중반을 훌쩍 넘기고도 여태껏 병원 출입 한번 안 한 것을 두고 큰 자랑으로 삼았다. 언제부터인지 평지를 걸을 때는 잘 모르는 무릎이 완만한 계단을 오르내리는 데도 뼈와 뼈가 마주치는 서슬에 '악–'하고 비명을 내지를 정도가 된 것이다. 병원에서 진단한 결과 골밀도 저하라는 결과가 나왔다. 병원에서는 그래도 하루 8천 보 이상을 걸어라고 했다. 걷는 것이야 관절이 나빠지기 이전의 이야기이지 관절이 이만큼 나빠졌는데도 걸어라니 이해가 되지 않았다. 식사를 하면서 입에 대지도 않던 우유도 하루에 한 잔씩 마시고, 이가 아파 씹기에 영 상그럽지만 멸치 종류의 반찬도 눈에 보이는 대로 억지로 먹으려고 애를 썼다. 며칠 전에는 작년에 울산으로 시집간 딸애가 보내 주는 이름도 기억에 남지 않은 건강보조식품이라는 것도 시간에 맞추어 먹고 있다. 문제는 불면이었다. 초저녁 식사 후에 설핏 잠 들어서 아무리 길게 자봐야 새벽 서너 시가 되면 영락없이 잠이 깨는 것이었다. 어떤 때는 새벽 한두 시가 되어 깨어나서는 영 잠이 오질 않았다. 그 순간 TV라도 켤라치면 영원히 잠을 포기하는 일이고 손인호, 이난영, 문주란이니 하는 옛날 흘러간 가수들의 테잎을 틀어 놓으면 잠이 드는 횟수가 많았다. 아내가 이 세상을 떠난 지도 어느덧 3 년이 되었다. '동백꽃 일기'의 노랫말이 처음 '흘러간 삼 년 세월 일기장 속에……'라고 시작하는데 이를 최근의 자신의 신세 비슷한 것이었다. 일기라는 것은 중고등학교 때 써 보고는 한번도 쓰지 않았다. 새삼 비밀스러울 것도 없으면서 마치 깊은 비밀을 간직한 듯한 오해를 줘서 아내와 불편하게 되는 것도 싫었다. 물론 무엇보다 자신의 게으름이 가장 큰 문제였다. 그렇지만 아내가 죽고 난 이후는 모든 게 달라졌다. 무엇보다 대화할 상대가 현격하게 줄어든 것이었다. 말을 하는 것을 직업으로 삼다가 갑자기 말할 통로가 막혀 버린 순간 갑갑함과 답답함이 가슴을 짓눌렀다. 그래서 찾게 된 것이 50 년은 더 된 옛 묵은 일기장을 찾는 일이었다.

해가 서산으로 뉘엿뉘엿 지려하고 있었다. 확실히 겨울의 해는 일찍 진다. 특히 동성이 거처하고 있는 만불 실버타운은 골짝 깊숙이 자리하고 있어 지는 속도가 더 빠른지 모른다. 유유상종이라더니 이곳에 와서도 전직이 비슷한 사람들끼리 쉽게 어울린다. 점심 식사를 끝내자마자 대운산 산행을 갈 김노인과 박영감은 경찰직 선후배인데 금년으로 만 3 년차인 동성도 처음엔 적응하느라 무척 힘들었다. 그동안 사회생활 때문에 마지못해 활달한 척 했지만 본래 내성적인 성격의 소유자가 아니던가? 여하튼 이런 중에도 건넌방의 207호의 김교장을 지기로 정하여 놓고 알고 지내게 된 것은 다행스러운 일이 아닐 수 없다. 사실 언제 찾아들지 모르는 병고의 두려움도 두려움이지만 진종일 말할 상대가 없는 데서 오는 고적감, 무료감이 더 괴롭고 힘든 일이었던 것이다. 마침 바둑 실력이 3~4급 정도로 동급이라 소일하기에는 그저그만인 친구였던 것이다. 조금 전 대국에서 2 번을 연달아 이긴 김교장이 부산에서 아들 식구들과 외식이 있다며 일찌감치 자리를 떴다.

우리가 어떤 특정한 사람을 연상하게 되는 모티브에는 여러 경우가 있다. 사진을 보며 사진의 주인공을 추억하게 되고, 어떤 때는 사람과 관련된 사물을 보고 떠올릴 수도 있는 것이다. 동성의 경우 요즘처럼 노래를 자주 들을 때면 그 노래의 노랫말 속에 해당되는 어떤 이미지에 해당하는 어떤 특정한 인물이 회상되곤 하는 것이다. 방금 들은 손인호의 '동백꽃 일기'도 마찬가지이다. 동백꽃 하면 떠오르는 여인이 있다. 유감스럽게도 지금쯤 어디서 무엇을 하는지 성도 이름도 현재로선 아득하지만 지금으로부터 20여 년은 되었을 것이다. 입학식 날에 처음 준수를 보았을 때 동성은 아득한 현기증을 느끼며 스스로 까무러칠 뻔 하였다. 전체적인 얼굴 윤곽이 3 살 때 놀이공원에 잃어버린 아들 동수를 꼭 빼다 박은 것이었다. 오른쪽 귓불 아래 검은 반점이 있는 것이 그런 믿음 더욱 강하게 갖게 했다. 암암리에 수소문해 본 결과 그 준수라는 아이는 십 년 전 5월 5일 어린이날 통도사에 있는 놀이 공원에 갔다가 잃어서 미아 신고를 하였지만 끝끝내 찾지 못한 아들 동수가 틀림 없었다. 동성은 몇 날 며칠을 두고 잠을 이루지 못하고 고민을 하였다. 친자확인 소송을 해서 준수를 자신의 아들 동수로 입적 시키는 일을 서둘러야 했다. 그렇지만 낳은 정 못지않은 기른 정을 어찌할 것인가? 그리고 어느 날 갑자기 부모가 바뀌어 버리는 데서 오는 아이의 충격은 또 어찌할 것인가? 그렇지만 무엇보다 그때 당시 동성의 발목을 잡은 것은 따로 있었다. 다름 아닌 늙은 노모를 봉양하는 문제 때문에 아내와 이혼도 할지 모르는 심한 불화를 겪고 별거 상태에 있었기 때문이다. 준수는 가정교육을 잘 받은 아주 반듯한 아이였다. 공부를 잘 하는 우등생에게서 자주 발견되는 거만함이라고는 찾아 볼 수 없는 예의 바른 아이였다. 하루는 준수가 연락도 없이 결석을 했고, 수

소문한 결과 아버지가 돌아가셨기 때문이라는 것도 알게 되었다. 그날 오후 학급 부반장하는 아이 두엇을 데리고 당시에는 연산동에 있던 시립의료원을 찾았다. 병원 입구에 들어서자 화단에 붉은 꽃이 무리지어 한 눈에 들어왔다. 삭풍이 몰아치는 이 추위에 피는 꽃도 있나? 부끄러운 이야기이지만 그때까지만 해도 동성은 동백이 겨울에 피는 꽃인 줄 몰랐다. 이 고장을 상징하는 꽃이 동백이 아니던가. 그래도 그때는 몰랐던 것이다. 두껍고 윤기나는 진초록 잎줄기를 통해 기운을 받아내고 검붉게 피어나는 꽃이 강인하면서도 화사하고 또 한편으로는 애절하기도 했던 것이다. 소복을 하여서인지 얼굴이 더 희고 고왔다. 야위긴 했지만 적당하게 곡선을 이룬 얼굴, 특히 초롱한 눈에서 추운 겨울을 인내하는 동백의 이미지를 떠올리고 있었던 것이다. 무심결에 동성은 그 어머니를 향해,

–어머님은 추운 겨울을 견뎌내는 동백꽃이십니다.

라고 말했던 것 같다. 그때 그 어머니의 얼굴이 진짜 동백꽃처럼 발갛게 상기되던 것을 기억할 수 있다. 녹음기의 버턴을 눌러 손인호의 노래를 껐다. 바깥 날씨가 무척 쌀쌀하다는 말이 있었던 만큼 위에다 두툼한 오리털 잠바를 걸쳤다. 골밀도가 현저히 낮은 데도 의사는 하루에 8천 보를 걷기를 요구 했다. 죽는 것은 두렵지 않다. 지금이라도 부르면 훌쩍 떠날 준비가 되어 있다고 늘 자신하고 있는 터였다. 문제는 남아 있는 딸자식에게 얼마나 병 치닥거리를 덜하게 하고 떠나느냐? 하는 문제였다. 결국 결론은 살아 있는 동안에 건강하게 살아야 하는 것이다. 방 한쪽 모서리에 세워둔 지팡이가 눈에 들어왔지만 동성은 애써 외면하였다. 그리고 아주 천천히 걸음을 내딛으며 잔디광장을 향했다. 두세 바퀴를 돌았다. 동성은 자신을 향해 웬 청년이 성큼성

큼 직선으로 걸어오는 것이 아닌가? 동성은 첫 눈에 그 청년이 누구인지 알아 보았다.

–선생님 혹시 ㄷ중학교에 계시지는 않았습니까?

정중하면서도 아주 조심스런 표정이었다.

–그렇소만…….

동성은 짐짓 침착을 가장하고 있었다.

–선생님, 저를 못 알아 보시겠습니까? 선생님 반에 있던 준습니다.

그제서야 동성도 그를 알아보았다는 듯 만면에 웃음을 지으며 덥썩 끌어안았다. 품에 안는 순간, 준수는 아주 오래 전에 있었던 부정(父情)의 체취를 문득 동성의 몸에서 느꼈던 것이다. 전연 예상 못한 푸근한 기분이었다.

그날 동성과 헤어져 승용차를 몰고 돌아오면서도 준수의 머릿속에는 의문이 풀리지 않고 있었다. 물론 담임으로 계시는 동안 일년 내내 준수는 동성으로부터 특별한 대우를 받았다. 분기별마다 내는 학교 운영비 면제는 물론이고, 어머니를 통해 들은 이야기지만 본인은 말할 것도 없이 같은 교무실 내에 있는 동료교사들을 독려해서 보험 가입을 적극 권장 했다. 그런 일들은 빠듯한 살림에 실제로 많은 도움을 받았다. 평범한 담임교사와 반 학생의 관계로 베풀기에는 너무나 넘치는 사랑이었다.

집에 도착해서야 준수는 어떤 해답의 실마리를 찾을 수 있었다. 그것은 이런 것이다. 우선 동성이 생각보다 무척 야위고 초라하다는 것 그리고 대식구를 거느리고 다복하고 오붓하게 사실 줄 알았는데 실버타운에서 쓸쓸하게 독거생활을 하신다는 점이었다. 그를 보는 순간 측은지심과도 같은 것이 생겨나고 그 측은지심은 또 다른 감정의 일종의 변형이 아닐까라는 생각을 해보았다. 예를 들면 나의 아버지도 살아 계신다면 이런 모습일 텐데 하는 생각이다.

집에 도착했을 때 준수는 오늘 가졌던 이 해후에 대해 아내에게 말하지 않았다. 부부는 무촌으로 불릴 정도 가까운 사이라지만 공유할 수 있는 과거는 극히 제한적일 수밖에 없는 것이다. 표출해야 하지만 그렇게 하지 못하는 데서 오는 갑갑증이 준수로 하여금 전화기를 들게 했다.

–응, 준수로구나!

약간 비음이 섞여 젖은 듯하면서도 영롱하게 울리는 목소리. 누가 나이 육십을 넘긴 중노인이라 하겠는가. 준수를 위해 대학 다닐 때 우등생이었다는 자부심도 체면도 다 버리고 마늘을 깠다. 곱던 손가락에 마늘 독이 올라 쪼글쪼글 말린 대추처럼 오그라들고 급기야 껍질이 벗겨져 살점이 헤어져 나갔다. 그러면서도 자식 신세 싫다며 혼자 사시는 어머니…….

–어머니 제가 오늘 만불사 대웅전에 갔었습니다. 그런데 거기에서 누굴 만났는지 아세요?

–…….

–아마, 들으면 깜짝 놀라실 걸요?

지금도 기억에 남아 있다. 아버지 장례를 치르고 며칠 되지 않아서였다.

–너희 담임 선생님. 참 친절하고도 고마우신 분이더구나.

불쑥 말씀하셨다. 물론 급식비 면제와 같은 경제적인 도움 때문 만은 아닐 것이라고 생각했지만 더 이상 캐묻기도 곤란 했다.

–조동성 선생님을 만났습니다.

—…….

윤순은 너무도 오랜 만에 들어 보는 이름이라 깜짝 놀랐다.

—왜, 제 중학시절 담임선생님 계시잖아요.

준수는 윤순이 기억을 못하는 줄 알고 장황하게 설명을 하려 했다. 조동성이라면 모를 리가 있는가. 기억에도 아득하게 마음 안 깊숙이 담아 두었다가 힘이 들고 부칠 때면 불쑥 수면 위로 떠오르는 이름이었다. 애미가 혼자 사는 게 제에게 부담으로 작용한 겐가. 그럴 필요가 없다는 데도 준수는 두 사람의 만남을 주선하겠다고 했다.

—왜 좋잖아요. 서로 말벗도 되고, 등산도 함께 다니고…….

지금도 잘 지내고 있다. 이제라도 전화를 걸면 달려올 말벗도 있고, 매주 정기적으로 가는 산행 모임에 가입되어 있다. 이제 와 새삼 무슨 연락을 취할까? 사람의 마음이 마치 요동치는 물과 같아서 항상 변하기 마련이다. 조만간에 저녁 식사 자리를 마련하겠다는 걸 쓸데없는 일 말라며 일축해 버렸다. 그렇게 해놓고 나니 정말 잘했구나 싶은 생각이 몇 번이나 들었다.

TV 기상대 예보에서 올 겨울 들어 가장 추울 거라며 외출할 때 두툼한 털잠바라도 걸치고 나가라며 아나운서가 말해 주었다. 어디 털잠바뿐이랴. 동성은 지난 겨울 내내 입지 않았던 내의까지 꺼내어 입고 완전무장을 했다. 누가 나가서 걷기 연습을 하라고 떠밀며 강요하는 사람은 없지만 오늘 나가지 않으면 내일 날이 풀리더라도 더욱 더 나가기 싫을 것 같았다. 털모자 끈을 턱 아래 단단히 고정 시키며 현관문을 나섰다. 온갖 차디찬 것을 긁어 모은 세찬 바람이 뺨을 후려친다. 순간 코끝을 바늘로 쿡 하고 쑤시는 듯 정신이 아찔하다. 둔중한 무기로 한

대 얻어맞은 듯 손잡이를 놓치고 아랫도리에 힘이 쑥 빠진다. 아, 땅 위에는 호수와도 같은 하늘이 그리고 하늘에는 나무들이 거꾸로 매달려 있다. 나무들이 거꾸로 매달려 놀이기구 마냥 빙빙 돈다. 아— 아—. 나는 내리고 싶어. 나를 내려줘. 무언가 소리치고 싶지만 말이 되어 나오질 않았다. 현관문을 나선지 일초도 못 되어 동성은 정신을 잃고 쓰러졌다.

동성은 나지막한 밭 둔덕에 앉아 있었다. 햇살이 쬐기에 알맞을 만큼 따뜻한 봄날이었다. 저 쪽 아래로 성냥갑과도 같이 작은 집들을 바라보고 있었다. 몸은 비상하려는 새털처럼 가볍다. 기분이 좋아서 무어라 흥얼거리는데 혼자가 아니다. 옆을 바라보며 소싯적 소꿉친구가 바싹 붙어 앉아 있다. 그것도 이성친구다. 계집이다. 그 아이의 이마에는 붉은 꽃이 꽂혀 있다. 아, 저것은 동백꽃. 그리고 보니 동백꽃은 자신의 손에도 들려 있다. 그 아이는 무엇이 우스운지 하얀 이를 드러내며 연신 깔깔대었고 동성 또한 그 꽃을 코끝에 대었다가 떼었다가를 반복하였다. 눈을 떴다. 꿈이었다. 눈앞에 꿈에 본 계집아이가 성숙한 여인이 되어 동성 앞에 서 있었다. 꿈 속에서처럼 역시 하얀 이를 드러내며 웃다가 갑자기 소리쳤다.

—여보세요? 간호사! 환자분이 깨어나셨어요.

젊은 간호사가 급하게 뛰어와서는 다시 의사를 부리기 위해서 쏜살같이 방문을 나갔다. 동성의 눈앞에는 어딘지 면이 있어 보이면서도 누군지 알 수 없는 한 여인이 홀로 앞에 서 있는 것을 보았다.

—선생님! 저 누군지 아시겠어요? 뵌 지가 너무 오래 되어서 기억을 떠 올리시기가 쉽지 않으실 텐데…….

마침 그때 간호사가 보호자를 찾는 소리가 들렸다.

—잠시만 기다려 주세요.

여인은 그 말을 해 놓고는 바깥을 나갔다. 복도 간호사실에서 업무를 보던 담당간호사가 손짓을 하며 윤순을 불렀다. 뇌혈전 환자가 이처럼 빨리 깨어나는 것은 참으로 기적적인 일이며 보통 환자보다 훨씬 빠른 회복을 보일 것으로 기대된다고 했다.

윤순은 밖을 나갔다가 화분을 하나 들고 왔다. 윤이 나는 진초록 잎에 활짝 핀 동백꽃이었다. 동성이 빙그레 웃으며 이불을 젖히고 바싹 마른 손을 윤순에게 내밀었다. 윤순 또한 눈가에 잔주름의 파동을 만들며 동성의 야윈 손을 힘껏 잡아 주었다. 이제 막 병실 문을 반쯤 열고 들어서던 준수는 그 모습을 보고 어찌할 바를 모르다가 뒤에서 아내가 옷자락을 당기자, 행여 두 사람이 눈치 챌세라 뒷걸음을 치며 살며시 문을 닫고는 밖을 나왔다.

건빵과 감빵

사은품 추첨 행사가 끝난 직후, 사람들은 썰물 빠지듯 나가고 매장 안은 다소 썰렁하다. 저만큼 서너 발자국 앞을 아내가 어슬렁거리고, 나는 일곱 살 난 딸아이를 태운 채 바구니가 달린 수레를 밀며 그 뒤를 따르고 있다. 오늘도 마찬가지지만 우리 부부는 결혼 10 년이 되도록 어디 외출은 하더라도 나란히 걸어본 기억이 별로 없다. 부부란 거울처럼 마주보며 살아가기도 하지만, 공유하고 있는, 또는 공유해야 할 동일지점을 향해 함께 나아가는 존재이기도 하다. 각기 다른 환경과 계층 속에서 살아오다 어쩌면 관습이라는 사회적 강요에 의해 서로가 다른 개체임을 인식하고 인정하며 공통된 집합소를 자꾸만 만들어가야 하는 것이 부부다. 그렇다면 10 년이라는 세월이 그다지 짧지 않음을 감안할 때, 우리 부부에게도 적지 않은 공통요소가 자리하고 있어야 함에도 불구하고 적어도 나의 눈에는 별반 눈에 띄지 않는다. 아내와 나는 흔히 말하는 맞벌이 부부이다. 우리는 같은 건물에 있다. 비슷한 범주에 들지만 똑같은 업은 아니다. 아내는 1 층에서 소아과 원장이고, 나는 2 층에서 산부인과를 맡아 운영하고 있다. 3 층은 우리부부의 살림집인데 문제는 그 건물이 장인어른의 소유로 되어 있다는 것이다. 오랜만에 슈퍼마켓의 물건을 보니 우습다. 핵가족을 의식한 때문인지 예를 들면 두부 한 모, 무 한 뿌리가 아니고 모두 한 조각씩이고, 수박도 반 덩어리로 많이 판다. 그러나 이젠 과거지사가 되었지만 나에게는 두부는 최소 두 모 이상이 되어야 하고, 수박도 한 덩어리로는 기껏 입만 버려 놓던 시절이 있었다. 아내는 손이 크다. 유감스럽게도 지금 아내에게는 반 모, 한 조각, 반 개……. 이런 개념은 없다. 우리나라의 음식물 쓰레기가 일 년에 8조 원이고 그 돈이면 월드컵 축구장을 몇 개 짓고 어쩌고 하는 광고가 나오면 아예 채널을 딴 데로 돌려버린다. 채소도 살아있는 생물인데 버리면 죄라고 하면 그 말뜻을 아내는 모른다. 우리 병원에 오는 손님 중에 이따금 생활보호 대상자 부류에 속하면서 절대 빈곤에 허덕이는 사람이 있다. 내가 이따금 무료시술을 이야기하면 아내는 가당치도 않다는 듯 펄쩍 뛴다. 의사이지 자선 사업가가 아니라는 이야기다. 아내의 말도 틀린 말은 아니다. 환자 중에는 무료시술에 대해 황감하여 과공(過恭)의 뜻을 표하는 사람도 있지만 역시 거기에는 비례(非禮)인 경우가 많고, 시술 부위가 기대했던 만큼 만족스럽지 않으면 은근히 불평하거나 원망하는 눈빛을 보낼 때도 있다.

슈퍼에서 제과류 코너를 돌며 눈길을 끄는 품목이 있었다. 건빵이었다. 그리고는 이내 '아직도 건빵을 사먹는 사람이 있나?' 하는 생각이 들며 설핏 웃음이 나왔다. 물론 건빵은 보리건빵이니, 또 무슨무슨 건빵이니 하며 그 옛날의 건빵에 비하면 맛과 영양에서 상당히 고급화되고 개량되어 나온 것임에 틀림없다. 나는 무슨 신기한 것을 발견하기라도 한 듯이 소리쳐 아내를 불렀다.

–당신 이게 무언 줄 알아?

–건빵 아녜요?

아내는 무슨 엉뚱한 질문을 또 하려고 뻔한 걸 물어오느냐는 눈길이다.

–그래 건빵이지. 그런데 아직 건빵을 파는 걸 보면 사 먹는 사람이 더러 있는 모양이지.

–건빵은 제가 알기로는 군에서 비상 식량으로 지급되는 거잖아요. 예전에 한번씩 무장공비가 침투했다가 도주하면서 파 놓은 산 속의 비트 같은 곳에서 발견되기도 하고…….

—우린 어릴 때 '감빵'이라고 불렀어.

나는 아내가 제발 '감빵'이라는 말에 토를 달지 않기를 바라며, 그 옛날 기억을 반추시켜 나갈 채비를 했다. 그러나 나는 그것이 어디까지나 아내에 대한 과욕이라는 것을 깨닫는데 그리 오랜 시일이 걸리지 않았다.

—감빵이 뭐예요? 무식하게. 마를 건(乾)자를 써서 건빵이지.

'무식하게'라는 말이 도드라져 나온 돌기처럼 마음에 걸리지만 애써 지운다. '야, 이사람아! 입은 비뚤어져도 말은 바로 하랬다고, 그건 무식이 아니라 그대가 나를 무시하는 것이지, 안 그래!' 이렇게 맞받아 소리쳐 주고 싶은 마음을 억누른다. 그래놓고 아내는 어딘가 이상한 생각이 들었던지,

—당신이 어린 나이에 군에서 비상식량으로 먹는 건빵을 뭣하러 먹었어요? 그 나이에 무슨 군에 입대를 한 것도 아닐테고…….

—…….

앞서 나는 아내와 한 번도 나란히 걸어 본 적도, 다소 추상적이긴 하지만 미래를 향한 시선이 동일지점에 집중된 적도 없었음을 토로한 적이 있다. 아내와 나는 두 살밖에 차이가 나지 않는다. 한마디로 같은 세대다. 그렇지만 살아온 환경이 다르다는 이유로 이처럼 엄청난 벽이 가로막는다는 것은 너무 가혹한 것이 아닌가 하는 생각을 때때로 해보았다. 나무꾼과 바보온달은 모두다 사회적 신분계층을 극복하고 결혼에 성공한 인물이다. 하지만 적어도 나무꾼은 바보 온달보다는 엄청 불행한 나날을 보냈을 거라는 짐작을 손쉽게 할 수 있다. 평강공주는 어렸을 때부터 바보 온달에게 시집가려는 결의와 각오가 단단했다. 그리고 직접 바보 온달을 찾아가서는 자신의 모든 눈높이를 온달에게 맞

추었다. 한 마디로 준비 된 결혼이라 할 수 있다. 그렇지만 나무꾼은 아내와 자식을 만나야겠다는 일념으로 거기에 골몰한 나머지 신분계층의 차이에서 장차 다가올 갈등과 마찰에 대한 준비가 전혀 되어 있지 않았다. 좀 안 된 이야기지만 나무꾼과 선녀의 후편은 별거나 이혼과 같은 비극적 결말이어야 오히려 작품의 개연성을 인정받을 수 있지 않을까 그런 생각을 해본다. '모음조화현상'에 의해서 '건빵'보다는 발음하기에 한결 쉬운 '감빵'이라고 하면 나의 아련한 기억의 저편에서 떠오르는 얼굴이 있다. 유감스럽게도 그의 모습은 지금의 나의 모습과 너무도 닮아 있다. 그의 키는 왜소하고 팔은 빈약하다. 그는 자신의 비쩍 마른 팔에다 힘을 모으며 팔꿈치 위로 알통을 세우려 애썼다. 그리고 알통이 어느 정도 볼통하게 올라 오면 크게 소리쳤다. '아버지 감빵!'이라고……. 그의 팔에 매달리며 턱걸이는 하나라도 더 하려고 바둥거리던 아이도 똑같은 한 장면으로 그 옆에 있다. 말이야 사실이지, 그때 당시로서는 나의 아버지의 팔이 그처럼 볼품 없는 줄은 미쳐 몰랐다. 그로부터 일이 년 지난 후 역기를 드는 이웃 형과 친하게 지냈는데 고등학생인데도 워낙 팔뚝이 굵어 턱걸이를 하는데 손에 잡히지 않아. 두 손을 깍지 끼고 하였다. 의식이 꼬리에 꼬리를 물면서 나는 어느새 10 세 난 소년으로 어느 도회의 변두리 꼬방 동네의 골목에서 서성이고 있다.

장미넝쿨이 기대온 긴 담을 안 듯이 쓸며 동하는 걷고 있다. 널빤지로 되어 있는 담은 검은 코르타르가 칠해져 있어 금방 손바닥이 더러워 졌다. 그렇지만 동하는 개의치 않는다. 코르타르가 묻은 손바닥보다 묻지 않은 손등이 더 더럽기 때문이다. 아니 어쩌면 손등보다도 도

르레에 매달린 두레박처럼 콧물이 상하운동을 부지런히 하고 있는 코언저리가 더 더러울 지 모른다. 이미 너무 많이 문질러대어 구두코처럼 새까만 윤이 반짝반짝 나는 손등을 바라보며 동하는 자신도 모르게 쓴 웃음이 나왔다. 언젠가 소희(素姬)가 육군 마크가 선명하게 새겨진 건빵 봉지를 들고 우리가 놀고 있는 공터로 온 적이 있었다. (소희에 대한 상세한 이야기는 나중에 하도록 하겠다.) 우리는 누런 종이 위에 있는 검은 쇳가루가 자석에 달라붙듯, 일시에 빙 둘러 소희를 포위 했다. '쫌 도, 쫌 도'라고 소리지르며……. 건빵 수에 비해 아이들의 숫자가 훨씬 많았기 때문에 소희는 순간 무척 난감해 보였다.

–애들아, 줄게. 내가 가진 것 다 줄게. 그렇지만 건빵이 턱없이 모자라니 어쩌면 좋아…….

하고는,

–그래 이렇게 하자. 지금 너희들 얼굴을 보면 코밑이 너무 더러워. 그러니 코밑을 제일 먼저 깨끗이 닦는 사람부터 줄게.

소희 제일 가까이 있던 광배 (처음엔 녀석을 우리는 '깡배'라고 부르다가 어느날부터인가 '깡패'라고 불렀다.) 녀석이 얼른 오른손 손등으로 제 코를 훔치었다. 훌쩍 들이키면서……. 그렇지만 녀석의 콧물은 닦이기는 커녕 오히려 빰 위쪽으로 더 번져나 있었다.

–광배, 너는 콧물이 얼굴 위쪽으로 더 번져서 안돼.

녀석은 보기 좋게 퇴자를 맞고 말았다. 엄지와 검지를 콧등에 쥐고 땅바닥에 '헹–'하고 푸는 아이. 아예 런닝셔츠 자락을 끄집어 내어 들고 푸는 아이. 각양각색이었다. 동하는 그때 두 겹, 세 겹으로 쳐진 인의 장막 후미에 서서 몹시 곤혹스러운 표정을 짓고 있었다. 그까짓 건빵 하나를 얻어먹으려고 계집애에게 손을 벌리는 것도 어쩐지 자존심이 허락하지 않는 것 같았고, 설사 코를 닦더라도 동하가 서 있는 위치가 워낙 뒤쪽이 되어서 순서가 돌아올 것 같지 않았다. 포기하나 어쩌나 하고 주춤주춤 할 때였다. 소희는 건빵 봉지 안을 들여다보고는 몇 개 남지 않았음을 확인하고, 남은 건빵을 손에 쥐고 아이들 무리를 헤치며 어느새 동하 앞으로 다가왔다.

—얘, 이건 동하 너 먹어, 동하는 노래를 씩씩하게 젤 잘 부르니까.

동하는 그 순간 뿌듯한 희열이 차 오르는 것을 느꼈다. 건빵 때문만은 아니었다. 더 큰 이유는 소희가 동하의 이름을 안다는 것이었다. 그때 당시 소희로 말하자면 선녀였고, 동하는 스스로 나무꾼이라 생각했다. 차차 이야기하겠지만, 돌이켜보면 나무꾼이 선녀와 결혼하기 위해 선녀옷을 훔치는 부도덕한 행위를 한 것 못지 않게 동하도 소희에게 못된 짓을 많이 했었다. 그 못된 짓이라는 게 좋아한다라는 감정의 또 다른 표현이었지만 적어도 치사한 행동임에는 틀림이 없었다. 그런데 소희가 나에게 마지막 건빵을 챙겼다가 건네주었다는 것은 그동안의 몹쓸 행위에 대한 이해와 용서에 다름 아닌 것이다.

동하는 담장 위로 얼굴을 내민 붉은 장미를 꺾기 위해 발돋음을 하고 껑충 뛰어올라 보지만 이미 웃자라 낮게 쳐진 장미는 다른 사람들이 다 꺾어 가고 남아있는 꽃은 턱없이 키가 모자랐다. 골목이 끝나는 곳에 큰 길이 나 있다. 정오의 하늘을 더 없이 푸르다. 이따금 땀을 씻어가는 바람이 불고, 도랑가에는 명아주, 개망초, 쑥부쟁이가 잔뜩 먼지를 뒤집어쓰고 있다. 도랑물은 전에는 맑았지만 지금은 붉다 못해 시뻘겋다. 근처에 소를 잡는 도축장이 생겼기 때문이다. 타박타박 걸어가는 동하의 손에는 두 개의 보따리가 들려 있다. 오른손에는 동하가 오늘 배울 책들이고, 왼손에는 아버지가 먹을 점심 도시락이다. 아버지 이야기가 나왔으니 말이지 동하는 아버지를 너무 좋아 한다. 거의 모든 점에서 그렇다. 단 한가지 아버지는 술을 너무 좋아하신다. 거의 매일 하루도 술을 거르는 적이 없다. 술을 드시고 나면, 웬 잔소리는 그렇게 많은지……. 했던 이야기를 또 하고, 또 했던 이야기를 또또 하고, 그렇다. 주로 막판에는 만류하는 어머니와의 싸움으로 종결되기 마련이다. 그런데 여기에서 이해를 돕기 위해 참고로 말씀 드리면, 동하의 아버지와 어머니는 나이가 꼭 열 살 차이가 난다. 아버지는 징용을 피해 숨어 다니다가 어머니를 만났고, 어머니 또한 열 다섯의 나이에 정신대에 끌려가는 것을 피한답시고, 나이 많은 아버지와 결혼하지 않을 수 없었던 것이다. 아버지의 이야기는 주로 몇 가지로 한정된다. 그 중 주 메뉴는 징용을 피해 만주까지 갔다가 봉천에서 어느 중국집 머슴 살던 이야기,

–히야–, 거기도 남의 나라 땅이라꼬. 그 쪽말 모르이까네 두 눈 뜬 봉사에다가 영락없는 벙어린 기라.

로 시작해서,

–그러이까네 사람이 눈 두 개, 코 하나 다 똑같아도 제각기 값이 매겨져 있는 기라. 일 원짜리가 있고, 십 원짜리가 있고, 백 원짜리도 있고…….

로 끝난다. 그리고는 나를 비롯한 근처에 아들들이 있으면 불러 앉히고는,

–야야, 너거는 내 겉은 땡전짜리 인생을 살아서는 안 된대이.

하셨다. 동하는 한 번도 아버지가 땡전짜리라고 생각해 본 적이 없다. 땡전짜리가 아님은 물론이고, 엄연히 우리집 여덟 식구의 수입원의 전부이면서 기둥이요, 대들보다. 아버지가 다달이 타 오는 봉급이

늦을라치면 어머니는 쌀을 빌리러 온 동네는 쏘다녀야 하고, 그것도 안되면 끼니를 고구마 같은 걸로 대신할 수밖에 없다. 그리고 또 있다. 언젠가 아이들과 하루종일 껌 종이를 주우러 다닌 적이 있었다. (그때 당시는 껌 종이도 아이들 세계에서는 바로 현금화가 가능할만큼 가치가 있었음.) 날은 덥고 허기는 져서 아이들이 기진맥진해 어느 가게 차양막 아래 퍼질러 앉아 있었다. 그때 어디선가,

—야, 니 동하 아이가. 여는 우쩐 일고…….

하였다. 보니까, 아버지였다. 아버지가 근처 가게에 신발 배달을 하려고 짐 자전거를 끌고 가다가 우리를 발견한 것이었다. 아버지는 지나가던 아이스케이크장수를 불러 우리 일행에게 하나씩 쥐어주고는 다른 애들은 걷게 하고 동하는 특별히 번쩍 들어 짐자전거 뒷부분에 앉히었다. 동하보다 학년이 높고 키가 큰 아이들도 그 순간 모두 동하에게 아래로 보였다. 다른 아이들에게 여기 보란 듯이 의기양양해져서 함성을 지르는 입가로 스치는 바람은 얼마나 상쾌하였던지…….아무리 생각해봐도 그때야 말로 생애에 있어 가장 행복한 순간이었다. 생각에 잠기다 보니 어느새 공장문 앞에 도착했다. 어떻게 도시락을 건네 주나 싶어 서성거리고 있을 때였다.

—니, 이노인 아들 아이가.

정문 수위실을 지키던 사람이 물었다. (지금 생각해보면 그때 당시 아버지의 나이가 오십이 조금 넘었을 성 싶은데 왜 성씨 뒤에다 노인이라 붙였는지 알 수가 없다.)

—니가 아들로는 미째고?

—셋짼데요.

—핫따. 그놈 어북 똑똑키 생깄네. 안에 있을랑강 모리겠다. 들어가

봐라.

아버지가 다니는 신발공장은 학교 가는 중간지점에 있었다. 그 때 우리학교는 저학년의 경우 2부제 수업이었고, 3학년이던 동하가 오후반이면 어김없이 아버지 점심 도시락을 갖다 날라야만 했다. 수위아저씨가 평소에는 도시락을 맡았다가 대신 건네주곤 했는데, 그날 따라 어쩐 일인지 직접 들어가 보라고 하였다. 공장 마당에는 땅이 질펀한 것을 염려해서인지 구멍을 숭숭 뚫힌 철판이 놓여 있고, 아버지가 일하는 창고에는 신발이 가마니째 켜켜히 쌓여 있었다. 연두색 저고리에다 하얀 칼라를 단 작업복을 입고, 머리에는 흰 수건을 두른 아가씨들이 재재하며 손을 빠르게 놀리며, 컨베어 위에 있는 신발 분류작업을 하고 있었다. 갑자기 낯선 환경에 어쩔 줄 몰라하고 있는데 볼이 퉁퉁하고 얼굴이 시커먼 사람이 나타나서,

—야, 니 여 뭐할라꼬 왔노?

—울 아부지 밴또 갖다 주러 왔는데요.

—느 아부지가 눈데?

—이수용씨라 카는데요.

—야, 이 자슥 봐라. 아부지보고 수용씨라카고 어북 당당하데이.

그제서야 대 여섯 명 되던 아가씨들이 고개를 들어 일제히 동하를 쳐다보았다. 그들을 마침 무료하고 갑갑하던 차에 무척 재미난 장난감이라도 발견한 듯, 호기심 어린 눈으로 쳐다보았다.

—야, 일원 줄테이까 노래 한 곡 해 봐라.

피부가 하얗고 얼굴이 발그레하고 곱상하게 생긴 여공이 제안을 해왔다.

—그라믄 나도 일원 주꾸마.

얼굴도 동그랗고 눈도 동그란, 몸집이 자그마한 아가씨가 옆에서 거들었다. 말이 나왔으니 이야기지만 아버지가 술 먹고 오는 날, 식구들의 고역은 또 하나 있다. 그것은 식구 개개인의 취향에 따라서 수용하기 나름이겠지만, 어쩌면 잔소리하는 술 주정보다 더 참기 힘든 것이었는데, 우리 육남매를 아무리 오밤중이라도 깨워서 횡대 대형으로 세워놓고는, 돌아가면서 한 차례씩 노래를 시키는 것이었다. 그렇게 되면 이미 머리가 굵어진 큰 누나와 큰 형은 적당한 기회를 보아 뺑소니를 치고, 그 자리에는 동생과 나를 제외한 한 두어 명이 자리를 지키고서 있을 뿐이었다. 잠기가 채 달아나지 않다 보니 동생의 경우 눈물을 흘리며 울기 일쑤였지만, 동하는 그 순간이 전혀 싫다고 할 수는 없었다. 보다 솔직히 말하면 뒤이어 쏟아진 칭찬 때문에 은근히 즐기며 탐닉했다고도 볼 수 있다. 주로 이미자의 '동백 아가씨', 사람 찾는 '두영이'나 '파월장병들의 군가' 등을 불렀는데 아버지는 노래가 끝나면 '그래, 노래 하나만큼은 동하 니가 최고야'하며 무릎을 치며 격찬을 아끼지 않았던 것이다.

'그래 불러 보라고 하면 못 부를 것도 없다. 나, 이, 이동하는 사람 몇 있다고 해서 노래 하나 못 불러제낄 계집애 같은 쫌생이가 아니야.' 차렷자세가 되어 멈칫거리자 의도를 읽어내린 근처 직원이 일제히 소리를 지르며 박수를 쳐대었다.

–자유통일 위해서…….

동하는 양 손에 주먹을 불끈 쥐고 두 발을 군인들이 하듯 조금씩 반동을 주었다.

–…… 그 이름 맹호부대 맹호부대 용사들아 가시는 곳 월나아암 땅 하늘은 멀더라도…….

발로 박자까지 맞추며 동하가 한껏 기분이 고조되어 분위기가 제법 무르익을 즈음이었다.

–이기, 머하는 짓들이고!

아뿔사! 아버지였다. 아버지가 반백의 머리에다 눈에 붉은 빛을 철철 흘리며 서 계셨다.

–느무 귀한 자슥 딴따루 만들라카나!

평소에도 아버지의 목소리가 작았던 것은 아니지만, 그처럼 큰 고함소리는 처음이다. 어쩐지 의아스럽다. 노래를 부르기 전에도 아버지를 의식하지 않은 것은 아니었다. 그렇지만 평소의 아버지는 누구보다도 가장 내가 노래 부르는 것을 좋아하지 않았던가. 집에서처럼 양 입가에 웃음을 흐뭇이 흘리며 좋아하지는 않더라도 최소한 싫어하지는 않아야 한다. 동하는 도대체 아버지의 이중적 성격을 도통 이해 할 수가 없었다. 아버지가 너무도 무서운 얼굴로 동하를 쳐다보았기 때문에 동하도 화가 나서 도시락을 패대기 치 듯, 하고는 공장을 빠져나왔다. 좋다며 박수를 칠 때는 언제고, 또 이렇게 야단을 치는 것은 무언가. 생각할수록 아버지의 심사를 이해할 수가 없었다. 공교롭게도 그 날 오후 동하는 또 한 차례, 학교 교실에서 노래를 부르도록 요청을 받았다. 그렇지만 그것은 앞의 경우와는 달리 생각하면 할수록 동하에게는 가슴 설렘과 희열을 안겨다 주는 일이었다. 둘이서 함께 노래를 불렀는데, 그 짝이 바로 소희였기 때문이다. 동하는 지난번 건빵을 나눠줄 때 나름대로 확신이 서 있었다. 최소한 소희가 자신을 미워하거나 싫어하는 것은 아니라는 것을……. 소희가 동네에서 얼마나 특별난 존재인가를 설명하려면 우선 동네가 어떤 곳인가를 설명해야 한다. 행정구역상 우리 동네는 P시 전동(田洞)이다. 언젠가 대구에 있는 어떤 교수가 지리산 쪽에 답사를 갔다가 거기에 있는 계단식 논을 보고 하나의 설치미술을 연상케 한다는 말을 들은 적이 있다. 그 교수가 만약 동하의 동네에 와서 급격한 경사지에, 처음엔 밭이었다가 이제는 루삥(종이에다 코르타르를 입힌 재료)으로 지붕을 입힌 판자촌이 들어선 그곳은 보면, 그야말로 설치미술의 극치라고 격찬을 아끼지 않을 것이다. '전동'이라는 명칭에서도 알 수 있듯이 이곳에는 밭이 많았다. 다 알다시피 예전 밭에는 비료 대신에 인분(人糞)을 썼다. 큰 대로(大路)에서 아래로부터 집을 지어 올라가다가 차츰차츰 집이 밭을 점유해 나갔지만 동하가 보내던 어린 시절에만 해도 주변에는 밭이 많았다. 앞서 말한 대로 인분을 많이 썼기 때문에 한마디로 동네는 '전동'이 아니라 '똥동'이다. 이 '똥동'은 자칫 발음을 잘못하면 '똥통'이 된다. 마땅히 우리가 다니는 국민학교(지금의 초등학교) 명칭도 '전동국민학교' 이지만 우리는 인근 사립학교에 대한 열패감에 젖어 '똥통 국민학교'라고 자기비하식으로 불렀다. 언젠가 아침 운동장 조례를 마치고 마지막으로 교가를 불렀는데 '전동, 전동, 희망에 빛나는 우리 전동…….'으로 불러야 할 것을 많은 다수의 학생들이 '똥통, 똥통, 희망에 빛나는 우리 똥통……'으로 불렀다. 선생님들은 못 들었는지 아니면 듣고도 민망해서 모른 척 하셨는지 우리들로서는 알 수가 없다. 60 년대 초라고 하면 P시에서는 신발 산업의 태동기라 할 수 있다. 물론 신발 산업이라는 것이 많은 직공들을 필요로 하는 것이다. 시골에서 농사 짓기가 여의치 않는 사람. 도회에서는 입신에 대한 야망을 버리지 못한 사람들이 조금씩 P시로 모여들었다. 물론 P시를 둘러 싼 양산, 물금, 웅상, 김해…… 등지에서였다. 울산, 마산, 창원과 같은 당시의 소도시에서도 들어오는 숫자가 만만치 않았다. 동하의 동네에 사는 사람들의 면면이를 훑어 보면 주로 그런 사람이었다. 시골에서 소작하거나 이렇다 할 전답이 없는 사람이라 도회에 흘러와도 빈한하기는 매한가지였다. 그런데 바로 6 개월 전 쯤 아무리 사방을 둘러보아도 루삥집이거나 판자로 된 집이 대부분이던 동하의 동네 복판에 산뜻한 이층 슬라브가 들어섰다. 집의 외벽을 전부 흰색으로 칠해 그야말로 '언덕 위의 하얀 집'이었다. 더욱 놀라운 것은 그 집에 있는 동하 또래의 계집아이의 옷차림이었다. 새가리(이의 알)가 허옇게 덕지덕지 묻어있고, 이따금 어깨 위로 굵다란 이가 서멀서멀 기어다니는 여느 계집아이들과 달리 복판에 가리마를 타고 두 갈래로 쪽진 머리에는 빵모자를 쓰고 아래 위로 사립학교 애들이 입는 노란 치마와 저고리를 입었다. 처음에는 동하도 그 아이가 머지 않아 사립학교로 전학하겠거니 생각했고, 그렇지는 않더라도 이따금 한 번씩 맞부닥치기도 하는 사립학교 애들처럼 무척 뺀지르르하거나 도도하겠지 생각했다. 그렇지만 그 아이는 그렇지 않았다. 먹을 것이 생기면 동네 골목으로 가져 나와 우리들과 나누어 먹었다. 그리고 동하 또래의 사내아이가 앞에서 언급한 바와 같이 또래의 계집아이들과 말문을 트는 유일한 수단인 '고무줄 끊어 먹기', '머리끄댕이 당기기' 등의 부도덕하고 치기 어린 행위를 하더라도 소희는 뜻밖에도 몇 번씩을 참았다. 그리고 가장 화났을 때가 '자꾸 그러지마'하는 정도였다. 그렇다고 소희는 절대로 우둔한 아이는 아니었다. 얼굴만 예쁜 것이 아니라 공부도 반에서 일등이었다. 소희가 같은 반에 전학 왔을 때였다. 소희의 아버지는 육군대위였다. 전쟁놀이를 산에서 할 때, 동하의 계급은 기껏 일등병이거나 상등병이었기 때문에 동하에게 있어 대위는 어마어마한 계급이었다. 처음 의사 전달이 잘못 되어서 담임인 송영자선생님이 '김소희'라고 소개하는걸 우리는 김소위인 줄 착각했다. 우리는 동네골목에서 '비석치기' 같은 것을 하고 놀다가, 소희가 나타나면 우리들 중 누군가가 김소위님 나타나신다 '경례엣!' 하고 소리 질렀고, 우리 모두는 다분히 장난끼 섞인 몸짓으로 일제히 거수 경례를 붙였다. 그러면 소희도 싫지는 않은 듯, 손바닥을 훤하게 보이며 거수 경례로 답했다. 그리고는 이내 깔깔거리고 웃었다. 옥으로 만든 옥수수 알갱이처럼 윤이 반짝 나는 하얀 이와 두 뺨에 나타나던 보조개는 그야말로 한 개의 잘 익은 능금이었다.

아버지에게 도시락을 갖다 주고 오던 그날 오후. 학교에서였다. 음악시간이었는데 마침 배울 노래는 '릿자로 끝나는 말'이었다. 아직 미혼이었던 송영자 선생님은 우리에게 먼저 이 노래를 아는 사람은 손을 들어보라고 하였다. 그 때 동하는 너무도 당혹스런 일을 당했다. 지금 와서야 고백이지만, 동하의 학교 성적은 형편 없었다. 반에서 최하위 꼴지였다. 국어 시간에도 그렇고 산수시간에 문제 풀기에도 그랬다. 동하가 아는 것은 다른 아이들도 거의 다 안다. 늘 학교 생활을 해오며 하여튼 동하에게는 그런 고정관념이 꽉 잡혀 있었다. 당연히 대다수의 아이들이 그 노래를 알 것이라고 보고 동하는 무심코 손을 들었다. 그런데 이게 웬일인가, 눈을 씻고 찾아보아도 아무도 손을 든 아이가 없었다. 동하는 순간 얼굴이 벌개지고, 심장이 쿵쾅거리며 좌우로 요동치는 소리를 들었다. 재빨리 손을 내렸지만 이미 때는 늦었다. 선생님이 빙그레 웃으시며,

–동하, 앞으로 나와봐요.

그때였다. 아이들이 갑자기 웅성거리며,

–선생님 저기도 있는데요.

시선이 일제히 그리로 쏠렸는데, 뜻밖에도 거기에는 소희가 손을 들

고 있었다.

–응 잘됐네. 소희도 그럼 같이 나와요.

라며 선생님이 같이 불러내었다. 동하는 여태껏 그 위에서 그토록 심하게 찧고 까불고 하면서도 교단이 그렇게까지 어지럼증이 날 정도로 높다고 느껴 본 적이 없었다. 선생님이 풍금으로 '북북–, 백백–', 반주를 넣다가 '시이작'하였다.

–리, 리, 릿자로 끝나는 말은.

거기까지는 둘이서 비교적 화음이 잘 맞았다. 그 다음부터가 엉망이었다. 뒤이어 동하가 '괴나리, 보따리, 소쿠리, 울타리…….'하면, 소희는 '꾀꼬리, 목소리, 댑사리, 소쿠리……,하는 식이었다. 선생님이 다소 어지럽게 풍금을 뚱땅거리다가 손뼉을 짝, 짝, 두 번 마주치고,

–자, 자, 다시 한 번 둘이 손을 잡고 호흡을 맞추면서 하낫, 두울, 셋, 네엣.

하고 반주를 넣었다. 손을 잡으라니……, 그렇지 않아도 지금 당장 눈앞에 무수한 별들이 쏟아지며 어지럼증이 나는데……. 동하의 숨소리가 거칠어지고 손에서 나는 땀으로 인해 소희의 손이 자꾸 밀려나자, 이번에는 소희가 동하의 가운데 손가락을 꼭 쥐었다. 이번에는 동하가,

–꾀꼬리, 목소리, 댑사리, 소쿠리…….

하면 거꾸로 소희가,

–괴나리, 보따리, 소쿠리, 울타리…….

식으로 불렀다. 드디어 안되겠다 싶어 포기한 선생님이,

–예, 잘했어요. 들어가세요.

라고 드디어 구원의 손길을 내밀어 주었지만, 발로 교실 바닥을 밟

고, 손바닥으로 책상을 두드리며 고개를 뒤로 젖히며 웃는 아이들의 웃음 소리가 그칠 줄 몰랐다. 안다, 안다 그렇지만 동하는 안다. 오늘 비록 같이 노래를 부르는데는 실패했지만 소희가 동하와 같이 앞에 나와준 데는 관심과 배려가 바탕 자리하고 있다는 것을……. 그리고 오늘 이 이후로 소희와는 그 누구도 감히 넘볼 수 없을 만큼 훨씬 가까워지리라는 것을…….

학교 본관 건물 뒤편에 등나무가 무더기로 자라고 있다. 물론 그 아래에 ㅁ자(字) 형으로 긴 의자가 몇 놓여 있다. 등나무에 기어다니던 벌레가 이따금 어깨나 머리 위에 떨어져 사람을 성가시게 하기도 하지만 동하는 이곳이 좋았다. 사람이 여럿 있을 때 보다 아무도 없을 때가 더욱 좋다. 사람들은 혼자 있는 것을 싫어하거나 두려워한다. 그러나 동하는 그것이 잘못된 생각이라는 것을 안다. 언젠가 산에서 전쟁놀이를 할 때였다. 각자의 계급을 동네에서 제일 학년이 높은 형이 정해 주었는데, 대체로 학년에 따라 일률적으로 정하는 것이 관례였다. 예를 들면 1학년은 이등병, 2학년은 일등병, 3학년은 상등병…. 그런 식이었다. 그것은 6학년이 대장으로 있을 때의 일이고, 5학년이 대장일 때는 자동적으로 계급이 하나씩 승진되었다. 그런데 그러한 계급의 질서를 무너뜨리는 아이가 있었다. 바로 광배였다. 광배는 동하와 같은 3학년 이었지만, 우리 동급생들이 상병일 때에 병장을 달았다. 광배는 우리 동네에서 연탄과 쌀을 함께 파는 유일한 가게 '경진상회' 최씨의 둘째아들이다. 녀석은 우리가 산으로 전쟁놀이를 갈 때마다 누런 세멘포대로 만든 봉지에 건빵을 가득 넣어오는 것은 물론이고, 호주머니가 허락할 때까지 양껏 커다란 눈깔사탕을 마구 집어 넣어 온다. 그리고 과자를 넣어 오면서도 소희와 다른 점은 그것을 누구에게나 공평하게 나누어 먹는 것이 아니라, 전쟁놀이에서 가장 위인 대장 형에게 상납하는 것이었다. 이따금씩 중학생인 형들도 조무래기인 우리 놀이에 끼어 들 때가 있었는데, 그것은 광배가 가져오는 먹거리 때문이었다. 그것은 십중팔구 틀림없다고 단정할 수 있는 게 광배가 끼지 않는 날은 아무도 중학생 중에 대장을 하려고 덤벼드는 경우가 없었기 때문이다. 산에서 우리들은 무척 바빴다. 우선 솔가지를 부러뜨려 총이나 칼을 만들어야 했고, 그늘진 곳을 골라 큰 가지와 가지 사이에 입이 무성한 나뭇가지를 걸쳐서 지붕을 만들어 막사도 지어야 했다. 들어가는 입구 맞은 편에 가장 큰 돌은 갖다 놓아 대장이 앉을 자리, 양 옆으로 편편하고 넙적한 고만고만한 돌을 놓아 부하들이 앉을 자리를 만들었다. 나뭇가지나 돌을 구하러 산길을 오고가다 하급자가 상급자는 만나면 반드시 거수 경례를 붙어야 했다. 만약 그렇게 하지 않았을 경우 대장에게 불려가 꿇어 앉아 손을 들고 있거나 엎드려 받쳐 상태에서 빠따를 맞아야 했다. 만약 그러한 체벌을 거부하거나 항명했을 경우 그대로 축출 당하는 것이 그곳의 오랜 율법이었다. 왔던 산길을 도로 내려 집으로 돌아가야 한다. 그것도 혼자서……. 동하는 그 나이에도 동급생인 광배 녀석에게 인사를 먼저 한다는 것이 무척 굴욕스럽게 느껴졌다. 그래서 멀리서 보다가 맞은 편에서 광배 녀석이 오면 뼁 둘러가서 일부러 피하곤 했던 것이다. 그런데 그날은 예기치도 못하게 녀석이 옆 수풀에서 불쑥 튀어 나왔다. 바로 2, 3 미터 앞이라 피할 겨를도 없었다. 아마도 녀석이 동하를 시험하기 위해 의도적으로 숨어 있다가 나타난 것임에 틀림 없었다. 몇 대 맞는 것이 아파서가 아니었다. 대장이 무언가 잘못하고 있다는 생각이 들었다. 오랜 관행이라고 하지만 왠지 그래서는 안 될 것 같았다. 항명죄는 고스란히 동하의 몫이었다.

동하는 세 고개, 네 고개도 넘는 먼 산길을 혼자서 내려왔다. 처음에는 갑자기 혼자가 되었다는 심정에 울컥 서러움에 복받쳐 올라왔지만, 어느 정도 시간이 지나자 이내 익숙해 졌다. 우선 여치, 방아개비, 풀무치, 때때방아……. 이런 것들을 잡으러 다니는 재미가 여간 아니었다. 제일 잡기가 힘든 것이 풀무치였고, 가장 쉬운 게 방아개비였다. 방아개비는 발견하기가 힘들어서 그렇지 일단 눈에 띄면 육중하고 느린 몸 때문에 잡기가 식은 죽 먹기였다. 반면에 풀무치는 하늘을 날 때 펼치는 검고 노란 부채살의 날개 때문에 사람의 마음을 확 사로잡아 거의 마비 상태로 이끌었다. 푸른 창공에 떠 있는 크고 굵은 풀무치 한 마리. 녀석은 한 번씩 날면 얼마나 높고 멀리 나르던지 언젠가 엄청 큰 놈을 한 번 쫓다가 길을 잃어버린 때도 있었다. 그러다가 지루해지면 다시 노래를 부르며 산길을 내려오고 또다시 힘들고 지치면 개울가로 가서 물 함 모금 들이키고, 큰 바위 밑 그늘 진 곳에 있는 작은 돌들을 들어 가재를 잡았다. 그대로 미련이 남으면 돌들을 모아 성을 쌓고, 그 아래다 나무로 된 집을 짓고, 반듯한 돌로 골을 내어 길을 만들었다. 그 규모가 작으면 그냥 '집짓기'가 되고, 크면 성이 된다. 성(城)의 범위가 제법 거대하고 웅장하게 지어져, 좁고 물살이 빠르며 낙차가 큰 곳에 물레방아라도 설치하고 나면 모든 게 그럴 듯 하였다. 평소에 여럿이 함께 이런 놀이를 하면 우선 장소를 물색하기가 쉽지 않았다. 제법 괜찮은 곳을 발견했다 싶으면 으레히 다른 아이를 선수를 쳐 진을 치고 있었던 것이다. 그리고 재료를 구하는데도 경쟁이 치열하다. 그리고 무엇보다도 개개인의 사정을 두지 않고 한참 열을 올리는 중에도 대장의 '그만 가자'하는 한 마디만 떨어지면 미련 없이 툴툴 털고 일어서야 하는 것이다. 그렇지만 오늘 지금은 누구의 구속도 받지 않고 혼자 만의 세계다. 이렇게 좋은 것을……. 왜 사람들은 혼자라는 사실을 두려워하는 것일까? 그런 생각이 들었다.

등나무 아래 긴 의자에 반듯하게 누워 하늘을 쳐다본다. 등나무 잎과 줄기 사이사이로 영롱한 햇빛이 은빛 줄구슬을 늘어뜨리듯, 그렇게 얼굴과 가슴께로 와 부딪힌다. 아무리 보아도 하늘은 바다로 보인다. 그리고 구름은 배다. 배 중에는 해적선처럼 엄청 큰 것이 있는가 하면, 외국 사진 달력에 있는 요트처럼 날렵한 배도 있다. 저 구름을 타고 이 세상을 내려다본다면……. 문득 가슴이 수소 공기를 넣은 애드벌룬처럼 부풀어오른다. 어느덧 몸이 빵빵해지고 둥덩실 뜬다. 마치 우주선 속에 우주인이 유영하듯 흐르다가 갑자기 상승기류를 타고 한없이 떠오른다. 빠른 바람을 만나자 서서히 몸이 앞으로 나아가기 시작한다. 드디어 논과 밭이 저 아래로 보이고, 긴 담장을 한 집이 보이고, 담장에 줄 지어선 붉은 장미가 보이고, 꽃 속에는 꿀벌이 서너 마리가 잉잉거리며 꿀을 빨아들이기에 여념이 없다. 빌딩 사이로 휘젓고 다니다가 어느새 높다란 산봉우리가 턱 막아선다. 저 산봉우리를 넘을 수 있을까. 가슴이 조마조마 해진다. 잘 피해야 할 텐데……. 으악—, 몸의 어느 부위가 충돌한 것 같다. 무언가 떨어져 나간 듯 하다. 의자 아래로 무언가 떨어졌다. 얼굴을 덮고 있던 책이다. '플란더즈의 개'. 동하는 전에도 이 책을 한 번 읽은 적이 있다. 늘 만화만 즐겨 읽던 동하에게 이 책은 동화도 만화 못지 않은 감동을 준다는 사실을 일깨워 주었다. 아니 어쩌면 만화보다도 더 깊고 커다란 감동을 받았다. 참으로 우연한 일이지만 동네 아이들과 인근 야산에서 숨바꼭질을 하다가 큰 소나무 아래, 수풀 우거진 곳에 숨었는데 거기에 이 책이 떨어져 있었다. 처음에는 꼭꼭 숨어 제일 늦게 마지막까지 살아남는 사람이 되자, 하고는 다소 느긋해 지기로 결심했다. 그리고 심심풀이로 책을 집어들었던 것이다. 멀리서 아이들이 술래에게 잡혀서 안타까워하는 소리, 술래가 환호하는 소리가 들렸다. 동하는 숨바꼭질을 하고 있다는 사실을 거의 잊을 정도로 그 책에 빨려 들었다. 한참을 책을 읽다가 술래가 동하를 찾기에 지치고 드디어 포기상태에 접어들 즈음, 동하는 읽던 부분을 접어서 들고는 아이들 앞으로 나아갔다. 그리고는 "이제부터 나는 안 할거야."하며 급하게 소리쳐 놓고는, 거기를 빠져 나와 좀 전에 책을 읽던 그 장소로 되돌아갔다. 동하는 거의 무아지경이라 해도 틀림이 없는 그런 상태로 책을 읽었다.

— 십자가에 내려지는 그리스도가 또렷하게 모습을 나타내었습니다. 그것은 하느님이 넬로의 마지막 소원을 들어주기라도 하 듯, 아주 똑똑히 떠오르고 있었습니다. 넬로는 너무 기뻐서 자기도 모르는 사이에 그림을 향해 두 팔을 뻗었습니다. 넬로의 볼에는 두 줄기의 차거운 눈물이 흐르기 시작했습니다…….

그림을 보고 있는 넬로의 눈에만 눈물이 흐르는 것은 아니었다. 동화책을 보고 있는 동하의 눈에도 뜨거운 눈물이 끓어 넘쳐 흘렀다. 적막이 깃들은 으슥한 산중에(아이들은 이미 놀기는 포기하고 집으로 돌아감) 아무도 흉볼 사람 없이, 혼자 엉엉하며 울 수 있다는 것은 얼마나 다행스러운 일인가. 여러모로 동하는 자신의 처지와 넬로가 흡사하다고 생각했다. 그 이후 성장하면서 동하에게 이따금 가난이 문제가 되었을 때, 동하는 이 책에서 용기를 얻었다. 동하는 넬로가 그랬던 것처럼 스스로에게 다짐했다. '난 가난 따위는 아무렇지도 않아. 가난한 사람도 훌륭한 사람이 될 수 있다는 이야기를 할아버지한테 자주 들었어. 할아버지는 거짓말 같은 것을 하지 않아.' 이미 땅거미가 저쪽 들판 끝에서 어둑하게 밀려오고 저 아래로 성냥갑 만한 집들이 아른아른 불빛을 뿜어내는 것을 바라보며 산길은 내려오던 동하는 몇 번씩이나 넬로처럼 그렇게 외쳤던 것이다. 그리고 또 하나 있다. 아직은 시작 단계에 불과하지만 넬로에게 빨간 풍차가 있는 푸른 언덕 위에 살고 있는 알로아가 있듯이, 나에게는 언덕 위의 하얀 집에 소희가 있다. 그러면서 동하가 동화 속의 그림에 나타난 알로아와 소희를 겹쳐서 마음속에 그려보았다. 그때였다. '호랑이도 제 말하면 오는 것'이 아니라 '제 생각하면 온다'라고 고쳐야 제격 일 성 싶었다.

—얘, 동하야. 너 여기 있었니?

하며 소희가 반가운 듯 다가왔다.

—널 얼마나 찾았다구. 어머 책보고 있었네. 너 노래만 잘 부르는 줄 알았더니 책 읽기도 좋아하는구나. '플란더즈의 개'잖아. 얘, 너 이 책 보고 안 울었니? 난 얼마 전에 잠자리에서 이 책을 읽다가 베개가 다 축축하게 젖었다구.

아무래도 오늘 둘이서 음악 시간에 '릿자로 끝나는 말'을 불렀던 것이 효험이 컸던 모양이다. 소희가 이렇게 많은 말을 늘여 놓으며, 친근하게 다가온 적은 없다. 뒤이어 찾은 연유를 물으니까,

—응, 선생님이 수업 마치고 교무실로 불러서 갔는데, 올 9 월에 M 방송국에서 어린이 노래자랑이 있대잖아. 오늘 우리 둘이 노래 부르는 걸 보고, 충분히 가능성이 있다며 한 번 참가해 보랬어. 네 생각은 어때?

하였다. 그렇지만 둘이는 그 문제에 대해서는 아직도 시간적인 여유가 있으니, 차차 생각해 보기로 했다. 그리고 긴 의자에 나란히 앉아 그냥 이런저런 이야기를 나누었다. 그러다가 소희는 난데없이,

–얘, 너네 아버지 직업은 뭐니?

하고 물었다. 동하가 어떻게 대답하여야 할 지 좋을지 몰라 우물쭈물 하자,

–난 우리 아버지 직업이 싫어.

하고는 소희가 맥없이 말했다. 동하는 속으로 '야, 난 산에서 상병이지만, 너의 아버지는 육군 대위잖아. 육군 대위 되기가 얼마나 힘드는데.'하고는 중얼거렸다.

–얘, 너의 아버지는 매일 집에 들어오시지. 우리 아버지는 한 달에 한두 번 정도야. 그것도 이틀밤이나 사흘밤만 자면 돌아가야 돼…….

라며 쓸쓸히 말했다. 동하는 학교에서 한 번씩 아버지의 직업을 물을 때면 회사원이라 적었다. 담임 선생이 구체적으로 직책이 무어냐고 물으면 막연하게 '창고 총 책임자'라고만 말했다. 그러면 담임 선생님은 그런 것 말고 계장이면 계장, 과장이면 과장, 같은 게 있지 않느냐고 재차 물었고, 그쯤 되면 동하도 입을 꽉 다물고는 벙어리가 되었다. 아버지가 지금 다니는 회사에 10 년쯤 근무했지만 직책이 무엇인지는 동하 자신도 모른다. 하여튼 그날 온종일 동하는 기분이 좋았다. 그토록 갈망 해오던 소희와의 관계가 이렇게 우연찮게 급속도로 가까워지리라고는 상상도 못한 일이었다. 학교에서 집으로 돌아오는 길에 둘이는 누가 먼저랄 것도 없이 서로의 손을 꼭 잡고 걸었다. 소희는 어떠했는지 몰라도 동하가 잡아본 소희의 손은 희고 고운 손매 만큼이나 부드럽고 따뜻했다. 그들이 큰 길을 다 걸어서 동네 골목으로 들어가는 어귀에 들어섰을 때였다. 동하 또래의 아이들이 십 수 명이 함성을 지르며 마치 미식축구 선수가 공을 따라 뭉쳤다가 흩어지듯 이리저리 쏠려 다녔다. 자세히 보니 무엇인가를 줍고 있었다. 건빵이었다. 이미 상

당량의 건빵을 쥔 아이는 얼굴 가득 희색이 역력했고, 그 중에 덩치 작은 아이는 얼마를 줍지 못해 거의 울상이 되다시피 서 있었다. 자세히 보니 그들은 한 사람을 정점으로 하여 에워싸고 있었다. 아이들에게 거의 묻히다시피 하여 처음에는 그가 누구인지 몰랐는데, 그 사람이 사방으로 건빵을 흩뿌리자, 또 다시 아이들이 '와—' 함성을 지르며 흩어지고, 그 사이를 놓칠 세라 건빵을 흩뿌리던 사람이 그 가운데 우뚝 홀로 서서 난데없는 연설을 하기 시작하였다..

–여러분, 사람이면 다 사람이겠습니까? 여러분, 사람도 가치에 따라 물건처럼 가격이 다 매겨져 있는 것 아니겠습니까? 여러분! 부디 열심히 노력하셔서 고액짜리 지폐가 되십시오 여러분…….

틀림없었다. 술에 취해 불콰해진 얼굴로 몸을 미쳐 가누지 못해 비척거리는 남자는 분명 아버지였다. '아, 아버지….' 동하는 신음처럼 소리를 내뱉았다. 영문을 모르는 소희는 망연자실해 서 있는 동하를 보며 "술 주정뱅이잖아." 하면서 소매를 끌었다. 동하는 소희가 아버지를 못 알아보는 점에 대해서 퍽 다행으로 생각하였다. 그리고 평소에 아버지가 자신을 일컬어 땡전짜리 인생이라고 자탄하는 것을 보았다. 그렇지만 그때는 그것이 무엇을 뜻하는지 몰랐는데 오늘 지금 와서보니 어렴풋하게 알 것도 같았다. '아버지의 알콜 기운이 나에게로까지 끼쳤나?' 동하는 어쩐지 현기증을 느꼈다. '아아, 불쌍한 네로—.' 동하는 갑자기 네로의 슬픈 영혼이 자신의 몸 속으로 쑤욱 들어오는 것을 감지했다. 그러자 동하의 몸이 갑자기 소희에게로 기울였다. 소희는 영문도 모르는 채 자꾸만 자신에게로 쏟아져 내리는 동하를 한 몸에 받아내었다. 그리고는 다만 동하도 이렇게 짖궂을 때가 있구나 생각했다. 그리고는 드디어 참다 못해,

—얘, 동하야. 그만해, 같이 넘어지려하잖아.

하고 소리 꽥 지르며, 처음으로 동하에게 샐쭉해 보였다.

슈퍼에서 나는 어쩐지 그래야만 할 것 같아 비닐 속에 들어 있는 건빵 한 봉지를 장바구니 안으로 집어넣었다. 나중에 계산대 앞에서 아내와 나는 가벼운 실랑이를 벌였다. 아내는 건빵을 도로 갖다 놓으려 하고, 나는 이왕 산 것이니 같이 계산하자고 하였다. 나의 뜻이 워낙 단호했으므로 고집 센 아내도 별 것 아니다 싶어서였던지 내게 양보했다. '건빵은 알아도 감빵을 모르는 여자…….' 나는 아내와 자신이 걷고 있는 지금의 이 레일과도 같이 나란한 평행선이 어쩌면 오십이 넘고, 환갑을 지내고, 무덤에까지 가더라도 영원히 그냥 평행선으로 남을 거라는 예감에 사로잡혀 문득 우울하였다. 그런데 고집을 피워 사 놓기는 했지만, 먹지도 안 할 이 건빵을 가지고 무얼 한다. 그래, 그거야! 집 위 뒷산 꼭대기에 올라가서 나도 그 옛날 누군가가 그랬던 것처럼, 신나게 이 건빵을 날려 보는 거야! 소나무, 오리나무, 느릅나무가 들어찬 숲을 향해서……. 나는 갑자기 몸이 한결 가벼워지는 것을 느꼈다.